La forêt des maléfices

Du même auteur
aux Éditions J'ai lu

Ma douce Audrina (1578)

Fleurs captives :
Fleurs captives (1165), Pétales au vent (1237), Bouquet d'épines (1350), Les racines du passé (1818), Le jardin des ombres (2526)

La saga de Heaven :
Les enfants des collines (2727), L'ange de la nuit (2870), Cœurs maudits (2971), Un visage du paradis (3119), Le labyrinthe des songes (3234)

Aurore :
Aurore (3464), Les secrets de l'aube (3580), L'enfant du crépuscule (3723), Les démons de la nuit (3772), Avant l'aurore (3899)

La famille Landry :
Ruby (4253), Perle (4332), D'or et de lumière (4542), Tel un joyau caché (4627), D'or et de cendres (4808)

Les orphelines :
Janet (5180), Crystal (5181), Brenda (5182), Rebecca (5183), En fuite ! (5184)

La famille Logan :
Melody (5516), Le chant du cœur (5616), Symphonie inachevée (5772), Petite musique de nuit (5967), Olivia (6053)

La famille Hudson :
Rain (6079), Au cœur de l'orage (6079), L'œil du cylone (6286), Au-delà de l'arc-en-ciel (6371)

Les fleurs sauvages :
Misty (6466), Star (6524), Jade (6645), Cat (6716), Au fond du jardin (6766)

La famille De Beers :
Willow (6829)

Virginia C. Andrews®

La forêt des maléfices

Traduit de l'américain
par Françoise Jamoul

J'AI LU

Titre original :
WICKED FOREST

Pocket Books, a division of Simon & Schuster, Inc., N.Y.

Prologue

Un bruit de pas traînants, dans le couloir, m'arracha en sursaut à un profond sommeil. Le son semblait issu d'un rêve et me hantait encore à mon réveil; comme si une ténébreuse créature de cauchemar, insidieuse et menaçante, avait eu la force de ramper hors de son repaire pour me suivre dans le monde réel. Ma nuque se hérissa, une sensation de froid m'étreignit la poitrine, tel un étau d'acier.

Pendant un moment je me demandai où je me trouvais. J'avais conduit dix heures d'affilée, pendant la seconde étape de mon voyage entre Spring City, en Caroline du Nord, et la Floride. Je comptais arriver assez tôt chez ma mère, à Palm Beach, pour dîner avec elle et mon demi-frère, Linden. Mais des travaux sur l'autoroute me retardèrent, ainsi qu'une redoutable giboulée de mars, et il était presque onze heures du soir quand j'entrai en ville. Tout paraissait sombre et sinistre avec ce temps, même la prestigieuse Worth Avenue. Elle me fit penser à une femme élégante surprise par l'averse, dont la pluie aurait ravagé la coiffure savante et détrempé la toilette haute couture.

Nos retrouvailles nous mirent dans un tel état d'excitation, ma mère et moi, que nous bavardâmes jusqu'à une heure du matin, si ce n'est plus. Linden, lui, était allé se coucher avant mon arrivée. D'après ma mère, il n'avait eu aucune réaction en apprenant que je venais m'installer chez eux et poursuivre mes études en Floride. Avait-il douté de ma promesse de venir vivre avec eux? C'était fort possible. Mais j'avais cru que ses doutes auraient disparu en voyant arriver mes bagages et toutes mes possessions, qui m'avaient précédé de quelques jours. J'étais déçue.

— Es-tu bien sûre qu'il a compris mes intentions? demandai-je à ma mère.

Dans le secret de mon cœur, j'avais espéré que ma décision chasserait ses idées noires et l'arracherait à sa dépression. Était-ce présomptueux de croire que ma seule présence pouvait ensoleiller l'existence de quelqu'un, surtout après les sombres épreuves que je venais de traverser moi-même ?

Ce que je redoutais le plus était que Linden m'en veuille, à cause de ce que je représentais dans le passé de Grace Montgomery, ma mère. Engendré par une canaille – le beau-père de Grace, qui l'avait séduite et violée –, Linden était déjà amer et tourmenté avant de connaître tous les faits dans le détail. La découverte de mon histoire et de celle de ma mère, en accréditant les rumeurs malveillantes qui couraient déjà sur elle, n'avait fait qu'ajouter du sel sur ses plaies à vif. Je voyais encore son regard, quand il avait appris la vérité, et la question muette qu'il m'adressait : « Pourquoi ne pas avoir gardé ton identité secrète, et enfoui tout cela dans un silence éternel ? »

En tant qu'artiste, Linden se figurait qu'on pouvait masquer les plus hideux secrets d'un simple coup de pinceau. Une fois cachés sous une couche de peinture fraîche, qui les verrait, et qui s'en soucierait ?

— Oh si, confirma tristement ma mère, il a parfaitement compris ce que je lui ai dit à propos de ton retour, mais il y a si peu de choses qui éveillent son intérêt, à présent...

« Quelquefois, ses yeux sont si vides qu'ils en deviennent vitreux. On dirait qu'il ne regarde qu'en lui-même et ne voit rien d'autre que ses pensées lugubres. Il ne sourit jamais. Je ne l'ai pas entendu rire une seule fois depuis l'accident, acheva-t-elle en retenant ses larmes.

Elle employait toujours le terme d'accident pour évoquer le naufrage en mer de Linden ; même si nous savions toutes les deux, en notre for intérieur, qu'il avait sciemment cherché à se détruire. Comme pour l'empêcher d'oublier, il en gardait la trace indélébile : la profonde cicatrice qui lui barrait le front, là où la bôme l'avait frappé. De tempérament dépressif, il avait été pris d'une crise de fureur suicidaire en apprenant ce qui s'était passé à la clinique psychiatrique de mon père, quand notre mère y séjournait. Elle et mon père étaient tombés amoureux et c'est là que j'étais née, ce qui faisait de moi la demi-sœur de Linden. Dès l'instant où il l'avait su, il n'avait plus été qu'une âme en peine cherchant la délivrance. C'était son imprudence, autant que sa révolte envers un monde qu'il estimait injuste, qui lui avaient fait courir ces risques mortels cette nuit-là, terrible entre toutes. Et de cela, je me sentais en partie responsable.

Après avoir lu le journal de mon père, et appris qui était ma vraie mère, j'avais décidé de faire sa connaissance. Mais quand j'étais venue en Floride pour la première fois, dans cette intention, j'avais tenu à garder l'incognito. Je m'étais fait passer pour une étudiante en psychologie, enquêtant sur la haute société de Palm Beach pour un sujet de mémoire. J'avais peur de me présenter à brûle-pourpoint sous mon vrai nom, peur de la réaction de ma mère, et par-dessus tout… peur d'être rejetée.

Au début, Linden refusa tout contact avec moi, même sous ma fausse identité, ou peut-être à cause d'elle, en fait. Il se méfiait de moi, s'imaginant qu'on m'avait adressée à eux comme si sa mère et lui étaient deux curiosités de Palm Beach bonnes à exploiter, cible idéale des commérages et des plaisanteries. Et cela non seulement à cause du passé de Grace Montgomery, notre mère, mais aussi à cause de ses propres peintures, au style sombre et quelque peu bizarre. Finalement, son attitude envers moi s'adoucit et nous établîmes un compromis. J'acceptai de poser pour lui en portant, comme il le voulait, des vêtements de notre mère, s'il me permettait de la rencontrer. Il ne savait toujours pas qui j'étais, et bien que cela me parût un peu curieux, je n'y attachai pas grande importance. J'étais trop heureuse d'avoir, enfin, l'occasion de parler à ma mère.

Ce dont je ne me rendais pas compte, mais que j'aurais dû comprendre, c'est qu'il était en train de tomber amoureux de moi. Et quand il découvrit pourquoi nous ne pouvions pas nous aimer, sa rage se tourna contre la cruauté du destin qui s'acharnait sur lui, croyait-il, sans lui laisser la moindre chance de jamais lui échapper. Par la suite, ma mère et moi nous sentîmes coupables de ce qu'il s'était fait à lui-même. Cela fut pour beaucoup dans ma décision de venir vivre en Floride, et d'y poursuivre mes études.

— Eh bien, nous changerons tout ça, déclarai-je en tapotant la main de ma mère. Nous lui rendrons le sourire.

C'était toujours facile d'encourager les gens et de leur donner de l'espoir. Le regard de ma mère s'éclaira.

— Peut-être. Peut-être qu'en comprenant que tu es revenue pour de bon, tout changera pour lui.

Elle voulait y croire, mais sa voix s'éteignit comme si elle doutait de ses propres paroles. Je mis dans les miennes autant d'enthousiasme que j'en pus rassembler.

— Parfaitement, insistai-je. Nous ferons en sorte qu'il redevienne un jeune artiste heureux et productif.

C'était un projet bien ambitieux et sans doute un rêve impossible, surtout pour moi et en pareil moment. J'avais bien assez de mes propres problèmes sans y ajouter un si lourd fardeau.

J'étais revenue à Palm Beach pour vivre avec ma véritable mère et mon demi-frère, mais rien n'était si simple. Je sentais que je retrouvais un monde inamical, rempli de gens qui se réjouiraient de nos combats et de nos malheurs. Au cours de ma première visite, j'avais entamé une liaison que je croyais sérieuse avec Thatcher Eaton, un jeune avocat très en vue à Palm Beach. Ses parents, Asher et Bunny Eaton, louaient la maison de maître de Joya del Mar, la propriété de ma mère.

Mais maintenant que la vérité sur mes relations avec Grace et Linden Montgomery était de notoriété publique, tout était différent. L'homme dont je me croyais amoureuse, et que je croyais amoureux de moi, voudrait-il encore m'accorder un regard ? Voudrait-il que je vienne compliquer sa vie en l'obligeant à choisir entre moi et sa famille, sa position sociale, ses ambitions ? Rien n'était moins sûr.

Avec tous ces soucis en tête, je ne m'étonnai pas d'avoir les mains tremblantes en dirigeant ma voiture vers la grille de la propriété. Joya del Mar, le Joyau de la Mer… Seraitelle un joyau pour moi, où la demeure de ces sombres pressentiments que ma chère nounou portugaise, Amou, appelait autrefois mes frayeurs ?

Ma mère me sourit à travers la table. Mon optimisme têtu lui avait remonté le moral, finalement : l'espoir brillait dans ses yeux. Elle se fit une joie de me raconter comment les parents de Thatcher réagissaient à son refus de leur vendre la propriété, ou de prolonger leur location, ne fût-ce que d'une journée. Ils niaient tout simplement la situation. Ils n'avaient plus que deux mois pour libérer les lieux, mais ne semblaient pas vouloir affronter, ni même admettre la réalité.

— C'en est au point qu'ils évitent de regarder de mon côté, m'apprit-elle en riant, comme si ma vue leur faisait horreur. Avant cela, Asher prenait la peine de me demander de mes nouvelles, au moins une fois de temps en temps.

— Tu n'auras plus jamais besoin d'eux, Mère. Voilà ce qu'ils ne supportent pas, j'en mettrais ma main au feu.

Depuis que son beau-père avait dilapidé la fortune de Jacky Lee, la mère de la mienne, Grace avait dû mettre la propriété en location et vivre dans la maison de la plage, où logeaient aussi quelques domestiques des Eaton. Mais tout était différent, maintenant que j'avais hérité des biens de mon père et vendu notre propriété de Spring City, en Caroline du Nord. J'étais assez riche pour libérer Grace des contraintes matérielles qui faisaient d'elle, comme de Linden, des exilés de leur propre demeure.

Elle approuva mon explication.

— Tu dois avoir raison, Willow. Il n'en faut pas plus pour les contrarier. Tu connais Bunny Eaton : être à court de caviar la déprime tellement qu'il faut appeler un médecin.

Je ris avec elle, puis elle attacha sur moi ce regard où flottait un sourire que j'avais si vite appris à aimer. L'ineffable sourire que tout enfant chérit, qui lui donne confiance en lui et le rassure. J'eus une pensée de compassion pour les orphelins, qui ne connaissent pas la lumière de tels sourires ; car j'avais moi-même connu ce manque et mon cœur se serrait pour eux.

— Eh bien ? demandai-je, connaissant déjà suffisamment ma mère pour deviner qu'elle avait quelque chose à me dire.

Elle poursuivit de sa voix si douce :

— Pour Thatcher, c'est autre chose, bien sûr. Il a paru très sensible à la nouvelle de ton retour, et m'a bombardée de questions à ton sujet.

— Vraiment ? répliquai-je, sans cacher mon scepticisme. Il ne m'a pas appelée une seule fois depuis mon départ.

J'étais rentrée chez nous en toute hâte pour les obsèques de notre fidèle domestique, Miles, très attaché à mon père qui l'avait toujours considéré comme un ami. Maintenant que Miles nous avait quittés, lui aussi, je dus m'occuper de vendre notre propriété. Après quoi, je fis les démarches nécessaires pour faire transférer mon dossier universitaire de Caroline du Nord en Floride, afin d'y reprendre ma deuxième année d'études. Pendant tout ce temps j'avais attendu des nouvelles de Thatcher. Il avait promis de m'appeler, et je croyais vraiment qu'il le ferait, même si Bunny Eaton désapprouvait notre relation.

— Il va t'appeler, maintenant, m'assura ma mère.

À quoi je ripostai avec humeur :

— Et moi, je n'aurai peut-être pas envie de lui parler !

— Peut-être que non, et peut-être que si, me taquina-t-elle.

J'espérais qu'elle avait raison, et mes yeux durent me trahir. Ma mère ne fut pas dupe.

— Je sais que tu le souhaites, Willow. Je le vois à ce petit sourire en coin qui trahit tes pensées. Je le sais car c'est exactement pareil pour moi.

Je haussai les épaules, ce qui la fit rire, et nous nous retrouvâmes en train de glousser comme deux écolières. C'était si bon d'avoir enfin une mère, de me sentir si proche d'elle, de pouvoir la traiter comme une sœur ou comme ma meilleure amie. Ma mère adoptive pouvait à peine supporter ma vue, et ne manquait pas une occasion de me rappeler quelle faveur elle m'octroyait en me laissant vivre sous son toit. Elle ne sut jamais qu'en réalité, je vivais au foyer de mon véritable père. Elle n'apprit jamais la vérité. Les gens de son espèce préfèrent le confort du mensonge.

Toute sa vie elle s'était complu dans l'illusion, les fantasmes, les faux-semblants, presque aussi précieux pour elle que les diamants. Elle disposait d'une provision de mensonges prêts à servir à tout moment, sur commande, quitte à se mentir à elle-même s'il le fallait. Qu'elle eût emporté tout cela dans la tombe avec elle n'était que justice.

— Je peux à peine garder les yeux ouverts, annonçai-je.

Nous avions parlé pendant des heures, Mère et moi. Je tombais de fatigue, et elle reconnut qu'il en était de même pour elle. Nous déposâmes la vaisselle de notre dîner dans la machine, puis nous allâmes nous coucher. Dans le hall, nous échangeâmes une accolade affectueuse.

— Je suis si contente que tu sois là, murmura-t-elle en me serrant dans ses bras.

— Moi aussi, Mère. Moi aussi.

Jusque-là le mot de *Mère*, la seule idée d'en avoir une m'avait paru aussi fabuleuse que la licorne. J'éprouvais un tel plaisir à le prononcer que j'aurais pu le répéter sans fin même en dormant, durant des nuits entières me semblait-il.

Quand je me glissai dans mon lit – enfin ! –, j'eus l'impression d'être encore sur la route, au volant. Des phares défilaient, la pluie fouettait le pare-brise, des lambeaux de brouillard tourbillonnaient devant moi et s'attardaient sous mes paupières. Exténuée, je me tournai et retournai dans mon lit jusqu'au moment où je sombrai dans un état d'inconscience, plus que dans un véritable sommeil. Puis je fus réveillée par ce bruit de pas. Je m'étonnai d'avoir perçu ce son dans le couloir, assez clairement pour m'arracher à ma torpeur brumeuse.

Je soulevai la tête et, comprenant enfin où je me trouvais, je tendis l'oreille. Les pas raclaient le sol comme si quelqu'un marchait sur des semelles en papier de verre. J'entendis grincer les gonds de la porte d'entrée. Le chuchotement du vent s'engouffra dans la maison, puis la porte se referma. Je consultai le cadran lumineux de mon réveil : trois heures trente. Qui pouvait circuler à une heure pareille, et dans quel but ? Ma mère allait-elle toujours sur la jetée la nuit, une lanterne à la main en rêvant de mon père, qui lui avait promis de venir la voir un jour ? Ce genre d'espoir est tenace, pensai-je, et même la froide réalité n'y changeait rien. Papa était mort mais elle espérait toujours, et cela me faisait mal pour elle.

Malgré ma fatigue, je glissai les pieds dans mes mules, happai ma robe de chambre et me précipitai dehors pour voir ce qui se passait.

Il faisait sombre dans la maison, mais un fort vent d'est avait chassé les nuages, et la nouvelle lune jetait assez de lumière dans le hall pour se diriger. Les domestiques des Eaton habitaient de l'autre côté de la maison, comme à l'étage, mais c'était notre porte d'entrée que j'avais entendue s'ouvrir et se fermer, j'en étais sûre.

Je repoussai mes cheveux en arrière et sortis sur la terrasse, face à l'océan. Il paraissait un peu agité. La crête des vagues élevait plus haut qu'à l'ordinaire ses moutons blancs, argentés par la lumière des étoiles. Au début, je me crus seule et me dis que j'avais peut-être imaginé tout cela ; puis je tournai légèrement la tête sur ma droite et j'aperçus Linden. Il marchait lentement, très lentement, pieds nus et vêtu de son seul pyjama.

Ma première impulsion fut d'aller chercher ma mère, mais Linden s'avançait de plus en plus près de l'eau, et la frayeur me saisit. Mon retour avait sans doute produit sur lui un effet négatif redoutable que ni Mère ni moi n'avions compris. Un effet si terrible qu'il avait réveillé en lui la tentation du suicide. Allais-je être responsable d'une nouvelle tragédie ? La panique semblait décupler mon poids, mais malgré cela je m'élançai sur les traces de Linden. Le vent plaquait mon peignoir sur mes jambes et me jetait du sable au visage, la nature elle-même paraissait vouloir m'empêcher d'atteindre mon but. Je hurlai :

— Linden ! Qu'est-ce qui t'arrive ? Où vas-tu ? Linden !

Il ne se retourna pas, ne modifia pas la cadence de son pas, cette démarche lente et bizarre qu'il avait adoptée, les bras raidis le long du corps dans un mouvement de balancier. Je courus derrière lui, perdis une pantoufle, revins sur mes pas pour la ramasser et repartis à sa poursuite, jusqu'au moment où je l'eus rattrapé.

— Linden !

J'aurais pu le toucher, il ne pouvait pas ne pas m'avoir entendue, mais il garda la tête basse et continua d'avancer. Je le saisis vivement par un coude. Il s'arrêta net. Mais ses bras ne cessèrent pas de se balancer, comme s'il marchait toujours.

— Qu'est-ce qui te prend ? Pourquoi fais-tu ça ? Où vastu ? débitai-je, sans qu'il paraisse m'entendre. Linden !

Finalement, le roulement de ses épaules cessa et il se figea dans une immobilité absolue, tête basse, ses longs cheveux blonds tombant mollement devant son visage blême. Je vins me placer devant lui et m'aperçus qu'il avait les yeux fermés. En fait… il avait tout simplement l'air de dormir !

— Linden… est-ce que tu te sens bien ?

Il se retourna lentement, sans répondre, et reprit sa marche en sens inverse, levant bien haut les pieds comme si la plage était faite de goudron fondu.

Il est somnambule, compris-je subitement. Je n'en avais jamais vu auparavant, et c'était terrifiant, comme si l'on était attiré de force dans le cauchemar de quelqu'un d'autre. Je le rejoignis à nouveau, le cœur battant, et cette fois je lui parlai presque à voix basse.

— Linden, je t'en prie, réveille-toi. Tu es dehors, sur la plage.

Je lui secouai très doucement le bras, redoutant l'effet d'un réveil brutal, surtout après ce qu'il venait de subir. Il avait fallu l'opérer, après l'accident, pour soulager son cerveau de la pression sanguine causée par ses blessures. Qu'allait-il se passer quand il ouvrirait les yeux ? Se retrouver sur une plage, et non dans son lit, pourrait provoquer chez lui une réaction désastreuse. Le médecin avait parlé de symptômes post-traumatiques, me rappelai-je. Ceci en était-il un ? Il pourrait très bien avoir un accès de fureur hystérique, se faire du mal à lui-même, et je n'étais pas assez forte pour l'en empêcher.

Il marchait en direction de la maison, maintenant ; mais je crois que si, d'une pression discrète, je ne l'avais pas fait modifier légèrement sa direction, il l'aurait dépassée. Heureusement, il gagna la terrasse sans encombre et me laissa le guider le long du couloir, jusqu'à sa chambre. Je m'atendais à ce que ma mère se réveille, mais ce ne fut pas le cas, et c'est moi qui me chargeai de remettre Linden au lit. Malgré sa raideur, je parvins à le faire s'étendre sous ses couvertures, et le plus étonnant est qu'il ne s'éveilla pas. Il ne proféra pas un seul mot, n'émit pas le moindre son.

Debout à son chevet, j'écartai ses cheveux de son visage et contemplai sa cicatrice, terrible rappel de son chagrin, de sa colère et de sa solitude. Ses lèvres se crispèrent, ses yeux remuèrent avec rapidité sous ses paupières closes. Puis il ouvrit la bouche et geignit doucement. Après cela il redevint très calme, et sa respiration reprit un rythme lent et régulier. Soulagée de voir que tout allait bien, je regagnai ma chambre.

Mais il ne me fut pas si facile de me rendormir. Cette course derrière Linden et ce retour à la maison m'avaient mis les nerfs à vif. J'attendis le sommeil pendant des heures et juste comme je venais d'y plonger, le jour se leva.

Tel un magnétiseur éveillant subitement un patient de son état hypnotique, un soleil éclatant me contraignit à ouvrir les yeux.

Les domestiques de la grande maison se préparaient à partir travailler, des bruits étouffés me parvenaient à travers le plafond. Je percevais aussi, très atténuée, la voix de ma mère qui parlait doucement à Linden. Lui, je ne l'entendis pas répondre. J'étais fourbue, tout mon corps protesta quand je m'obligeai à me lever. Après m'être arrosé le visage d'eau froide pour chasser le sommeil, je brossai mes cheveux en arrière, enfilai ma robe de chambre et passai dans la cuisine, où ma mère et Linden prenaient leur petit déjeuner.

— Oh, Linden ! s'écria-t-elle en m'apercevant, regarde qui est revenu, comme je te l'avais dit. Elle est arrivée cette nuit, après que tu es allé te coucher.

Il ne réagit pas, ne tourna même pas la tête vers moi. Je l'interpellai à mon tour.

— Bonjour, Linden. Comment te sens-tu ?

Les yeux fixés sur son porridge, comme s'il n'avait pas entendu, il avala quelques gorgées de café.

— Willow est de retour, Linden, insista ma mère. Tu ne veux pas lui dire bonjour ?

Il leva les yeux sur elle, sans me regarder, et but encore un peu de café. Ma mère et moi échangeâmes un regard inquiet, mais je réussis à lui sourire.

— Tu as faim ? s'enquit-elle.

— Je prendrai quelques toasts à la confiture, sans plus.

— Je ne m'attendais pas à ce que tu te lèves si tôt après une pareille étape en voiture, observa-t-elle quand je me levai pour aller faire griller mes toasts. Et nous avons bavardé si tard !

— Moi non plus, je ne m'y attendais pas. Mais je m'étais réveillée un peu plus tôt, ajoutai-je, en me demandant si Linden avait conscience de ce qui s'était produit.

Je lui lançai un bref coup d'œil pour voir s'il allait chercher mon regard, mais il n'en fit rien. Il repoussa sa chaise et se leva.

— Tu n'as pas fini de déjeuner, Linden, fit remarquer notre mère.

— Je n'ai pas très faim ce matin, c'est tout.

Il ne m'avait toujours pas regardée. Avait-il décidé de ne plus m'adresser la parole ? Pourquoi ne voulait-il même pas me dire bonjour ? J'en vins à me dire qu'il m'en voulait tout simplement d'exister, d'être là, d'avoir surgi de nulle part pour lui jeter à la figure le passé de mes parents. Les porteurs de mauvaises nouvelles n'étaient jamais vus d'un bon œil. Autrefois, on les tuait.

Linden se retourna, m'effleura d'un regard absent et quitta la cuisine. Dès que je ne le crus plus à portée de voix, je parlai à ma mère des pas qui m'avaient réveillée en pleine nuit.

— Je suis sortie parce que j'ai cru que c'était toi, que peut-être quelque chose n'allait pas. Mais c'était Linden qui sortait pour s'en aller par là, précisai-je en désignant la plage. Il marchait en dormant.

Puis je décrivis la suite, et comment Linden était rentré, toujours endormi. Ma mère se mordit les lèvres, battit des paupières comme pour contenir ses larmes. Et le soupir qui lui échappa fut si lourd, si triste que j'en eus mal pour elle.

— C'est comme ça depuis son retour de l'hôpital, une chose après l'autre, sans arrêt. La psychothérapeute a prédit que sa dépression allait s'aggraver, qu'il aurait besoin d'un traitement plus fort et de médicaments spécifiques. Elle voulait que je le fasse entrer en clinique psychiatrique, pas très loin d'ici, mais je n'ai pas pu. Même si je sais qu'il a hérité de mes tendances maniaco-dépressives.

— Non, Mère, protestai-je avec fermeté. Ton état n'avait rien d'une maladie héréditaire.

Je parlais en connaissance de cause, j'avais lu les rapports médicaux de mon père sur son cas. Elle parut convaincue.

— J'espérais que son traitement le stabiliserait, que son état s'améliorerait et qu'au moins, nous retrouverions notre tranquillité d'avant, mais ça...

Elle avala péniblement sa salive et poursuivit :

— Ce somnambulisme, à présent, c'est nouveau. Qu'allons-nous faire ? L'enfermer dans sa chambre ?

— Cela passera sans doute, Mère. Cela pourrait ne plus jamais se reproduire. Tout est encore si récent...

Mes paroles parurent lui rendre espoir.

— Oui, peut-être, mais nous devons envisager ce qu'il conviendrait de faire, si aucun mieux ne se produisait. J'appellerai son médecin, en tout cas, même si je sais qu'elle renouvellera sa suggestion de le faire entrer en clinique.

Nous cessâmes de parler en entendant revenir Linden. Il avait mis son coupe-vent et se dirigeait vers la porte du hall.

— Où vas-tu ? lui demanda Mère.

Comme si la question exigeait une longue réflexion, il prit tout son temps avant de répondre :

— Me promener.

— J'irai te rejoindre dans un moment, suggérai-je. Si ça ne t'ennuie pas.

Il fit halte. Pendant un instant, je crus qu'il allait se retourner et me parler, mais il garda le silence et repartit en direction de la porte.

— Ne va pas trop loin, lui recommanda Mère, une note d'anxiété dans la voix.

— Je suis déjà allé trop loin, fut sa réponse.

Sur quoi il ouvrit la porte et nous laissa là, les yeux fixés sur lui, à nous demander ce qu'il avait voulu dire ; ou même s'il fallait chercher un sens à ce chaos de pensées, de rêves et de souvenirs qui faisaient rage sous son front tourmenté.

Quant à toutes les nouvelles questions que je me posais, concernant ma vie et mon avenir, les réponses étaient à portée de ma main, tel le fruit défendu sur l'arbre de la connaissance.

Cueille-les à tes risques et périls, Willow de Beers, m'ordonnai-je à moi-même. En espérant ne pas connaître le sort d'Adam et Ève, toi aussi…

… Et n'être pas chassée du paradis.

1

Retour à Joya del Mar

Maintenant que j'étais là, bien résolue à partager la vie de ma mère et de la famille, je me sentais un peu comme si je venais de descendre du Grand Huit. J'étais plutôt secouée en reposant les pieds par terre, mais finalement le temps avait repris son cours normal. Je pouvais respirer, laisser mes souvenirs les plus récents, ceux qui m'avaient poursuivie sans cesse, me rattraper et trouver place dans un coin de ma cervelle. Je n'essaierais plus de les ignorer, mais je pourrais en tirer des leçons utiles, la sagesse dont j'aurais besoin pour me guider dans les jours à venir.

Juste avant mon départ pour l'université, au début de ma deuxième année d'études, papa et moi avions passé une heure merveilleuse après le dîner, sur la terrasse qui donnait derrière notre maison de Caroline du Sud. Ces moments de calme partagé, entre nous, étaient aussi rares que les étoiles filantes. Je n'avais pas le courage de les réclamer. Les animaux familiers se blottissent sans vergogne aux pieds de leurs maîtres, quêtant les caresses; et je les enviais pour ces démonstrations d'affection, moi qui avais grandi dans une maison où elles n'étaient pas de mise. Ma mère adoptive avait toujours fait en sorte que je me sente indésirable sous son toit, et j'étais devenue timide et renfermée. Il fallait si peu de chose pour qu'elle se fâche contre moi ! Je m'accrochais si fermement à la jupe d'Amou, ma nounou, qu'on aurait pu me croire attachée à sa ceinture.

Quand je me trouvais la même pièce que ma M.A., comme je nommais ma mère adoptive, je me souviens que je me tortillais pour tenter d'échapper à son regard. Toujours accusateur et méprisant, il me transperçait comme un coup de poignard.

Je n'avais pas peur d'aller chercher du réconfort auprès de papa, mais à présent, avec le recul, je comprends mieux sa réserve. En ce temps-là, il prenait grand soin de plaire à ma M.A. tout en protégeant sa vie secrète et son amour. En sorte qu'il avait dressé entre nous un véritable mur d'autorité, surtout devant ma mère adoptive, et maintenait entre nous autant de distance que possible. En d'autres termes il était avant tout psychiatre, conseiller, thérapeute, son rôle de père ne venant qu'en second.

Ne s'appuyant que sur la raison et la logique, il m'enseigna ses codes de conduite dès que je fus capable de répondre à une question par oui ou par non. Ma M.A. se répandait en injures contre ma négligence ou mon étourderie. Elle ne laissait passer aucun manquement à l'ordre rigoureux qu'elle exigeait de moi, même quand j'avais trois ans. Dès cette époque, j'avais remarqué qu'elle signalait mes fautes à mon père comme à un juge au tribunal, me déclarant toujours coupable de quelque horrible anomalie mentale et réclamant un châtiment. Vers l'âge de cinq ans, je pensais qu'elle était capable de demander la peine de mort.

Il était rare que papa la contredise ouvertement. D'un hochement de tête ou d'un regard, il laissait entendre qu'il était d'accord, puis il se tournait vers moi, l'accusée. Et il entamait alors, avec douceur et méthode, une longue série de questions raisonnables.

— Tu souhaites que ta chambre soit agréable, je pense, Willow ? Tu veux pouvoir y recevoir tes amies ? Tu veux donner le moins de travail possible à Isabella, n'est-ce pas ?

Isabella était le véritable nom d'Amou, que j'appelais ainsi depuis le jour où j'avais été capable d'articuler un mot. Elle-même m'appelait *Amou Um*, ce qui en portugais signifie : bien aimée, et c'est de là que j'avais tiré ce diminutif affectueux. Ma mère adoptive avait horreur des surnoms, et me défendait d'appeler ainsi ma nounou. Mais je résistais, même devant ses yeux flamboyants qui menaçaient de me foudroyer de sa rage.

Naturellement, j'acquiesçais à chaque question de papa, et mon approbation à ces sortes de reproches semblait satisfaire ma mère adoptive, apaiser sa colère. J'avais les yeux pleins de larmes, bien sûr, mais je parvenais presque toujours à les contenir. C'était comme si je savais que pleurer devant cette femme équivalait à reconnaître, à accepter que j'étais telle qu'elle me voyait. La fille d'une déséquilibrée, portant en elle le germe de troubles mentaux qui finiraient un jour ou l'autre par se révéler.

Plus tard, il m'arriva dc surprendre une expression de tristesse et de dégoût sur le visage de papa, mais cela ne durait qu'un instant. Il fallait qu'il se domine. Qu'il me traite comme l'enfant d'un autre, comme le cas social que ma mère adoptive croyait que j'étais. Je ne pouvais qu'imaginer les terribles représailles qu'elle aurait exercées contre papa, si elle avait appris la vérité. Non seulement elle lui aurait imposé un divorce odieux, mais elle l'aurait contraint de quitter sa profession, qui était sa raison de vivre. Tenir leur amour caché dans le secret de leur cœur était le sacrifice que mon père et ma véritable mère devaient accepter. Le prix à payer, ils le savaient tous deux, pour que j'aie tout simplement le droit d'exister.

J'ai la certitude à présent que papa aurait fini par me dire la vérité, qu'il ne m'aurait pas laissée la découvrir moi-même après sa mort. Il attendait simplement d'être sûr que je pourrais la supporter, au lieu d'en être blessée ou horrifiée. D'une certaine façon, il devait d'abord se réinventer lui-même à mon intention, devenir un autre homme, le tuteur cédant la place au père ; et l'homme de devoir, plein de sagesse et de raison, à l'homme de cœur empli d'amour. C'est cela qu'il était en train de faire, juste avant de mourir. Peut-être avait-il attendu trop longtemps, mais aucun de nous ne croit vraiment à sa propre fin. Nous imaginons toujours qu'il y aura un nouveau tournant, un kilomètre de plus à parcourir, une autre minute de joie à savourer, que l'occasion de faire ce qui doit être fait n'est pas encore perdue.

Heureusement, après sa mort papa m'avait laissé son journal, police d'assurance garantissant la vérité. Après l'avoir lu, je savais mieux qui j'étais vraiment et ce j'avais à faire. Ma plus proche parente, Tante Agnès Delroy, la sœur de mon père devenue veuve, s'efforça de m'en empêcher. Comme tout le monde autour de moi, elle niait la réalité et la vérité.

— Je suis heureux que tu te plaises à l'université, Willow, commença papa ce doux soir de printemps, demeuré si vivace dans ma mémoire.

Les étoiles brillaient d'un tel éclat, cette nuit-là ! Je ne l'avais jamais oublié. Elles me faisaient penser à des chandelles dont la flamme s'avive d'instant en instant.

— Je m'y plais beaucoup, papa. Mes cours me passionnent et j'apprécie mes professeurs. Certains de mes nouveaux amis trouvent même que je prends mon travail trop au sérieux.

Il eut un petit rire amusé.

— Je me souviens que j'avais dû travailler tellement, pour pouvoir entrer à l'université, qu'il n'était pas question de me laisser aller à la paresse. Au moindre signe de relâchement dans mes efforts, je me sentais ridiculement coupable.

— C'est exactement ce que je ressens moi-même, papa.

— Ce n'était pas censé être une partie de plaisir, observa-t-il en laissant son regard s'échapper vers les champs, le lac et jusqu'à la forêt.

On aurait dit qu'il voyait au-delà du présent, remontant le temps jusqu'à des jours plus heureux. Tout cela, je le lisais dans son sourire. Il reprit, tout songeur :

— Nous étions supposés travailler d'arrache-pied, mais quelles surprenantes réactions j'ai provoquées ! Comme tes nouveaux amis, certains de mes plus proches camarades me trouvaient bizarre. « La psychiatrie te conviendra très bien, Claude, ironisaient-ils. Si besoin est, tu pourras te soigner toi-même et t'envoyer la note d'honoraires. »

Nous rîmes tous deux à cette idée cocasse, mais papa reprit très vite son sérieux. Je ne l'avais même jamais vu aussi grave.

— Si nous n'aimons pas ce que nous faisons, alors nous n'aimons pas ce que nous sommes, déclara-t-il. Et la pire des malédictions est de ne pas s'aimer soi-même, Willow ; d'être piégé dans un corps et derrière un visage qu'on méprise. On hait jusqu'au son de sa propre voix, on en vient même à haïr son ombre. Comment espérer rendre quelqu'un d'autre heureux, une femme, des enfants, des amis, si l'on est incapable d'être heureux soi-même ?

« Cela semble une vérité si simple, mais elle reste cachée pour la plupart des gens, enfouie sous un tel amas de mensonges et d'illusions ! Je sais maintenant que cela ne t'arrivera pas, conclut-il avec assurance.

Alors que je me promenais sur la plage après le petit déjeuner, ce matin-là, cette conversation me revenait en mémoire, et les paroles de papa m'aidaient à comprendre Linden. Lui qui errait à la recherche d'un moyen d'échapper à lui-même, à ce qu'il croyait être lui-même. Le suicide n'était pas une solution, et de toute évidence il avait essayé celle-là, mais il devait y en avoir une meilleure. Il fallait qu'il y en ait une. Et j'étais bien décidée à l'aider à la trouver.

Sans doute était-ce pure arrogance de ma part que de m'en juger capable. J'étais encore une très jeune femme, sans expérience, pas très sûre de moi ni de mes sentiments, toujours hantée par les angoisses de mon enfance. Pour moi, la fille d'un éminent psychiatre qui comptait bien suivre ses traces, cela semblait tout naturel d'agir ainsi. Mais ne serait-ce pas l'histoire de l'aveugle conduisant un autre aveugle ? N'allais-je pas causer plus de mal à Linden, l'enfoncer encore plus profondément dans ces ténèbres où il passait la plupart de son temps ? Comme j'enviais mon père pour la confiance en lui qui dictait toutes ses décisions ! La plupart d'entre elles pouvaient avoir de si lourdes conséquences pour la vie d'autrui. Comment, sachant cela, pouvait-il s'exprimer avec une telle autorité, une telle assurance ? Quand en serait-il de même pour moi ? Ce jour viendrait-il jamais ?

Un éclat de rire, venu de la terrasse de la grande maison, détourna mon attention de l'océan et de mes réflexions. Je venais de franchir la petite hauteur qui dominait la plage, et je me trouvais presque juste en dessous de la terrasse, à très peu de distance. À ma grande surprise, Bunny et Asher Eaton, qui d'ordinaire faisaient la fête toute la nuit quand ce n'était pas jusqu'au matin suivant, déjeunaient en tenue de tennis avec deux amies de Bunny, les sœurs Carriage. Je connaissais déjà Thelma et Brenda, que Bunny elle-même décrivait comme deux purs produits de la société locale, et deux redoutables commères. Elles avaient épousé deux frères, deux importants promoteurs, et se trouvaient à présent toutes les deux veuves.

Tous regardaient dans ma direction, je savais qu'ils n'avaient pas pu ne pas me remarquer. Cependant, ni Asher Eaton ni Bunny ne dirent mot.

Même à cette distance, je pouvais lire sur les traits de Bunny qu'elle n'était pas ravie de me voir. Elle devait sans doute, tout comme moi, se rappeler notre déplaisante entrevue juste avant mon départ pour la Caroline du Sud. Elle se retourna vers les sœurs Carriage et, presque aussitôt, lança un autre éclat de rire forcé, comme si j'étais une sorte de clown qui se serait aventuré trop loin du cirque. Puis elle marmonna quelques mots et les trois autres joignirent leur rire au sien.

J'étais résolue à les ignorer mais subitement Thatcher apparut, en tenue de ville et manifestement prêt à partir au travail. Il me tournait le dos et ne pouvait pas savoir que je me trouvais là. Ni Asher ni Bunny n'allaient le lui dire, j'en étais sûre. Mais l'une des sœurs Carriage dut poser une question à mon sujet, car il se retourna vivement de mon côté. Nous échangeâmes un long regard et je sentis mon cœur s'emballer. Thatcher ne m'appela pas, ne m'adressa pas le moindre signe d'accueil. Ma main faillit se lever d'elle-même pour le saluer, mais je la maintins à sa place et me reprochai ma faiblesse, si prompte à trahir ma fierté.

Thatcher adressa quelques mots aux autres et rentra dans la maison. Avec une sorte de jubilation, Bunny pivota vers moi et, pour la troisième fois, éclata de rire.

Je baissai la tête et repartis le long de la plage, à la recherche de Linden. Je ne tardai pas à conclure qu'il avait dû partir en sens inverse, car je ne l'apercevais nulle part devant moi, pas même au-delà des limites de la propriété. Je me sentis soudain terriblement seule et en proie à mon tourment familier: le doute, qui venait contester chacune de mes décisions. Je fis halte et contemplai les voiliers qui croisaient au loin.

Un vent tiède mais vigoureux poussait vers l'horizon une longue file de nuages floconneux, et un jet décollait de l'aéroport de West Palm Beach. Je le regardai monter, virer et piquer droit vers les nuages.

— Je parie que tu voudrais être à bord ! dit une voix derrière moi.

Je fis volte-face, pour voir Thatcher descendre un sentier bordé de buissons. Je levai les yeux vers la grande maison et compris soudain ce qu'il était en train de faire : il s'était éclipsé pour me rejoindre discrètement, à l'insu de tout le monde. Une bouffée d'indignation m'enflamma littéralement les joues.

— Eh bien, Thatcher ? lançai-je en croisant les bras sur ma poitrine. Tu as peur de recevoir une fessée si on te voit en ma compagnie, maintenant ? Ou que les sœurs Carriage lancent l'information dans leur circuit de ragots ?

Prêt à me tendre les bras, il s'arrêta net, se força à sourire et parvint même à rire.

— J'aurais dû savoir qu'on ne peut pas tromper la fille d'un éminent psychiatre, riposta-t-il, en mesurant prudemment les derniers pas qui le séparaient de moi.

Aucun doute, Thatcher Eaton était bel homme. La brise soulevait légèrement ses cheveux bruns. Son hâle avait juste l'intensité voulue pour souligner le bleu de ses yeux et la blancheur de ses dents. Il dépassait à peine le mètre quatre-vingts, mais sa carrure imposante et ses hanches étroites le faisaient paraître plus grand qu'il ne l'était réellement. Et sa totale confiance en lui, qui parfois frisait l'arrogance, accroissait l'impression de force qui émanait de lui.

Il m'aurait été facile de céder à son charme, de me jeter dans ses bras prêts à m'accueillir, mais je ne ris pas de sa plaisanterie.

Mon expression signifiait clairement que je n'accepterais ni faux prétexte, ni demi-vérité ; ni aucune excuse de sa part pour ne m'avoir pas appelée après mon départ de Joya del Mar, quand un triste devoir m'avait rappelée en Caroline du Sud. Je n'allais certainement pas laisser passer sa conduite actuelle, ni le plaindre d'avoir à consoler et protéger l'enfant gâtée qu'était sa mère.

Son sourire s'évapora, remplacé par cette mine grave et assurée qu'il arborait généralement en public.

— Je suis venu m'excuser de ne pas t'avoir appelée, comme je te l'avais promis, et je suis désolé pour ce que ma mère t'a dit le jour de ton départ. Elle m'a tout répété mot pour mot… bien que je la soupçonne d'avoir un peu dénaturé tes propos pour te donner le mauvais rôle, conclut-il d'un air désabusé.

— Non, je ne pense pas qu'elle ait exagéré. Tout ce qu'elle a pu te dire, je suis certaine de l'avoir dit. Je n'allais quand même pas lui permettre de me traiter comme si je valais moins que les Eaton, simplement à cause de ce qui était arrivé à ma mère !

L'expression tendue de Thatcher s'adoucit jusqu'au sourire.

— Non, je veux bien le croire. Tu ne pouvais vraiment pas. Écoute, Willow...

Il redevint sérieux et se rapprocha de moi.

— Il n'est pas question de droits ou de torts, pour l'instant. Bien sûr que mes parents sont des snobs. Est-ce que j'ai jamais soutenu le contraire ?

— Non, mais tu as montré ton propre snobisme, Thatcher. J'ai été très déçue que tu ne m'aies pas téléphoné. Tu savais que je ne rentrais pas chez moi pour le plaisir, et combien les choses étaient difficiles ici pour ma mère, pour Linden, et pour moi là-bas. Cela m'a brisé le cœur de devoir la quitter, même pour peu de temps. Mais je commence à me demander si tu es capable de comprendre à quelle vitesse étonnante une pareille affection peut naître et s'épanouir, quand elle est honnête et sincère.

— Écoute-moi, implora-t-il. J'étais vraiment sur le point de t'appeler. En attendant, je m'employais en coulisse à ce que Linden reçoive les meilleurs soins possible, en m'assurant que tout allait bien pour ta mère.

— Pourquoi en coulisse ? renvoyai-je âprement. Tu es adulte, avocat, renommé. Tu m'as fait croire que tu ne te laissais pas éblouir par le luxe tapageur et la richesse qui règnent ici ; que tu méprisais autant que moi les pompeux imbéciles qui s'y exhibent en se prenant pour des dieux et des déesses !

— C'était vrai. Ça l'est toujours, mais...

— Mais quoi ?

Il se rapprocha un peu plus encore.

— Écoute, Willow, il faut savoir faire certains compromis pour réussir, dans ce monde. Ceux qui n'acceptent pas, qui s'accrochent à leurs grands principes en refusant toute concession, ceux-là sont tout aussi snobs.

J'affichai un sourire incrédule.

— Ah bon ? Les gens qui ont des principes sont des snobs ?

— Parfaitement. C'est une autre forme d'arrogance, l'orgueil de l'action juste, de la perfection, de l'intolérance. Les gens riches méritent la pitié, eux aussi. Pour leurs faiblesses, leur vulnérabilité, leurs défauts, s'empressa d'ajouter Thatcher avant que je ne rie.

J'en étais bien loin. Pour tout dire, les gens comme ses parents m'inspiraient plus de pitié que de haine, et certainement aucune envie.

— Pour réussir dans ce monde il faut savoir transiger, en conservant assez de respect de soi-même pour apprécier le succès, me sermonna-t-il. C'est une question de proportions, de diplomatie, de négociations.

— En quoi tout cela justifie-t-il que toi, Thatcher, tu t'esquives en catimini de ta propre maison pour venir me parler ?

Il libéra un soupir las.

— Tâche de comprendre. Ce n'est sans doute pas évident pour toi, mais ma famille est plutôt fragilisée en ce moment, surtout si on considère la situation de ma sœur. Mes parents font bonne figure, mais mon père a un lourd fardeau sur les épaules.

— Quel fardeau ? L'approvisionnement en champagne ?

— Moque-toi si tu veux, mais tu n'es pas la seule qui ait un passé et un présent difficiles. Le mariage de ma sœur menace de craquer depuis des années. Son mari est loin de réussir aussi bien qu'il en a l'air. Il y a des tas de choses que tu ignores, Willow. Je ne voyais aucune raison d'ajouter mes soucis à tes frayeurs, acheva-t-il d'une voix radoucie.

Je lui avais parlé d'Amou, de ses expressions familières. Le fait qu'il utilisât l'une d'elles apaisa la colère qui montait en moi. Je le laissai poursuivre.

— Alors avec tout ça, ces révélations sur Grace et toi, la conduite de Linden… toutes ces choses qui nous arrivaient si vite et si brutalement…

« Il faut du temps pour s'adapter, pour accepter, pour comprendre, insista-t-il comme s'il plaidait sa propre cause. En dépit des apparences, nous menons une vie très régulière ici, très disciplinée, en tout cas moi.

Je le regardai avec effarement. Comme il était sérieux, raisonnable... si terriblement raisonnable.

— J'oublie toujours avec quel brio tu plaides, Thatcher Steven Eaton, même quand le procès concerne une ridicule histoire de litière pour chats.

Il éclata de rire.

— Eh là, ne crache pas dans la soupe. C'est avec ça que je paie mes factures !

Je laissai dériver mon regard loin de lui. Avait-il raison à propos de tout cela, et de la manière dont il s'était conduit ? Je souhaitais qu'il dise vrai. J'en avais besoin. Était-ce de la faiblesse ? Voulais-je m'illusionner moi-même, accepter les mensonges afin d'être heureuse comme tant de gens d'ici, tant de gens que j'avais connus, en particulier ma mère adoptive ? S'il y avait quelqu'un à qui je ne tenais pas à ressembler, c'était bien elle.

Je détestais cette façon de toujours m'analyser moi-même ; mais je ne pouvais pas m'empêcher de penser que je serais toujours faible en présence d'un homme fort, plein de confiance en lui-même. Un analyste m'aurait dit, j'en étais sûre, que j'étais constamment à la recherche d'une image de père.

Je me sentis faiblir quand Thatcher se rapprocha encore, presque à me toucher. Je détournai la tête, craignant de ne plus répondre de moi si je rencontrais le regard de ses yeux bleus. Il implora d'une voix assourdie et très douce :

— Tu dois me croire, Willow. J'ai souffert de te savoir seule là-bas, confrontée à tous ces problèmes, sans que je sois à tes côtés.

Je pivotai pour lui faire face.

— Alors pourquoi ne pas m'avoir appelée... au moins une fois !

— Je pensais que tu allais rentrer plus tôt, surtout avec l'état de Linden, et tout le reste...

— Tu inventes n'importe quoi, Thatcher ! Tu ne cherches qu'à justifier ton inaction. Vos objections sont un peu minces, monsieur l'avocat de la Défense. La Cour les rejette.

Il hocha la tête et je vis son regard s'assombrir.

— Tu as raison, ce n'est pas tout.

— Que... Qu'y a-t-il d'autre ? balbutiai-je, prise de court par cet aveu soudain.

— Quelque chose est arrivé juste après ton départ.
— Quoi donc ?
Cette fois ce fut lui qui détourna les yeux, et l'expression de ses traits me fit chavirer le cœur. Qu'avait-il pu se passer, qui soit plus difficile à admettre, ou à comprendre, que ce qui nous était arrivé à tous les trois, ma mère, Linden et moi ?
— Ma sœur s'est rendu compte que cela devenait très sérieux entre nous deux, commença-t-il.
— Et alors ? Quelle importance ? Tu n'as jamais laissé son avis t'influencer, que je sache ? rétorquai-je en criant presque.
Il jeta un coup d'œil inquiet vers la terrasse, puis descendit de quelques pas vers la plage pour être bien certain que nous ne serions pas entendus. Je le suivis, presque aussi nerveuse à présent que fâchée contre lui.
— Non, admit-il, tu as raison. Son point de vue m'indiffère. Je ne vais pas changer quoi que ce soit à ma vie, ni à mes projets, pour me conformer aux opinions de Whitney sur le monde. Nous sommes aussi différents que peuvent l'être un frère et une sœur, mais...
Thatcher se tourna brusquement vers moi.
— Mais quoi ?
— C'est précisément la question. Ou du moins, la question qu'elle a soulevée dans ses révélations.
— Quelles révélations ? De quoi parles-tu, Thatcher ? Tes paroles n'ont aucun sens pour moi et...
— J'espérais ne pas avoir à t'en parler tout de suite, Willow. Pas avant d'avoir enquêté par moi-même, et vérifié ses propos. Ma sœur est tout à fait capable d'un pareil stratagème pour m'amener à faire ce qui lui convient, ou m'empêcher de faire ce qui ne lui convient pas.
— Comme quoi, par exemple ? m'écriai-je, la voix tendue.
Il respira un grand coup et se passa la main dans les cheveux.
— Tu sais qui était Kirby Scott, évidemment ?
— Oui. Le beau-père de ma mère, celui qui l'a séduite et violée, le père de Linden. Je sais tout ça, dis-je en balayant les mots d'un geste de la main, comme pour chasser une nuée de mouches des sables.

Bien sûr que je le savais. L'histoire était comme gravée dans mon cœur. Après que ma grand-mère maternelle eut perdu son mari, un officier de marine mort dans un accident d'hélicoptère, elle était venue s'installer à West Palm Beach avec ma mère, âgée d'environ douze ans. Ma grand-mère, Jackie Lee Houston, y avait travaillé dans un grand restaurant jusqu'à ce qu'elle rencontre Winston Montgomery, un veuf richissime et son aîné de vingt-cinq ans. Il s'éprit d'elle, l'épousa et l'emmena à Joya del Mar. Après la mort de Winston, ma grand-mère s'amouracha d'un playboy de Palm Beach au physique avantageux, Kirby Scott. Elle l'épousa. Et en moins de temps qu'il n'en faut pour le dire, il avait dilapidé sa fortune au jeu pour s'empresser de l'abandonner, pratiquement ruinée. Mais avant cela, il avait séduit ma mère et elle s'était retrouvée enceinte de Linden. Cette grossesse fut soigneusement dissimulée. Ma grand-mère s'efforça de faire croire à tout le monde que Linden était son propre fils. Pendant longtemps, elle réussit à l'en convaincre lui-même.

— Nous avons tout dit sur cette sordide histoire, Thatcher. À quoi bon y revenir maintenant ?

Il marqua une pause avant de se décider à révéler :

— Ta mère n'est pas la seule femme qu'il ait séduite, apparemment, du moins s'il faut en croire ma sœur.

— Qu'est-ce que cela est censé signifier ? Quelle autre a-t-il séduite, et en quoi cela nous concerne-t-il, Thatcher ? Tu ne m'éclaires pas du tout, et franchement…

— Ma mère, jeta-t-il tout à trac.

Je le dévisageai, médusée. Est-ce que je rêvais ? Était-il en train de me dire que sa mère avait été séduite, et par le même homme qui avait provoqué tout ce gâchis ? Je ne parvins qu'à proférer :

— Quoi ?

— Marchons encore un peu, suggéra Thatcher, comme pour mettre plus de distance entre lui et ses parents avant de me fournir la moindre information.

— Thatcher…

Il leva vivement la main.

— Laisse-moi t'expliquer. Juste après votre pénible… mise au point, ma mère a téléphoné à Whitney. Elle est beaucoup plus proche de Whitney que de moi, en fait.

Elles ont les mêmes objectifs dans la vie, partagent les mêmes valeurs, et chacune est sensible aux petits malheurs de l'autre.

— Et alors ?

— Ma mère a ouvert son cœur, c'est-à-dire confié ses craintes à Whitney qui n'attendait que ça, en déplorant la situation dans tous ses détails. Whitney prétend qu'elle lui a recommandé de me dire toute la vérité. Apparemment, si je peux ajouter foi à un seul de ses propos, c'est un secret qu'elles partageaient depuis des années, mais dont j'étais exclu.

« Juste après cette conversation, ma mère a eu l'une de ses plus graves crises de dépression, c'est-à-dire... Je vais tâcher de t'expliquer brièvement ce qu'il en est dans ces cas-là. Elle tombe dans un marasme absolu, ne quitte plus son lit, ne mange plus, sanglote de façon incontrôlable. Mon père m'appelle quand cela se produit. Et nous l'emmenons dans un centre de remise en forme où elle reçoit les soins les plus attentionnés, bains bouillonnants, masques, massages et tout ce qui s'ensuit.

— Quelle chance elle a d'avoir besoin de si peu de chose pour retrouver le bonheur ! commentai-je sèchement.

Thatcher acquiesça, tout en me lançant un regard de côté.

— Tu sais, Willow, si tu me permets de te donner un avis constructif... Je suis certain que la remarquable réussite de ton père, dans sa carrière, avait beaucoup à voir avec la tolérance et la compassion. Je n'ai jamais nié les faiblesses de ma mère, et je ne les nie toujours pas, mais ce n'est pas pour cela que je la déteste. En fait, bien que je ne sois pas thérapeute, je compatis et je la traite comme tu traiteras un jour une patiente de son espèce, j'en suis sûr. Je suis gentil avec elle, je la dorlote et je raisonne avec elle.

Il s'interrompit, comme s'il attendait une approbation de ma part, et comme je gardai le silence il enchaîna :

— C'est vrai, ici les gens sont assez riches pour s'offrir tout ce qu'ils veulent, ou presque. Mais ça ne les empêche pas de connaître la dépression, la déception, le doute, et toute leur fortune est impuissante à les en préserver. Ce que je veux dire, c'est que tu dois faire un peu de place dans ton cœur aux riches, Willow, aussi bien qu'à ceux qui n'ont rien.

« Un médecin qui traiterait un patient riche avec moins de compassion qu'un pauvre ne serait pas un grand médecin, n'est-ce pas ?

Cette fois, je fus bien forcée de répondre.

— Tu dis parfois des choses très justes, Thatcher, et je ne serais pas contente de moi si je ne montrais aucune compassion envers ceux qui en ont besoin. Mais il y a des gens qui sont tout simplement gâtés pourris, et qui ont besoin d'un peu de rigueur plutôt que d'un surcroît d'égards et de tendresse. Ceux qui les aiment ne leur font aucun bien en se prêtant à leurs caprices et à leurs humeurs. Ils ne font que prolonger le malheur de tous. Je n'enverrais pas ta mère dans un centre de remise en forme, Thatcher. Je l'enverrais travailler une semaine dans un supermarché, au rayon alimentation, pour emballer la marchandise.

Il éclata de rire.

— D'accord. Nous poursuivrons cette discussion plus tard. Qu'elle ait eu besoin d'être fouettée ou dorlotée, ma mère a fait une de ses crises de dépression après ton départ ; et je me suis débrouillé avec ça, en même temps que j'aidais ta mère et Linden.

« Un soir, après son retour, je suis allé la voir dans sa chambre. Elle allait mieux, mais je voyais bien qu'elle était toujours préoccupée : il y avait des piles d'invitations non décachetées sur sa table de nuit. Je lui ai demandé ce qui la tracassait tellement. Je me doutais que c'était en rapport avec toi et moi, bien sûr, et j'étais prêt à en discuter de façon raisonnable. En fait, j'envisageais de t'appeler ce soir-là, de t'expliquer ce qui se passait, de prendre de tes nouvelles et de te demander quand tu rentrais.

— Et ?

— Ma mère ne m'en a pas laissé l'occasion, Willow. Elle m'a débité tous ses motifs d'inquiétude, à commencer par le fait que tu étais la fille de Grace, la demi-sœur de Linden, que tous ces troubles mentaux pouvaient se transmettre à nos enfants... et ainsi de suite. Je n'étais pas d'accord et je lui ai parlé de ton père, en plaidant comme je n'avais jamais plaidé. J'ai bien vu que mes arguments portaient, et que j'écrasais les siens comme des mouches. Finalement...

J'étais suspendue à ses lèvres.

— Continue, Thatcher.

— Finalement, elle s'est adossée à ses oreillers, a levé les yeux sur moi et m'a dit tout ce que Whitney voulait qu'elle me dise. J'étais sans voix. Ma propre mère avouait qu'elle avait été adultère, et me l'avouait à moi !

« La conclusion de tout cela, c'est que mon père et celui de Linden ne faisaient qu'une seule et même personne. Que Linden était mon demi-frère, à moi aussi. Elle affirmait qu'il y avait de grandes chances pour que nous ayons un enfant à problèmes. Non seulement parce que ta mère pouvait t'avoir transmis ses troubles mentaux mais aussi, comme le prouvait l'exemple de Linden... parce que je pouvais avoir hérité les mauvais penchants de mon père. C'était cela qui lui faisait si peur, tu comprends ?

Je secouai la tête, comme pour expulser de mes oreilles les mots que je venais d'entendre.

— Non, articulai-je avec peine.

— Elle a décrit Kirby Scott comme un homme très romantique et séduisant, qui a profité d'elle un soir où elle avait bu trop de champagne. Peu après, elle s'est trouvée enceinte de moi. Le gynécologue lui a indiqué une fourchette de temps fiable pour la date de conception, et elle a su avec certitude que j'étais le fils de Kirby Scott. Elle et mon père n'avaient pas eu de rapports pendant cette période. C'est du moins ce qu'elle prétend.

Thatcher se tut et respira longuement, péniblement, comme si cela lui coûtait un effort immense.

— Mais tu ressembles à ton père, protestai-je. Les ressemblances sont évidentes. Non, Thatcher, ce n'est pas vrai. Cela ne peut pas être vrai.

— Je sais, mais après qu'elle m'a parlé j'ai déniché quelques photos dans de vieux journaux. J'ai bien examiné celles de Kirby Scott, et je trouve certaines ressemblances entre nous, également. Pas assez marquées pour lever tous les doutes, mais suffisamment pour que cela semble possible.

Je secouai la tête.

— Même si cette histoire s'avère exacte, Thatcher, cela ne nous affecte en rien. Il n'existe aucun lien de parenté entre nous, fis-je observer. Ma mère n'est atteinte d'aucune maladie héréditaire. Elle a été violée. Il n'y a aucune preuve qu'un trouble mental causé par l'environnement social devienne transmissible : c'est ridicule !

— Je sais, mais tout cela n'en est pas moins scandaleux, et peut engendrer toutes sortes de complications. Je pourrais dire adieu à ma carrière, ici en tout cas, si jamais cette histoire se répandait.

— Et après ? rétorquai-je. Tu peux mener une carrière officielle n'importe où ailleurs, Thatcher. Où il te plaira.

— Alors tu m'épouserais et tu quitterais ta mère et Linden du jour au lendemain ?

J'ouvrais la bouche pour parler... mais je me tus.

— Tu vois ce que je veux dire, Willow ? Ce n'est pas une question à laquelle on peut répondre sur-le-champ, par oui ou par non.

— Et ta mère révélerait tout cela, elle irait crier son déshonneur sur tous les toits ? demandai-je, incrédule. Juste pour t'empêcher de vivre avec moi ?

— Il y a vingt ans, j'aurais juré que non, mais de nos jours on accepte tant de choses... Les situations les plus scabreuses sont devenues monnaie courante, et les médias s'en régalent. On voit tous les jours à la télévision des gens venir déballer leurs secrets de famille, sans la moindre honte. Bref, ma mère n'irait sans doute pas jusque-là, mais pour ce qui est de ma sœur je ne garantis rien.

— Mais il n'y a sans doute rien de vrai là-dedans, Thatcher ! C'est peut-être une invention pure est simple, forgée dans le seul but de nous séparer.

Il se mordit pensivement la lèvre.

— Oui, c'est possible. J'ai besoin de temps pour vérifier tout ça par moi-même. En attendant, je te demande de te montrer compréhensive et patiente avec moi, Willow. Pour le bien de tous, s'empressa-t-il d'ajouter, pas seulement le mien et le tien. Pourquoi risquer de provoquer les critiques et les ragots ? Certains d'entre nous ne sont pas assez solides pour supporter ce genre de choses plus longtemps.

Je savais qu'il pensait à ma mère et à Linden, et il avait raison. Ils n'avaient certainement pas besoin, en ce moment surtout, qu'on ajoute encore un scandale à tout ce qu'ils enduraient. Mais il y avait plus grave : quelle serait la réaction de Linden à ces nouvelles ? Il méprisait Thatcher. Qu'éprouverait-il en apprenant qu'ils étaient parents, qu'ils étaient frères ?

Et comment cette histoire affecterait-elle ma mère, que ses problèmes psychologiques avaient conduite à la clinique de mon père ? C'étaient deux êtres fragiles, qui portaient un fardeau déjà très lourd. Il n'était pas question d'en augmenter le poids. Que leur avais-je apporté, finalement ? Aurais-je l'égoïsme de répondre à Thatcher que tout cela m'était bien égal ? Allais-je me comporter comme sa mère, en faisant passer mon plaisir et ma satisfaction avant tout ?

— C'est trop injuste ! protestai-je, surtout si c'est vrai. Pourquoi devrions-nous souffrir de leurs inconséquences et de leurs faiblesses ?

— « Les péchés des parents retombent sur les enfants », cita Thatcher. Les vieux adages de la Bible sont parfois d'une grande sagesse.

C'était lui maintenant qui suivait des yeux un avion volant vers l'horizon, vers un autre monde, tournant le dos au passé. Et ce fut moi qui demandai :

— Tu aimerais bien être à bord, je parie ?

Il sourit.

— Je l'ai souvent souhaité, en effet, mais à condition...

Il se rapprocha encore jusqu'à être tout contre moi.

— À condition de t'avoir à mes côtés.

— Peut-être irions-nous tous beaucoup mieux si nous n'avions pas le pouvoir de rêver, observai-je.

— Et vous, les psychiatres, alors ? Que deviendriez-vous ?

Je souris malgré moi, et il me prit fermement par les épaules. Nos regards se nouèrent.

— Quelle que soit la vérité, ou les obstacles qu'on mettra sur notre chemin, nous finirons par être réunis, Willow. Je te le jure, affirma-t-il, avec une telle assurance, une telle détermination que j'en eus le souffle coupé.

Puis il posa ses lèvres sur les miennes. Notre baiser fut d'abord très doux puis s'affirma, s'intensifia, se prolongea, comme si nous voulions tous deux qu'il ne finît jamais. Je ne pus retenir un gémissement de plaisir et Thatcher promena ses lèvres sur mon visage, puis il reprit avidement ma bouche.

Quand ce baiser prit fin, il m'entoura de ses bras et me serra contre sa poitrine. Nous restâmes ainsi un long moment, silencieux. Je sentais battre son cœur et je suis sûre que lui aussi sentait battre le mien.

— Il faut que j'aille travailler, chuchota-t-il, comme si la voix lui manquait.

Quand je levai les yeux sur lui, je vis les siens briller de larmes.

— Bien sûr…

— Je te verrai chaque fois que ce sera possible. Pendant quelque temps il faudra nous montrer discrets, mais je vais m'efforcer de démêler tout ça et de trouver une solution au plus vite, promit-il. Et sans blesser personne, si nous pouvons l'éviter. D'accord ?

— Oui, dis-je, sans vraiment mesurer à quoi m'engageait cet accord.

Thatcher parut infiniment soulagé.

— Quand je t'ai vue de la terrasse, tout à l'heure, j'ai eu l'impression que les nuages s'écartaient, que le soleil réapparaissait, et j'ai compris pourquoi on appelait cet endroit le Joyau de la Mer. Pour moi, ce joyau c'est toi, Willow.

Moi aussi j'avais les yeux humides à présent. Je lui souris à travers mes larmes.

Il s'éloignait déjà sur le sentier quand il se retourna.

— Et ces démarches pour que Grace reprenne la gestion de la propriété, tu les poursuis ?

— Oui. Je vois le comptable aujourd'hui, pour signer ce qui doit l'être.

— Avant tout, assure-toi que c'est bien la meilleure chose pour eux, Willow.

— J'en suis certaine, affirmai-je.

Il acquiesça de la tête.

— Je te verrai un peu plus tard.

— Quand il fera nuit, oui. Tu ne me verras plus que la nuit, murmurai-je pour moi-même.

Je le suivis des yeux jusqu'à ce qu'il disparaisse. Puis, la tête basse, je repris ma promenade le long de la plage. Le plongeon soudain d'une mouette ramena mon attention vers la mer. Je m'attardai un instant à la contempler, soupirai, et j'allais repartir quand quelque chose attira mon regard vers un cordon de dunes basses. Apparemment il n'y avait là rien de remarquable. Des buissons, un nuage de mouches de sable tourbillonnant follement… et soudain je le vis. Comme s'il surgissait de l'air lui-même, le corps de Linden prit forme derrière un buisson, assis en lotus comme un Bouddha et le regard tourné vers l'océan.

Il ne fit aucun effort pour capter mon attention et ne m'appela pas non plus. Depuis combien de temps était-il là ? Qu'avait-il vu ?

Ma première impulsion fut de crier son nom, d'aller vers lui, mais j'hésitai. Pour l'instant, peut-être valait-il mieux faire semblant de ne pas l'avoir vu. Faire comme s'il était aussi invisible pour moi que je semblais l'être pour lui.

Du moins pour le moment, décidai-je. Plus tard, on verrait bien. Je fis demi-tour et repartis vers la maison de la plage.

Il n'y avait plus personne sur la terrasse d'en haut, à part quelques serviteurs qui nettoyaient après le départ des Eaton et de leurs invités. Ils regardèrent de mon côté mais, comme il fallait s'y attendre, n'eurent pas l'air de remarquer ma présence. Les domestiques étaient dressés à se rendre invisibles, à Joya del Mar. Tout comme à ne rien voir.

Peut-être étions-nous tous invisibles ici, finalement.

Papa, pensai-je avec émotion, comme j'ai besoin de toi en ce moment. Si tu restes présent en moi, il faut que je trouve un moyen de t'atteindre, d'entendre la voix de ta sagesse.

Mais le plus effrayant pour moi, c'était l'idée qu'il s'éloignait un peu plus à chaque heure qui passait, chaque minute. En réalité, c'était peut-être les morts qui se désintéressaient peu à peu des vivants, et non le contraire comme chacun de nous le croyait. Ne cessons-nous pas, après un certain temps, d'aller visiter nos morts au cimetière et de nous recueillir sur leurs tombes ? Nous mettons de côté les albums de famille. Nous oublions le son des voix qui nous étaient chères.

Et après ?

Si nous ne trouvons pas l'amour, nous découvrons notre solitude.

C'est là qu'en était arrivé Linden. Et ma mère.

Et peut-être en étais-je là, moi aussi.

2

Inquiétant privilège

Un peu plus tard ce matin-là, je me rendis à Palm Beach pour une entrevue avec Leo Ross, le comptable de ma mère. Ses bureaux étaient situés Via Encantada, dans un immeuble blanc qui avait des allures d'hacienda espagnole. Il flamboyait au soleil.

L'intérieur était fastueux. Vaste hall d'accueil dallé de marbre, mobilier coûteux, reproductions de portraits de quelques célébrités de Palm Beach, œuvres d'un artiste en vogue. Était-ce pour faire comprendre que ces gens étaient les clients de la firme, ou suggérer la qualité de sa clientèle en général ? Je l'ignorais, mais l'effet était impressionnant.

À première vue, environ une demi-douzaine d'experts comptables travaillaient pour le cabinet Ross, dont n'importe lequel avait pu être chargé de mon dossier. Cependant – et sans doute grâce à l'intervention de M. Bassinger, mon avoué de Caroline du Sud qui avait pris l'affaire en main –, Leo Ross lui-même vint m'accueillir. De taille moyenne, le cheveu rare d'un blond grisonnant, des yeux d'un bleu délavé, je lui donnai la soixantaine. Il me tendit une main soigneusement manucurée, qui ne lâcha pas la mienne tandis qu'il me faisait l'éloge de M. Bassinger.

— J'ai eu l'occasion de recourir à ses services pour un de mes clients, conclut-il. Le monde est petit, n'est-ce pas ?

Je dégageai ma main et acquiesçai poliment :

— Oui, en effet.

Il me fit retraverser le hall et me guida jusqu'à son bureau personnel. La pièce rutilait de propreté, on aurait dit qu'elle ne servait pratiquement jamais. Des fleurs fraîches ornaient la table à café, placée en face d'un confortable canapé de cuir, et un grand portrait de M. Ross était accroché derrière son fauteuil. Une imposante série de diplômes, récompenses et distinctions, disposés en X, occupait le mur d'angle, à droite du grand bureau couvert de marbre noir.

Du premier coup d'œil, je vis les dossiers de Joya del Mar sur la table à café, et la chaise placée tout exprès de l'autre côté du canapé, pour que nous puissions discuter en vis-à-vis.

— Je vous en prie, dit-il en me désignant le canapé. Désirez-vous boire quelque chose ? Eau minérale, café, jus de fruits, soda ?

— Rien, je vous remercie.

L'air un peu surpris, il attendit que je sois assise pour s'asseoir à son tour. Pendant quelques instants, il m'observa avec un sourire incrédule qui me mit légèrement mal à l'aise, puis il s'expliqua.

— Je m'attendais à ce que Grace vous accompagne, en fait. J'avais très envie de la revoir, depuis tout ce temps.

— Elle ne tient pas à voir du monde en ce moment, prétextai-je, en espérant ne pas avoir à fournir de détails sur la santé de Linden.

— J'imagine, en effet. Elle a subi de telles épreuves ! Eh bien, dans ce cas, je vais vous dire tout ce que je sais. Vous disposez d'un capital placé qui va vous rapporter des revenus réguliers ; et vous avez demandé, par l'intermédiaire de M. Bassinger, que je vous aide à gérer cet argent de façon à couvrir toutes les dépenses d'entretien de Joya del Mar. Ces revenus devraient y suffire, rassurez-vous.

Je relâchai mon souffle. J'avais fait tant de promesses à ma mère et à Linden que je redoutais de ne pouvoir les tenir. Je pouvais enfin respirer.

— Tant mieux, soupirai-je avec soulagement.

— Cependant, j'ignore si vous êtes au courant, il existe un privilège assez conséquent relatif à l'hacienda.

— L'hacienda ?

— Joya del Mar, oui. C'est ainsi que nous nommons ici les grandes propriétés de ce style.

Mes craintes se ravivèrent.

— Un privilège ? De quoi s'agit-il au juste ?

— D'une sorte de droit de gage, en fait. Un peu comme une hypothèque. C'est un procédé légal permettant à un créancier d'obliger un débiteur à le rembourser. Le troisième mari de votre grand-mère, Kirby Scott, a engagé la propriété en garantie d'un emprunt à la banque, dette dont il ne s'est jamais acquitté.

— Ah ! Et qu'est-ce que cela signifie, en clair ?

— Que votre mère ne peut pas vendre la propriété avant d'avoir restitué la somme prêtée, plus les intérêts habituels.

— Et cette somme se monterait à combien, d'après vous ?

Je n'avais pas une grande expérience des questions financières. En fait, au cours des semaines qui avaient suivi la mort de papa, j'en avais appris plus long là-dessus que pendant tout le reste de ma vie.

M. Ross ferma les yeux et les rouvrit, indiquant par là qu'il se préparait à me fournir une information déplaisante.

— Un quart de million de dollars. Sans les intérêts, bien sûr, ce qui complique encore les choses.

— Qu'a-t-il fait de tout cet argent ? m'informai-je, en me demandant s'il était possible de le récupérer.

— Sur ce point, vos suppositions rejoignent les miennes, j'en ai peur. Il l'a perdu à Las Vegas ou à Monte-Carlo. Je suis navré d'avoir à vous apprendre ces mauvaises nouvelles.

— Ma mère est-elle au courant ?

— Je lui ai adressé des rapports de gestion, mais nous n'en avons jamais discuté.

Après un instant de réflexion, je demandai :

— Puis-je m'acquitter de cette dette et garder, en même temps, assez de revenus pour assurer nos besoins ?

J'avais posé la bonne question : M. Ross eut un sourire satisfait.

— Pas avec l'armée de domestiques actuellement en service, non. Vous pourrez conserver le jardinier, mais pas les employés de maison, ni le chef cuisinier ni le chauffeur.

— Je comprends, commentai-je brièvement.

— Quand vous ne percevrez plus de loyer, il vous faudra établir un budget serré, à moins bien sûr que Grace ne vende la propriété. D'ici là, je vais mettre vos comptes en ordre, de manière que vos avoirs rapportent les meilleurs revenus possible, sans courir trop de risques. Vous comptez reprendre vos études universitaires, si je comprends bien ?

— En effet.

M. Ross eut une moue désapprobatrice.

— Il aurait été prudent de conserver les Eaton comme locataires, observa-t-il pensivement. Il est encore temps de négocier un accord avec eux.

— Non.

— C'est une propriété vraiment grande pour vous trois, insista-t-il.

— Elle est tout aussi grande pour les Eaton.

— Sans doute, mais ils ont les moyens de payer la location, le personnel et l'entretien. Nous pourrions les amener à offrir un meilleur prix d'achat.

— Je préfère m'en remettre à la banque, répliquai-je d'un ton catégorique.

M. Ross haussa les épaules.

— Si la banque devait faire saisir vos biens pour se payer, les Eaton, ou d'autres – une demi-douzaine de familles au moins –, se précipiteraient sur l'affaire. Ils pourraient même acquérir la propriété pour moins cher encore, surtout si vous ne pouviez pas l'entretenir et qu'elle se dégradait.

— Des vautours au bec en or, tous autant qu'ils sont ! marmonnai-je entre haut et bas.

Un éclair amusé traversa le regard de M. Ross. Je le laissai méditer quelques instants avant d'interroger :

— Vous êtes l'expert-comptable de la famille Montgomery depuis déjà un certain temps, non ?

— Oh oui ! J'ai été celui de Winston Montgomery durant de longues années avant sa mort. J'ai assisté à son mariage avec Jackie Lee Houston. J'étais même un des rares qu'il ait invités parmi ses associés en affaires, ajouta-t-il fièrement.

— Alors vous avez dû connaître personnellement Kirby Scott ?

Il acquiesça.

— Je n'ai pas lieu de m'en vanter, toutefois. Assis à cette même place, je l'ai regardé dilapider la fortune de Winston Montgomery. J'ai tenté d'avertir Jackie Lee, mais il l'avait littéralement hypnotisée. Elle semblait incapable de prendre la moindre mesure qui eût pu les protéger, elle et sa fille, du moins jusqu'à la naissance de Linden. À ce moment-là il était trop tard, j'en ai peur. De nombreux débiteurs, et pas seulement la banque, avaient des droits sur Joya del Mar. Kirby Scott était un coquin de la plus belle eau, une fripouille de la vieille école.

— Comment cela, de la vieille école ?

— Eh bien... il était beau, il avait très bonne allure et même beaucoup de classe, en fait. Un escroc de haute volée, si vous voulez. Un charmeur de serpents en smoking. Jackie Lee Houston n'était pas la première à succomber à ses sourires et à ses promesses, et certainement pas la dernière.

— Je suppose que ce genre de cancans se répand aussi bien dans les bureaux que dans le reste de Palm Beach, hasardai-je, quêtant un supplément d'informations.

— Eh bien... peut-être pas autant dans les bureaux que dans les bars, où nous nous retrouvons quelquefois. Il faut bien se montrer de temps en temps, voyez-vous. Et les commérages sont aussi scabreux chez les riches que chez le commun des mortels.

— Y a-t-il une autre famille de Palm Beach qui ait eu à souffrir des manœuvres de Kirby Scott ?

Leo Ross m'étudia un moment. De toute évidence, il avait une histoire en tête et se demandait s'il devait me la raconter, ou la garder pour lui.

— Il y a eu d'autres victimes, j'en suis certain, mais je ne sais rien de précis. En tout cas, si vous aimez ce genre de potins, vous êtes au bon endroit pour ça.

— Sous ce rapport, tous les endroits se valent, ripostai-je. Savez-vous où se trouve Kirby Scott, en ce moment ?

— J'ai entendu certaines rumeurs. Un de mes clients prétend l'avoir vu au George V à Paris, avec une femme couverte de fourrures et de bijoux. Comment fait cet homme pour pêcher toujours un nouveau poisson, cela me dépasse. S'il avait employé ses talents à des fins honorables, il serait P-DG d'une compagnie de première grandeur.

— J'ai l'impression que c'est le cas, commentai-je. La Kirby Corporation.

Leo Ross éclata de rire.

— En tout cas, il n'y a pas beaucoup de gens en vue, ici, qui ne l'aient pas invité à leurs réceptions, à l'époque.

Il était même reçu chez les Eaton, si je me souviens bien. Et maintenant que j'y pense, je jurerais que c'est lui qui a suggéré à Asher et à Bunny de louer Joya del Mar aux Montgomery. Je suppose qu'il a dû avoir des remords de conscience.

— Que voulez-vous dire? questionnai-je, le souffle court.

Leo Ross était-il au courant de l'aventure de Bunny? Était-ce à cela qu'il faisait allusion?

— En comprenant qu'il avait pratiquement ruiné les Montgomery, il a organisé la location de la propriété, afin qu'ils ne soient pas mis à la porte. C'est un peu comme le voleur qui, après vous avoir battu et dépouillé, vous conduit à l'hôpital.

— Je crois que nous lui prêtons plus de conscience qu'il n'en a, observai-je. Peut-être ne cherchait-il qu'à s'assurer des revenus supplémentaires.

— Peut-être. C'est même fort probable.

M. Ross demeura un instant songeur, puis revint brusquement à la réalité.

— Tenez, voici les documents que vous devez lire avant de les signer, dit-il en se levant. J'ai quelques petites choses à vérifier, et je reviens pour répondre aux questions que vous pourriez avoir à me poser.

— Merci.

Je me plongeai dans ma lecture. Quand Leo Ross revint, j'avais en effet quelques questions à lui poser au sujet des investissements. Il les éclaircit et je l'en remerciai, puis je le quittai. Je comptais faire une ou deux courses avant de regagner Joya del Mar. J'avais l'intention d'acheter quelques articles de toilette, et je décidai d'aller chez Saks. Je cherchais aussi ce qu'Amou avait coutume d'appeler un « rayon de soleil », quelque chose de joli pour mettre un peu de joie et d'éclat dans une journée maussade. Ma mère n'avait pas dû faire de shopping depuis des années, et vivait sur la réserve de vêtements, bijoux et objets de toilette qui lui venaient de sa propre mère. Elle ne sortait pas, mais papa lui-même – qui n'abusait pourtant pas des expressions romantiques –, disait qu'une femme est pareille à un jardin.

— Elle a besoin de fleurs nouvelles et de soins attentifs. Un nouveau bijou, un bouquet de roses, une boîte de bon-

bons, cela suffit pour que son visage s'éclaire et toute la journée en est illuminée. Pas seulement pour elle, mais pour tous ceux qui l'entourent, soulignait-il à mon intention.

Ma mère aimait les châles, et je songeai à lui offrir une étole indienne. Quand j'eus terminé mes achats, la vendeuse me demanda mon adresse.

— Nous pourrons ainsi vous avertir des soldes et des nouveaux arrivages, expliqua-t-elle.

Je ne voyais aucune raison de ne pas lui laisser mon adresse, et je la lui donnai. Non loin de moi, deux femmes qui faisaient de toute évidence leurs courses ensemble, dressèrent l'oreille. Dès que j'eus prononcé le nom de Joya del Mar, elles me sourirent et s'approchèrent. La plus grande des deux, vêtue d'un ensemble de cuir à col de fourrure, m'aborda sans façon.

— Je n'ai pas pu m'empêcher d'entendre votre adresse, commença-t-elle. Séjournez-vous chez les Eaton ? Nous sommes de grandes amies de Bunny, vous savez ?

Je ne pus retenir un sourire.

— Non, j'habite avec ma mère et mon frère, Grace et Linden Montgomery.

D'un même mouvement, elles reculèrent comme si j'avais la peste.

— Oh ! fit la femme en cuir. Vous êtes l'enfant si longtemps perdue.

Sa compagne, une petite boulotte aux cheveux frisés, me jeta un regard furibond.

— Je travaille pour le cabinet Mangle, Orseck et Lapolt, susurra-t-elle entre ses lèvres épaisses. Et je puis vous dire que c'est non seulement ridicule mais pitoyable et cruel, de votre part, d'encourager cette femme à ne pas vendre sa propriété aux Eaton.

— Cette femme ? Cette femme, comme vous l'appelez, se trouve être ma mère, si cela ne vous fait rien. Elle a un nom. Et elle a plus d'intelligence et de compassion, dans le bout de son petit doigt, que vous deux dans toutes vos encombrantes personnes !

Elles pirouettèrent comme deux toupies et se précipitèrent vers la sortie. Quand je me retournai vers la vendeuse, elle me fixait avec des yeux ronds, la bouche si grande ouverte qu'on lui voyait les amygdales.

— Désirez-vous autre chose ? lançai-je, la voix coupante.

Sur quoi, elle se hâta de terminer la vente.

Mon cœur battait encore à grands coups quand je quittai le magasin. Comme les gens pouvaient être méchants, méditais-je sombrement. Comme la vie avait dû être dure pour ma mère, pendant toutes ces années, et comme je la comprenais d'avoir choisi de vivre en ermite. Je poursuivais mon chemin, laissant derrière moi les pittoresques boutiques et les galeries d'art, quand une vision surprise du coin de l'œil me fit m'arrêter net.

Par la verrière d'un petit café j'aperçus Thatcher assis à une table, en face d'une ravissante brune vêtue avec élégance, qui portait des lunettes de soleil. Je pensai d'abord qu'il s'agissait d'une de ses clientes, puis je vis qu'il avait posé les mains sur les siennes et la regardait avec une intensité singulière. On aurait dit deux amoureux. J'en eus le souffle coupé, je sentis le sang se retirer de mon visage. Thatcher se renversa sur son siège, porta son verre à ses lèvres et tourna lentement la tête vers le vitrage. Il me vit, j'en fus certaine. Il resta un moment figé, les sourcils froncés, puis reporta son attention sur la jeune femme comme s'il ne s'était rien passé.

Et voilà, cela faisait deux hommes qui me traitaient comme si j'étais invisible, à présent ! Je regagnai ma voiture d'un pas rageur, jetai mes paquets sur le siège arrière et mis le cap sur la maison.

Comme je l'avais espéré, ma mère eut un sourire radieux en recevant mon cadeau. Et pourtant, presque comme si elle avait trahi un pacte conclu avec un ange gardien, elle cacha vivement sa joie et déclara que j'en faisais bien assez pour eux, beaucoup trop, même.

— Tu n'as pas à m'acheter de cadeaux, en plus du reste, Willow.

— Je sais. Ce n'est pas par devoir que je le fais, Mère.

Elle couvait du regard l'étole soyeuse, partagée entre son admiration pour elle et ses scrupules à l'accepter.

— N'aie pas peur d'être heureuse, Mère, insistai-je.

Sa réaction fut celle du taureau piqué par une banderille. Elle leva sur moi un regard aigu, l'expression de son visage révélant combien j'avais vu juste. Je pouvais presque sentir le battement affolé de son cœur. Il est parfois très douloureux d'avoir raison, surtout quand on touche au secret le mieux gardé d'un être, celui qu'il voudrait par-dessus tout tenir caché.

— Chaque fois que je m'autorise à me réjouir de quoi que ce soit, Willow, c'est la même chose. Je ne peux pas m'empêcher de me sentir comme une petite fille qui gonfle un ballon pour une fête, avec un tel enthousiasme et une telle excitation qu'il éclate.

— Tu n'as plus à redouter cela, Mère. Nous pouvons gonfler autant de ballons que nous voulons. En fait, nous allons ensevelir cet endroit sous les ballons, déclarai-je avec une sorte de fureur.

Elle retrouva le sourire, se drapa dans le châle et se contempla dans le miroir. Subitement, son expression désolée réapparut.

— Qu'y a-t-il ? m'inquiétai-je. Il ne te plaît pas ?

— Mais si, Willow. Bien sûr que si ! Il est magnifique, c'est juste que… j'ai l'impression que c'est du gâchis de me l'offrir, voilà. C'est comme faire poser un accessoire neuf sur un vieux tacot. Regarde un peu ces cheveux ternes et fourchus, ces mèches grises, sans parler de la mine que j'ai. Je suis tellement pâle que j'ai l'air malade. Et ces vieilles nippes que je porte !

Elle tendit les deux mains vers moi.

— Regarde ! J'ai des ongles de mécanicien garagiste. Je hais les miroirs, c'est pourquoi il y en a si peu dans cette maison. Ils ne servent qu'à me rappeler ce que je suis devenue. À quoi sert de me torturer moi-même ? soupira-t-elle, en esquissant un mouvement pour se débarrasser du châle.

Je retins sa main, juste à temps pour empêcher la somptueuse écharpe de glisser. Elle resta suspendue à son épaule droite.

— Alors ne le fais pas, Mère. Que ce châle devienne un talisman, qu'il marque le début d'une renaissance, dis-je en caressant l'étoffe chatoyante.

Puis, comme si une guirlande d'ampoules de Noël s'allumait dans ma tête, il me vint une idée.

— Je sais ce que nous allons faire ! Nous allons aller toutes les deux dans un salon de beauté, cette semaine. Nous nous offririons absolument tout : massages faciaux, enveloppements, bains de boue, bains de paraffine pour les mains et les pieds, pédicures, manucures... tout ! Et nous ferons quelque chose de super pour tes cheveux, en plus.

Elle recula en secouant la tête, comme si j'évoquais une chose interdite, terrifiante, et capable d'attirer de nouveaux désastres sur sa tête. Je m'en tins à mon idée.

— Pourquoi pas, Mère ? Ce serait amusant de nous dorloter un peu, et de nous faire traiter comme des reines de Palm Beach !

Elle recula encore, en secouant toujours la tête, mais ses yeux trahissaient son désir d'accepter.

— Je ne pourrais pas... Je ne saurais même pas comment m'y prendre pour...

— Je serai avec toi, Mère. J'ai besoin d'une séance chez le coiffeur, cela fait un certain temps que je ne me suis pas offert ce plaisir. Regarde-moi, dis-je en me plaçant devant le miroir et en fourrageant dans mes cheveux. On dirait du foin. Il faut que je fasse quelque chose si je veux rivaliser avec les femmes d'ici, tu es d'accord ? Il faut que tu m'aides, conclus-je avec fermeté, comme si c'était moi qui avais besoin d'elle.

L'idée commençait à lui paraître réalisable. Son regard changea. J'y devinai une pointe d'excitation, et toute la douceur des souvenirs.

— Je ne me rappelle même pas quand j'ai fait une chose pareille pour la dernière fois. C'était avant d'entrer en clinique, forcément. Mais après que ton père et moi...

Elle s'interrompit comme si elle en avait trop dit.

— Cela faisait partie de la thérapie, tu comprends ? Des esthéticiennes avaient le droit de venir à la clinique, pour nous aider à avoir une meilleure image de nous-mêmes. Mais ensuite, quand je suis rentrée chez nous, je n'avais plus aucune raison de continuer.

— Maintenant tu en as une, affirmai-je. Bientôt, nous retournerons tous les trois dans la grande maison. Tu recevras des visites, il y aura des dîners, des thés... Toutes les bonnes choses de la vie recommenceront, Mère.

— Vraiment ? Est-ce que j'ai seulement le droit de l'espérer ? s'interrogea-t-elle à voix haute.

— Et pourquoi pas ? Pourquoi des gens comme les Eaton seraient-ils les seuls à avoir droit au bonheur ? En quoi le méritent-ils plus que toi ?

— Ils n'ont pas vécu dans tout ce malheur, cette noirceur qu'on hérite de sa propre famille et qu'on engendre soi-même.

— Qu'en sais-tu ? Tout le monde a un cauchemar dans son placard, Mère. Et surtout ici, affirmai-je, en me rappelant les confidences de Thatcher. Ils ont beau être riches et considérés, il faut bien qu'ils se regardent dans les miroirs, eux aussi. Et qu'ils enlèvent leur maquillage, leurs bijoux et leurs perruques. Nus, ils se voient tels qu'ils sont, avec les flétrissures qui sont les marques de leurs fautes. Et ils boivent pour s'endormir, ou prennent des pilules, ou paient des gens pour leur créer un monde imaginaire afin qu'ils puissent ignorer le réel, et oublier. Voilà pourquoi ils ont tellement peur de toi.

Elle esquissa un sourire.

— Eux ? Peur de moi ?

— Évidemment ! Tu es là, devant eux, avec ta vérité qui les force à se regarder en face. Au fond d'eux-mêmes, ils savent très bien qu'ils sont aussi vulnérables que tu l'as été toi-même, et qu'ils pourraient tomber en miettes aussi facilement que leurs précieux bibelots !

Mère ne souriait plus.

— Je n'avais jamais vu les choses ainsi, Willow.

— Eh bien, maintenant, tu les verras. Et tu deviendras aussi forte et aussi belle que tu veux l'être. Que tu l'es, en fait.

Elle m'étudia un moment, puis hocha la tête.

— Tu tiens tellement de ton père ! Il me disait toujours ce que je devrais faire et surmonter, avec la même assurance et la même colère que je sens percer sous tes paroles. Il détestait ma maladie encore plus que je ne pouvais le faire, et m'apprenait à la voir comme une chose extérieure à moi, contre quoi je pouvais me battre avec succès.

— Alors ne t'arrête pas maintenant, Mère.

— D'accord, acquiesça-t-elle en retrouvant le sourire. D'accord, Willow De Beers, digne fille de son docteur de père. Je continuerai.

Elle rit avec moi, puis je lui demandai :

— As-tu un institut de beauté préféré ?

— Moi ? Je ne saurais même pas par où commencer !

— Très bien, je ferai mes propres recherches et prendrai nos rendez-vous, lui promis-je.

Je la laissai devant le miroir, essayant le châle et faisant ce qu'a fait toute femme depuis que le monde est monde: s'imaginer plus belle. Je me sentais un peu magicienne, telle une bienfaisante sorcière qui lui aurait offert un véritable talisman, tissé avec les brins de soie.

Mes pouvoirs, cependant, s'avérèrent beaucoup moins efficaces en ce qui concernait Linden.

Je le trouvai assis près de la fenêtre, dans la pièce qu'il utilisait comme atelier. Il en avait laissé la porte ouverte et je faillis passer devant lui, tant il était immobile. Figé comme une statue de sel, il contemplait fixement la plage et la mer. Ses tableaux terminés s'entassaient contre les murs et sur le sol, des tissus protégeaient ses toiles inachevées. Ses tubes et ses pinceaux étaient invisibles. Dans le coin droit de la pièce, un tableau caché sous un drap se devinait sur un chevalet, dressé là tel un serviteur attendant vainement ses ordres.

Je frappai au chambranle. Il était temps de voir Linden, de le forcer à me voir, à m'entendre, mais il fallait m'y prendre avec la plus grande douceur.

— Bonjour, Linden. Je ne te dérange pas ?

Il ne se détourna pas de la fenêtre.

— Alors c'est ici que tu peins certaines de tes œuvres, observai-je. C'est une pièce agréable, mais tu en auras bientôt une bien plus spacieuse et plus belle, Linden. Tu retrouveras un véritable atelier.

Il haussa les épaules et je m'aventurai plus avant à l'intérieur, jusqu'à être presque à ses côtés.

— C'est vraiment une belle journée, poursuivis-je. Ni trop chaude ni trop humide, avec juste ce qu'il faut de vent. Tu devrais sortir et aller à la pêche de cette fameuse inspiration, lui rappelai-je.

C'était une comparaison qu'il avait faite à mon arrivée, quand il avait souhaité me parler de lui-même. Il se décrivait comme un pêcheur jetant sa ligne, dans l'attente d'une vision qui nourrirait son esprit créatif.

Il se retourna lentement vers moi, si lentement que j'en eus le cœur tout chamboulé.

— Je ne peux pas sortir quand ils chuchotent, dit-il en reportant son attention sur la fenêtre.

Je fis un dernier pas en avant, l'obligeant ainsi à me regarder.

— Qu'est-ce que tu as dit, Linden ? Qui chuchote ? De qui parles-tu ?

Je me surpris à regarder moi aussi par la fenêtre, cherchant un signe de présence sur la plage. Elle était déserte.

— Il n'y a personne dehors, Linden. Personne ne chuchote. Et d'ailleurs, ajoutai-je en pensant qu'il faisait allusion aux Eaton, ils n'ont pas le droit de parler de toi à qui que ce soit.

— Si, ils en ont le droit.

Je rapprochai un tabouret de lui et m'y assis. Je l'avais amené à me parler, c'était déjà ça, même si ses propos n'avaient pas grand sens pour le moment. Il tenait son regard fixé sur ce qu'il croyait voir sur la plage.

— Qu'est-ce qu'ils chuchotent, Linden ? Que disent-ils qui t'ennuie à ce point ?

— Ils sont en colère, répliqua-t-il. En colère contre moi.

— Mais pourquoi, Linden ? Pourquoi seraient-ils fâchés contre toi ? Quel droit ont-ils de l'être, tous autant qu'ils sont ?

Une fois de plus il se retourna lentement, pour lever sur moi un regard sombre et las, mais j'eus l'impression qu'il ne me voyait pas. C'était presque comme si je parlais à un fantôme, ou à une ombre.

— Parce que je les ai mis dans mes tableaux, se décida-t-il à répondre. Ils n'aiment pas être vus. Ils n'ont jamais voulu qu'on connaisse leur présence.

Je compris aussitôt qu'il ne parlait pas des Eaton, ni d'aucun être vivant. J'en eus froid dans le dos.

— C'est stupide, Linden. Ils devraient être heureux que tu les aies représentés dans tes peintures. Elles sont magnifiques et très intéressantes. On les expose dans des galeries, n'est-ce pas ?

Il saisit brusquement ma main, si fort que j'en grimaçai.

— Les galeries, j'avais oublié ça ! Il faut aller les rechercher, tu dois m'aider à les reprendre.

— Mais pourquoi ?

— Nous devons les reprendre, répéta-t-il avec plus d'insistance encore. Ils ne s'arrêteront pas tant que nous n'aurons pas ramené les tableaux ici.

Les veines de ses tempes saillaient, les muscles de son cou se raidissaient, révélant son trouble. Il resserra sa pression sur ma main.

— D'accord, Linden, d'accord. Si c'est vraiment ce que tu veux, nous les ramènerons.

— Promets-le, exigea-t-il. Promets-le.

— Je te le promets. Nous irons les chercher ensemble demain, ça te va ?

L'étau de ses doigts se desserra, il se détendit.

— Oui, demain. Nous le ferons demain. Demain, répéta-t-il en regardant par la fenêtre, comme s'il parlait aux esprits qu'il voyait.

Comme c'était bizarre, m'étonnai-je, qu'il s'imagine avoir violé un pacte en peignant les visions qu'il avait sur la plage. Pauvre Linden ! Comment pourrait-il jamais être dédommagé pour toutes ces ombres qui hantaient son regard et son cœur ? Sa blessure et ses suites l'avaient jeté dans un puits ténébreux où il ne cessait de tomber, passant indéfiniment d'un cauchemar à l'autre.

Peut-être aurait-il oublié tout cela demain. Peut-être qu'après une bonne nuit de sommeil et le début d'un jour nouveau, toutes ces horreurs auraient disparu, balayées comme autant de toiles d'araignée. Je l'observai pendant un moment. Ses yeux cillaient à peine, mais ses lèvres remuaient légèrement, comme s'il écoutait des voix et répétait ce qu'elles lui disaient. Je pris le parti d'intervenir.

— Aimerais-tu boire ou manger quelque chose, Linden ?

Il ne répondit pas, ne remua même pas la tête.

— Si tu désires quoi que ce soit, dis-le-moi, s'il te plaît. Si jamais tu en as envie, je serai très contente d'aller me promener avec toi, d'accord ?

Cette fois encore, aucun signe ne montra qu'il m'avait entendue.

Je me levai lentement, rangeai le tabouret et je me dirigeai vers la porte. J'allai sortir quand la vue d'une pile de toiles m'arrêta. Elles étaient entassées à même le sol, la face peinte vers le bas, et sur celle du dessus je distinguai une sorte de griffure. Après un bref coup d'œil en direction de Linden, je m'agenouillai près de la pile et retournai le premier tableau.

Je laissai échapper un hoquet de surprise.

La toile avait été lacérée en X, ainsi que la suivante, et la suivante, et ainsi de suite. En fait, toutes étaient lacérées !

Je me levai vivement et ôtai le drap qui cachait le tableau du chevalet. Il avait été déchiré encore plus rageusement. Je m'approchai d'autres toiles, rangées l'une sur l'autre contre le mur, me baissai à nouveau et les fis défiler comme on feuillette un livre. Toutes avaient subi les mêmes ravages.

— Oh, Linden ! Pourquoi ? murmurai-je. Pourquoi as-tu fait ça ? Toute ton œuvre !

Il se retourna sur moi.

— Pour faire cesser les chuchotements, expliqua-t-il, comme s'il s'adressait à un enfant stupide. Pour qu'on ne chuchote plus dans cette pièce.

Je me relevai, accablée par ce massacre. Puis je sortis pour aller en informer ma mère, consternée par les nouvelles que j'avais à lui donner, moi qui venais tout juste de voir reparaître un peu de lumière dans ses yeux.

Elle se rua dans l'atelier de Linden, pour constater elle-même ce que je lui avais décrit avec tristesse, et fondit en larmes. Linden tourna la tête vers elle, se leva et sortit en traînant les pieds, me laissant la réconforter.

— Linden ! le rappela-t-elle.

Mais il alla s'enfermer dans sa chambre et ma mère gémit.

— Qu'allons-nous faire ? Thatcher avait raison, sa place est dans une clinique. Qui sait ce qu'il va détruire, après ça ?

— Non, Mère, Thatcher se trompe. Je suis là, maintenant, nous aiderons Linden. Il n'est pas nécessaire qu'il s'en aille d'ici, insistai-je.

— Mais... il pourrait avoir besoin d'autre chose que d'attentions et d'amour, Willow. De médicaments, par exemple, et d'une thérapie plus sévère.

— Peut-être, concédai-je, mais laissons-lui encore un peu de temps. Quand nous serons de retour dans la grande maison, et qu'il verra combien tout a changé, qui sait s'il n'aura pas une réaction salutaire, et ne retrouvera pas ses esprits ?

Mère domina ses sanglots et essuya ses larmes.

— Je ne sais pas. Rien ne me paraît sûr, dans mon univers. Sauf que lorsque tout semble aller au plus mal, il arrive quelque chose d'encore pire.

Je m'apprêtais à la rassurer quand le téléphone sonna. Mère réprima un soupir, alla répondre et m'appela. Ce devait être M. Bassinger ou M. Ross, me dis-je en allant à l'appareil. Mais c'était Thatcher.

— Comment vas-tu ? s'informa-t-il d'entrée.

— Bien.

— Un mot de toi me suffit pour savoir que tu es en colère, Willow. Je suis désolé de t'avoir ignorée, tout à l'heure.

— Ah bon.

— La femme avec qui je me trouvais est une cliente, elle entame un divorce très pénible. J'étais en train d'essayer de la calmer quand tu es apparue à la fenêtre. J'ai été tellement surpris, sur le moment, que je t'ai vraiment prise pour une création de mon imagination. Au milieu de toutes ces turpitudes conjugales, tu m'as fait l'effet d'une vision angélique.

— Tu aurais au moins pu me faire un signe de tête, commentai-je.

— Sois juste, Willow. Je ne peux pas te faire signe et aussitôt après détourner la tête comme si tu étais n'importe qui ! J'aimerais mieux ne pas te voir du tout que de supporter ça.

— Thatcher Eaton, tu ferais mieux d'écrire un roman à l'eau de rose plutôt que d'insipides rapports légaux, persiflai-je, ce qui le fit rire.

— Tu as raison, tu réveilles mon côté romantique. Il faut une femme de cœur pour tirer le meilleur d'un homme.

— Je saurai te le rappeler.

— Pour toujours, j'espère. Je peux te voir ce soir ?

Je feignis d'hésiter.

— Je n'en sais rien. Tu peux, toi ?

— Tu sais bien ce que je veux dire, Willow. Veux-tu que nous nous retrouvions quelque part, disons vers sept heures ? Je sais où nous pourrons dîner tranquilles, et ensuite...

— Oui ? Ensuite ?

— J'ai les clefs de la villa d'un ami. En ce moment il est en Europe, pour un mois environ, cette maison pourrait être notre rendez-vous secret. Je ferais faire une clef pour toi et nous aurions notre petit coin à nous, loin de toutes ces turpitudes. Un peu comme si nous étions sur un nuage, poursuivit-il, tissant pour moi un rêve tentateur.

J'essayai de résister.

— Ou comme si nous étions deux espions, ou deux fugitifs.

— Tout simplement deux amoureux, Willow. Alors ?

— D'accord. Une part de moi-même dit non, mais...

— Ton cœur dit oui ?

— Non, il dit peut-être, ripostai-je, refusant de me laisser enfermer dans son rêve.

Il éclata de rire.

— Je commanderai un dîner aux chandelles, en musique, avec ton plat de pâtes favori et du vin. Le restaurant s'appelle : Chez Diana. C'est un endroit qui n'attire pas l'attention, familial, sans prétention, juste au nord de Palm Beach Gardens. Tu ne pourras pas le manquer. Tu le trouveras sur ta droite, avec une simple enseigne au néon audessus de la porte. C'est à un quart d'heure de la villa. Je t'attends à sept heures.

— Entendu, capitulai-je.

— Tout se passe bien pour vous, là-bas ?

— Non, Linden va vraiment mal. Je m'inquiète pour lui et pour ma mère.

— Il a besoin de soins médicaux, Willow. Attendre ne fait que reculer l'inévitable.

— C'est ce que nous faisons tous, bougonnai-je.

— Sans doute, mais cela coûte plus cher et s'avère bien plus dangereux dans le cas de Linden. Je peux vous aider, si tu veux.

Encore persuadée de pouvoir, à moi toute seule, changer radicalement les choses, je répondis du bout des lèvres :

— Nous verrons...

— Laissons tout cela de côté pour ce soir, décida-t-il. Nous avons du retard à rattraper, d'accord ? D'accord, Willow ?

J'acquiesçai sans conviction :

— D'accord.

— Alors à tout à l'heure, conclut-il en raccrochant.

Je trouvai ma mère sur la terrasse, assise dans son fauteuil en face de la mer. Elle garda un moment le silence avant d'interroger :

— Toi et Thatcher… vous allez vous revoir ?

— En quelque sorte.

Je la vis hausser un sourcil perplexe et précisai :

— Très discrètement, pendant un certain temps. À cause de ses parents, bien sûr. Il y a eu certaines complications, et il ne tient pas à attirer l'attention sur nos rencontres. Nous aurons des rendez-vous secrets, par exemple.

— Ah bon ?

— Ce n'est sans doute pas grave du tout, la rassurai-je, regrettant déjà d'en avoir tant dit. Je vais prendre le temps de voir venir.

— Je souhaite que tout s'arrange pour toi, Willow. J'espère que ta venue ici n'est pas la plus monumentale erreur de ta vie. Que ma malchance n'est pas contagieuse, et que tu ne vas pas l'attraper comme une maladie.

— Oh, Mère, ne dis pas ça ! Bien sûr que non, protestai-je.

— Ma mère, Grand-mère Jackie Lee Houston, me disait que tout fait partie d'un grand plan, que tout est prévu d'avance et que finalement nous ne pouvons pas y changer grand-chose. C'était sa façon d'accepter les peines et les déboires de sa propre vie, j'imagine. Elle devait pressentir que je connaîtrais le même genre d'épreuves, et que j'aurais besoin de cette philosophie pour les traverser. Mais parfois je me demande… Pourquoi devons-nous les traverser ? Pour atteindre quoi ? Pour aller où ?

— Vers quelque chose de meilleur, affirmai-je.

— Oui. Quelque chose de meilleur. Un rêve de marin, murmura-t-elle, le regard perdu à l'horizon. Il serait venu un jour ou l'autre, tu sais ? Ton père… Il serait venu me chercher pour m'emmener loin de tout ça.

— Oui. Je le crois aussi, Mère.

Elle sourit.

— Il est venu quand même, à sa façon. Il t'a envoyée.

— Exactement, approuvai-je, reconnaissante pour cet éclat de lumière dans ses yeux, cette chaleur dans son sourire.

Elle dit encore :

— Pour certains d'entre nous, c'est presque un péché d'espérer.

— Alors nous irons en enfer ensemble, Mère ! renvoyai-je en lui prenant la main.

Son sourire se changea en un soupçon de rire et, d'une traction légère, je l'invitai à se lever.

— Viens. Allons feuilleter quelques magazines et réfléchir à nos nouvelles coiffures. Nous prendrons rendez-vous demain.

— Si tôt ?

— Pourquoi attendre encore pour tout recommencer ? Hésiter ne réussira qu'à faire paraître tout cela si sérieux !

— C'est sérieux. Pour moi, murmura-t-elle.

Elle se leva et se laissa guider par moi, si légère et si aérienne qu'il me semblait tenir un ballon au bout d'une ficelle. Aussi légère en effet, mais tout aussi fragile, et aussi vulnérable à la fureur des vents d'orage.

3

Nouveau départ

Thatcher n'aurait pas pu choisir un endroit moins voyant. Je dépassai deux fois le restaurant, fis demi-tour, et dus pratiquement me traîner le long de l'autoroute avant de l'apercevoir. L'enseigne au néon était si discrète qu'il fallait déjà être engagé dans le chemin goudronné pour la distinguer. Quant au restaurant lui-même, il avait l'air d'une maison comme les autres avec son allée privée, aboutissant aux quelques marches du porche. Son revêtement de bois, patiné par des années d'air marin, évoquait la coque grise d'un vieux bateau. Sur ma droite, un peu à l'écart et là où il fallait scruter l'ombre pour la voir, je reconnus la Rolls-Royce de Thatcher. Je me garai ailleurs, parmi une demi-douzaine d'autres voitures, et me dirigeai vers l'entrée.

Un comptoir de vieux chêne noirci occupait le côté droit du petit hall d'accueil. Une lampe de bureau et une seule applique dispensaient un éclairage tamisé, permettant tout juste de voir un portemanteau et, au-dessus du comptoir, une grande carte d'Italie. Guidée par un murmure de voix, j'allais passer dans la salle située sur ma gauche mais je n'eus pas le temps de faire un pas. Une petite femme aux cheveux argentés, vêtue de noir avec un camée au corsage, apparut sur ma droite et contourna le comptoir. Dans son visage rond, aimable et coloré, ses yeux brillaient comme des perles noires.

— *Buona sera*, me salua-t-elle en italien, et bienvenue chez Diana. Vous avez réservé ?

— La personne avec qui j'ai rendez-vous a dû le faire. M. Eaton.

— Mais oui, bien sûr. Il est déjà là. Si vous voulez bien… ajouta-t-elle, en m'invitant du geste à la suivre.

Elle me guida vers la droite, mais en passant je coulai un regard curieux dans la salle de gauche. Elle contenait une demi-douzaine de tables, toutes occupées, et la musique d'opéra qu'on y jouait était réglée à un niveau très étudié: la voix des grands ténors ne gênait en rien les conversations.

La salle où nous entrâmes était plus petite, avec trois tables seulement. Celle où m'attendait Thatcher, dans le coin gauche, était protégée sur ses deux côtés ouverts par deux treillis formant écran. J'eus le temps de voir du champagne au frais dans la glace, une bouteille de vin rouge et un panier de petits pains, mais déjà Thatcher se levait.

— Merci, Mamma Diana, dit-il en me tendant la main.

Ses lèvres frôlèrent ma joue puis il écarta ma chaise et, tandis que je m'asseyais, échangea quelques mots en italien avec Mamma Diana. Quelques phrases de politesse, d'après le peu que je pus deviner, mais l'aisance de Thatcher m'étonna.

— J'ignorais que tu parlais couramment l'italien, observai-je au moment où il se rasseyait.

— Bof! Je me débrouille...

— J'ai même l'impression que tu te débrouilles très bien, le taquinai-je.

Il eut son plus radieux sourire, tendit la main à travers la table et saisit la mienne.

— Tu m'as tellement manqué, Willow. Ces journées passées avec toi, notre pique-nique en mer, nos nuits... tout cela était si unique et si fort! J'en gardais un souvenir si vivace qu'il m'a donné la force d'attendre que tu reviennes, que tu me reviennes.

Je penchai ostensiblement la tête de côté.

— Peut-être es-tu vraiment le fils de Kirby Scott, Thatcher.

Son sourire s'évanouit.

— Je suis sincère, Willow. Kirby Scott est venu ici avec de belles paroles, en s'en servant comme un magicien se sert de ses tours pour égarer, tromper et trahir, ce qui n'est pas mon cas. Je n'en ai ni l'idée ni l'intention.

Il semblait indigné, blessé, ulcéré, c'était un fait. Sans doute étais-je allée trop loin.

— Par une curieuse ironie du sort – si toutefois ce qu'on t'a dit est vrai –, Linden et toi avez les mêmes raisons de vous révolter contre le monde et le destin, observai-je.

Il réfléchit quelques instants et retrouva son calme.

— Oui, sans doute. Je ne considère jamais les choses de son point de vue, mais je devrais peut-être le faire, admit-il.

Je lui fis part de ma conversation avec Leo Ross, et en particulier d'un détail significatif. Sa quasi-certitude que l'idée de louer la propriété avait été suggérée aux Eaton par Kirby Scott lui-même.

— Je ne sais rien là-dessus, reconnut-il, mais c'est possible. Il faudra que j'interroge mes parents. Toutefois, je serais assez de ton avis quant à ses motivations : je ne crois pas qu'elles aient été très altruistes. Quelle fripouille c'était, quand même !

— Est-ce que tu te rends compte, Thatcher, que tu es peut-être en train de parler de ton père ?

Il eut une grimace de dégoût et secoua la tête.

— Si mes quelques années d'expérience m'ont appris quelque chose, Willow, c'est que dans les rapports humains, les liens du sang n'ont pas toujours le pouvoir qu'on leur prête. J'ai défendu des pères contre leurs fils, des frères et sœurs les uns contre les autres, tout ce qu'on veut. J'aurais horreur de penser que je puisse avoir quoi que ce soit de commun avec ce genre de personne, pas même un seul atome.

— Que vas-tu faire, alors ? Comment comptes-tu découvrir la vérité ? Tu ne peux pas rester dans l'incertitude à ce sujet, Thatcher. Et nous ne pouvons pas garder indéfiniment cette menace suspendue sur nos têtes, comme un nuage prêt à crever.

— Je sais, je sais, soupira-t-il en se massant le front du pouce et de l'index, comme s'il avait la migraine.

J'en avais mal pour lui.

— Vas-tu faire faire des tests sanguins, ou quelque chose de ce genre ?

— Pour ça, il faudrait tout raconter à mon père, et je ne m'en sens pas capable. Est-ce à moi de lui apprendre que ma mère lui a été infidèle ? Même si ce n'est arrivé qu'une fois, reprit-il en baissant la voix, en voyant le couple de la table voisine se tourner de notre côté.

Il semblait désespéré, égaré, vaincu.

— Je me sens coincé, Willow, et crois-moi ça ne m'est pas arrivé souvent dans toute ma vie.

— Je suis sûre que tu trouveras le moyen de sortir de là, Thatcher, affirmai-je en posant ma main sur la sienne.

Et voilà ! Je me retrouvais une fois de plus dans le rôle du bon Samaritain, avec tout le poids que j'avais déjà sur les épaules. Papa m'avait dit un jour que c'était une chance, finalement, de prendre à charge les problèmes d'autrui. Cela vous empêchait de trop ruminer les vôtres. On trouve souvent plus de satisfaction à résoudre les difficultés des autres que les siennes. Toutefois, je me sentais un peu comme le patient qui rassure son propre médecin en lui promettant la guérison. C'était Thatcher, l'homme d'action, la personne qui disposait de toutes les ressources possibles. Qui étais-je pour lui donner des conseils et des encouragements ?

Il se pencha vers moi et chuchota :

— Je le fais rechercher.

— Vraiment ?

— Oui. Le jour des règlements de compte est proche, gronda-t-il, le regard noir.

— Comment peux-tu être sûr que cet homme, une fois en face de toi, te dira ne fût-ce qu'un seul mot de vrai ?

— J'ai cuisiné plus d'un témoin coriace à la barre, Willow, rétorqua-t-il avec assurance. Je lui extorquerai la vérité.

Je le dévisageai, admirant sa confiance en lui. Ceux qui réussissent doivent en avoir plus que le commun des mortels, méditai-je, et peut-être ont-ils aussi un ego plus fort. Quand deviendrais-je comme cela... si cela m'arrivait jamais ?

— Mais oublions tout ça, décréta-t-il. J'aurais dû te proposer de faire comme si nous venions juste de nous rencontrer. Ou de laisser nos ennuis à la porte, comme les cow-boys laissent leurs pistolets. C'est une soirée spéciale pour nous, Willow. Celle de nos retrouvailles et d'un nouveau commencement. Portons un toast, dit-il en nous versant du champagne. À nous, à notre santé, notre succès et note amour, envers et contre tout.

Nous choquâmes nos verres et bûmes lentement, les yeux dans les yeux.

— Ces petits pains à l'ail sont faits maison, m'apprit Thatcher en m'en offrant un. Attends d'avoir goûté à la cuisine d'ici : on se croirait chez soi.

— C'est l'impression qu'on a dès qu'on arrive, acquiesçai-je. Et comme cachette, c'est l'endroit idéal. Pourquoi ai-je le vague soupçon que tu t'en es déjà servi ?

— Je ne t'emmènerai que dans des endroits spéciaux, Willow. Et quand nous y aurons été ensemble, je n'y remettrai plus les pieds, sauf avec toi. Il ne me viendrait pas à l'idée d'avoir une réunion d'affaires ici, plus jamais.

— Je ne parlais pas de ces dîners-là.

Il rit de bon cœur.

— Tu me donnes l'impression d'être une sorte de gigolo international, un de ces chasseurs de femmes riches et disponibles qui rôdent à Paris, sur la Côte d'Azur ou sur Rodeo Drive.

— Tu parles français, italien, espagnol. Tu t'y connais en vins, tu as voyagé dans le monde entier. Tu as tout ce qu'il faut pour être le chevalier servant d'une femme richissime, à mon avis. Ce serait un vrai gâchis de rester assis au coin du feu. Je te vois très mal en mollasson pantouflard, d'ailleurs.

Il rit de plus belle.

— Jusqu'ici, en tout cas, tu es la seule femme que je me sois entraîné à escorter dans le monde, Willow De Beers.

Nous choquâmes à nouveau nos verres et les vidâmes, sur quoi Thatcher nous reversa du champagne, et je notai que le volume du son montait un peu. Nous passâmes notre commande et finîmes le champagne, avant de commencer le repas au vin rouge. Thatcher avait raison sur toute la ligne. La cuisine était savoureuse et j'eus bientôt la sensation d'être dans un lieu privé. La musique ne jouait que pour nous.

Un peu plus tard, Thatcher me proposa de laisser ma voiture sur le parking, et de venir avec lui dans la villa de son ami.

— Je ne voudrais pas que tu aies une contravention pour conduite en état d'ivresse, plaisanta-t-il. Je devrais assurer ta défense, et le juge verrait tout de suite que j'ai des rapports personnels avec ma cliente.

Dans sa voiture nous nous embrassâmes, et il me serra tout contre lui avant de démarrer. J'avais l'impression d'être victime d'un enlèvement, à cette différence près que j'étais consentante. J'étais emportée par notre passion amoureuse, toute résistance était inutile contre elle. Je n'avais pas vraiment pris conscience de mon désir de céder à son pouvoir, mais j'y cédai bel et bien.

*
* *

La villa de la plage me parut plus proche que ne l'avait dit Thatcher. Je fermai les yeux et, après ce qui me sembla n'avoir duré que quelques minutes, nous tournâmes dans un chemin gravillonné et nous arrêtâmes devant une magnifique demeure. Située à quelques centaines de mètres à peine de la plage, elle était de style très moderne, pourvue d'une piscine et semblait toute neuve.

— Elle vient d'être construite ? m'étonnai-je, ce qui fit sourire Thatcher.

— Non, mais comme la plupart de mes clients, mon ami a de l'argent à ne savoir qu'en faire. Il aime mieux se prélasser dans un hôtel de luxe, plutôt que de s'occuper d'une propriété où il ne passe que deux ou trois semaines par an. Certaines personnes collectionnent les maisons comme d'autres les timbres.

— Parmi tes relations, tu veux dire. Pas parmi les miennes, commentai-je tout en poursuivant mon inspection des lieux.

Il y avait un vaste living-room avec un poste de télévision grand écran, et deux chambres, dont une avec terrasse donnant sur la mer.

— Pas trop minable, non ? murmura Thatcher, en arrivant derrière moi pour m'embrasser dans le cou.

Comme si ses lèvres étaient des aimants, je me renversai contre lui pour savourer la brûlure de son baiser. Il me retint par les coudes et pendant un moment nous restâmes ainsi, l'un contre l'autre, écoutant le ressac et regardant le reflet des étoiles danser sur l'eau.

De tels moments sont aussi rares et précieux que des joyaux, pensai-je. Nous consacrons une part si importante de notre vie à des choses terre à terre, des corvées, de petits détails utilitaires et sans importance. Des jours, des semaines, des mois peut-être pourraient s'écouler, sans qu'une chose aussi belle, aussi authentique et mémorable ne nous arrive à nouveau. Certains souvenirs brillent dans notre mémoire comme des diamants dans le noir, ravivant nos espoirs et nos rêves, mais ils font bien plus encore que cela. Ils nous rappellent que nous sommes capables d'aimer, et d'être aimés.

Je me retournai vers Thatcher et nous nous embrassâmes.

Telle une marée, la passion montait en nous à chaque caresse, chaque souffle que nous échangions. Il me souleva dans ses bras, me porta jusqu'au lit, m'y déposa. Le regard qu'il abaissait sur moi était si intense que mon cœur entama une sarabande effrénée. Je tendis les bras vers Thatcher. Il s'agenouilla près du lit et, lentement, entreprit de me déshabiller. Il commença par mes chaussures, abaissa la fermeture à glissière de ma robe et me l'enleva. Puis il m'ôta mes collants, mon soutien-gorge et fit glisser ma petite culotte le long de mes jambes. Nue devant lui, offerte à ses regards, je sentis mon cœur s'affoler, mon souffle se précipiter, à tel point que je dus fermer les yeux pour ne pas voir la chambre tournoyer.

Je m'attendais à ce qu'il me rejoigne en quelques instants, nu et plein de fougue amoureuse. Mais quand je rouvris les yeux il était encore habillé, à genoux, et comme en contemplation devant moi. Je gémis de désir.

— Thatcher, qu'est-ce que tu fais ?

— Je veux graver en moi pour toujours cette vision de toi, telle que tu es maintenant, adorable, impatiente.

— C'est injuste ! protestai-je.

Il sourit. Et pour prolonger cette torture exquise il abaissa ses lèvres sur les miennes, mais sans approcher ses mains de moi. Chaque parcelle de mon corps l'appelait, attendait le contact de sa peau, de sa bouche. Mais il restait là, immobile, maître de lui, retardant à plaisir notre étreinte jusqu'à ce que je laisse échapper un cri de frustration.

Il étouffa un rire, posa ses lèvres sur mes seins et les promena sur ma peau, de plus en plus bas, jusqu'à ce que je l'implore de me prendre. Alors, très vite, il se dévêtit et se coula contre moi. Je chuchotai :

— Il n'y a pas de danger, je prends la pilule.

— Tiens, tiens ! s'égaya-t-il. Et comment savais-tu que nous en viendrions là ?

— Je le savais. D'ailleurs une fille doit toujours être prête pour les surprises de l'amour, non ?

— Pas avec n'importe qui, j'espère !

— Tu sais bien que non. Tu le sais ? insistai-je, trouvant que sa réponse tardait à venir.

Il me taquina encore, en laissant se prolonger ce moment de prétendu doute.

— Je sais qui tu es, Willow, et je t'aime pour ça.

Son baiser fut plus long, cette fois. Nos lèvres restèrent jointes jusqu'à ce que je le sente bouger pour entrer en moi.

— Crie tant que tu veux, me dit-il comme je retenais une plainte d'extase. Personne ne peut nous entendre, sauf les mouettes, et elles s'en moquent éperdument.

Je gémis et criai et m'accrochai à lui jusqu'à ce que nous nous retrouvions côte à côte, haletants d'une délicieuse fatigue, sans parole et sans souffle. Qu'aurions-nous dit ? Notre épuisement, notre langueur et nos doigts enlacés parlaient pour nous. Dehors, la mer chantonnait toujours sa berceuse. Je fermai les yeux et m'abandonnai à la torpeur, le froissement régulier du ressac murmurant à mes oreilles.

Quand je rouvris les yeux, Thatcher était debout et s'habillait. J'eus l'impression d'émerger d'un rêve.

— Que se passe-t-il ? Je me suis endormie ?

— Pendant un moment. Je ne voulais pas te déranger, mais il faut que je te ramène à ta voiture. Tu te sens bien ?

— Quoi ? Oh, oui ! balbutiai-je, en tâtonnant à la recherche de mes vêtements.

— Je vais vérifier une ou deux choses dans la maison. Je serai dans le living-room, précisa Thatcher en sortant.

J'étais fatiguée, mais c'était une agréable fatigue. En fait, elle me mettait d'humeur assez fantasque, pour ne pas dire un peu folle, et je ne pus m'empêcher de glousser en me voyant dans le miroir. Le maître des lieux possédait une précieuse collection de masques de Mardi gras, exposés sur l'un des murs. J'en décrochai un et le plaquai sur mon visage avant de partir à la recherche de Thatcher. Je l'entendais parler au téléphone, à voix très basse.

— J'y serai, disait-il. Ne te tracasse donc plus pour ça.

Je fis halte sur le seuil de la cuisine, sans qu'il me voie. Il me tournait le dos.

— Bien sûr que tu comptes pour moi, reprit-il. Quelle question stupide ! Bon, il faut que j'y aille. Nous parlerons de tout ça plus tard.

Il raccrocha et resta un instant pensif, comme s'il réfléchissait à une idée qui lui serait venue après coup. Quand il se retourna, il sursauta.

— Très drôle, dit-il sans sourire.

J'avais oublié que je portais le masque. Je l'abaissai aussitôt.

— Qui appelais-tu si tard ? questionnai-je, sur un ton plutôt exigeant auquel, de toute évidence, il ne s'attendait pas.

Je m'en étonnai moi-même, mais je m'estimai assez concernée pour en avoir le droit. Pendant un moment, je crus qu'il n'allait pas répondre, puis il grimaça un sourire.

— Qui peut bien être encore debout à cette heure, à ton avis ? Ma mère, bien sûr.

— Oh ! J'avais eu l'impression que vous vous disputiez, c'est pour ça.

— C'est toujours pareil avec elle, ou presque. Elle me met les nerfs en charpie, jusqu'à ce que j'aie envie de fracasser le combiné contre le mur.

— C'était à propos de nous, cette fois ?

Il prit une longue inspiration.

— Non, non. Ma sœur donne une grande fête d'anniversaire pour ma nièce, demain, et ma chère mère a peur que je ne m'y montre pas. Chaque fête d'anniversaire est deux fois plus importante que la précédente, en préparatifs et en frais. Pour les seize ans de leur fille, je me demande bien ce qu'ils feront. Ils loueront la Maison-Blanche, sans doute.

« Ici, les gens se servent de leurs enfants pour éblouir les autres, et ma mère sait très bien que je ne raffole pas de ce genre de compétition. Mais au fait, pourquoi me pousses-tu à parler de tout ça ?

— Je ne t'y ai pas poussé, Thatcher. J'ai posé la question parce que tu me semblais contrarié, c'est tout.

— Willow, quand je suis avec toi, rien ne peut me contrarier très longtemps, dit-il en se rapprochant de moi. Même si tu portes un masque.

Je lui souris, et nous nous embrassâmes encore.

— Allons, nous ferions mieux d'y aller, décida-t-il. Peut-être pourrons-nous nous débrouiller pour passer bientôt un week-end entier ici, ajouta-t-il. Qu'en penses-tu ?

— Peut-être.

Ma réponse manquait d'optimisme, et il s'en aperçut. Il m'étudia un moment et hocha la tête.

— Je vois. Parle-moi de Linden, ordonna-t-il tandis que nous nous dirigions vers sa voiture. Qu'est-ce qu'il a encore fait ?

Je décrivis l'attitude de Linden, et ma découverte des tableaux lacérés. Thatcher m'écoutait avec attention, la mine sombre. Quand nous fûmes installés dans la voiture, il resta longtemps silencieux, sans démarrer.

— Thatcher ? hasardai-je après quelques longues secondes.

— Tout cela ne me dit rien qui vaille, Willow. L'art était toute sa vie. Tourner le dos à tout ça est un acte très grave de sa part. Je ne suis pas psychiatre, mais pour moi c'est comme une autre tentative de suicide. C'est juste une autre façon de se détruire. En ne le faisant pas interner, non seulement tu mets en danger ta mère et toi-même, mais aussi la santé de Linden et son bien-être. Tu lui fais courir de gros risques.

« Je n'aime ni donner des leçons ni en recevoir, Willow. Mais il me semble que ce n'est pas le moment, pour Grace comme pour toi, de prendre en charge la responsabilité de gérer Joya del Mar. Laisse mes parents prolonger leur location pour un an, et libère-toi de ce poids.

Je réfléchis quelques instants. Peut-être avait-il raison. Peut-être étais-je responsable de tout, en mettant trop de pression sur tout le monde. Peut-être ma mère n'avait-elle même pas envie de retourner dans la grande maison.

— Tu ne seras même pas obligée de vivre à la propriété si tu n'y tiens pas, poursuivit Thatcher en démarrant. Je peux t'aider à trouver un endroit qui convienne mieux à tes besoins et à tes revenus. Cela pourrait faire beaucoup de bien à Grace de repartir sur d'autres bases, tu ne crois pas ?

— Je n'en sais rien, Thatcher.

Il saisit la balle au bond.

— Justement, tu ne sais pas, mais tu continues sur ta lancée en prenant tout sur toi. Il n'est peut-être pas trop tard pour que j'arrange tout ça pour toi. Alors ?

Je gardai le silence. Jusque-là, j'avais eu quelqu'un d'autre – ma mère adoptive, Amou, papa –, pour prendre les grandes décisions à ma place. Même mon ancien petit ami, Allan Simpson, essayait de diriger ma vie et se fâchait quand je n'étais pas de son avis. Savoir écouter les conseils était une chose, prendre la décision finale en était une autre.

— Non, dis-je en me rappelant le regard brillant de ma mère, quand nous avions parlé d'aller dans un institut de beauté et de retourner dans la grande maison. Je crois que tout ira bien pour nous.

— Tu commets une erreur, Willow. Peut-être assumes-tu trop de responsabilités.

— Je ne crois pas, déclarai-je avec plus d'assurance. Je ne suis plus une étrangère ici, Thatcher. J'ai retrouvé ma famille, et tout ce qui lui arrive me concerne de près. Non, nous allons continuer ce que nous avons entrepris, et je consacrerai plus de temps à Linden. Je me suis toujours sentie responsable du tort qu'il s'était fait à lui-même.

— C'est ridicule !

— Non, pas du tout. Je n'aurais jamais dû me présenter sous une fausse identité. Il était très vulnérable et me faisait confiance. J'ai commis une sorte de trahison, qui l'a profondément blessé. Je lui dois réparation, et déléguer mes responsabilités n'est pas mon genre.

Thatcher sourit.

— Tu pourrais faire une brillante carrière de psychologue ou de psychiatre, Willow. J'aurais voulu connaître ton père. Quoique… j'ai l'impression que je viens juste de lui être présenté. À travers toi.

— Je l'espère, soupirai-je.

Il m'attira contre lui et m'embrassa sur la joue.

— Quoi que tu décides, je serai à tes côtés.

— Quand ? répliquai-je, sur un ton presque agressif.

Il eut un petit rire.

— Très bientôt, je te le promets. Très bientôt, mes problèmes seront résolus.

Après cette déclaration un silence s'établit entre nous, qui dura jusqu'à ce que le restaurant fût en vue. Thatcher attendit que je sois montée en voiture et démarre, après qu'il m'eut promis de m'appeler dans l'après-midi du lendemain.

*

* *

Je trouvai ma mère dans la cuisine, assise devant une tasse fumante. Elle était en robe de chambre, les cheveux dénoués sur les épaules.

— Qu'est-ce qui ne va pas ? m'enquis-je aussitôt.

— Tout va bien, Willow. Je ne pouvais pas dormir, c'est tout, et je me suis fait une tisane. Alors, cette soirée ?

Je me laissai tomber sur une chaise en face d'elle.

— Merveilleuse, Mère, à tous points de vue. Le dîner n'aurait pas pu être plus romantique. Cette fois encore nous avons vécu un moment unique. Mais tout faire en catimini, dans la hantise que quelqu'un nous aperçoive, cela ternit un peu l'éclat des étoiles, si tu vois ce que je veux dire.

Elle eut un grand sourire lumineux.

— Je crois que oui. Je pense avoir une certaine compréhension de ce que tu vis en ce moment.

— Mais bien sûr. Quelle égoïste je suis de me croire la seule à vivre une idylle secrète ! Si quelqu'un peut savoir exactement ce que j'éprouve en ce moment, c'est bien toi. Comment avez-vous pu préserver le charme de votre aventure, papa et toi, tout en prenant garde au moindre regard et au moindre bruit, dans cette clinique ?

— Je ne dirais pas que nous nous avions nos habitudes, mais nous avions un avantage : nos rapports de patient à médecin nous servaient d'alibi pour tout. Il n'est pas rare qu'un patient fasse une fixation sur son médecin traitant, n'oublie pas ça. C'était une excuse commode, et ton père…

— Oui ?

Mère sourit à ses souvenirs.

— Ton père pouvait redevenir « le docteur » en l'espace d'un clin d'œil. Sa voix prenait un ton grave, ses yeux devenaient aussi pénétrants que des lampes à rayons X, il se raidissait dans une attitude formaliste. L'atmosphère elle-même changeait autour de lui.

Je souris à mon tour.

— Oui, c'était tout à fait ça.

— Comme tu le sais, il n'y a eu que cette infirmière, cette Nadine Gordon qui est venue ici, qui a essayé de nous faire du chantage. C'était la seule qui savait, ou soupçonnait quelque chose. Si quelqu'un d'autre avait deviné, il ou elle a soigneusement gardé le secret.

— Je ne suis pas aussi douée que mon père pour dissimuler mes sentiments, observai-je. Tout simplement parce que je ne vois aucune raison de le faire, et je peux te dire que ne compte pas le faire longtemps. Ou Thatcher trouve le courage d'affronter ses parents, ou...

— Il le fera, m'affirma-t-elle en me tapotant la main. C'est un jeune homme très capable, je me fierais assez à son jugement.

— Peut-être...

Je marquai une pause infime avant d'ajouter :

— Il veut que nous fassions interner Linden sans délai. Je lui ai raconté ce qui s'était passé, il pense que nous jouons avec le feu.

— Je sais, admit-elle. Je n'ai pas cessé d'y penser depuis que j'ai vu ce qu'il avait fait.

— Comment était-il après mon départ, ce soir ?

— Le même. Il a mangé un peu, mais il est resté tout aussi lointain. Plusieurs fois, je l'ai vu entrer dans ma chambre et contempler le portrait qu'il a peint de toi.

— Oh, non ! Il ne va pas le déchirer aussi, celui-là ?

— Je ne crois pas. Il semblait plus intrigué par ce tableau-là que par tout ce qu'il a jamais peint avant. C'était comme s'il pensait que la toile recelait une réponse, quelque chose qu'il pourrait faire jaillir d'une pichenette et qui résoudrait ses problèmes.

— C'est peut-être le cas, observai-je. L'as-tu questionné à ce sujet ?

— Je lui ai demandé souvent si tout allait bien. La plupart du temps il ne répondait pas, mais quelquefois il faisait signe que oui. Une fois, il a dit : « bientôt », et cela m'a fait peur. Sais-tu ce qu'il voulait dire par « bientôt » ?

Je l'ignorais, mais je tâchai d'être rassurante.

— J'ai décidé de passer le plus de temps possible avec lui, Mère. Mais mettons-nous bien d'accord sur un point. Si au cours des jours ou des semaines qui viennent, il ne montre aucun signe d'amélioration, nous lui ferons suivre un traitement approprié.

Elle acquiesça en soupirant.

— Mais restons optimistes, insistai-je. Quand il te verra transformée, radieuse et pleine d'espoir, cela aura sur lui un effet bénéfique, tu verras.

— Je l'espère, dit-elle d'une toute petite voix qui me serra le cœur. Je ne sais pas si nous devrions le laisser seul ici, pendant que nous serons dans ce salon de beauté.

— Nous verrons ça demain matin. Il a parlé d'aller avec moi à la galerie pour reprendre ses tableaux. Peut-être aura-t-il oublié.

— Nous pourrions demander à Jennings de garder l'œil sur lui, je pense. Parmi les domestiques des Eaton, c'est le plus sympathique et il m'a déjà rendu service.

— Tant mieux. Allons dormir un peu, maintenant, Mère.

Elle se leva, alla poser sa tasse dans l'évier et sortit derrière moi.

Plus tard, la tête sur l'oreiller, j'écoutai les bruits de la maison, ses murmures et ses craquements, les frôlements du vent de mer sur les fenêtres. Combien d'émotions devaient-elles traverser les rêves de ceux qui dormaient sous ce toit, méditai-je. Tout le monde avait ses secrets, se mêlant et se démêlant tels des écheveaux de fils colorés tout autour de moi, dans le noir.

Existait-il un lieu où les songes se rencontraient et s'entremêlaient, où les gens pouvaient jeter un coup d'œil dans l'esprit des autres ? Y voir, l'espace d'un instant, leurs craintes, leurs chagrins et leurs joies, tels les passagers de trains qui se croisent dans la nuit ?

Et cela causait-il chez eux de la compassion, ou de l'envie ? Jalousions-nous les rêves des autres, ou étions-nous reconnaissants de ne pas connaître de tels cauchemars ?

Il y avait sûrement quelque part un endroit accessible à tous, un puits d'où nous tirions tous, riches ou pauvres, la force nécessaire pour supporter notre solitude. Car lorsque nous dormions, chacun de nous était seul. Et qui pouvait être plus seul que nous trois, tournant comme de petites planètes en quête d'un lieu que nous pourrions nommer notre foyer ?

Quand je fermai les yeux, je crus entendre les voix mystérieuses de Linden chuchoter derrière mes vitres. Me demandaient-elles de rester, ou de partir ?

Derrière les ténèbres la lumière du matin attendait, telle une panthère prête à sauter sur les ombres tapies dans les recoins de notre esprit. Je remerciais le ciel pour cela, et pour le jour nouveau. Mon espoir, à présent, était de pouvoir amener Linden à partager mes sentiments.

*
* *

Mes efforts pour obtenir un rendez-vous pour ma mère et moi dans un salon de beauté, le lendemain matin, n'aboutirent qu'à des échecs décourageants. Une réceptionniste éclata carrément de rire quand je lui demandai s'il y avait une possibilité de nous recevoir dans la journée.

— Notre liste de réservation est pleine pour les deux mois et demi qui viennent, annonça-t-elle. Nous sommes à Palm Beach, figurez-vous, pas à Miami.

J'envisageai de recourir à Thatcher, mais un doute me retint. Sa secrétaire ou sa réceptionniste pouvait bavarder, malgré l'éthique professionnelle qui leur imposait la discrétion. C'était à Palm Beach, sans doute, que se vérifiait mieux que nulle part ailleurs le vieux dicton : « seuls les morts ne parlent pas ». Je décidai d'appeler M. Ross. Il m'avait offert son aide en toutes circonstances, et je le croyais capable de comprendre l'urgence de ma demande. Notre besoin d'obtenir ce rendez-vous ne semblerait pas trop futile à un homme tel que lui, j'en étais sûre. Sa réponse me le prouva.

— Je m'en occupe immédiatement, soyez sans crainte. L'un de mes clients est Renaldo de Palma, dont le salon jouit d'un grand prestige. Sa liste d'attente est un véritable *Who's who* de Palm Beach.

— Nous ne cherchons à éblouir que nous-mêmes, répliquai-je, ce qui le fit s'esclaffer.

— Je ne connais aucune femme qui ne soutiendrait pas le contraire, plaisanta-t-il. Laissez-moi voir ce que je peux faire.

Moins de vingt minutes plus tard, il me rappelait pour m'avertir que nous avions rendez-vous à deux heures.

— C'est comme pour les grands restaurants, voyez-vous ? Ils ont toujours une place disponible pour un service à rendre, et croyez-moi : Renaldo m'en doit quelques-uns.

— Et moi aussi, à présent, répondis-je.

— C'est un plaisir pour moi de vous obliger, Willow. Si je puis faire quoi que ce soit d'autre pour vous, dites-le-moi.

Je brûlais d'annoncer la nouvelle à ma mère. Quand elle vit qu'il ne s'agissait plus de rêver tout haut, mais que notre projet prenait corps, elle devint soudain très nerveuse.

Je dus la rassurer, lui promettre que je ne la quitterais pas d'une semelle. Pendant que je m'y employais, Linden apparut sur le seuil de la pièce, habillé et coiffé avec soin.

— Linden ! s'écria Mère. Comment te sens-tu, mon chéri ?

— Affamé.

J'étais perplexe. Nous avait-il entendus parler de notre projet ? Se souvenait-il qu'il m'avait demandé de l'accompagner à la galerie, pour y reprendre ses tableaux ?

— Bonjour, le saluai-je.

Il se tourna vers moi et m'adressa un signe de tête. Il avait meilleure mine, le regard plus clair et paraissait reposé.

— Désolé d'avoir dormi si tard, s'excusa-t-il. J'ai été assez désorienté et préoccupé, je ne me suis pas montré des plus hospitaliers. Je n'ai même pas remarqué quand tu es revenue. Grace m'a raconté ce qui s'était passé. Je me sens tellement idiot !

Pendant un moment, la stupeur me rendit muette. C'était un autre Linden Montgomery qui venait de sortir de cette chambre. Il semblait même se tenir plus droit. Quelqu'un qui l'aurait vu maintenant, après m'avoir entendu décrire comment il avait été, m'aurait accusé d'avoir grandement exagéré.

Je retrouvai enfin la parole.

— Non, Linden. Je comprends à quel point tout ceci a été dur pour toi.

Il haussa les épaules.

— Je ne m'explique pas très bien pourquoi, mais c'est comme si on venait de m'ôter un grand poids des épaules. Donc, m'apprend Grace, tu t'es inscrite à l'université dans la région, dit-il en se versant une tasse de café.

Il vint la poser sur la table et s'assit en face de moi.

— Oui, j'ai trouvé une faculté près d'ici dont le programme d'études me convient. Je pourrai poursuivre ma carrière.

— Fabuleux ! Je sais à quel point Grace en est ravie, ajouta-t-il en souriant à notre mère.

Elle aussi paraissait stupéfaite, et en même temps très heureuse. Le plus étrange dans tout cela, c'était l'apparente indifférence de Linden à nos réactions. Il ne semblait rien remarquer.

— Aimerais-tu que je te fasse des œufs, Linden ? proposa Mère.

— Volontiers, j'adorerais ton omelette au fromage et aux fines herbes. Je ne sais pas pourquoi mais j'ai une faim de loup, aujourd'hui. Alors, reprit-il à mon adresse, Grace m'apprend que vous comptez aller dans un salon de beauté, toutes les deux ?

— Oui, nous avons rendez-vous cet après-midi. Je serai là en temps voulu pour venir la chercher, en revenant de l'université où je vais me présenter. J'ai pensé que ce serait agréable d'aller déjeuner ensemble, avant ça. Si cela te dit de te joindre à nous, Linden, tu es le bienvenu.

— C'est très tentant, mais je crois que je vais essayer de travailler un peu, aujourd'hui. Mère, prépare-moi quelques sandwichs, si tu veux bien, je compte rester dehors presque toute la journée. Elle me semble idéale.

Prudemment, Mère se risqua à demander :

— Mais te sens-tu assez fort pour ça, Linden ?

— Évidemment ! Pourquoi ne le serais-je pas ? Une fois que j'aurai ta merveilleuse omelette dans l'estomac, je veux dire, conclut-il en riant.

Je retenais mon souffle, et j'aurais juré que Mère en faisait autant. Nous avions l'air sur le point d'exploser, toutes les deux, mais lui ne remarquait rien. Il continuait à bavarder, et en vint même à parler de ce qu'il faisait avant son accident en mer. Il jubilait à l'idée de retourner vivre dans la grande maison, et de voir les Eaton s'en aller.

— Quel soulagement ce sera de revenir chez nous, et de ne plus les avoir au-dessus de nos têtes ! Tu sais quoi, Mère ? Je ne crois pas être retourné là-haut depuis qu'ils ont emménagé. Je me trompe ?

— Non, Linden. Aucun de nous n'y est retourné, en fait.

Il réfléchit un moment et pouffa de rire.

— Je crois que je serai à la grille quand ils s'en iront, et avec le sourire. Quand partent-ils exactement ? s'enquit-il en se tournant vers moi.

— En principe, le 15 mai est officiellement la date limite pour leur départ, si j'ai bien compris.

— Magnifique, approuva-t-il.

Sur quoi, il se jeta goulûment sur son omelette.

Jusqu'à ce que j'aille m'habiller pour sortir nous l'observâmes avec effarement, redoutant toutes deux d'en dire trop. Cela nous faisait un peu l'effet de manier une porcelaine fragile, en prenant grand soin de ne rien heurter. Ce changement d'attitude spectaculaire m'inquiétait. Sans oser me l'avouer, je craignais qu'un revirement aussi radical ne soit le signe de quelque chose de bien plus grave.

En regagnant ma chambre, je m'avisai que les toiles déchirées ne se trouvaient plus dans son atelier. Et en regardant par ma fenêtre, je vis qu'il les avait transportées – dans la nuit ou très tôt le matin, sans doute – sur l'aire réservée au dépôt des objets encombrants, pour être emmenées à la décharge. Je me souvins alors de ce qu'il avait dit, à propos du poids ôté de ses épaules. Et je frissonnai à l'idée que ce fardeau fût ce que je soupçonnais, la culpabilité qu'il exprimait dans sa folie. Depuis qu'il avait déchiré ses œuvres pour les jeter aux ordures, il ne se sentait plus accablé ni déprimé. Comment s'en ressentirait son travail ? Que peindrait-il désormais ? Tout allait-il recommencer ?

Je ne voulais pas ternir la joie qu'éprouvait ma mère devant le rétablissement de Linden. Et je me gardai bien d'évoquer mes pensées ou mes craintes quand, en partant, j'allai la voir dans la cuisine.

Elle préparait un panier pour le déjeuner de Linden, et il lui parlait de l'atelier qu'il comptait s'installer quand nous retournerions tous à la grande maison. Son visage rayonnait. J'étais heureuse pour elle, mais je notai que Linden gardait les yeux baissés sur la table en parlant, et qu'il décrivait avec minutie toutes sortes de détails insignifiants. Comment il rangerait ses crayons, orienterait sa table... tout cela me faisait un effet vraiment bizarre.

En l'étudiant de plus près, je remarquai l'énergie presque fébrile qui l'animait. Ses sourcils s'agitaient comme des pois sauteurs, ses mains étaient sans cesse en mouvement. Mère n'accordait pas réellement d'attention à ses propos, pas plus qu'à ses mimiques. Elle était si heureuse de l'entendre parler qu'elle n'en demandait pas plus.

— Je m'en vais, annonçai-je, interrompant son discours.

Il parlait avec une telle rapidité, ne s'arrêtant que pour reprendre haleine, qu'il n'avait pas pris garde à ma présence. Quand il leva la tête, ses yeux parurent se rétrécir et s'assombrir.

— Depuis quand es-tu revenue ? questionna-t-il.

Mère se figea et nous regarda tour à tour, lui et moi.

— Comment ça, revenue ? Tu veux dire... à Joya del Mar ?

— Évidemment. C'est exactement ce que je veux dire.

— Depuis quelques jours.

Il acquiesça d'un hochement de tête.

— Grace m'a appris que tu revenais. Si je comprends bien, tu vas poursuivre tes études ici ?

— Oui, Linden. Et je vais précisément à l'université, pour me présenter à mon directeur d'études et mettre au point mon programme et mes horaires. Je croyais que tu me l'avais déjà entendu dire.

— Tu sais que nous retournons à la grande maison, déclara-t-il, ignorant ma remarque.

Mère porta la main à sa gorge et un petit cri lui échappa.

— Oui, Linden, je le sais et je m'en réjouis.

— Nous n'aurions jamais dû la quitter, ni la louer à ces gens-là.

— Nous n'aurons plus besoin de la louer, jamais.

— Tant mieux, approuva-t-il sans lever les yeux de la table.

Mère demanda tout à coup :

— Linden, as-tu pris tes comprimés, ce matin ?

— Mes comprimés ? Non. Quels comprimés ?

— Ô mon Dieu ! s'exclama-t-elle en sortant précipitamment.

Il la suivit des yeux, puis reprit là où je l'avais interrompu.

— Et je rangerai mon matériel dans le placard de droite. J'en ferai une provision, pour n'avoir à dépendre de personne. Ce n'est pas la place qui manque dans ce placard, je m'en souviens. Il est plein d'étagères et il a un éclairage intérieur, des appliques en cuivre. Il est si grand qu'on pourrait y mettre un coffre-fort, comme disait Jackie Lee. Elle voulait que je l'appelle Jackie Lee, tu sais ? Pas Grandma, ni maman, ni aucun nom de ce genre. Elle disait : « Tu es Linden et je suis Jackie Lee, d'accord ? » Jackie Lee, Jackie Lee, répéta-t-il.

Sa voix s'éteignit quand ma mère entra, et il se renversa en arrière. Au bout d'un moment, il releva la tête et nous sourit.

— Je crois que je vais me reposer un peu avant d'aller travailler. Je me suis levé tôt, ce matin. Ça fait des heures et des heures que je suis debout, n'est-ce pas, Mère ?

— Oui, mentit-elle. Mais d'abord, prends ton comprimé.

Elle le lui tendit avec un verre d'eau, et il se hâta de l'avaler. Puis son regard se fixa sur moi. Il n'avait pas cessé de sourire.

— Tu seras là pour dîner ?

— Oui, Linden.

— Tant mieux, nous pourrons refaire connaissance.

Subitement, son sourire s'effaça et il pinça les lèvres.

— Je suis désolé, j'ai oublié ton nom.

— C'est Willow. Je m'appelle Willow. Willow De Beers.

— Mais oui, bien sûr. Excuse-moi, j'ai eu tant de choses en tête ces jours derniers. De Beers, De Beers… Est-ce que nous ne connaissions pas un De Beers, Mère ?

— Si, Linden, souffla-t-elle en retenant ses larmes. Nous en connaissions un.

— Bien sûr. Désolé, dit-il en se levant. Avec tous ces discours sur le déménagement... J'ai tellement de choses à faire. Je regrette, mais il faut m'excuser.

— Il n'y a pas de quoi, le rassurai-je comme il sortait pour regagner sa chambre.

Mère donna enfin libre cours à ses larmes.

— Pendant un moment... j'ai vraiment cru... il semblait tout à fait remis, hoqueta-t-elle en gémissant.

— Ces pertes de mémoire et cette confusion sont normales dans sa situation, Mère, j'en suis sûre.

— Je ne sais pas si j'ai envie de déjeuner dehors, ni d'aller dans cet institut de beauté, Willow. Je ne tiens pas à me rendre ridicule ni à te faire honte, et avec Linden dans cet état...

— Tout se passera bien, Mère. Tu dois faire un effort, toi aussi. Essaie, je t'en prie. S'il te plaît, implorai-je.

D'un geste vif, elle essuya ses larmes.

— Je ne veux pas te décevoir, Willow.

— Alors viens, ordonnai-je avec autorité.

Elle capitula.

— Entendu, j'essaierai. Je demanderai à Jennings de jeter de temps en temps un coup d'œil sur Linden.

— Parfait. Je serai de retour dans quelques heures, Mère, dis-je en la serrant contre moi. Linden va se remettre. Il y a déjà une amélioration, affirmai-je, tout en me demandant si la confusion mentale constatée chez lui n'allait pas en s'aggravant. Il a de l'énergie, de l'appétit. Sois plus optimiste!

— Il y a si longtemps que je ne l'ai pas été. Je ne sais pas si j'en suis encore capable.

— Bien sûr que si. Je suis là, maintenant, et je suis là pour toi. Tu le peux, Mère.

Elle sourit enfin.

— Oui. Je vais tâcher de croire encore à l'arc-en-ciel, au moins une fois ou deux.

— À la bonne heure! Je reviens vite, lui promis-je en m'en allant.

Le campus John D. MacArthur, la section de Florida Atlantic University où j'étais inscrite, était situé au cœur d'Abacoa, une communauté résidentielle de Jupiter, en Floride. Le trajet n'était pas très long pour moi, et le programme de psychologie semblait me convenir tout à fait. J'avais reçu un courrier m'invitant à rencontrer le Pr Miguel Fuentes, qui m'était assigné comme tuteur d'études. Le campus était encore presque neuf, sa construction remontait au début 1998. Il n'accueillait qu'environ trois mille étudiants, ce qui me convenait tout à fait. Je recherchais la plus grande attention personnelle possible de la part de mes professeurs.

C'est un nouveau départ, me répétais-je avec insistance. Et comme si je serinais une chanson, je murmurais pour moi-même : « Tout va s'arranger pour nous, tout va s'arranger pour nous… »

Je m'interrompis en entendant une porte claquer derrière moi et me retournai vers la maison.

Linden en émergeait en courant vers la plage, une toile vierge sous le bras et une boîte de peinture à la main. Il se hâtait comme s'il était en retard à un rendez-vous.

De toutes mes forces, je souhaitai que ce ne fût pas avec les souvenirs qui le hantaient.

4

Potins mondains

Le bureau du Pr Fuentes était petit, mais très agréable. Je fus introduite par son assistant, un étudiant diplômé répondant au nom de Norman, grand échalas aux gestes hésitants atteint de calvitie précoce. Il effleura ma main plutôt qu'il ne la serra et retira aussitôt la sienne, comme s'il avait commis un impair.

— Le Pr Fuentes m'a demandé de vous accueillir et de vous mettre à l'aise, marmonna-t-il d'une voix indistincte. Il a dû se rendre d'urgence à l'administration et sera là dans quelques minutes. Souhaitez-vous boire quelque chose ? Je peux vous apporter un soda, ou vous prendre un café à la machine.

— Non, je vous remercie.

Il parut complètement désarçonné par ma réponse, et je me demandai ce qu'un homme aussi timide, aussi incapable de s'exprimer, venait faire dans l'univers de la psychologie.

— Dans ce cas... bafouilla-t-il, remuant les yeux en tous sens pour éviter les miens.

— C'est très bien ainsi, je n'ai besoin de rien.

L'air soulagé, il me laissa seule et je parcourus la pièce du regard. Je remarquai d'abord, sur le bureau, la photographie d'un couple d'un certain âge, près de celle d'une grande femme brune debout à côté d'un homme tenant une canne à pêche. Ils se tenaient sur une jetée, avec un voilier à l'arrière-plan.

Les diplômes et les prix du Pr Fuentes étaient exposés, dans des cadres dorés, sur le mur situé derrière son fauteuil. Une bibliothèque sur la droite, une desserte sur la gauche flanquaient le bureau. Sur cette desserte s'empilaient des papiers bien rangés, à côté d'une lampe, d'un ordinateur et d'une photocopieuse. Sur le bureau lui-même je vis un ordinateur portable, éteint celui-là. Je reportai mon attention sur la table basse placée près de ma chaise. Elle était chargée de revues, dont une pile d'exemplaires de *Psychologie contemporaine*. J'en pris un au hasard, le feuilletai... et tombai sur un article consacré à mon père. Il s'intitulait : « L'Héritage d'un authentique analyste », et on y voyait une photo de papa dans son bureau, à la clinique. Instantanément, mes yeux s'emplirent de larmes, mais je les essuyai très vite et me plongeai dans l'article. L'auteur y faisait l'éloge de nombreux essais et publications de papa, ainsi que de son dernier livre.

— Vous savez, je me disais que ce pouvait être votre père, énonça derrière moi une voix vibrante, quelques instants plus tard.

Je pivotai pour voir un bel homme d'un mètre quatre-vingts sinon plus, à la barbe noire bien taillée, vêtu d'un pantalon anthracite et d'une veste sport gris clair. Sa chemise ouverte laissait voir une épaisse chaîne en or, dont l'éclat se détachait sur sa peau mate.

Il déposa son porte-documents sur la table, près de la pile de papiers.

— Je ne voulais pas vous effrayer, reprit-il avec un grand sourire, amical et chaleureux, qui monta jusqu'à ses yeux d'ébène. Norman vous a-t-il offert à boire ?

— Oui. Je n'ai besoin de rien.

— Ainsi, c'était bien votre père ? s'enquit-il en désignant le numéro de *Psychologie contemporaine*.

— Oui.

Je vis ses yeux s'agrandir.

— J'ai lu le livre mentionné dans l'article. Quel esprit brillant c'était ! commenta-t-il en contournant son bureau pour s'y asseoir.

— Merci.

— Eh bien, ce sera un honneur pour moi de conseiller la fille du Dr De Beers. Comptez-vous suivre ses traces ? Vous devez être, j'imagine, ce qu'on appelle un rejeton de la vieille souche ?

— Disons un modeste copeau, répliquai-je, ce qui le fit rire, découvrant ainsi des dents aussi régulières qu'éblouissantes.

Je notai qu'il portait une Rolex au poignet, une chevalière ornée d'un diamant au petit doigt, mais pas d'alliance.

— J'ai reçu votre dossier, aussi ne me dites pas que vous êtes une étudiante de niveau moyen. Vous réussissiez si bien, là-bas ! Qu'est-ce qui vous a décidée à demander ce transfert, si je ne suis pas indiscret ?

« Imagine sa tête si tu rentrais dans les détails ! », pensai-je en réprimant un sourire.

— Ma mère vit ici avec mon demi-frère. Et puisque mon père est mort, j'ai décidé de vivre avec eux, répliquai-je.

C'était une réponse à la fois simple et vraie, qu'il enregistra d'un signe de tête.

— Eh bien, la perte que fait l'Université de Caroline du Nord sera tout bénéfice pour nous.

— Je l'espère.

Ma modestie parut l'amuser.

— J'ai là votre emploi du temps. J'ai pris la liberté de m'assurer que vous suivriez l'un de mes cours, celui de psychologie sociale. Vous n'imaginez pas le nombre de vocations que je suscite pendant les trois premières sessions, ironisa-t-il. Avant la fin du premier semestre, toute la classe s'auto-analyse, et chacun développe un complexe ou un autre.

Je répondis en riant que je n'en doutais pas.

— Y a-t-il certaines activités hors programme qui vous intéressent ? voulut-il savoir. En consultant votre dossier, il m'a semblé que ce n'était pas le cas.

— En effet.

— Tout pour le travail, rien pour le plaisir, c'est ça ?

Le sourire qui accompagnait sa question me parut un peu trop charmeur. Je répondis avec un rien de sécheresse :

— Disons que je réserve mes plaisirs pour ma vie privée.

Il haussa les sourcils, puis inclina la tête.

— *Muy bien*, rétorqua-t-il. Oh pardon, il m'arrive de laisser échapper un mot d'espagnol. Ma famille est de Cuba, nous sommes venus dès que Castro a pris le pouvoir. Je suis né et j'ai grandi ici. Ces deux personnes sont mes parents, expliqua-t-il en tournant la photo de façon que je la voie. Et voici ma sœur et son mari, le pêcheur. Il prend ce sport très au sérieux, presque comme s'il s'agissait d'un art. Mais si je fais la moindre observation dans ma famille, ils bondissent, en m'accusant de les psychanalyser. Est-ce que c'était la même chose, chez vous ?

— Quelquefois, répondis-je, souriant au souvenir de ce qui avait valu à mon père et à ma mère adoptive leurs plus mauvais moments.

J'avais fini par me rendre compte qu'il lui arrivait, et même assez souvent, de la psychanalyser.

— Et vous êtes née en Caroline du Sud, c'est bien ça ?

— Oui.

Un silence suivit ma réponse. La promptitude avec laquelle il avait donné un tour familier à ce premier entretien m'impressionnait, en même temps qu'elle me détendait.

— Je suis curieux, déclara-t-il enfin. Comment vous voyez-vous dans... disons dix ans d'ici ?

— Je vous demande pardon ?

— C'est un petit jeu auquel je me livre avec mes étudiants, mais qui n'est pas sans intérêt. Il me donne un aperçu de ce qu'ils sont, de ce qu'ils attendent de leurs études, de leurs objectifs de carrière, ce genre de choses.

— J'espère obtenir ne serait-ce que la moitié des succès de mon père, répondis-je. Toutefois, je ne tiens pas à exercer dans une clinique. J'aimerais un travail moins réglementé, en direction des jeunes. C'est dans cette branche que je voudrais me spécialiser.

Ma réponse ne parut pas le surprendre : on aurait dit qu'il s'y attendait.

— Merci, mademoiselle De Beers. Je suis certain que vous vous plairez chez nous. Tout y est encore nouveau. Notre école est encore à l'état embryonnaire, comparée aux autres universités de l'État et du pays, ce qui nous rend d'autant moins prétentieux. Nous sommes tous étudiants, ici.

— J'ai été heureuse de trouver, si près de Palm Beach, une école dont le programme d'études me convienne, Professeur.

— En effet. Et que pensez-vous de votre emploi du temps ? s'enquit-il, en pointant le menton vers la carte qu'il m'avait remise.

Je la parcourus, en sentant constamment son regard sur moi.

— C'est parfait, affirmai-je. Exactement ce que je souhaitais.

— Tant mieux. Je peux demander à Norman de vous faire faire le tour du campus, si vous voulez.

— Non, c'est inutile, j'ai encore beaucoup de temps devant moi avant de reprendre les cours. Je reviendrai.

— N'hésitez pas à appeler mon bureau si vous avez des questions à poser, ou si je puis vous aider en quoi que ce soit, proposa-t-il.

— Je vous remercie.

— Nous ferons le même trajet, vous et moi. Je viens de Palm Beach Gardens. Mes parents tiennent un restaurant assez renommé à West Palm Beach, le Havana Molena. Molena est le prénom de ma mère, voyez-vous. Maintenant c'est ma sœur et son mari – quand il n'est pas à la pêche –, qui tiennent le restaurant. Mais mon père garde l'œil sur tout, et ma mère continue à régner sur la cuisine.

— Il faudra que j'aille y faire un tour.

— Si vous vous recommandez de moi, vous aurez droit à un rhum-coca gratuit, dit-il en riant. Bien, où en sommes-nous ? Vous connaissez la date de reprise des cours. Nous fonctionnons avec le système trimestriel. J'ai vu tous vos professeurs, et là…

Il tira quelques feuillets de son porte-documents.

— Vous trouverez la liste des livres dont vous aurez besoin, et des textes à préparer.

— Merci, dis-je en prenant les papiers.

— Ces notes contiennent aussi un plan du campus, l'horaire de mes heures de bureau, etc. Il n'y a rien d'autre que vous désiriez savoir ? insista-t-il.

— Non, pas pour le moment. Vous m'avez déjà beaucoup aidée. Merci, Professeur.

Je me levai et il m'imita aussitôt, la main tendue.

— Bienvenue chez nous. J'espère que vous y trouverez tout le profit et le succès possibles.

— Merci.

Son regard s'attacha sur moi quand je sortis, si intense que je le sentais toujours peser sur moi quand je regagnai ma voiture. Cette impression persistait encore quand je démarrai pour quitter le campus.

*

* *

À peine arrivée à Joya del Mar, je devinai que ma mère avait renoncé à m'accompagner à l'institut de beauté. Elle n'était pas prête, comme je l'avais espéré, pas même habillée. Au début, j'eus même du mal à la trouver, et supposai qu'elle avait dû aller voir Linden sur la plage. Je l'appelai dès que j'entrai dans la maison, mais elle ne répondit pas. Elle n'était pas dans le petit salon, ni dans la cuisine, et quand j'allai jeter un coup d'œil dans sa chambre, je ne l'y vis pas non plus. La porte de la salle de bains était ouverte, mais elle ne s'y trouvait pas.

Je sortis sur la terrasse et balayai la plage du regard: personne. Du coin de l'œil, pourtant, je saisis un imperceptible mouvement sur ma gauche. Mère était là, ses cheveux dénoués flottant au vent, à peine visible derrière une petite hauteur. Je courus vers elle et l'appelai : pas de réponse. Debout, les bras croisés sous les seins, elle contemplait fixement l'océan, figée dans une immobilité de statue.

— Mère ! criai-je à quelques pas d'elle.

Elle secoua la tête sans se retourner.

— Pourquoi n'es-tu pas prête pour venir déjeuner avec moi ?

— Désolée, proféra-t-elle, avant de me jeter un regard chargé d'un trouble immense. Je ne peux pas. Vas-y sans moi, Willow.

— Tu n'as pas demandé à Jennings de veiller sur Linden ?

— Si, mais je ne peux quand même pas y aller, Willow.

— Mais pourquoi, Mère ? Tout est arrangé pour nous. Il n'y a aucun problème.

— Peut-être pas pour toi, Willow, moi c'est différent. J'ai vécu si longtemps ici, je ne peux pas en sortir subitement pour aller en ville, comme s'il ne s'était rien passé depuis toutes ces années. D'ailleurs, quelle raison aurais-je de faire ça ? Je n'ai pas l'intention de me montrer dans le monde, Willow. Ne nous rendons pas ridicules. Même si nous retournons à la grande maison, je n'ai pas l'intention de donner de grandes réceptions, ni rien de ce genre.

Je m'obstinai, la voix presque implorante.

— Ce n'est pas pour ça que nous le faisons, Mère. C'est pour nous. Cela te fera du bien, je le sais. Je t'en prie, Mère. Essaie.

— Ne te tracasse donc pas tant pour moi, Willow. Je vais bien, je t'assure. Vraiment, insista-t-elle en me tapotant la main. La vérité c'est qu'en m'asseyant devant ma coiffeuse, après ton départ, j'ai compris que je ne souhaitais rien changer à mon visage, ni à mes cheveux. C'est comme ça que je suis devenue, Willow, c'est cc que je suis. La femme dont ton père est tombé amoureux il y a bien des années de cela, la femme qui s'est tenue sur cette jetée, pleine d'espoir, en priant pour qu'il lui revienne. Je ne suis pas prête à la chasser. Crois-tu être capable de le comprendre ? demanda-t-elle avec douceur.

Bien sûr que je comprenais. Je m'efforçais de faire exactement ce qu'elle ne voulait pas faire : claquer la porte sur le passé, repousser l'obscurité au-dehors, me recréer moi-même ou presque. J'avais si peu de doux souvenirs à chérir, si peu de raisons de me cramponner à mon univers d'autrefois. Elle, en revanche, avait les meilleures raisons qui soient de s'accrocher au seul bonheur qu'elle eût jamais connu.

— Oui, admis-je à contrecœur.

— Es-tu sincère, ou me crois-tu coupable de m'abandonner à des chimères ? Vas-tu diagnostiquer chez moi une quelconque maladie mentale, et me reprocher de me faire du tort à moi-même ?

— Non, Mère. Aucun psychiatre ne te demandera de renoncer à tes rêves. Tes chimères jouent un rôle important, et je ne souhaiterais à personne d'être incapable d'imaginer et de rêver. C'est seulement lorsque les fantasmes débordent dans la vie réelle, et en prennent le contrôle, que les psychiatres ont leur mot à dire.

— Je suppose que mes rêves ont pris le contrôle de ma vie, du moins depuis un certain temps, reconnut-elle. Mais pardonne-moi de préférer cela, et de ne pas vouloir revenir à... ceci, acheva-t-elle en désignant la grande maison. Tout ce luxe, toute cette splendeur ne remplaceront pas ce que j'ai perdu, ou peut-être refusé de perdre. Savais-tu...

Elle s'interrompit, le temps d'un sourire.

— Sais-tu que ton père me lisait souvent des poèmes ?

— Non. Je ne me souviens pas de l'avoir vu lire autre chose que des revues scientifiques, ou des livres écrits par d'éminents docteurs de sa spécialité.

— Oui, il se plongeait fréquemment dans la littérature. Il affirmait y trouver souvent des idées profondes et complexes, exprimées plus simplement et de façon bien plus belle en poésie que par les savants. Quand nous nous sommes quittés, il m'a cité ces mots de Dante Gabriel Rossetti : « La beauté sans l'être aimé est comme une épée qui vous perce le cœur. » C'était sa façon de me dire qu'une fois séparé de moi, la vie n'aurait plus le même sens pour lui, qu'il ne pourrait jamais rien apprécier autant que si j'étais près de lui. Je ressentais la même chose, sauf que je ne l'exprimais pas aussi bien.

« À ma façon, je l'ai gardé en moi pendant toutes ces longues années. Et maintenant, me détourner de tout cela, commencer une nouvelle vie avec un autre visage et un autre regard... cela m'apporterait beaucoup moins de satisfactions que tu ne l'espères, vois-tu.

Je ne savais pas que je pleurais, je ne m'en aperçus que lorsque les larmes roulèrent sur mon menton. Elle les balaya d'un geste léger.

— Tout ira bien pour moi, dit-elle en m'embrassant sur le front. Tant que tu feras ce que tu désires faire et que tu seras heureuse, Willow. Je t'en prie, ne me laisse pas devenir une entrave pour toi, ou une raison de ne pas atteindre ton but. Suis ton chemin coûte que coûte, sans me traîner derrière toi comme un poids mort.

— Tu ne seras jamais un poids mort pour moi, Mère.

— Je sais. Mais j'aurais l'impression d'en être un si tu te faisais trop de souci pour moi. Je ne serais pas à l'aise, et cela pèserait sur toi et sur Linden, ajouta-t-elle en jetant un regard du côté de la plage.

— Où est-il ?

— Quelque part par là, en train d'essayer de peindre. Il est plus calme, à présent. Son médicament a dû agir.

Je réprimai un soupir. Tout était si dur pour elle ! Et il en serait peut-être toujours ainsi, pensai-je tristement. Ce fut pourtant d'une voix enjouée qu'elle reprit :

— Va, maintenant. Ne manque pas ton rendez-vous, et reviens transformée en fille à papa !

— Nous pouvons toujours déjeuner ensemble, suggérai-je.

Elle refusa d'un signe.

— J'ai préparé une salade aux œufs pour Linden. Même si c'est son plat préféré, il ne mangera pas si je ne suis pas là pour veiller sur lui.

— Très bien, alors je vais d'abord déjeuner avec toi, ici.

Elle eut une moue désolée.

— Je ne veux pas t'empêcher de te sentir libre, Willow. Ce ne serait pas bien !

— Mais ce n'est pas le cas. Je ne me suis pas encore fait beaucoup d'amis, ici, et je n'aime pas manger seule. Je vais voir si je trouve Linden pour le prévenir que nous déjeunons.

— D'accord. Je mettrai la table sur la terrasse.

— Parfait ! m'écriai-je, avant de partir à la recherche de Linden.

Je le trouvai dans un de ses coins favoris, assis au pied de son chevalet. Le regard tourné vers la mer, il avait l'air d'être en méditation. En m'approchant, je jetai un coup d'œil sur sa toile, pour m'apercevoir qu'elle était toujours intacte.

— Salut, Linden ! l'apostrophai-je. Mère m'envoie te chercher pour déjeuner. Elle a préparé la salade aux œufs que tu aimes tant.

Il n'avait même pas tourné la tête. Je retins mon souffle dans l'attente d'une réponse, de n'importe quelle réponse, mais il resta muet.

— L'air de la mer me creuse toujours l'appétit, persévérai-je. Ça ne te fait pas le même effet, à toi ?

Il finit quand même par se retourner, le regard soupçonneux.

— Pourquoi es-tu revenue ? attaqua-t-il, d'un ton si agressif que j'en restai pantoise. Pendant quelques instants, ce fut moi qui demeurai muette. Puis je me ressaisis.

— C'est ici qu'est ma place à présent, Linden. Mère et toi, vous êtes ma famille. Je n'ai aucune attache en Caroline du Nord. Mon père est mort et j'ai vendu la propriété. Tu ne veux pas que je vive ici ?

Ses traits ne s'adoucirent pas mais ses paupières battirent à un rythme rapide.

— Tu crois l'amener à t'épouser ? Tu penses que tu vas gagner son amour et sa dévotion ? Il n'en est pas capable, grinça-t-il. J'ai grandi ici, caché dans l'ombre, à le regarder séduire les filles l'une après l'autre ; et chacune était sûre d'être la seule à pouvoir faire de lui un honnête homme. Comme je viens de le dire, il n'en est pas capable, acheva-t-il, en crachant ses mots comme du venin.

— Tout le monde en est capable, Linden, car au bout d'un certain temps tout le monde se sent seul.

Telles des flèches aimantées, mes paroles firent mouche. Je le vis à la façon dont il tressaillit et se détourna.

— D'ailleurs, ce n'est pas l'unique raison de mon retour, Linden, poursuivis-je sans me troubler. Je suis revenue pour vivre avec vous deux, et pour continuer mes études. Je veux également vous aider, Mère et toi. Nous allons retourner dans la grande maison. Mère en sera très heureuse, tu ne crois pas ?

— Non, lança-t-il brutalement.

— Non ? Et pourquoi non ? Tu en paraissais si heureux toi-même, tout à l'heure. Tu faisais des projets pour ton atelier.

— Je me faisais des illusions. Il y a trop de fantômes ici, ronchonna-t-il.

— Nous les chasserons, Linden. Toi et moi. Nous les chasserons.

Il se retourna et je lus sur ses traits une expression nouvelle, autorisant une infime lueur d'espoir.

— Toi et moi ?

— Oui, Linden. Nous nous installerons une maison agréable. Tu auras un magnifique atelier pour y faire de grandes choses. Oh, Linden, soyons enfin heureux ! Essayons d'être heureux ensemble, je t'en prie.

Il se permit un vrai sourire mais, aussitôt, comme s'il se rendait compte qu'il osait être optimiste, il se rembrunit. Ses lèvres se serrèrent jusqu'à se décolorer.

— Reviens à la maison pour déjeuner, Linden, le priai-je avec insistance. Mère met la table pour nous sur la terrasse. Ce serait si bon de manger dehors, tous les trois, tu ne trouves pas ?

— Je pensais...

Il laissa sa phrase en suspens.

— Quoi donc ?

— Je n'en sais rien. Mes idées sont si confuses, parfois, et mes souvenirs aussi.

— À quoi pensais-tu ? Je te dirai s'il s'agit de confusion ou pas. Je te le dirai, réaffirmai-je devant son regard sceptique. Je serai toujours sincère avec toi, Linden.

Pour le moment, du moins, j'avais gagné sa confiance.

— Je croyais que tu déjeunais sur Worth Avenue, avant d'aller dans un salon de beauté avec Grace.

— Elle n'y tient pas. Nous ne devons pas brusquer les choses avec elle, tu comprends.

Il haussa les sourcils en entendant ce « nous », qui l'incluait dans mes projets. Colère et hostilité s'effacèrent de ses traits, aussi facilement que tombe un masque, et il attacha sur sa toile un regard songeur.

— Je n'aime pas ce que j'ai fait jusqu'ici. Ce n'est pas très bon, dit-il en se levant.

À mon tour, je jetai un coup d'œil sur la toile blanche. Quelque chose m'avait peut-être échappé, une esquisse au trait léger, ne fût-ce que quelques coups de crayon… mais non. Il n'y avait rien. En me retournant vers Linden, je vis qu'il m'observait anxieusement, attendant mon verdict.

— Eh bien ? Ton opinion ? Tu as une certaine culture artistique, si je me souviens bien.

— Je… je ne crois pas que tu aies avancé suffisamment pour que je puisse me former une opinion, Linden.

Loin de se fâcher, il sourit.

— Très diplomatique. Je crois que tu deviendras une bonne psychiatre, finalement, ajouta-t-il en passant devant son chevalet. Alors, on va déjeuner oui ou non ?

— Mais… et tes affaires ?

— Aucune importance. Qui pourrait bien s'y intéresser, d'ailleurs ! Alors, ce déjeuner ? On y va ?

— Oui, oui ! m'écriai-je en courant pour le rattraper.

Nous marchâmes quelque temps sans mot dire, et quand mon bras frôla par hasard le sien, il sursauta et s'arrêta net.

— Tout va bien, Linden ?

— Aujourd'hui, j'avais l'intention de peindre des oiseaux, grommela-t-il en repartant sa marche, mais ils n'ont pas été très coopératifs. Ils savent quand je veux les peindre et ils sont très capables de me taquiner. De me tourmenter, devrais-je dire. Exactement comme la mer, et le ciel, et les nuages, et les étoiles… et toi ! acheva-t-il en hâtant le pas, de manière à me précéder jusqu'à la maison.

Il balançait les bras devant lui comme si, de toute sa force, il tirait une corde qui le hâlait en avant tout en le hissant toujours plus haut.

*
* *

Il fut calme pendant le repas, mangeant et buvant d'un air machinal, comme s'il rêvait tout éveillé. Sa façon de nous regarder sans nous voir, ou plutôt de voir à travers nous, était très éprouvante pour Mère comme pour moi. Elle s'efforçait de meubler le moindre silence, comme si Linden risquait de dire ou de faire quelque chose d'épouvantable. Elle parla surtout de la grande maison, et de la vie que nous y mènerions.

— Tous les meubles qui s'y trouvent en font partie, et la majorité des œuvres d'art aussi. Ce sera dur de s'occuper de tout ça, Willow, surtout que nous ne pouvons nous permettre qu'un personnel réduit. Il faudra décider quelle partie nous habiterons et fermer les autres pièces.

— Ce n'est pas un problème pour moi, Mère.

— Cela représentera quand même une dépense très lourde, insista-t-elle. Je veux dire, avec l'entretien et tout ça…

— Nous avons les moyens, rassure-toi. D'ailleurs, Linden va travailler et vendre des tas de tableaux.

Cet argument parut la rassurer.

— C'est vrai. Il peut le faire s'il s'y met pour de bon.

Linden, qui jusque-là regardait fixement la table, leva sur nous un visage étonné.

— Je ne sais pas si je vendrai encore mon travail, Mère.

— Bien sûr que tu le vendras, pourvu que tu veuilles bien essayer. Tu essaieras, n'est-ce pas, Linden ?

Il inclina gravement la tête.

— Oui, Mère. J'essaierai.

— À la bonne heure ! soupira-t-elle. Peut-être tout ceci est-il effectivement un nouveau départ, après tout.

À nouveau, Linden parut surpris et me dévisagea, longuement. Comme s'il venait seulement de comprendre que j'étais de retour, et que nous étions tous réunis.

— Peut-être murmura-t-il d'une voix presque inaudible. Peut-être.

Je souris, mais pas lui. Ses sourires étaient devenus aussi rares que des diamants et, pour nous, infiniment plus précieux.

*
* *

J'allai donc seule à l'institut de beauté, toujours aussi déçue que mère n'ait pas voulu venir. J'avais tant espéré ces moments privilégiés, cette vraie journée d'intimité entre mère et fille ! Je comprenais, à présent, que je devrais redoubler de précautions. Le chemin à parcourir était long, la tension émotionnelle accumulée en elle était intense et douloureuse, il faudrait du temps pour l'en délivrer. Cela ne se ferait pas du jour au lendemain, et peut-être jamais complètement. Mais comme disait papa : « Un centimètre à la fois, c'est quand même un pas en avant. »

Le salon était en pleine effervescence. L'hôtesse d'accueil, une jeune fille qui ne devait pas être plus âgée que moi, ne fit preuve d'aucune diplomatie quand j'annonçai la défection de ma mère.

— Vous savez combien coûte cette plage horaire ? maugréa-t-elle d'un air hautain.

— Je paierai le rendez-vous, rassurez-vous.

— La question n'est pas là ! répliqua-t-elle, d'une voix bien plus forte qu'il n'était nécessaire.

Je savais qu'elle essayait d'attirer l'attention des clientes les plus proches, et de leurs esthéticiennes. Elle reprit sur le même ton supérieur :

— Nous avons dû renvoyer des clientes, et satisfaire notre clientèle est notre premier objectif.

— Vraiment ? relevai-je avec raideur. À voir votre attitude, on ne s'en douterait pas.

— Mon attitude ?

— Que se passe-t-il ici ? fit derrière moi une voix masculine.

Je me retournai pour voir un homme aux cheveux noir d'ébène, ramassés sur la nuque en queue-de-cheval. Il portait un pantalon noir et une chemise rouge, dont les manches étaient relevés jusqu'aux coudes. Ses yeux noirs se posèrent sur la réceptionniste, puis sur moi.

— Elle vient d'arriver et d'annuler un de ses rendez-vous, geignit la jeune fille. Et sans préavis !

— Je vois.

— Je n'ai pas pu faire autrement, me hâtai-je d'expliquer. Je me suis excusée et j'ai proposé de payer le rendez-vous manqué, celui de ma mère.

— Ah, vous êtes mademoiselle De Beers !

— En effet.

— Je suis Renaldo de Palma. C'est bon, Candace. Inutile d'en faire tout un drame, ajouta-t-il d'un ton sévère, qui fit monter les larmes aux yeux de l'employée.

— Je ne fais que mon travail, pleurnicha-t-elle.

— Bien, je m'occupe de Mademoiselle. Ainsi, votre mère est souffrante, je suppose ? ajouta-t-il à mon adresse, d'une voix nettement plus douce mais dépourvue de réelle sympathie.

Quant à son sourire, il était assez enjôleur pour charmer un cobra.

— Oui, acquiesçai-je, jugeant que c'était l'explication la plus simple et la meilleure.

— Ce sont des choses qui arrivent, ce n'est pas la fin du monde. Laissez-moi m'occuper de vous personnellement, offrit-il, en me dirigeant vers les postes de travail. Et ne faites pas attention à elle. C'est la fille de mon frère, il m'a bien fallu l'employer.

La jeune fille grimaça, mais la franchise brutale de Renaldo me fit sourire.

— Par ici, dit-il en m'entraînant vers un fauteuil, au fond du salon.

Je sentis tous les regards converger sur moi tandis que je marchais à ses côtés. Les conversations s'interrompirent. Les esthéticiennes se figèrent un instant. Ce fut seulement quand je pris place sur le fauteuil, après que Renaldo m'eut débarrassée de ma veste et de mon sac, que le salon sembla revenir à la vie.

— Bon, dit Renaldo en se plaçant derrière moi. Voyons d'abord ce que nous avons là.

Il souleva mes cheveux à deux mains, étudia mon reflet dans le miroir, secoua la tête. Et quand il parla, ce fut comme s'il grondait une enfant de quatre ans.

— Eh bien, mademoiselle De Beers, vous n'avez pas pris soin de ces cheveux comme vous l'auriez dû. Ils sont beaucoup trop secs, et fourchus… Je dois vous faire un traitement complet avant de commencer. Shampoing, crème de soins, ensuite nous pourrons choisir la coupe.

— Une coupe ? m'étonnai-je. Vous croyez que j'ai besoin de changer de style ?

— Mais bien sûr, *señorita*. Vous ne profitez pas de tout ce que vos cheveux peuvent apporter à votre joli visage. Pour une femme, les cheveux sont au visage ce que le cadre est au tableau. Et comme tout beau tableau, ce visage peut être embelli ou desservi selon la qualité du cadre, non ?

— Je suppose que oui…

— Bien, alors commençons. Vous êtes entre les mains d'un artiste. Ne vous inquiétez pas, dit-il en se tournant vers une jeune fille brune, qui bavardait avec la réceptionniste. Trinity !

L'interpellée s'interrompit net, au milieu d'une phrase me sembla-t-il, et accourut à mes côtés.

— Un shampoing et un traitement complet, ordonna-t-il. Prenez la formule quarante-deux.

La jeune assistante avait de beaux yeux vifs et brillants, et ne paraissait pas plus de dix-sept ans. Elle émit un « oui » respectueux.

— Dès que vous serez prête, je le serai, promit Renaldo.

Et sur un regard presque menaçant à sa jeune employée, il nous laissa. J'eus l'impression qu'elle tremblait en attachant une serviette protectrice derrière mon cou. Puis elle abaissa doucement le fauteuil, jusqu'à ce que ma nuque touche le rebord du lavabo.

— Vous êtes bien installée ? s'enquit-elle.

— Tout à fait.

Après avoir vérifié la température de l'eau, elle commença à mouiller mes cheveux avec une application de débutante zélée.

— Ce n'est pas trop chaud ?

— C'est parfait, la rassurai-je en fermant les yeux. Depuis combien de temps travaillez-vous ici ?

— Cinq ans.
Je rouvris les yeux de stupeur.
— Cinq ans ! Mais comment… quel âge avez-vous ?
— Vingt et un ans. Dès que j'ai eu seize ans, mon père m'a mise au travail dans son salon.
J'allais de surprise en surprise.
— Votre père ?
— Renaldo de Palma, oui. Je suis sa fille.
Sa fille. Et l'hôtesse d'accueil était sa nièce. Est-ce qu'il employait toute sa famille dans son salon ?
Trinity me frictionna la peau avec une ardeur soudaine, comme si elle était furieuse d'en avoir tant dit et évacuait sa colère par le bout des doigts. J'eus droit à un véritable massage crânien.
— Il veut que je devienne esthéticienne, mais je lui ai dit que j'avais d'autres projets, reprit-elle en baissant la voix. Il me garde ici dans l'espoir que je me perfectionnerai dans la coiffure. Il ne se rend pas compte qu'il a des idées d'un autre âge. Il a même choisi le garçon qu'il veut me faire épouser, un cousin au cinquième degré, vous vous rendez compte ? Choisir le futur mari de sa fille, à notre époque !
À notre époque, les choses n'avaient pas tellement changé, me dis-je en pensant à Bunny Eaton. Mais je gardai mes réflexions pour moi et tâchai de me détendre, savourant le plaisir de me faire dorloter. Après m'avoir lavé les cheveux, Trinity les enduisit de la crème recommandée par son père, et m'avertit que je devais la garder cinq bonnes minutes. J'éprouvai un délicieux picotement sur tout le crâne.
— Voulez-vous que je vous apporte un magazine ? proposa-t-elle.
— Non, merci.
Elle quitta sa place derrière le lavabo mais resta à mes côtés. Je levai sur elle un regard intrigué.
— Vous êtes de Joya del Mar, commença-t-elle. C'est ma cousine qui me l'a dit.
— En effet.
— Vous êtes cliente du salon ? Peut-être venez-vous le jour où je suis de repos ?
— Non, je viens juste d'arriver à Palm Beach.

— Joya del Mar… C'est là qu'habite M. Eaton, n'est-ce pas ? Je le sais parce que j'ai fait un shampoing à sa fiancée cette semaine, annonça-t-elle avec une certaine fierté.

Je relevai la tête.

— Sa fiancée ? De qui parlez-vous donc ?

Peut-être faisait-elle allusion à la sœur de Thatcher ? Sa réponse ne me laissa plus aucun doute.

— De l'avocat, M. Eaton.

— Qui vous a dit qu'il était fiancé ? questionnai-je, un peu plus âprement que je ne l'aurais voulu.

Elle recula de quelques pas.

— Eh bien… c'était dans le journal. Je n'invente rien. Mlle Raymond en a parlé aussi, pendant que je faisais son shampoing. Elle vient ici deux fois par mois, avec sa future belle-sœur. Celle-là, c'est Carol-Ann qui s'occupe d'elle.

— Vous dites que c'était dans le journal. Un journal récent ?

— Oui. Vous voulez le voir ?

— S'il vous plaît, acquiesçai-je en rabaissant la tête.

J'avais l'impression que mon cœur tombait au fond de ma poitrine.

Trinity alla parler à la réceptionniste, qui se pencha pour prendre sous le comptoir un journal qu'elle lui tendit. Puis elle revint en toute hâte, comme si elle délivrait un message important à la reine d'Angleterre en personne.

— Voilà. C'est dans la rubrique *Toute la ville en parle*, dit-elle en ouvrant le journal à la page des potins mondains.

Elle pointa le doigt sur un article signé d'une certaine Suzy Q. La plus grande partie faisait référence à une récente fête de charité, présidée par un prince. On y donnait la liste des invités. Tout un paragraphe était consacré à un architecte récemment anobli, Sir Floyd Raymond, dont la fille Vera, selon la rumeur, attendait…

« … Pas un enfant, non, plaisantait l'auteur. Pas encore. Vera attend une bague de fiançailles de l'un des meilleurs partis qui soient parmi les jeunes célibataires de Palm Beach, Thatcher Eaton. Désolée, mesdemoiselles ! Il semble que l'avocat ait sauté le pas, et d'après ce que nous savons, aucune des deux familles n'a l'intention d'y opposer la moindre objection. »

On publiait une photo de Thatcher et de Vera Raymond, qui ressemblait de façon frappante à la femme que j'avais vue avec lui au café. Je sentis le sang se retirer de mon visage.

— Comme vous vivez là-bas, j'ai cru que vous la connaissiez et que vous étiez au courant, observa Trinity, sa curiosité mise en éveil.

— Non, je viens juste d'emménager.

Je dus faire un effort immense pour empêcher ma voix de se fêler. Mes doigts serraient le papier comme des pinces tandis que je fixais la photographie. Thatcher tenait Vera Raymond par la taille et tous deux regardaient l'objectif. Je devais avoir l'air, j'en suis sûre, d'essayer de faire un trou dans la page.

— Vous pouvez garder le...

— Non, coupai-je en tendant vivement le journal à Trinity, comme s'il était contaminé.

Elle s'en empara et s'empressa d'aller le rendre à la réceptionniste, qui ne nous avait pas quittés du regard. Je vis les jeunes filles se pencher l'une vers l'autre pour concocter de nouveaux ragots.

J'avais du mal à respirer, malgré la climatisation. L'air me semblait lourd et oppressant. À nouveau, je me renversai en arrière et fermai les yeux. Quand je les rouvris, il me sembla que tout le monde dans le salon regardait dans ma direction en chuchotant. Quelques minutes plus tard Trinity revint, me rinça les cheveux et m'enroula une serviette autour de la tête.

— Êtes-vous apparentée à M. Eaton ? s'enquit-elle.

De toute évidence, elle avait reçu pour consigne de tirer de moi le plus de renseignements possible, pour les transmettre aux commères qui n'attendaient que cela pour se remettre à cancaner.

— Je suis ici pour me faire coiffer, la rabrouai-je. Rien de plus.

Ses mains s'éloignèrent de la serviette comme si elle avait touché un poêle brûlant. Je lui décochai un regard noir.

— Je préviens mon père que vous êtes prête, murmura-t-elle en s'éloignant précipitamment.

Quelques instants plus tard Renaldo de Palma était à mes côtés, le sourire plus mielleux que jamais.

— Nous voici prêts pour la coupe, non ?
— Non, renvoyai-je en me levant.
— Je vous demande pardon ?
— Désolée, j'ai changé d'avis. Je ne veux apporter aucune modification à ma coiffure, lançai-je en arrachant la serviette.
— Mais, *señorita*...
— Je dois m'en aller.
Devant un Renaldo figé de stupeur, j'allai aussitôt récupérer mon sac et ma veste.
— Mais vos cheveux... vos cheveux sont mouillés, et...
— Aucune importance. Dites-moi simplement combien je vous dois.
Il se contenta de refuser d'un signe.
— Très bien, alors envoyez-moi la note, ajoutai-je.
Et devant une double rangée de regards effarés, je retraversai le salon. Tout le monde s'était tu. Quand la porte se referma derrière moi, j'eus l'impression de sortir d'un sauna. Je respirai à fond et me hâtai vers ma voiture, l'eau qui coulait de mes cheveux mouillés ruisselant sur mes joues.

J'avais vaguement conscience d'avoir l'air d'une folle, aux yeux de tous ceux qui me voyaient passer. Mais je n'avais qu'une idée en tête : échapper au plus vite à ces regards qui me disséquaient, à ces murmures qui me poursuivaient. Sous leur pression je me sentais nue, piégée, si exposée que chacun pouvait deviner le chagrin qui me brisait le cœur.

Comment avait-il pu me faire cela ? Profiter de moi de cette façon, me mentir, me trahir ? C'était la pire des violences, je ne me serais pas senti plus mal si j'avais été violée. *J'avais* été violée, raisonnai-je. Mais au lieu d'employer la force, Thatcher s'était servi de promesses et de belles paroles. Ma rage ne cessait d'augmenter, tel un ballon d'air chaud trop gonflé sur le point d'exploser.

Je ne me souvins jamais d'avoir rejoint ma voiture et mis le contact ; mais seulement d'avoir quitté le parking en trombe, coupant la route à un véhicule qui faillit en percuter un autre arrivant en sens inverse. Le coup de klaxon du chauffeur me fit accélérer encore, ce qui me valut un arrêt brutal et forcé à un feu rouge. À l'instant où je stoppai, une voiture de patrouille vint se ranger à côté de moi et un officier de police en sortit.

— Qu'est-ce qui vous arrive ? s'enquit-il sévèrement.

Je ne pus que le regarder, les lèvres tremblantes.

Il se retourna quand le feu passa au vert, fit signe aux voitures qui se trouvaient derrière moi de changer de file et me désigna le côté de la rue.

— Rangez-vous là et montrez-moi vos papiers. Permis de conduire et carte grise, s'il vous plaît.

— Je suis désolée, m'excusai-je, avec le vague espoir que mes paroles agiraient comme une formule magique et le feraient disparaître.

Il n'eut pas l'air d'avoir entendu, remonta dans sa voiture et attendit que je me gare, puis vint se ranger derrière moi et redescendit. Je fouillai dans mon sac pour trouver mon permis, puis dans la boîte à gants pour y prendre ma carte grise. Il les parcourut tous les deux et constata :

— Vous êtes de Caroline du Sud, à ce que je vois ?

— Je viens juste d'arriver pour m'installer ici, monsieur l'agent. Je n'ai pas encore eu le temps de changer mes papiers.

— J'ai remarqué. Vous conduisez comme quelqu'un de vraiment pressé.

— Je suis désolée, répétai-je. Quelque chose me tracassait et je ne faisais pas attention.

— Ça, c'est clair. (Son regard s'arrêta sur mes cheveux trempés.) C'est un nouveau style de coiffure ?

Les mèches mouillées me collaient aux tempes et aux joues, l'eau continuait à me couler dans le cou.

— Non, balbutiai-je, les lèvres encore tremblantes.

— Vous êtes descendue à l'hôtel ?

— Non, chez des particuliers, en ville.

— Quelle adresse ?

— La maison s'appelle Joya del Mar. J'ai l'adresse quelque part ici, dis-je en reprenant mon sac.

— C'est bon, je connais cette adresse. Vous habitez chez les Eaton ?

Je rectifiai avec une pointe de sécheresse :

— Non, chez les Montgomery.

— Un instant, dit-il en retournant à sa voiture.

Dans le rétroviseur, je le vis parler au téléphone et quelques minutes plus tard, il revint.

— Très bien, mademoiselle De Beers. Malgré sa réputation, Palm Beach est une petite communauté bien tranquille et sans histoire. Nous tenons à ce qu'elle le reste.

— Je comprends, affirmai-je d'un ton conciliant.

— Je l'espère.

Il me rendit mes papiers.

— Tâchez de réfléchir en conduisant, et de ne pas conduire quand vous avez la tête ailleurs.

— J'y veillerai.

— Normalement, je devrais vous mettre une contravention pour conduite imprudente en ville, mais vous avez un bon garant. Vous pourrez remercier M. Eaton. Détendez-vous et séchez-vous les cheveux, conclut l'officier avec le sourire.

Sur quoi il repartit vers sa voiture.

— Mettez-moi cette contravention ! Je ne veux pas qu'on se porte garant pour moi, surtout pas M. Eaton, vociférai-je.

Mais il ne m'entendit pas, ou préféra m'ignorer, et remonta dans sa voiture. Il démarra le premier, me laissant cuver ma colère. Je fourrai rageusement mes papiers dans mon sac.

J'allais remettre le contact mais je suspendis mon geste et me renversai en arrière, le temps de laisser s'apaiser ma fureur. Quand j'eus retrouvé mon calme, je jetai un coup d'œil au rétroviseur. J'avais bonne mine, avec mes cheveux dégoulinants. L'officier de police avait dû éprouver un sacré choc, m'égayai-je, en essayant d'imaginer l'effet que j'avais dû lui produire. Et subitement, j'éclatai de rire. Je ris tellement de moi-même que je ne pouvais pas m'arrêter, la crise ne prit fin que lorsque je commençai à avoir mal au dos. J'en pleurais, littéralement.

Je hoquetai, toussai et m'appuyai à la vitre jusqu'à ce que je retrouve mon souffle. Enfin, je pus repartir. En conduisant nettement plus lentement, cette fois-ci, je trouvai un endroit commode où me garer, d'où je pourrais et descendre jusqu'à la plage. Là, je m'assis au soleil pour sécher mes cheveux et laissai mes pensées suivre leur cours.

Parfois, nous désirons tellement être aimés que nous devenons trop vulnérables, nous sommes réellement victimes de nos sentiments, m'avouai-je. Et je me jurai de ne jamais jouer le rôle de victime, ni me plaindre ni larmoyer sur mon sort. Peut-être étais-je en position d'infériorité, ici. Peut-être Thatcher ne valait-il pas mieux que son père supposé. Mais je ne lui permettrais jamais de me rabaisser, ni de profiter de moi de la sorte.

Je me levai, les pensées et les sentiments plus sereins, et regagnai ma voiture où je brossai mes cheveux du mieux que je pus. J'avais honte de moi-même, honte de m'être laissé emporter par cette tempête émotionnelle.

Tu dois être la plus forte si tu veux devenir une bonne thérapeute et aider les autres, me sermonnai-je. Papa était toujours le plus fort.

L'était-il… ou savait-il simplement mieux cacher sa souffrance ?

5

Un gage secret

Je crois que j'ai toujours détesté les secrets entre ceux qui s'aiment sincèrement. Ils sont comme des défauts dans un beau visage, sur lesquels le regard est attiré comme une aiguille par un aimant, et la plupart du temps on ne voit plus que cela. Pourtant, je ne voulais pas laisser deviner à ma mère à quel point je me sentais déprimée, trahie par la conduite de Thatcher.

J'estimais m'être assez ressaisie pour garder tout cela bien caché au fond de moi-même. Nous avions passé trop peu de temps ensemble pour qu'elle perçoive ma détresse, me disais-je, ou plutôt espérais-je. Mais je devais vite découvrir qu'entre une mère et une fille existe un lien particulier, presque mystérieux, contre lequel ni le temps ni la distance ne peuvent rien. C'est une intuition que toute mère possède simplement parce qu'elle est mère, j'imagine, car un coup d'œil lui suffit pour percer mon masque de prétendue bonne humeur. Dès mon entrée, elle me demanda ce qui n'allait pas.

— Rien, répondis-je un peu trop vite.

Elle haussa le sourcil, ouvertement sceptique.

— Ta coiffure ne me paraît pas très différente, Willow.

— Je ne me sentais pas à l'aise dans ce salon, après tous ces embarras au sujet de nos rendez-vous. Et rien de ce qu'on m'a proposé ne m'a plu. Pourquoi réparer ce qui n'est pas cassé ? m'efforçai-je de plaisanter.

Le regard pénétrant de Mère ne changea pas. Je n'étais pas très douée pour dissimuler mes sentiments. Je ne voulais pas lui laisser croire que je ne tenais pas à me confier à elle. J'étais profondément troublée, tiraillée entre des impulsions diverses. Que fallait-il faire ? Lui cacher mon chagrin, ou me jeter dans ses bras pour me plaindre de la trahison de Thatcher ?

Comme si elle savait ce qui m'agitait, elle dit tout à coup :

— Thatcher Eaton t'a appelée trois fois au cours des deux dernières heures. Il a demandé que tu le rappelles à son bureau dès que tu aurais son message.

Après un long regard perspicace, elle ajouta :

— Que s'est-il passé entre vous, Willow ?

Je me mordis la lèvre et secouai la tête. Quelle situation affreuse, quand même ! J'étais venue ici pour les aider, Linden et elle, et à peine arrivée c'est moi qui me retrouvais en plein désarroi. Je me faisais l'effet du médecin qui, venu pour soigner les autres, découvre à quel point il est malade lui-même.

— Disons que j'ai été déçue et laissons cela pour le moment, Mère, implorai-je.

— Comme tu voudras, Willow. Je ne suis pas de taille à assumer trop de problèmes, peut-être ne l'ai-je jamais été. Mais si tu as besoin de moi, je suis là.

— Merci, Mère. Est-ce que Linden est rentré ?

— Il est toujours sur la plage. Je voulais aller voir ce qu'il devenait, mais j'ai eu peur qu'il ne se sente surveillé. Il m'a reproché de me comporter comme une mère poule, révéla-t-elle en souriant. Il a déclaré qu'il n'était pas un œuf, qu'il en était déjà sorti. Ce n'est pas facile avec lui, tu sais. Parfois il n'entend pas un mot de ce que je dis, et subitement il remarque tout, jusqu'au moindre de mes regards, et m'accuse de l'étudier au microscope.

— Il passe en un instant de la conscience à l'absence, Mère. Je suis certaine que cela va bientôt s'arranger. Son médecin trouvera les doses de médicaments adéquates, tu verras.

— Je l'espère, soupira-t-elle.

J'allai me changer dans ma chambre. Je mis des jeans et un T-shirt, au sigle de mon ancienne Université, ce qui me rappela mon ancien petit ami, Allan Simpson. Et la façon dont il m'avait déçu, lui aussi, en s'éloignant de moi dès qu'il avait appris la vérité sur mes parents, au lieu de m'encourager dans mes recherches pour retrouver ma mère. Il était si égoïste, si exclusivement occupé de lui-même !

Décidément, les hommes étaient bien déroutants. Tantôt francs et directs jusqu'à la crudité, tantôt mielleux et trompeurs jusqu'au moment où ils se découvraient, et où la vérité vous brisait le cœur.

Je finissais de me changer quand le téléphone sonna, et j'allai sur le pas de la porte pour écouter quand ma mère décrocha. C'était Thatcher. J'entendis Mère lui expliquer que je n'étais pas là, mais elle non plus n'était pas très douée pour le mensonge. Thatcher dut s'en rendre compte aussi et fit durer la conversation. Finalement, Mère y mit un terme.

— Je regrette. Je la préviendrai que vous avez appelé. C'est tout ce que je peux faire, conclut-elle en raccrochant.

J'enfilai mes tennis et la rejoignis dans la cuisine.

— Pardon de t'avoir obligée à faire ça, m'excusai-je. J'aurais dû lui parler moi-même.

Elle acquiesça.

— J'ignore ce qui s'est passé, Willow. Mais il vaut mieux lui exprimer tes sentiments et en finir, plutôt que de prolonger une situation douloureuse pour tous les deux.

— C'est vrai, Mère. Je vais l'appeler.

Elle avait raison. À quoi bon dissimuler et mentir? C'était sa façon de faire à *lui*, pas la mienne, décidai-je en allant au téléphone. Quand j'appelai son bureau et me nommai, toutefois, sa secrétaire me répondit qu'il n'était pas là.

— Il est forcément là, insistai-je. Il vient juste de m'appeler. Dites-lui que je suis à l'appareil.

— Puisque je vous dis qu'il n'est pas là! Il se trouve qu'il vient de partir, sans laisser de numéro où le joindre.

Là-dessus la secrétaire coupa net, sans me laisser le temps de placer un mot.

Je reposai rageusement le combiné sur sa fourche. Il n'était pas question d'aller pleurnicher dans le giron de ma mère. Je sortis en trombe et descendis vers la plage, en donnant des coups de pied dans le sable à chaque pas. Je trouvai un joli petit coin bien abrité, m'y affalai, fermai les yeux, et laissai le bruissement du ressac apaiser mes nerfs exacerbés. Je ne fus pas déçue. L'océan était un fabuleux guérisseur pour les cœurs dolents, on ne pouvait pas le nier. Au bout d'un petit moment, je m'endormis pour de bon.

Ce fut une légère sensation de fraîcheur qui m'éveilla. J'ouvris les yeux et m'assis aussitôt en voyant une ombre allongée se projeter sur moi. Thatcher ! Debout entre le soleil et moi, il m'observait tranquillement, un petit sourire aux lèvres. Je dus mettre ma main en visière quand je changeai légèrement de position.

— Je sais que tu es fâchée contre moi et que tu m'évites, débita-t-il précipitamment.

— Fâchée, tu crois ? Et pourquoi le serais-je ?

— J'ai appris ce qui s'était passé à l'institut de beauté, dit-il en s'asseyant à côté de moi dans le sable, les jambes croisées.

Dans la lumière rose du couchant son regard chercha le mien, mais pour une fois son charme ne produisit pas sur moi son effet ordinaire. Ce fut plutôt l'inverse : je sentis redoubler ma colère. Ces regards charmeurs, il devait les prodiguer à toutes les jolies filles et jeunes femmes libres de Palm Beach. Celles de son monde, cela va de soi.

— C'est ton petit doigt qui te l'a dit ?

— Non, le BCT. Le bureau des cancans téléphoniques, plaisanta-t-il.

— Je ne suis pas d'humeur à rire, Thatcher.

— Je sais, je sais. Écoute, Willow, cela fait des années que mon nom figure dans les potins mondains. Si un célibataire est vu deux fois de suite avec la même femme, surtout si c'est un bon parti, la rumeur publique se déchaîne. Pour je ne sais quelle raison, cela tombe plus souvent sur moi que sur un autre.

— On se demande bien pourquoi, persiflai-je.

— L'important, c'est que rien de tout cela n'est vrai. C'est surtout ma sœur et ma mère qui ont répandu cette dernière fournée de ragots. Elles s'imaginent qu'une fois imprimé noir sur blanc, cela finira par se produire. Cela ne va pas plus loin.

— Vraiment ?

Je marquai une pause significative et me tournai vers lui.

— J'ai vu la photo de Vera Raymond, et c'est bien la même femme que celle que j'ai vue avec toi au café, Thatcher. Elle n'était pas en train de régler un divorce pénible. Un mensonge en engendre un autre, et encore un autre, jusqu'à ce qu'ils tourbillonnent autour de vous comme des abeilles ; et tout comme les abeilles, Thatcher, ils peuvent piquer.

Son sourire s'élargit.

— Je ne sais pas comment j'ai pu croire que je pourrais te cacher quelque chose, Willow. Oui, c'était Vera qui était avec moi, et il s'agissait bien d'une question professionnelle, en tout cas pour moi. Ses parents me l'ont adressée, surtout son père, en fait. Si tu veux le savoir, il se trouve que c'est un des plus gros clients de mon cabinet. Je lui fais plaisir en assistant sa fille et en laissant les langues marcher, mais je vais mettre un terme à tout ça, je te le jure.

— Et ta mère et ta sœur ? Elles en auront le cœur brisé, non ?

— Pas plus que d'habitude. J'aurais dû t'avertir au sujet des *Shiny* mais…

— Les *Shiny* ?

— Les « pages brillantes » du journal, autrement dit la rubrique des potins. Elle est tirée sur un papier glacé très brillant, d'où le nom de ces colonnes.

— Je vois. Donc tu voulais m'en parler, mais…

— Je ne pensais pas que tu prendrais ces fadaises au sérieux, voilà tout.

— Ici, le vrai et le faux sont le plus souvent les deux faces de la même pièce, Thatcher. La face que la pièce montre en tombant est considérée comme la vraie. Comment pourrais-je savoir ce qu'il faut prendre au sérieux ou pas ?

— Prends *ceci* au sérieux, dit-il en portant la main à sa poche.

Il en tira une petite boîte en peausserie bleu tendre, portant gravé en lettres d'or le nom de *Tiffany*.

Je me contentai de la fixer, les yeux ronds.

— Ouvre-la et regarde ce qu'il y a dedans, Willow.

Je ne me le fis pas dire deux fois. Je découvris une bague en platine ornée d'un diamant, qui devait bien titrer deux carats, sinon trois. J'en eus le souffle coupé.

Thatcher ôta le bijou de sa boîte.

— J'ai indiqué la mesure de ton doigt au jugé, mais je suis assez fort pour deviner ce genre de choses, dit-il en glissant l'anneau à mon annulaire gauche.

— Thatcher, une bague de fiançailles !

— C'est comme ça que ça s'appelle, commenta-t-il en se renversant en arrière, les mains sous la nuque et les yeux fermés pour profiter du soleil déclinant. Si tout va bien, nous pourrons nous marier d'ici quelques mois, six au plus tard.

« Naturellement, poursuivit-il en se rasseyant, je ne veux pas que tu renonces à un seul de tes projets sous prétexte que nous serons mariés, pas plus à tes études qu'à ta carrière. Je pense aussi que le mariage devrait avoir lieu ici, pas toi ? Cela me semble la chose à faire. Ce n'est pas ton avis ?

Avec quelle aisance et quelle nonchalance il parlait de la chose la plus importante de ma vie, alors que pour moi... Pour moi, la terre semblait s'être arrêtée de tourner. Les oiseaux s'étaient tus pour écouter. La brise retenait son souffle.

— Tu me demandes de t'épouser ? parvins-je enfin à proférer.

Il partit d'un grand éclat de rire.

— C'est ce qu'une bague de fiançailles promet pour le proche avenir, Willow ! Même à Palm Beach.

Je me jetai à son cou.

— Oh, Thatcher ! je me sens si sotte, si ridicule pour ce que j'ai dit, et pour la façon dont je me suis conduite. C'est à mourir de honte.

Il m'embrassa sur la joue et pressa son front contre le mien.

— Tu as été parfaite, à mon avis.

Je m'écartai légèrement de lui.

— Parfaite ? Comment peux-tu dire ça ? Je me suis sauvée de cet endroit avec les cheveux dégoulinants. J'ai conduit comme une folle et me suis fait arrêter par la police. Je me suis couverte de ridicule.

— Je sais.

— Je sais que tu le sais, mais c'est loin d'être une conduite parfaite.

— Je voulais dire que c'est le genre d'éclat dont la société de Palm Beach raffole. Qui sait ? Tu seras peut-être citée dans les *Shiny*, demain.

— J'aimerais mieux pas. À moins, bien sûr, que ce soit pour annoncer ceci, ajoutai-je, en élevant la main où scintillait la bague.

— Oui, eh bien… à propos de ça j'aurais un service à te demander, Willow.

Je ressentis comme un pincement à l'estomac.

— Un service ?

— Oui. J'ai certaines choses à régler, comme tu le sais, et pour le moment je crois préférable que tu gardes ceci à l'abri des regards.

— À l'abri des regards ? Tu veux dire… que je ne dois pas le porter ?

— Pas encore, confirma-t-il. Cela ne devrait pas durer longtemps, mais…

— Tu me demandes de garder nos fiançailles secrètes ?

— Juste pour quelque temps. Comme je viens de te le dire, j'ai certaines choses à régler d'abord.

— Des choses comme ta mère, ta sœur et peut-être même aussi ton père, c'est ça ?

— Cela nous aidera, tous autant que nous sommes, si je peux tout arranger sans blesser personne, Willow.

Je fis glisser l'anneau de mon doigt et le remis dans la boîte.

— Alors pourquoi me l'avoir donné maintenant, Thatcher ?

— Je veux que tu saches combien je me sens engagé envers toi, et ce que tu représentes pour moi, Willow.

Je réfléchis un instant et lui rendis la boîte.

— Je ne veux pas de promesses creuses, Thatcher.

— Ce n'est pas une promesse creuse. C'est un diamant de trois carats. Une bague de fiançailles.

— J'accorderais le même prix à un morceau de verre si c'était pour de vrai, pour tout de suite, et pour que le monde entier le voie, Thatcher. Sinon ce n'est qu'une illusion, un rêve, une bulle de savon, grommelai-je avec humeur.

— Tu as tort, Willow. Cette bague signifie que je t'aime, et que tu comptes plus que tout au monde pour moi. Tu souhaitais garder notre liaison secrète, avant. Pourquoi ne pas continuer ?

— Ce serait une torture pour moi de garder cet anneau dans un tiroir, de ne le regarder que seule ou en cachette. J'aime mieux ne pas l'avoir, jusqu'à ce que tu puisses me l'offrir librement, ouvertement. Et si tu ne peux jamais, tant pis. Pourquoi nous raconter des histoires ?

— Je ne te raconte pas d'histoires, Willow. Je te demande seulement d'avoir un peu de patience ! cria-t-il, presque avec fureur.

— Pendant que tu continueras à t'exhiber avec d'autres femmes dans la rubrique mondaine ?

— Cela ne veut rien dire, tu le sais. Ta mère aussi a eu une idylle secrète, ajouta-t-il avec à-propos.

— C'était tout à fait différent. Mon père risquait sa carrière.

— Eh bien c'est un peu la même chose, Willow. J'ai certaines choses à régler pour que ma carrière se poursuive avec succès, dans notre intérêt à tous les deux.

Je restai sur mes positions.

— Non, ce n'est pas pareil. Quand tu seras honnête dans nos relations amoureuses, je te respecterai davantage, dis-je en me levant.

Il me jeta un regard bref, baissa les yeux sur la boîte et la remit dans sa poche.

— Très bien, répliqua-t-il en se levant à son tour. Nous attendrons que ce soit possible. D'ici là...

— Oui, Thatcher ? D'ici là ?

— Il faudra que je te voie, Willow. S'il te plaît. Viens demain soir à la maison de la plage, notre maison. Sois là à sept heures. Je m'occupe du dîner.

— Je ne sais pas si...

— Je t'en prie, implora-t-il en saisissant ma main pour m'attirer à lui. Ne perdons pas ce que nous avons, c'est là-dessus que nous pourrons bâtir l'avenir.

— Ce serait comme bâtir sur du sable, rétorquai-je. Pour l'instant, les fondations ne me paraissent pas très solides.

— Elles le sont. Elles sont faites d'amour bien réel, sincère et profond. Écoute, Willow. Je ne nie pas que j'aie eu des liaisons, dont une ou deux ont été assez sérieuses. Mais tu es la première femme qui signifie autant pour moi, et qui donne également un sens à ma vie. Avec toi je pourrai construire quelque chose, ici. Une famille, une vie. Je ne veux pas te perdre. Je sais que ça te semble bien rapide, mais il faudrait que je sois un parfait abruti pour ne pas voir que tu es... la meilleure chose qui puisse m'arriver. Tu me crois, n'est-ce pas ?

— Je veux te croire, Thatcher.

Je le voulais vraiment, et il était aussi persuasif qu'un démon, ou qu'un ange. Il m'aurait été difficile de dire lequel des deux.

— Tant mieux. Alors voyons-nous demain. D'ailleurs je crois que j'aurai des nouvelles de Kirby Scott, ajouta-t-il.

Je haussai les sourcils.

— Kirby Scott ? Comment ça ?

— J'ai appris de source sûre qu'il se trouvait dans les environs. Je dois le rencontrer demain, quelqu'un est en train de préparer le terrain pour moi.

— Que comptes-tu faire ?

— Savoir la vérité, ou au moins la plus grande partie possible, dussé-je la lui arracher de force. Et pas seulement en ce qui me concerne, Willow, mais aussi la vérité sur Grace et sur tout ce qui est arrivé. Peut-être apprendrai-je même quelque chose qui aidera Linden, renchérit-il. Quoi que je découvre, je suis sûr que cela résoudra les problèmes qui existent entre nous, la plupart en tout cas. Peut-être même tous. Nous aurons quelque chose de plus à célébrer, d'accord ?

— Je vois. J'en ai la tête qui tourne, Thatcher. Il faut que je réfléchisse à tout ça, absolument à tout.

Il se pencha pour effleurer mes lèvres.

— D'accord, d'accord, je ne vais rien t'imposer de plus pour aujourd'hui. Mais je reviendrai à la charge demain, tu peux me croire. Tu ne perds rien pour attendre.

Je le suivis des yeux tandis qu'il s'éloignait, puis je me détournai pour partir. C'est alors que je vis Linden se lever : il était resté accroupi derrière un buisson. Lui aussi regarda du côté de Thatcher, puis s'avança vers moi.

— J'ai vu ça, Willow. Je l'ai vu te donner une bague et je t'ai vue la lui rendre. Je suis heureux que tu aies pris la bonne décision. Il a probablement toute une collection de faux diamants dans le tiroir de sa commode. Qui sait à combien de femmes il en aura donné un, en leur promettant la lune.

— C'est un peu plus compliqué que ça, Linden, mais merci de t'inquiéter pour moi.

— Ce n'est pas compliqué ! s'emporta-t-il, pour se calmer presque aussitôt. Tu sais, Willow, j'ai grandi dans cette maison. Je l'ai observé souvent, et j'ai vu comment il séduisait toutes ces pauvres innocentes, l'une après l'autre. Elles croyaient dur comme fer à ses promesses et à ses serments. Je te l'ai déjà dit mais tu ne m'as pas cru. Tu verras, Willow. Tu verras.

Il regarda autour de lui, comme s'il pouvait voir les fantômes de toutes les conquêtes de Thatcher.

— Il avait ses endroits favoris. Ce belvédère, par exemple. Chaque fois qu'on y installait une chaise longue, je savais que Thatcher y viendrait tard dans la soirée, avec une nouvelle victime. Ou alors il allait de l'autre côté de ce petit tertre, près de la maison de la plage. Et il étendait une couverture qui se trouvait, comme par hasard, bien cachée derrière les buissons. Une fois, j'ai versé de la térébenthine dessus, et l'odeur lui a gâché sa soirée. Après ça il les emmenait en voilier. Il est exactement comme son père.

Ce dernier commentaire de Linden me stupéfia. Il était presque prophétique, sauf que, bien sûr, Linden ignorait à quel père je pensais en cet instant. Ou bien le savait-il ?

Ma voix s'entendit à peine quand je demandai :

— Que veux-tu dire, Linden ?

— Asher Eaton ne vaut pas mieux. Je l'ai vu plusieurs fois, au cours de leurs parties de plaisir qui duraient toute la nuit, se retirer avec une ou deux femmes et les emmener dans endroit écarté. Ils n'avaient absolument pas honte : j'ai tout vu.

Je le croyais sans peine. Pauvre Linden ! Il avait appris à connaître la face cachée de Palm Beach, élevé comme il l'avait été en marge de la bonne société locale. Et pendant que tout cela se passait, eux, les pécheurs et les débauchés, regardaient Linden et ma mère de toute leur hauteur arrogante. Quel monde hypocrite, peuplé de menteurs qui faisaient la morale aux autres. Qui prêchaient la franchise et l'honnêteté tout en étant pleins de complaisance pour eux-mêmes, en s'autorisant toutes sortes d'extravagances.

— C'est sans doute vrai, Linden, mais les gens peuvent changer. Se rendre compte un beau jour que leur vie n'a aucun sens, et s'efforcer alors de lui en trouver un.

— Pas les Eaton, grinça-t-il en se mordant la lèvre, avec une telle violence que je crus voir des larmes dans ses yeux.

Dans l'espoir de l'apaiser un peu en changeant de sujet, je m'enquis avec douceur :

— As-tu réussi à travailler aujourd'hui, Linden ?

— Oui, affirma-t-il.

Et de toute évidence, il s'aperçut alors qu'il avait abandonné tout son matériel en un autre endroit de la plage. Il avait dû voir ou entendre Thatcher et le suivre, pour faire ce qu'il faisait apparemment depuis un certain temps déjà : l'espionner.

Il partit d'un bon pas et je m'empressai de le suivre. En approchant de son chevalet, je découvris qu'il avait enfin commencé un nouveau tableau, qui rappelait son ancien style. On voyait la proue d'un navire faisant route vers une masse tourbillonnante de brouillard. De plus près encore, je discernai un visage émergeant du brouillard, à moins qu'il ne fût aspiré par lui. Un visage qui aurait pu être le mien.

Avant que j'aie eu le temps de l'examiner davantage, Linden jeta un drap sur sa toile et acheva de remballer son matériel.

— Puis-je t'aider à porter quelque chose ? proposai-je.

Il m'adressa un de ses regards lointains, glacés, distants : tout à fait celui d'un étranger.

— Linden ? Tu te sens bien ?

Il battit des paupières et je le vis se raidir.

— Comment ? Mais oui, quelle question ! Peux-tu porter ceci ?

— Bien sûr.

J'empoignai la boîte à peinture qu'il me tendait. Il prit son chevalet sur une épaule, son tableau sous le bras, et repartit vers la maison d'en bas. Je le suivis d'assez près pour pouvoir lui parler.

— Je suis heureuse que tu te sois remis au travail, Linden. Tu as tellement de talent ! Ce serait dommage de le laisser se perdre.

Il se retourna, me toisa d'un œil scrutateur et jeta :

— Peut-être poseras-tu à nouveau pour moi.

La façon dont son esprit fonctionnait m'ébahissait. Il errait dans le temps et dans sa mémoire, n'en reprenant conscience que pour la laisser échapper aussitôt, puis tout aussi soudainement la retrouver. Perdu l'instant d'avant, il revenait à la réalité, comme s'il remarquait la présence d'un objet qu'il aurait égaré en route. Ses pensées étaient comme des ondes radio, attendant un récepteur assez puissant pour les capter en éliminant tous les parasites.

— Si tu le souhaites, je poserai.

— Bien, grogna-t-il en repartant. Très bien.

Je l'aidai à ranger ses affaires dans sa chambre, puis j'allai proposer à ma mère de préparer le dîner avec elle. Linden resta chez lui, ce qui me permit de me confier à elle en toute liberté.

— Je ne me voyais pas prendre cet anneau et le garder en cachette, comme un secret honteux. Est-ce que j'ai eu tort ?

— Non, me rassura-t-elle. Je sais ce que c'est que de dissimuler sans cesse, de feindre l'indifférence quand votre cœur appelle désespérément la passion, l'amour, la vérité. Combien de fois nous sommes-nous regardés à travers une salle pleine de monde, ton père et moi, livrant le temps d'un éclair le secret de notre cœur, pour connaître aussitôt la terreur d'être devinés. La peur que quelqu'un n'ait surpris ce simple regard, l'imperceptible sourire sur ses lèvres ou sur les miennes, le contact infiniment doux et tendre qui nous unissait en cet instant.

« Non, Willow, l'amour secret n'apporte que tourments, c'est un véritable supplice. Trouver des prétextes pour être seuls, voler une étreinte ou un baiser, se cacher pour se tenir la main… tout est si difficile, si torturant. Et l'adieu…

Mère se tut, le temps d'un soupir déchirant, et reprit d'une voix changée :

— L'adieu fut une véritable agonie. Lui dire adieu non seulement à lui, mais à toi, pour ce que je croyais devoir durer toujours. Je me répétais sans cesse que j'étais sûrement punie pour des péchés commis avant moi, ou que j'allais commettre. Et ton père, bien sûr, employait toute sa force de persuasion à me convaincre du contraire.

— L'amour survient souvent d'un coup, sans prévenir, comme la foudre, me disait-il. Je ne permettrai pas que, toi comme moi, nous y voyions quelque chose de mal, une sorte de châtiment. « Il vaut mieux avoir aimé et perdu son amour que n'avoir jamais aimé du tout «, me rappelait-il souvent.

Je ne pus me défendre d'éprouver un soupçon de jalousie. Elle avait connu un aspect de lui-même si chaleureux, si merveilleux…

— Quel homme différent il était avec toi ! m'écriai-je. Il commençait tout juste à devenir cet homme-là pour moi.

Elle me sourit et nous échangeâmes une accolade. Quand nous nous séparâmes, Linden se tenait à l'entrée de la pièce.

— J'ai pris une décision, annonça-t-il.

— Oh ! fit Mère, en coulant vers moi un regard plein d'appréhension. Et à quel sujet, Linden ?

— J'ai décidé que nous devions retourner définitivement à la grande maison, à une condition, bien sûr. L'avoir d'abord nettoyée de fond en comble, et en avoir retiré toute trace de son occupation par les Eaton.

— D'accord, acquiesça Mère, en donnant l'impression que nous partagions depuis longtemps cet avis, elle et moi, et n'attendions que son approbation.

Il se sentit encouragé à poursuivre.

— Et nous recommencerons à zéro, comme une nouvelle famille.

— C'est notre souhait, Linden. Et c'est ce que nous comptons faire.

— Et nous nous aiderons les uns les autres, nous nous ferons confiance, et nous ne nous trahirons jamais.

— Non, lui promit Mère. Jamais.

Il attacha sur moi un regard appuyé.

— Non, jamais, répétai-je.

Ses traits s'éclairèrent. Il s'approcha, resta un moment immobile devant nous et nous prit toutes les deux par les épaules.

— Mes femmes, murmura-t-il. J'empêcherai qu'on fasse le moindre mal à mes femmes.

Puis, aussi vite qu'il nous avait entourées de ses bras, il nous relâcha, fit volte-face et quitta la cuisine.

Mère et moi nous dévisageâmes, sans savoir si nous devions rire ou pleurer.

— Peut-être tout finira-t-il par s'arranger pour nous, murmura-t-elle. Oui, peut-être. Avec le temps…

*
* *

Ce dîner à trois fut un moment merveilleux. Linden m'écouta avec intérêt décrire mon entrevue avec le Pr Fuentes, et mon programme de cours. Sa conversation fut gaie et animée. Il envisagea même de suivre des cours d'histoire de l'art.

— Comme ça je pourrai avoir l'air de savoir ce que je fais, aussi bien que je le fais, déclara-t-il, ce qui nous fit tous rire de bon cœur.

Plus tard, nous allâmes prendre le café sur la terrasse. Mère se plut à nous parler de notre grand-mère à tous deux, Jackie Lee Houston Montgomery.

— Elle avait une telle confiance en elle-même, évoqua-t-elle avec admiration. Elle a fait preuve d'une force incroyable à la mort de mon père. Tout cela me semble si loin, maintenant... Je me demande si c'est réellement arrivé ou si je l'ai rêvé.

« Mon père m'adorait, il me traitait comme une petite princesse. En ce temps-là je croyais vraiment que la vie serait pour moi comme un beau jour d'été ensoleillé, avec juste ce qu'il faut de brise pour vous emplir d'espoir et d'attente.

« C'est très important d'avoir quelque chose à attendre, souligna-t-elle en nous regardant l'un après l'autre, Linden et moi. Il faut laisser une place à l'espoir dans notre cœur. On ne peut pas vivre sans cesse dans la crainte d'être déçu, il faut savoir prendre des risques. C'est cela que j'ai appris de votre grand-mère.

— Cela n'a pas dû être facile pour elle de tout recommencer dans un autre endroit, observai-je. Surtout avec une enfant.

— Et particulièrement ici, appuya Linden.

— Jackie Lee n'avait pas seulement le caractère bien trempé. Elle brûlait d'un feu intérieur. La mort de mon père l'anéantit, elle le pleura longtemps. Mais elle surmonta le choc avec une véritable rage contre le monde entier, qui lui donna la force de relever un défi après l'autre. Une fois...

Mère eut un sourire ému.

— Elle m'avoua qu'elle avait littéralement couru après mon premier beau-père, Winston Montgomery. Elle le voulait âprement. L'épouser, lui et tout ce qu'il lui apportait, c'était sa façon de régler ses comptes avec un sort injuste. Elle voulait montrer au monde entier qu'elle ne se laisserait pas abattre.

— Et elle s'est perdue elle-même en se liant avec Kirby Scott, intervint Linden, acerbe. Elle a introduit le mal dans la maison. J'aimerais mieux n'être pas né, tiens !

L'expression heureuse de Mère s'évanouit.

— Je serais prête à revivre ce calvaire pour t'avoir près de moi, Linden.

Il se renfrogna et me jeta un coup d'œil, guettant ma réaction.

— Une expérience pénible peut donner quelque chose de bon, Linden, dis-je avec douceur.

— Comment sais-tu si je suis quelque chose de bon ? Il était mon père, non ? Quelque chose de lui est passé en moi.

— Il y a beaucoup plus de Mère que de lui en toi, et cette part-là est la plus forte.

— Et tu tiens aussi de ta grand-mère Jackie Lee, souligna Mère. C'est pour ça que j'ai tenu à te parler d'elle. Dis-toi que c'est à elle que tu ressembles, et non à lui.

Linden fit la grimace.

— En somme, c'est comme si j'avais une maladie et que je devais renforcer mes défenses immunitaires.

— Tu ne seras jamais comme lui, le rassura Mère.

Une fois de plus, il chercha mon regard.

— Peut-être y avait-il une part de lui qui n'était pas si mauvaise que ça. Celle qui semble plaire aux femmes.

Était-ce une allusion à Thatcher et à moi ? On aurait pu le croire.

— Il était très bel homme et très séduisant, dit ma mère, il faut le reconnaître, mais ne parlons plus de lui. C'est le passé. Parlons plutôt de notre avenir et de nos espérances.

Linden grommela une approbation réticente. Je commençais à le comprendre, et aussi ce qui avait fait de lui l'introverti qu'il était. Pour lui, c'est comme s'il s'était entendu répéter que son père était le diable. Être le fils de Satan, se dire que le mal coule dans vos veines, qu'un jour il prendra le dessus et fera de vous un monstre... cela ne peut pas vous laisser indemne. Il avait dû grandir en guettant, chaque fois qu'il se regardait dans une glace, les signes de cette horreur à venir.

Comme ils réagissaient différemment, Thatcher et lui, à l'idée d'être le fils d'un Kirby Scott ! Thatcher ne se sentait pas menacé le moins du monde, en admettant que ce fût vrai, bien sûr. Il avait appris les faits à une époque de sa vie bien plus tardive, quand sa personnalité était déjà formée, solide. À cet âge de telles révélations pouvaient choquer, mais on pouvait facilement les ignorer.

Linden, lui, portait ce fardeau depuis l'instant où il avait appris la signification du mot « papa ». Tout comme j'avais grandi avec l'ardent désir d'avoir une vraie mère, il avait toujours souhaité avoir un vrai père. Je comprenais en partie sa souffrance. Je pouvais y compatir, et cela fortifiait ma confiance en mes chances de pouvoir l'aider.

Nous étions tous plongés dans nos pensées quand la sonnerie du téléphone retentit. Je fus la première à me lever pour aller répondre.

— Tout est arrangé, annonça Thatcher dès que j'eus prononcé « allô », en reconnaissant aussitôt ma voix.

— Quand ?

— Demain vers midi, j'aurai avec lui une entrevue privée. Tu seras à la maison de la plage, à sept heures ?

— Oui.

— Bien. Tu porteras cette bague plus tôt que tu ne le crois, prédit-il. Willow Eaton. Je trouve que ça sonne bien, pas toi ?

— J'aime ce que cela laisse entendre, répliquai-je, ce qui le fit glousser de rire.

Un regard suffit à ma mère, quand je revins sur la terrasse, pour savoir que j'avais parlé à Thatcher. Linden aussi paraissait le savoir.

— Je vais faire un tour, annonça-t-il d'un ton maussade, en s'enfuyant pratiquement de la terrasse.

Mère le regarda s'éloigner d'un air soucieux.

— Comme il change rapidement d'humeur, même avec ses médicaments. J'ai connu ça, moi aussi, et je me rappelle très bien ce que j'éprouvais en constatant cet état chez d'autres patients. Surtout quand le traitement de ton père a réussi, et que je me suis sentie assez bien pour y voir clair. Il y a eu un suicide pendant que j'étais là-bas, tu sais ?

— Non, je l'ignorais. Papa ne parlait jamais de son travail à la maison, et n'aurait jamais mentionné une chose pareille devant moi. Je doute qu'il l'ait fait devant ma mère adoptive, d'ailleurs. Elle ne montrait ni intérêt ni sympathie pour ce qui se rapportait au travail de papa.

— Je sais, soupira Mère. Il m'a souvent parlé d'elle, ou plutôt s'est souvent plaint d'elle auprès de moi. Il arrive à chacun de nous de trébucher dans un piège, disait-il.

— C'était beaucoup plus que trébucher dans un piège, en tout cas pour moi. C'était s'enfoncer dans un banc de sables mouvants !

Mère eut un petit rire tremblé, tout en suivant Linden d'un regard inquiet. Je m'efforçai de la rassurer.

— Je vais me promener un peu avec lui, Mère.

Elle m'adressa un coup d'œil reconnaissant, et je quittai la terrasse pour suivre Linden dans la nuit.

Il était debout au bord de l'eau, mains dans les poches, à quelques centimètres des vagues qui venaient frôler ses pieds.

— J'aime la tiédeur de la brise du soir, dis-je en m'approchant de lui.

N'obtenant pas de réponse, je m'arrêtai à côté de lui et, comme lui, contemplai la mer. Un paquebot glissait vers l'horizon, tout étincelant de lumières. Nous ne pouvions rien entendre mais j'imaginais la musique, le buffet, la joie et l'excitation des passagers fêtant leur départ en croisière.

— As-tu déjà fait ce genre de voyage, Linden ? questionnai-je à mi-voix.

Il se tourna lentement vers moi.

— Une fois, avec ma grand-mère, quand j'avais quatorze ans. Grace n'avait pas voulu venir. Elle ne sortait presque plus de la maison, à cette époque, et ne fréquentait quasiment plus personne. Grand-mère Jackie Lee adorait les fêtes, et une croisière de ce genre était une fête continuelle.

— Tu t'es amusé ?

— Non, répliqua-t-il. Enfin, pas beaucoup. Mais je croyais encore que Jackie Lee était ma mère, et je faisais ce qu'elle voulait. Une fois, j'ai rencontré une fille qui a promis de m'écrire. Elle était de New York.

— Et elle ne t'a jamais écrit ?

— Les gens font des tas de promesses pendant les croisières. Des promesses qu'ils ne tiennent pas. C'est Grand-mère Jackie Lee qui m'a appris ça.

— Tu as dû beaucoup l'aimer, j'imagine.

Il serra les lèvres jusqu'à les faire blanchir.

— En effet. Mais même une femme de sa trempe, et douée d'une intuition aussi aiguë, peut devenir une victime. Ce qui lui est arrivé n'était pas sa faute, et ce qu'a fait Kirby Scott non plus. Il aurait charmé un serpent. Les hommes de son espèce savent comment manœuvrer une femme, quelles promesses il faut lui faire miroiter. Et ils ont toujours une bonne excuse pour justifier leur conduite égoïste.

« Il a presque réussi à convaincre Jackie Lee qu'il n'avait pas violé Grace, figure-toi. À la persuader que tout était arrivé par la faute de sa fille. C'est en partie à cause de ça que Grace est...

Linden hésita une fraction de seconde et se reprit :

— Qu'elle a failli devenir folle. Qu'est-ce qu'on peut ressentir quand votre propre mère vous croit capable d'une chose pareille ? Ce n'est pas ce qu'il a fait à Grace qui lui a fait quitter la maison, c'est ce qu'il avait fait de notre fortune. Il est parti parce qu'il n'y avait plus rien à écumer. Au fond d'elle-même, Grace le savait et cela lui brisait le cœur. J'ai ressenti la même chose quand j'ai appris toute la vérité, conclut-il.

Comme il s'exprimait clairement, et avec quelle maîtrise de lui-même, tout à coup ! Mais en même temps, il semblait parler comme sous l'emprise de l'hypnose. Pas un instant il ne détourna les yeux du paquebot, jusqu'à ce qu'il disparaisse à l'horizon.

— Les gens sont compliqués, Linden, fis-je observer. C'est à croire qu'il nous faut passer la plus grande partie de notre vie à pardonner. Si nous ne le faisions pas, nous serions empoisonnés par la haine et la colère.

« Je sais que, de ma part, cela te paraît facile à dire. Mais il faut que tu te détaches d'une partie de ton passé, Linden. Tu dois penser de plus en plus à l'avenir.

— L'avenir ! s'esclaffa-t-il amèrement. Quel genre d'avenir puis-je avoir ?

— Un bel avenir. Tu vas accomplir des choses merveilleuses en tant qu'artiste. Nous allons créer un nouveau foyer pour Grace, tu vas sortir et rencontrer des tas de gens, voyager, et faire tout ce que tu as rêvé de faire.

Il me regarda comme si c'était moi qui ne tournais pas très rond. Je ne me laissai pas démonter pour autant.

— Tu le feras, m'obstinai-je, mais il faut que tu cesses de t'inquiéter autant à mon sujet. Tout ira bien pour moi. Je ne tomberai dans aucun piège, sois tranquille. Et d'ailleurs...

À la lumière des étoiles, je vis son visage s'éclairer. Non seulement il m'écoutait, mais il souriait !

— D'ailleurs, je veux que tu retrouves ta force et ta santé, afin que s'il m'arrive de faire un faux pas, tu sois là pour m'en tirer.

Il approuva d'un léger signe de tête, on ne peut plus encourageant.

— Sois mon grand frère, insistai-je d'une voix pressante. Sois le grand frère que je n'ai jamais eu, mais dont j'avais si désespérément besoin.

Son sourire s'élargit, se teinta de douceur. Je lui passai un bras autour de la taille, posai ma tête sur son épaule et restai ainsi quelques instants.

Quand je relevai la tête, je vis qu'il rayonnait.

— Continuons notre promenade, suggérai-je en lui prenant la main.

Sans plus parler, nous suivîmes la lisière des vagues jusqu'au bout de la plage et revînmes sur nos pas. Le silence était un baume pour nos vieilles blessures. Ce calme bienfaisant, les feux des bateaux et l'éclat des étoiles nous plongeaient dans une sorte d'éblouissement. Ce fut le moment le plus chaleureux, le plus intime que nous ayons jamais partagé. Jamais nous n'avions été aussi proches.

Et à notre retour, le bonheur et la santé qui auréolaient les traits de Linden remplirent de joie le cœur de notre mère.

— Tout ira bien, lui chuchotai-je. Tout va s'arranger.

J'embrassai Linden sur la joue et lui dis bonsoir, en le remerciant pour cette promenade.

Plus tard, une fois au lit, je laissai mon regard dériver vers la fenêtre. De gros nuages venus de l'ouest roulaient et se déployaient, telle une couverture noire. Cela me rappela que, telles les promesses faites en croisière, celles qu'on fait sous les étoiles peuvent se perdre et s'oublier, si nous n'y prenons pas garde.

Une fois de plus, je me sentis redevenir petite fille et j'imaginai papa, debout à l'entrée de ma chambre. Il était venu entamer avec moi un de ses dialogues instructifs, destinés à m'amener à certaines conclusions raisonnables.

— Ne serais-tu pas en train d'assumer trop de responsabilités ici, et un peu trop vite, Willow ?

— Je ne sais pas. Peut-être.

— Si c'est le cas, sais-tu comment t'en dégager sans dommage pour toi, ni pour qui que ce soit d'autre ?

— Je ne crois pas, non.

— Est-ce que tu marcherais dans le noir, dans un lieu inconnu, sans te munir de la moindre lumière ?

— Non.

— Que devrais-tu faire avant tout, alors ?

— Trouver de la lumière.

— Vas-tu le faire, Willow ?

— Oui, papa.

— Avant d'aller trop loin ?

— Oui, papa.

— Alors c'est bien. Bonne nuit, Willow.

— Bonne nuit, papa.

La porte se referma sur ma conversation imaginaire, mais elle avait suffi à me ramener dans le passé.

Dans la maison de mes souvenirs, les bruits s'apaisèrent peu à peu. La voix étouffée de ma mère adoptive traversa le plancher, tel un enregistrement défectueux, et se tut soudain.

Quelque part, dans une pièce du fond, Amou fredonnait une chanson du folklore portugais, en pliant des vêtements.

Puis tout devint complètement silencieux.

Comme les nuages roulant derrière ma fenêtre, le sommeil éteignit les étoiles.

Toutes les étoiles, même celles qui, partout et toujours, brillaient au fond de moi.

6

Sur le pied de guerre

J'avais à peine ouvert les yeux, le lendemain matin, qu'une pensée s'empara de moi pour ne plus me quitter : celle du rendez-vous de Thatcher avec l'infâme Kirby Scott. J'en avais les nerfs en charpie. Pour m'occuper l'esprit, je décidai de retourner au campus, d'aller à la librairie, et d'acheter tous les livres que le Pr Fuentes m'avait recommandé de lire avant la rentrée. Une fois là, j'en trouvai d'autres que je désirais également avoir, et en vingt minutes j'en avais une pile impressionnante sur les bras. J'étais si chargée que, si quelqu'un m'avait heurtée par mégarde, je me serais écroulée avec ma provision.

Personne ne me bouscula, mais quelqu'un me tapa sur l'épaule. En me retournant, je rencontrai le regard de jais du Pr Fuentes.

— Je vois que vous n'avez eu aucun mal à vous orienter, constata-t-il.

— En effet.

— Permettez-moi de vous aider.

Sans me laisser le temps de protester, il s'empara d'une partie de mes livres et en parcourut les titres.

— Ambitieux, commenta-t-il d'un ton approbateur. N'importe qui d'autre se serait contenté du minimum requis, mais l'ambition est une qualité précieuse. Le véritable étudiant s'instruit par lui-même. N'allez pas répéter ces propos blasphématoires à mes collègues, surtout !

— Mon père disait qu'on ne peut pas forcer à boire…

— … un âne qui n'a pas soif ! acheva-t-il à ma place.

Sur quoi, nous partîmes d'un franc éclat de rire. Puis j'ouvris mon sac pour y prendre ma carte de crédit, tandis que la caissière calculait le total de mes achats.

— Alors, s'enquit-il quand elle me rendit la carte, vous vous plaisez en Floride ? Vous appréciez la région ?

— Beaucoup, à part les feux de circulation. Quand ils passent au rouge, on a le temps de lire un chapitre entier.

Le Pr Fuentes rit de plus belle.

— Mais il y en a aussi en Caroline du Sud, non ?

— Bien sûr, mais pas à chaque carrefour ! répliquai-je en signant mon ticket de caisse.

J'allais prendre mes sacs, mais il s'en empara et me suivit dehors.

— Merci, dis-je après avoir rangé mes achats dans le coffre.

— Il n'y a pas de quoi.

Il ne me quittait pas des yeux, tout en ayant l'air de réfléchir intensément. Je finis par en sourire.

— Êtes-vous pressée ? se décida-t-il à demander.

— Pas spécialement. Pourquoi ?

— J'étais censé déjeuner avec le Doyen, aujourd'hui, mais il a eu un petit malaise et vient de décommander le rendez-vous. Que diriez-vous de déjeuner avec moi ? Je connais un petit restaurant sans prétention où l'on sert le meilleur chili de tout le Sud-Est américain. À moins que vous n'aimiez pas la cuisine mexicaine, bien sûr.

— Je n'en ai pas mangé souvent, mais j'ai toujours beaucoup apprécié.

— Alors c'est oui ?

— C'est oui.

— Vous laissez votre voiture ici ou vous me suivez ?

— Pourquoi ne prendrions-nous pas ma voiture ? suggérai-je.

Il rit encore, comme s'il se moquait de lui-même.

— Mais pourquoi n'y ai-je pas pensé ! En fait… si, j'y ai pensé, admit-il en montant à mes côtés. Mais j'étais un peu gêné à l'idée de me laisser conduire par une femme.

Je mis le contact et quittai ma place de parking.

— Le fameux machisme latin, c'est ça ?

— Les vieilles habitudes ont la vie dure – bien que je ne sois pas misogyne, croyez-le bien. Disons que je suis du type latin moderne, voilà. Pour être franc, je dois avouer que j'ai un autre motif de vous inviter.

— Ah bon ?

— Je ne peux pas m'empêcher d'éprouver une certaine curiosité à propos de vous, et de votre vie avec votre père en particulier. J'ai lu tout ce qu'il a écrit, et j'ai même une lettre de lui en réponse à un courrier de moi, où je lui posais des questions sur un de ses livres. Je trouve qu'il avait des vues pénétrantes sur le comportement humain. J'imagine que c'était quelqu'un de très calme, bien organisé, qui ne se laissait pas facilement troubler ni démonter. Je me trompe ?

— Non. Mon père était comme ça.

— Et pourtant capable de passion ; ou plutôt non : de compassion, rectifia-t-il.

Et comme je hochais la tête, il s'écria :

— Là, tournez à gauche et ensuite, prenez à droite. C'est juste au coin. L'endroit est des plus modestes, mais ne vous arrêtez surtout pas à ça. Ce n'est pas la couverture du livre qui compte, mais le contenu !

Je me garai et nous entrâmes dans un restaurant minuscule, mais propre et bien tenu. Toutefois, avec ses nappes en papier et ses couverts en plastique, il ne payait vraiment pas de mine. Le menu, imprimé sur une simple feuille volante, était changé chaque jour s'il fallait en croire l'en-tête. Tout le monde connaissait le Pr Fuentes, qui fut accueilli avec chaleur et me présenta comme une de ses nouvelles étudiantes. Nous prîmes la table la plus proche de la fenêtre.

— Si vous choisissiez pour moi aussi ? suggérai-je, en voyant que le menu était rédigé en espagnol.

— Entendu.

Il passa notre commande à la serveuse, puis se carra sur son siège et m'observa avec une attention intense.

— Si je pose une question indiscrète, n'hésitez pas à me le dire, commença-t-il.

— Je n'y manquerai pas.

— J'en suis certain, rétorqua-t-il en souriant. Je pensais aux théories de votre père sur le comportement humain. Lui arrivait-il de les pratiquer sur vous-même ?

— Si c'était le cas, il l'a fait si subtilement que je ne m'en suis pas rendu compte. Quand j'ai été assez grande pour mieux le comprendre et l'apprécier, j'ai vu avec quelle intelligence et quel tact il appliquait ses connaissances à autrui. Et tout spécialement à ma mère adoptive, d'ailleurs.

— Adoptive ? releva-t-il.
— Oui. J'ai été adoptée.
Il parut un instant désarçonné.
— Oh. Je vois. J'avais supposé…
Il était visiblement déçu d'apprendre que je n'étais pas du même sang que mon père. Je l'étudiai quelques instants, puis je me décidai.
— Toutefois, je suis vraiment sa fille, révélai-je.
Il haussa le sourcil.
— Je vous demande pardon ?
— Ma mère adoptive ne l'a jamais su, mais je suis réellement la fille de mon père. Après leur mort, j'ai appris la vérité sur mes origines et voulu connaître ma véritable mère. J'ai résolu de vivre avec elle et de poursuivre mes études ici.
— Ah ! Voilà pourquoi vous m'avez dit que vous viviez avec votre mère et un demi-frère.
— Exactement.
— Je vous bombarde de questions, mais ne croyez pas que je veuille me mêler de ce qui ne me regarde pas.
— Je n'en crois rien, le rassurai-je.
Il attendit que la serveuse eût déposé devant nous nos thés glacés, puis revint au sujet qui lui tenait à cœur.
— On discute depuis toujours de la relation entre l'hérédité et le comportement. Un de mes collègues a émis à ce sujet une thèse personnelle : celle du soi-disant mauvais gène qui existe en tout homme. Selon lui, certains le transforment en un comportement acceptable par la société, comme l'agressivité chez les sportifs, les militaires… ou les politiciens, acheva-t-il en riant.
— Papa n'écartait jamais d'emblée une théorie.
— Je sais. Il était le type même de l'homme de la Renaissance, un homme à l'esprit ouvert. Je jurerais qu'il n'avait aucun préjugé.
— C'était la seule chose que mon père ne pouvait pas tolérer, confirmai-je.
On nous servit, et j'exprimai aussitôt mon admiration pour l'excellente cuisine. Le Pr Fuentes en fut ravi.
— Je suis heureux de ne pas vous avoir déçue. Mais parlons de votre mère… j'imagine que c'était une femme remarquable, elle aussi ?

— En effet, renvoyai-je d'un ton bref.

Et devant la surprise du professeur, je me hâtai d'ajouter :

— Disons que mon père était un homme comme les autres avant d'être un psychiatre, et restons-en là.

Le Pr Fuentes eut un sourire entendu, puis se tapota les lèvres avec sa serviette.

— Et… suis-je en droit de supposer que, puisque vous venez d'arriver ici, vous n'avez aucune relation sentimentale ?

— Non.

— Non, je ne devrais pas le supposer, ou non, vous n'avez aucune relation sentimentale ?

— Non, vous ne devriez pas le supposer, précisai-je.

Il garda le sourire, mais son regard s'assombrit un tantinet. Ce fut à mon tour d'interroger.

— Et vous, professeur ? Je ne vois pas d'alliance à votre doigt.

— Je ne demanderais pas mieux, mais… à part un genre de femmes bien particulier, qui voudrait vivre avec un homme si passionné par son métier ? Surtout par un métier aussi cérébral. On n'a rien de concret à faire valoir, comme une maison par exemple. Les idées restent quelque chose d'insaisissable.

— C'est vrai. Ma mère adoptive n'a jamais pris très au sérieux le travail de mon père. Elle n'y voyait qu'un rival, qui lui dérobait le temps et l'attention qu'elle réclamait.

Il approuva gravement. Supposant que je ne représentais, pour lui, qu'un élément utile à ses recherches, je m'informai poliment :

— Travaillez-vous sur une théorie personnelle originale, professeur ?

— Oui. J'ignore à quel point elle est originale, mais j'étudie l'influence de certains aspects de l'environnement physique sur la psyché. Les plus évidents sont déjà largement admis, bien sûr, comme le fait que les gens sont plus déprimés sous un climat néfaste, etc. Mon idée, c'est qu'il est important d'évaluer constamment l'impact de la technologie sur la personnalité. Mais ne me laissez pas vous ennuyer avec mes discours, surtout. Du moins, pas avant d'être piégée dans ma salle de classe !

Cette fois encore, je fus obligée de rire. C'était vraiment un homme charmant, m'avouai-je. Il aurait plu à papa. Il m'interrogea sur mes cours à l'université de Caroline du Nord, puis nous parlâmes un peu de mes études ici. Je dévorai le contenu de mon assiette jusqu'à la dernière miette.

— Vous avez aimé la cuisine, observa-t-il. Cela me fait plaisir. Désirez-vous autre chose ? Un café, une glace ?

— Non, c'est parfait comme ça, merci. Je dois m'en aller, de toute façon.

— C'est moi qui vous remercie, pour m'avoir permis de vous poser toutes ces questions.

Il fit signe à la serveuse, régla l'addition et je le ramenai au campus. En route, il me parla plus longuement de ses parents, de leur restaurant, et aussi de ses propres études. J'appris ainsi qu'il était vraiment aussi jeune qu'il paraissait l'être : il n'avait que vingt-huit ans.

— J'ai été admis par sélection dans une école pour élèves précoces, m'expliqua-t-il. Je suis entré à l'université à seize ans, j'ai eu ma maîtrise à dix-neuf et mon doctorat à vingt-deux. C'est pour cela que je porte cette barbe. Pour cacher ma figure de bébé, comme dit ma mère.

Il laissa passer quelques secondes et ajouta :

— Merci d'avoir partagé toutes ces choses avec moi.

— *Sao benvindo*, répliquai-je.

— Euh... pardon ?

— Cela veut dire « il n'y a pas de quoi » en portugais. Je voulais juste vous impressionner. Si vous me parlez espagnol, je vous renverrai du portugais. J'ai eu une nourrice portugaise, voilà pourquoi.

— Nous enseignerons chacun notre langue à l'autre, alors, lança-t-il avec son grand sourire.

Puis il descendit et m'adressa un signe d'adieu.

C'était vraiment un homme charmant, me répétai-je. Mais était-il tout à fait correct, de ma part, d'avoir des rapports aussi personnels avec mon professeur de faculté ?

Ce n'était qu'une relation amicale, décidai-je. Où était le mal ? J'avais des problèmes autrement sérieux à résoudre, et principalement dans l'enceinte de Joya del Mar.

*
* *

— Thatcher a demandé que tu l'appelles dès ton retour, m'apprit ma mère à l'instant où je passai la porte. Il avait l'air surexcité.

— Ah bon ?

— Il m'a fait promettre deux fois de ne pas oublier.

Je lâchai mes sacs de livres et courus au téléphone. Dès qu'elle entendit mon nom, la secrétaire de Thatcher me mit en communication avec lui.

— J'ai rencontré Kirby Scott ! lança-t-il d'emblée. Quand je lui ai annoncé ce que je voulais savoir, il a eu peur que je ne m'adresse à lui en tant qu'avocat. J'ai été droit au but, et il a été tellement pris de court qu'il s'est montré on ne peut plus ouvert et communicatif, comme il n'a jamais dû l'être de toute sa vie. Je te raconterai ce que je crois vrai dans ses discours.

« Quant aux allégations de ma mère et de ma sœur, voilà en gros ce qu'il en est. J'ai enquêté sur tout ce qu'il m'a dit et il s'avère qu'il ne peut pas être mon père. À l'époque de ma conception, il se trouvait à des centaines de kilomètres de Palm Beach. Comme je le soupçonnais, et l'espérais, c'est une supercherie montée de toutes pièces par ma chère sœur et ma mère. J'ai déjà fait savoir à Whitney ce que je pensais de leur tentative. Ma mère ne perd rien pour attendre.

— Je m'en réjouis pour toi, Thatcher. Tu n'aurais pas voulu avoir le moindre lien avec cet homme, je le sais.

— Réjouis-toi pour nous, plutôt. Je n'ai plus l'intention de me cacher devant qui que ce soit ici, affirma-t-il farouchement. J'ai changé d'idée pour notre dîner, tu devras attendre pour apprécier mes talents culinaires. J'ai réservé au Ta-Boo, le premier endroit branché où je t'ai emmenée. Une véritable agence publicitaire, pour ce qui est d'annoncer qui sort avec qui. Ensuite, nous pourrons aller à la maison de la plage. Je passe te prendre à sept heures. Tâche d'être éblouissante, ordonna-t-il. Je tiens particulièrement à ce que nous attirions l'attention de tout le monde, sans exception.

— Tu es sûr ? articulai-je, le souffle court.

Tout allait si vite, tout d'un coup. Ma vie et mon avenir se précipitaient brusquement, à une vitesse à laquelle je n'étais pas préparée.

— Si je suis sûr ? Écoute-moi bien, Willow De Beers. Tu peux déjà savonner ton doigt pour y glisser ta bague. Ce soir, nous nous affichons devant tout Palm Beach. C'est notre grand soir ! explosa-t-il en criant presque.

J'avais à peine raccroché que ma mère arrivait aux nouvelles.

— Tout va bien ? s'enquit-elle en voyant mes joues en feu. Willow ?

— Je crois, Mère. Je crois que nous sommes tombés d'accord pour nous fiancer ce soir, et pour que tout le monde le sache.

Son visage exprima la stupeur, en même temps qu'une certaine réserve.

— Tu es heureuse ? C'est cela que tu veux ?

— Je pense que oui, Mère. Oui, je le pense vraiment.

— Alors il faut fêter cela et nous en réjouir, dit-elle en m'ouvrant les bras.

En dépit de ses problèmes, il suffit d'un coup d'œil à Linden pour comprendre ce qui se passait. Il n'avait rien perdu de sa pénétration et de sa sensibilité d'artiste. Mère et moi étions toujours dans les bras l'une de l'autre quand il entra. Quand nous nous séparâmes pour nous tourner vers lui, son visage était sombre et malheureux.

— Tu vas épouser Thatcher Eaton, déduisit-il, avant que j'aie eu le temps de prononcer un mot.

— Sois heureux pour elle, Linden, plaida Mère.

— Heureux ? Je me sens plutôt désolé pour elle. Qu'allons-nous faire, maintenant ? Permettre aux Eaton de continuer à vivre dans notre maison ?

— Non, Linden. Les deux choses n'ont strictement rien à voir entre elles.

Il parut sceptique.

— Nous verrons bien. Thatcher est très fort pour obtenir ce qu'il veut. Il est tellement roublard qu'il persuaderait un esquimau de lui acheter de la glace.

— S'il te plaît, Linden, laisse-lui une chance. Il ne demande qu'à être ton ami, affirmai-je. Il a exprimé bien souvent sa sollicitude à ton égard.

— Ah oui ? J'aimerais bien savoir s'il se souvient de toutes les fois où ils se sont moqués de moi et m'ont tourné en ridicule, lui et ses richards de copains. Demande-lui de te décrire les plaisanteries qu'ils me faisaient subir. Et chaque fois qu'il te fera part de sa sollicitude à mon égard, fais-lui donc raconter tout ça !

— Tout le monde grandit, Linden, intervint Mère avec douceur. Je suis sûre que, quand tu étais petit, tu as fait des choses dont tu n'aimerais pas parler maintenant.

Il lui jeta un regard en coin, comme s'il tenait à s'assurer que la femme qui parlait était véritablement sa mère.

— Je ne vois pas ce qui peut bien te réjouir dans tout ça, la rabroua-t-il. Surtout après la façon dont cette famille t'a traitée pendant des années.

— Je suis fatiguée, Linden. Fatiguée du malheur, de la colère, du chagrin. Je voudrais que nous ayons un peu de bonheur, à présent. Que nous regardions vers l'avenir et non plus vers le passé. Je t'en prie, essaie de faire ce que Willow te demande, et laisse à tout ceci une chance de réussir. Tu veux bien ?

Son regard dériva d'elle à moi, puis revint sur elle.

— Quand tout sera fait, prédit-il sombrement, quand vous vous en mordrez les doigts, toutes les deux, ne venez pas vous plaindre à moi. Ne venez pas me voir du tout et ne comptez surtout pas sur ma compassion. Et toi, Willow...

Il se rapprocha de moi et reprit d'une voix âpre :

— Tu sais l'effet que ça me fait de te souhaiter bonne chance, à toi ou à n'importe qui d'autre ? Je me sens comme un lapin éclopé, souhaitant bonne chance à un autre lapin éclopé le jour de l'ouverture de la chasse. Alors bonne chance, Willow ! lança-t-il en prenant la porte.

Cette fois, ce fut Mère qui fit preuve d'optimisme.

— Cette humeur lui passera, ne t'en fais pas. Quand il verra comme tu es heureuse et comme tout se passe bien, sa rage se calmera.

— Je n'en sais rien, Mère. Peut-être devrais-je attendre qu'il se sente un peu mieux ?

— Ne sois pas stupide. Je te l'ai déjà dit et je le pensais, Willow : je ne veux pas que nous t'empêchions de faire ta vie. Si jamais je sens que nous sommes un obstacle pour toi, je te préviens, je te demanderai de nous quitter.

— Cela n'arrivera jamais, Mère. Je te le promets.

Nous étreignîmes une fois de plus mais cette fois, presque sans joie. Le cœur n'y était plus.

Un peu plus tard, je passai en revue ma garde-robe avec un soin particulier. Comment allais-je m'habiller pour cette soirée spéciale entre toutes ? Thatcher tenait à ce que je me montre dans une toilette spectaculaire. J'en avais une que je n'osais jamais porter, car elle était un peu trop sexy et ne laissait pas grand-chose à imaginer. En étoffe légère et mordorée, dont les plis soyeux effleuraient les courbes de ma silhouette, elle était assez courte pour qu'il me fût presque impossible de me pencher en avant. Je ne l'avais mise qu'une fois pour sortir avec Allan. Elle avait produit sur lui un effet mitigé.

— D'un côté, je suis fier de t'avoir à mon bras, avait-il reconnu, mais de l'autre… quand je vois les regards lascifs que te jettent les autres hommes, je me sens mal à l'aise.

Après cela, je ne l'avais plus jamais portée pour sortir avec lui. Mais en m'examinant dans le miroir, je me dis que Thatcher réagirait différemment. Lui n'aurait ni doute ni hésitation, j'en étais sûre.

Je commençai à me brosser les cheveux, et sursautai en découvrant soudain que je n'étais pas seule. Mère était entrée sans bruit et m'observait dans le miroir.

— Je te demande pardon, s'excusa-t-elle. Je n'avais pas l'intention de te surprendre.

— Mais ce n'est pas le cas, je t'assure. J'étais un peu trop plongée dans ma rêverie, c'est tout. Je suis tout étourdie.

— En te regardant te préparer, je me revoyais en train de regarder ma mère quand j'étais petite. Je me tenais derrière elle pendant qu'elle se brossait les cheveux, et elle me parlait dans le miroir. C'était comme si nous nous regardions à travers une fenêtre magique. Elle s'adressait à moi comme à une adulte, sans jamais prendre un ton supérieur. C'était à cause de tout ce que nous avions traversé et supporté ensemble, j'imagine. La mort de mon père, le déracinement, le fait de tout recommencer à zéro. Ce genre d'épreuves vous font mûrir plus vite. Il m'arrive de penser que je n'ai pas eu d'enfance.

Mère sourit à ses souvenirs et reprit d'un ton songeur :

— J'adorais ces moments que nous partagions, le plus souvent juste avant qu'elle sorte avec Wilson pour un bal, ou un dîner en ville. C'était une femme très attirante, tu sais.

— Je sais. J'ai vu quelques photos d'elle sur ta commode.

— Je trouve que tu lui ressembles beaucoup.

— Je n'en serais pas fâchée, tu peux me croire.

Mère me remercia du regard, toute à son évocation du passé.

— Elle n'a jamais eu à faire tout ce que font les femmes d'aujourd'hui pour garder sa ligne. Elle pouvait manger de tout, sans prendre un gramme. Et quelle fraîcheur elle avait ! Un teint d'albâtre, avec une touche de rose aux pommettes, exactement comme toi. Elle se maquillait à peine, d'ailleurs, mais adorait les parfums coûteux. Et parmi tous ses bijoux, elle avait une prédilection pour celui-ci, acheva Mère en ouvrant la main, découvrant une somptueuse paire de barrettes en diamants. J'en restai bouche bée d'admiration.

— C'est l'une des rares choses sur lesquelles Kirby Scott n'a pas mis la main. Cet ensemble a été fait spécialement pour elle, sur une commande de Winston. Il devrait produire un effet superbe dans tes cheveux, dit-elle en me tendant les barrettes, adroitement montées sur pinces.

Je secouai la tête mais Mère s'obstina.

— Je sais qu'elle aurait voulu que tu les portes, Willow. Une pareille merveille ne doit pas rester enfouie au fond d'un tiroir. Et d'ailleurs, une occasion comme celle-ci justifie bien qu'on la porte, non ? Allez, mets ça dans tes cheveux !

J'obéis et, quand ce fut fait, nous contemplâmes toutes les deux mon reflet dans le miroir. La joie illuminait les traits de Mère. Elle se pencha, me prit par les épaules et pressa la joue contre la mienne.

— Je regrette tant de ne t'avoir pas vue grandir, Willow. J'aurais dû t'amener ici avec moi, mais Mère était malade à cette époque-là. Depuis deux ans, elle luttait avec un cancer du sein et ce combat l'éprouvait cruellement. Elle dépérissait à vue d'œil, ne conservant qu'une trace infime de sa beauté passée.

« Cela m'a toujours pesé de n'avoir pas été là quand elle avait le plus besoin de moi ; tout comme je regrette de n'avoir pas été là pour toi, quand tu avais tant besoin d'une mère.

— Tu es là, maintenant, la réconfortai-je, et je suis là moi aussi. Nous sommes réunies.

— J'espère qu'il n'est pas trop tard !

— Non, il n'est pas trop tard. Nous avons de longues années de bonheur devant nous, affirmai-je.

Nous nous retournâmes en entendant Linden dans le couloir, et je fixai l'embrasure de la porte avec inquiétude. Nous avait-il écoutées ?

Mère me tapota le bras d'un geste affectueux.

— Je vais passer un moment avec lui, ne t'en fais pas.

Elle me quitta, et je rouvris ma penderie pour y prendre mon châle noir. Puis, une fois de plus, je m'examinai dans le miroir, et j'imaginai Papa debout derrière moi. Comme toujours, je me plus à inventer notre dialogue muet.

— Tu es très jolie, disait-il – ou du moins j'espérais qu'il l'aurait dit.

Il n'avait jamais été prude, et avec une femme comme ma mère adoptive il était habitué aux fantaisies de la mode. Mais soudain, je crus voir ses traits se durcir.

— Es-tu sûre de toi dans tout ça, Willow ?

— Parfois je le suis… et parfois moins.

— Et t'es-tu demandé pourquoi il en est ainsi ?

— Non, mais je suppose que c'est assez normal. N'éprouvons-nous pas tous des doutes, au moment de prendre une grande décision ?

Son expression s'adoucit.

— Qui joue le rôle du psychiatre, maintenant, en répondant à une question par une question ?

— J'ai été à bonne école.

Il sourit, puis son image s'évanouit.

— Papa… chuchotai-je au miroir.

Je n'y vis plus que moi, la mine sombre, en proie à la solitude et à l'effroi.

*

* *

Linden et Mère étaient sur la terrasse quand je quittai ma chambre. La porte était ouverte, et je pouvais entendre leur conversation.

— Je parie que tu aurais voulu avoir deux filles, se plaignait Linden.

— Bien sûr que non ! Tous les gens mariés souhaitent avoir un enfant de chaque sexe.

— Tu n'étais pas mariée, renvoya-t-il durement. Ni pour l'un ni pour l'autre.

— Je ne vous en aime pas moins pour cela, tous les deux.

— Willow est née d'une relation amoureuse, au moins !

— Je te l'ai déjà dit cent fois plutôt qu'une, Linden. Je serais prête à tout revivre, la souffrance, la honte, le malheur, si c'était le prix à payer pour t'avoir.

— Tu dis ça parce qu'il est trop tard pour te débarrasser de moi ! cracha-t-il avec amertume.

— Non, ce n'est pas vrai.

— C'est vrai.

— Bonjour ! lança soudain une voix nouvelle.

Thatcher s'avançait rapidement vers la maison. Instantanément, Linden bondit de sa chaise et rentra, si vite qu'il faillit me croiser dans l'entrée sans me voir. Il s'arrêta net.

— Ton prince charmant est arrivé. Bonne soirée ! jeta-t-il en passant près de moi.

Je le retins par le bras, ce qui l'étonna.

— J'espère que c'est un souhait sincère, Linden.

Ses paupières battirent et il se détendit. Puis il baissa les yeux comme s'il avait honte, me sembla-t-il, avant de les relever sur moi.

— C'est un souhait sincère, vraiment. Je te demande pardon.

Je lui souris.

— Merci, Linden.

Il hocha la tête et s'éloigna de moi d'un pas ralenti, comme s'il avait vieilli de plusieurs années, d'un seul coup.

Je sortis sur la terrasse.

Thatcher, tout vêtu de noir à l'exception de sa veste sport fauve, émit un long sifflement admiratif. Puis il regarda Mère et secoua la tête en riant.

— Grace, voilà qui va faire caqueter toutes les poules de la basse-cour pendant au moins un mois.

— Tant qu'elles ne viennent pas pondre devant ma porte ! riposta-t-elle.

Il rit de plus belle. Puis se retourna sur moi, arrondit le bras et dit avec un accent du Sud nettement outré :

— La future Mme Thatcher Eaton me permet-elle d'être son chevalier servant ?

— Franchement, monsieur Eaton, j'ai cru que vous ne le demanderiez jamais ! répliquai-je.

Et de nous trois, ce fut Mère qui rit le plus fort.

Dans cette euphorie, pouvait-on imaginer la moindre fausse note, le moindre incident capable de troubler l'atmosphère et ramener les noirs nuages du désespoir ?

C'était tout simplement inconcevable.

7

Thé avec Bunny

Tout ce que fit Thatcher, ce soir-là, semblait n'avoir d'autre but que d'afficher notre relation devant le tout Palm Beach. Il avait réservé une table très en vue, afin que nous soyons sur le devant de la scène. Et en arrivant, il fit en sorte de me présenter comme sa fiancée à toutes les personnes de sa connaissance. Je portais déjà l'anneau. À peine étions-nous dans la Rolls qu'il m'avait à nouveau priée de l'accepter.

— Tu ne t'attendais pas à ce que je te le rende si vite, observa-t-il en le passant à mon doigt.

— C'est vrai.

Il m'embrassa.

— Désormais, c'est ainsi que tout se passera entre nous, Willow. Ce que tu me demanderas de faire, je le ferai. Ton bonheur est le mien.

Ce n'était qu'un effet de mon imagination, je le sais, mais ma main me parut plus lourde, surtout quand il eut entrepris de me présenter comme sa fiancée. Chaque fois que je serrais la main de quelqu'un, il ou elle n'avait d'yeux que pour le diamant étincelant, de même que ceux qui nous entouraient. Le temps que nous rejoignions notre table, nous étions le sujet de toutes les conversations. Quelques bribes de phrases me parvinrent. « ... jamais cru que Thatcher Eaton se rangerait... comment ? ça ne peut pas être vrai... la fille de Grace Montgomery ? »

Les gens qui ne s'étaient pas trouvés sur notre passage se dirigeaient vers notre table, pour avoir droit aux présentations. Pour entendre Thatcher en personne annoncer : « ma fiancée », comme si la bague elle-même n'était pas une preuve suffisante. Il fallait que cette preuve leur soit donnée de la bouche même de Thatcher.

Une femme de l'âge de ma mère, mais habillée comme si elle avait le mien, me surprit en saisissant brusquement ma main. Elle la leva très haut, afin que ceux qui se trouvaient près de nous voient bien le diamant, et s'écria :

— Vous rendez-vous compte de ce que vous avez fait ? Vous avez pris au lasso l'étalon le plus sauvage du troupeau !

Je dégageai ma main, regardai Thatcher et m'efforçai de prendre un ton parfaitement détaché.

— Vraiment ? Il est si courtois et civilisé, avec moi, que je ne m'en serais jamais doutée.

Thatcher rugit de rire. Et la femme, qui m'avait été présentée comme Muffy Anderson, ouvrit si grande la bouche qu'elle eut l'air de s'être décroché la mâchoire. Son cavalier, un homme jeune et mince tiré à quatre épingles, arborait un sourire figé. Le couple s'éclipsa sans attendre.

— Qui était-ce ? questionnai-je dès qu'ils eurent quitté notre table.

— Muffy ? C'est la veuve de Lowell Anderson, qui a inventé et fait breveter un bouchon en plastique pour les bouteilles de vin. Ses bouchons se vendent comme des petits pains en Europe occidentale. L'homme qui l'accompagne n'est qu'un batteur de pavé, un escorteur professionnel. Une espèce de Kirby Scott, ajouta-t-il en baissant la voix.

J'aurais voulu en savoir plus sur son entrevue avec Kirby Scott. Mais je savais, depuis notre entrée au Ta-Boo, que nous n'aurions pas vraiment le temps de parler sérieusement tant que nous y serions. Sans arrêt, des amis ou relations de Thatcher convergeaient vers notre table ou s'en éloignaient, c'était un véritable défilé. Vers la fin de la soirée – nous en étions au dessert –, une femme qui semblait sortir d'un bal costumé fit une entrée fracassante, un jeune homme à son côté. Elle arborait un chapeau de cow-boy clouté de pierreries, un chemisier brodé de perles, une jupe rose vif et des bottes en alligator. Le jeune homme brandissait une impressionnante caméra.

Le couple fonça droit sur notre table.

— Thatcher Eaton, espèce de canaille ! vociféra-t-elle. Comment avez-vous pu faire une chose pareille sans m'en avertir ?

Un large sourire, débordant de satisfaction, s'étala sur le visage de Thatcher.

— Je savais qu'un petit oiseau viendrait vous chuchoter la nouvelle à l'oreille, Suzy. Willow, voici Suzy Q, notre brillante journaliste, qui règne sur la chronique mondaine de Palm Beach.

— J'ai besoin de quelques photos, annonça-t-elle comme si nous n'avions pas notre mot à dire.

Elle fit un signe au photographe, qui commença aussitôt à prendre des clichés, et ordonna :

— Mettez votre bras sur ses épaules, Thatcher. Arrangez-vous pour que ça paraisse aussi vrai que possible.

— *C'est* aussi vrai que possible, rétorqua-t-il en élevant ma main, pour bien montrer la bague de fiançailles.

Elle mordit les coins de ses lèvres, enduites d'une épaisse couche de rouge. On aurait dit une publicité ambulante pour la chirurgie esthétique, ironisai-je à part moi. On lui avait refait le nez, tiré les paupières, à tel point qu'elle devait avoir du mal à les fermer la nuit. Et tellement retendu la peau, sous le menton, que je me demandai comment elle pouvait avaler quoi que ce soit. Ses cheveux d'un blond criard lui tombaient sur les côtés de la figure, en mèches raides comme du fil de nylon.

— Cela suffit, lança-t-elle au photographe.

Puis, exhibant ce qui semblait être un enregistreur miniature, elle nous le fourra sous le nez.

— Racontez-moi tout, ma chérie. Où vous êtes-vous rencontrés ?

— N'était-ce pas dans le midi de la France, Willow ? fit mine de se demander Thatcher.

J'entrai instantanément dans le jeu.

— Non. C'était bien à midi, mais pas dans le Midi.

— Je finirai par savoir tous les détails, vous savez. Alors à quoi bon essayer d'entortiller Suzy Q ?

— Elle a raison, Willow. Inutile d'essayer de lui cacher quoi que ce soit. Elle a des yeux partout, aucun secret ne lui résiste. Willow est ma propriétaire, déclara-t-il.

Sourcils arqués, Suzy Q se tourna vers moi.

— Vraiment ?

— Joya del Mar lui appartient, répondit Thatcher à ma place. Je me suis dit qu'en l'épousant, je ferais l'économie d'un loyer.

L'expression crédule de Suzy Q s'évapora. Elle laissa tomber son dictaphone dans le minuscule sac de cuir noir qu'elle portait en bandoulière.

— Très bien, monsieur le petit futé. Je vais faire le tour de mes informateurs et je saurai la vérité… ou quelque chose qui lui ressemble. À vos risques et périls.

— N'est-ce pas le sort de tous ceux dont vous parlez dans vos rubriques, Suzy ?

— Charmant, vraiment charmant. Ma chère, persifla-t-elle en se tournant vers moi, toutes mes condoléances. Et tous mes vœux ! ajouta-t-elle, avec un sourire qui se voulait chaleureux. Nous ne manquerons pas d'occasions de nous revoir.

C'était une promesse qui pouvait aussi bien être une menace, estimai-je. Sur ce, elle fit signe à son photographe, et quitta le restaurant aussi vite qu'elle y était entrée.

Thatcher était hilare.

— C'est fini, cette fois ? m'enquis-je avec espoir.

D'un geste discret, il appela le serveur pour avoir l'addition.

— Je crois. Du moins… pour le moment.

Quitter les lieux s'avéra encore plus difficile que d'y pénétrer, car beaucoup de gens étaient arrivés entre-temps, avertis – semblait-il –, par la rumeur publique. Je fus présentée à deux fois plus de monde qu'en entrant. Le temps de regagner la Rolls, j'étais exténuée.

— Je me suis sentie passée au crible, j'ai des yeux imprimés sur toute la figure ! me lamentai-je en me frottant les joues.

— Crois-moi, ils ne regardaient pas seulement ton visage.

— J'avais l'impression d'être dans un aquarium géant !

— C'est exactement ce qu'est Palm Beach, s'égaya-t-il. La haute société sous verre.

Je m'enfonçai dans mon siège en gémissant, et Thatcher démarra.

— J'espère que tu vas trouver ton second souffle, Willow. Il est encore tôt, surtout pour nous.

— Oh, Thatcher ! Nous n'allons pas dans un autre endroit du même genre, au moins ?

— Non. Nous avons fait assez de dégâts là-bas. Ma mère et ma sœur vont passer la journée au téléphone, pour essayer de collecter tous les détails et les commentaires. J'ai déjà pris mes dispositions pour ne pas me trouver en ville, elles ne pourront pas me joindre. Je vais recueillir une déposition à Miami. Évidemment, avec la vitesse supersonique des commérages, dans cette ville, elles sont peut-être déjà pendues au bout du fil, et même en train de se parler. Je crois presque entendre Whitney réconforter notre mère. Quant à ce cher vieux papa, il doit se réconforter tout seul avec une bonne vodka glacée, s'esclaffa-t-il.

Sa joie éveilla en moi une certaine méfiance.

— Tu me parais un peu trop content, Thatcher. Est-ce à cause de moi, ou parce que tu trouves à tout ça un goût de douce vengeance ?

— C'est surtout à cause de toi. Mais je ne te cache pas que je savoure aussi la douceur de la vengeance.

— Ce n'est pas malin, ça, Thatcher ! Comment suis-je censée m'entendre avec ta famille, si tu te sers de moi pour les narguer ?

— Oh, ils s'en remettront. Et ils t'adopteront avec toute la sincérité dont ils sont capables, répliqua-t-il. D'ailleurs c'est moi que tu épouses, Willow. Pas ma famille.

— Ce n'est pas réaliste, Thatcher, et tu le sais. Faisons un pacte, maintenant. Promettons-nous de ne jamais chercher à nous tromper l'un l'autre.

Il inclina la tête et dit avec douceur :

— D'accord, tu as raison. J'aurai le triomphe modeste. Quand ma famille aura compris que je suis sérieux et qu'entre nous, c'est pour de bon, les choses changeront. Cela, c'est réaliste, affirma-t-il. Et à propos, nous devrions songer à la date du mariage, tu ne crois pas ?

— Je vais bientôt retourner à la faculté, Thatcher. J'ai rencontré mon conseiller pédagogique et j'ai mon programme. Le semestre se termine début juin.

— Bien. Basons-nous là-dessus. Que dirais-tu de nous marier fin juin ? Je voudrais passer notre lune de miel au Château de la Chèvre d'Or, dans un petit village du sud de la France. On se croirait dans un livre de contes, là-bas, mais il faut réserver très en avance.

À la seule idée de ces préparatifs, mon cœur s'accéléra. Il y avait tellement à faire !

— Tout ça va peut-être un peu trop vite, objectai-je. Nous emménageons en mai dans la grande maison et...

— Vous pouvez toujours reculer la date, m'interrompit vivement Thatcher.

Et confirmer ainsi toutes les craintes de Linden ? Impossible. Ma réponse fusa comme un cri.

— Non ! J'ai promis à Linden et à ma mère que ce serait début mai, et ils y comptent, maintenant. J'aimerais mieux repousser de quelques mois la date de notre mariage, Thatcher.

— Je comprends. Je ne crois pas que cela soit un gros problème, d'ailleurs. Nous avons du temps devant nous.

— Nous pourrions nous contenter d'un mariage à la sauvette, suggérai-je, ce qui l'égaya.

— Nous pourrions, en effet. Mais il nous faudra quand même nous marier en grande pompe ensuite.

— Et pourquoi ?

— Pourquoi ? Nous sommes à Palm Beach, Willow. Il faut t'y faire. Tu appartiens à la société de Palm Beach, maintenant. Demain, la nouvelle sera officialisée par toute la presse locale.

— Si vite que ça ? m'effarai-je.

— Si vite ? Tu as entendu Suzy Q. Tu as pris au lasso le plus beau parti du coin. Prépare-toi. Demain, ton téléphone va sonner à faire trembler les murs.

— Pour quelle raison ?

— Pour t'inviter. On va s'arracher ta petite personne. Nous allons être les invités d'honneur les plus recherchés de toute la ville, tu verras.

— Et c'est une bonne chose, ça ?

— Pour moi et ma carrière, oui. Et ce qui est bon pour moi sera bon pour toi aussi, Willow.

Je me renversai en arrière, soudain perplexe. Avais-je vraiment compris la portée de mon acte en acceptant d'épouser Thatcher ? Je le regardai sourire de bonheur, cet homme jeune et beau, si brillant... Et apparemment si amoureux de moi que son impatience n'admettait aucun retard.

— Ne fais pas cette tête-là, dit-il en prenant ma main. Je serai toujours là pour te protéger des requins qui rôderont un peu trop près. À quoi bon avoir un mari avocat, si je ne suis pas capable de faire ça pour toi ?

— Je ne m'inquiétais pas pour moi, Thatcher.

Il eut un signe de tête compréhensif.

— Nous nous occuperons de tout le monde, maintenant, Willow. Nous rendrons à Joya del Mar la joie qui n'aurait jamais dû la quitter, et cela pour toujours. Au fait… t'ai-je dit à quel point tu es sexy dans cette robe ?

— Pas assez.

— Bah ! La nuit ne fait que commencer, renvoya-t-il en riant.

Puis il s'engagea sur la route qui menait à la maison de la plage. Juste comme nous venions d'entrer, son portable sonna. Il y jeta un bref coup d'œil.

— Ta mère ? questionnai-je.

Il fit signe que oui et plaisanta :

— Je m'étonne qu'elle ait attendu si longtemps. Il a dû y avoir un encombrement sur la ligne.

— Tu vas l'appeler ?

— Non, pas ce soir. Nous fermons la porte sur le monde extérieur. Cette maison n'est que pour toi et moi, dit-il en m'attirant à lui pour m'embrasser. Même si j'essayais, je ne pourrais penser à rien d'autre. Pas avec toi dans mes bras, telle que tu es ce soir.

Il m'embrassa encore, me souleva dans ses bras et me porta jusqu'à la chambre.

— Que restera-t-il pour la lune de miel ? demandai-je, comme il commençait à se déshabiller.

— Attends que nous soyons sur cette montagne qui surplombe la mer. Là, tu découvriras que chaque jour passé ensemble sera meilleur que le précédent. Ceci, dit-il en s'agenouillant près du lit, ceci n'est qu'un avant-programme.

— On dirait que tu parles d'un spectacle, plus que d'un mariage.

Il déposa un baiser léger sur le bout de mon nez.

— Notre mariage ne sera qu'une histoire d'amour, Willow, promit-il en se haussant lentement à bout de bras pour s'allonger sur moi.

Une fois, j'avais surpris une conversation entre ma mère adoptive et une de ses amies. Ma M.A. prétendait que lorsqu'une femme faisait l'amour sans jamais ouvrir les yeux, c'était pour tenter d'oublier son partenaire et s'inventer un fantasme, ou s'imaginer avec un autre homme qu'elle désirait. Son amie avait répondu que si c'était vrai, elle n'avait pas fait l'amour avec son mari depuis des années. Elles avaient ri. Puis ma mère adoptive avait dit qu'elle n'avait *jamais* fait l'amour avec le sien, ce qui m'avait profondément choquée.

— Même pendant notre lune de miel, avait-elle précisé, c'est un autre que je voyais, les yeux fermés.

Leurs éclats de rire m'avaient blessée comme des piqûres d'abeilles.

S'il fallait en croire ma M.A., du moins sur ce chapitre, je pouvais me rassurer sur mes sentiments envers Thatcher. Oui, je fermais les yeux sous ses baisers et ses caresses, et son souffle chaud dans mon cou m'enflammait, me faisait palpiter d'impatience. Mais j'adorais le regarder. Il était vraiment très beau, et quand je le voyais fondre de plaisir, il ouvrait les yeux, plongeait son regard dans le mien et chuchotait :

— Tu es si belle, Willow. Si fraîche, si différente...

Et une pensée s'imposait à moi. Si quelque chose devait arriver, si nous ne devions pas vivre ensemble à jamais, et si je me retrouvais avec un autre... Alors, je fermerais certainement les yeux. Et derrière mes paupières closes, c'est Thatcher Eaton que je verrais.

Telle était la magie qui flambait entre nous. C'était comme si l'on avait frotté deux baguettes de bois l'une contre l'autre, pour en faire jaillir une flamme si vive et si haute qu'elle menaçait de nous consumer entièrement. Après cela, il nous fallut quelques minutes pour reprendre haleine, laisser la fièvre quitter nos corps et revenir sur terre. Serrée dans ses bras, le dos plaqué contre sa poitrine, je finis par demander :

— Parle-moi de Kirby Scott, maintenant, Thatcher. Quel effet t'a-t-il fait ? Qu'a-t-il dit à propos de ma mère et de Linden ?

Il dégagea le bras qu'il avait glissé sous moi et se retourna sur le dos, le regard au plafond. Je pivotai pour lui faire face et pris appui sur un coude.

— À propos de ce genre d'homme, il y a d'abord une chose qu'il faut savoir, commença-t-il. Les coureurs de son espèce n'ont aucun scrupule de conscience, n'assument aucune responsabilité, se permettent toutes les libertés. C'est ainsi qu'il a vécu, ce qui l'a maintenu remarquablement jeune. La première fois que je l'ai vu, j'ai pensé qu'il s'agissait d'un autre Kirby Scott. Qu'il devait avoir la soixantaine, puisqu'il a été le mari de ta grand-mère.

« Puis je me suis rappelé qu'il avait cinq ans de moins qu'elle, ou même plus. Il avait pu mentir sur son âge, comment savoir ? En tout cas, j'ai compris comment il pouvait continuer à séduire des femmes bien plus jeunes que lui.

Thatcher eut une grimace de dégoût et poursuivit :

— Pour le moment, il est le chevalier servant de Jill Littleton, une veuve richissime. Son mari, Hunter Littleton, dirigeait Mars Industries, une entreprise qui construisait des galeries commerciales pour les aéroports. J'ai travaillé pour lui il y a deux ans, c'est comme ça que j'ai pu obtenir cet entretien avec Kirby Scott.

— Mais de quoi a-t-il l'air ? m'impatientai-je.

— D'un sacré fils de... pardon, Willow. Un esbroufeur de première classe, voilà ce qu'il est. Il avait une vague idée de ce que je lui voulais, j'imagine. Il portait un pantalon blanc, une veste sport bleu marine et des mocassins italiens, sans chaussettes. Et avec ça, des bijoux d'or massif au cou, au poignet, au doigt. Sa gourmette aurait pu servir de chaîne d'ancre à un bateau de guerre, et quant à sa chevalière... l'émeraude était aussi grosse qu'une balle de ping-pong.

— Tout cela est très intéressant, Thatcher, mais lui ? De quoi avait-il l'air ?

— Ma foi, s'exclama-t-il en riant, je n'ai pas pu m'empêcher d'être impressionné par cet étalage, surtout sur un voleur. Car c'est ce qu'il est, pour moi : un voleur de charme. Il a été très habile, et très courtois. Il a essayé de paraître plein de sollicitude pour Grace. Il a demandé de ses nouvelles, exprimé son désir de leur rendre visite. Mais il n'était pas sûr, n'est-ce pas, que cela aurait été une bonne chose pour eux... Et il fallait l'entendre parler du passé !

« De deux choses l'une : ou il a fini par croire à son histoire, ou il l'a vraiment bien mise au point. À l'en croire, Jacky Lee aurait profité de lui et se serait servie de lui. Après quoi, comme s'il était une marchandise jetable, elle l'aurait laissé tomber pour se distraire ailleurs.

— Mais c'est ignoble !

— Je sais, Willow, mais attends la suite. Frustré, abandonné – toujours selon ses dires –, il était très vulnérable au charme juvénile de Grace. Elle lui vouait un véritable culte, paraît-il. Son admiration lui a tourné la tête, il a été tenté... et bla bla bla et bla bla bla, ironisa Thatcher.

« C'est alors que j'ai abordé le sujet de ma mère, et là... sa belle assurance en a pris un coup, tu peux me croire ! Il avait les lèvres qui tremblaient à force de nier. Il avait une telle peur que j'entame une action en justice ! Il a fini par me fournir une preuve tangible et vérifiable, comme je te l'ai dit. Ensuite...

Thatcher se tut et marqua un temps d'hésitation.

— Ensuite ?

— Nous en sommes revenus à Grace et à Jackie Lee. D'après lui, Grace était une jeune fille introvertie. Elle avait peu d'amis, ne sortait pratiquement pas, et vivait par procuration à travers lui. Elle pouvait l'écouter des heures durant raconter ses voyages et ses aventures.

« Et bien sûr, selon sa version des faits, il ne se rendait pas compte qu'elle s'attachait de plus en plus à lui. C'était une jeune femme ravissante et quand, à l'en croire, elle lui a fait des avances, il a succombé à la tentation. Puis, comprenant soudain la gravité de son acte, il a décidé de quitter Joya del Mar.

« Je lui ai dit que s'il continuait à répandre de telles inventions, surtout maintenant, je le poursuivrais bel et bien en Justice, mais là... j'avoue qu'il m'a étonné. Il m'a parlé de toi.

Cette révélation m'étonna moi-même.

— Comment cela ?

— Il savait tout de toi. Et il m'a déclaré avec aplomb que ton existence et l'histoire de Grace à la clinique prouvaient la vérité de ce qu'il avait toujours soutenu pour sa défense. En d'autres termes, mes menaces à ce propos ne l'effrayaient absolument pas, bien au contraire. Il a brusquement fait preuve d'un très vif intérêt pour toi.

— Pour moi ?

— Il semblait intrigué, il m'a posé toutes sortes de questions à ton sujet.

— Lesquelles, par exemple ?

— Oh… juste des questions, éluda vivement Thatcher. Je lui ai dit que s'il s'approchait à moins de dix mètres de toi, je me chargerais personnellement de le plonger dans un coma permanent. J'étais sur le point de lui sauter dessus, mais Jill est apparue à ce moment-là et j'ai dû me conduire en honnête homme. Je le fusillais du regard, et je suis certain qu'il a compris l'avertissement. En tout cas…

Ici, Thatcher se détendit sensiblement.

— J'ai tiré parti de ses informations, pour aboutir à la conclusion merveilleuse qu'il ne peut absolument pas être mon père. Après avoir vu quel gredin il peut être, aussi rusé que séduisant, malheureusement, j'ai été ravi d'établir la fausseté de ce que ma mère et ma sœur voulaient me faire croire. Ça m'a mis encore plus en colère et ma sœur en a pris pour son grade, je t'assure. Jamais je ne lui avais parlé comme ça ! Elle en a pleuré au téléphone.

— Espérons que ce n'était pas des larmes de crocodile…

Thatcher eut un petit rire narquois.

— En tout cas, pour l'instant, il vaut mieux ne pas dire à Grace et à Linden que Kirby est à Palm Beach. Je suis sûr qu'il n'y fera pas long feu. Jill a son yacht personnel et parlait déjà d'une croisière aux Barbades, expliqua-t-il.

Je fus d'accord avec lui sur ce point.

Un peu plus tard, quand nous revînmes à Joya del Mar, il me raccompagna jusqu'à la maison d'en bas, et nous échangeâmes un baiser. Il me promit qu'il m'appellerait dès son retour de Miami, et que nous pourrions commencer à préparer notre mariage.

— Je tiens à ce que Grace y prenne toute la part qu'elle voudra, Willow. Mais sans rien lui imposer qui soit une charge pour elle, évidemment.

— Est-ce que ta mère voudra s'en mêler, à ton avis ?

— Ça, tu peux en être sûre ! C'est un événement de première grandeur pour Palm Beach. Elle ne voudra pas être tenue à l'écart. Je peux même déjà te prédire que nous aurons du mal à l'empêcher de tout régenter.

— Ne t'inquiète pas pour ça. J'y veillerai, affirmai-je.

Il eut un sourire moqueur.

— Ne sous-estime pas la ténacité d'un membre du tout Palm Beach, quand il s'agit d'éblouir la ville. On ne laisse pas passer une occasion pareille, je te préviens.

— J'aurais pensé que notre mariage serait quelque chose de différent, de très spécial.

— Justement ! rétorqua-t-il, elle aussi. Tu verras, prédit-il avec un rire dans la voix.

Puis il m'embrassa une dernière fois et monta vers la grande maison.

Je faillis ne pas voir Linden quand je m'avançai sur la terrasse. Assis dans un coin sombre, il ne fit pas mine de m'avoir vue. Il était si parfaitement immobile que cela m'effraya. S'était-il endormi dans son fauteuil, après une nouvelle crise de somnambulisme ? J'appelai doucement :

— Linden ?

Il se retourna lentement mais garda le silence.

— Pourquoi es-tu encore là si tard ? Tout va bien ?

— Parfaitement bien, répliqua-t-il avec une vivacité surprenante. J'aime rester dehors à contempler la mer. La plupart des gens s'imaginent qu'elle est toujours la même, mais ils ne voient rien de ce qui la fait changer, le mouvement des étoiles, de la lune, et même des poissons. On peut déchiffrer l'avenir en étudiant l'océan, la nuit.

— Comment cela ?

— Il faut de la pratique. Observer jusqu'où s'étend l'obscurité, où elle se trouve. Elle vient de l'horizon, expliqua-t-il en pointant le menton vers le large. Elle se rapproche de plus en plus, ce n'est pas bon signe.

— Linden, voyons… il ne faut pas entretenir des pensées aussi sombres !

Il me dévisagea. Et même si je ne voyais pas ses yeux je perçus l'intensité, la fixité de son regard.

— D'une manière ou d'une autre, il va rester dans cette maison, déclara-t-il. Thatcher va rester. C'est pour cette raison qu'il t'a demandé de l'épouser.

— Franchement, Linden ! Je ne crois pas que son but soit de s'incruster à Joya del Mar. Il y a sûrement des tas d'autres maisons aussi belles que celle-là, sinon plus belles.

Il détourna les yeux sans mot dire. J'insistai.

— Nous allons être heureux tous ensemble, Linden. Tu verras.

— Je vois l'obscurité se rapprocher, rétorqua-t-il. Voilà ce que je vois.

— N'es-tu pas fatigué ? Il commence à se faire tard.

Il se retourna sur moi et sa voix se durcit.

— Je me sens très bien, ne t'inquiète pas. Je ne vais plus rien faire contre moi-même. Il faut que je garde ma force.

— À la bonne heure !

— Pour te protéger, ajouta-t-il en détournant le regard. Il faut que je sois fort.

Sur ce, il retomba dans le silence, figé dans une immobilité de pierre. Devais-je rester dehors avec lui ? Je décidai qu'il valait mieux le laisser agir à sa guise, en espérant que la lumière du matin dissiperait ses idées noires.

Mère dormait. J'allai me coucher, mais je ne pus pas m'empêcher de guetter le pas de Linden. Finalement, près d'une heure et demie plus tard, je l'entendis rentrer. Il traversa le hall avec précaution, s'arrêta un moment à ma porte, puis il regagna sa chambre.

Contre toute attente, il montra beaucoup plus d'entrain le lendemain matin. Il parla de la grande maison, de notre prochain déménagement. Nous nous sentions tous de bonne humeur et pleins d'énergie. Comme s'il avait eu l'oreille collée au mur, Thatcher appela juste à ce moment-là de sa voiture, en route pour Miami.

— Il fallait que je te raconte ça tout de suite, commença-t-il. Je viens d'avoir mon père au téléphone. Ils savent tout, bien sûr. Et comme je te l'avais dit, ils acceptent tout, à leur manière inimitable. Ils ont décidé de déménager plus tôt que prévu. Et là, j'avoue que mon père m'a étonné, lui toujours si nonchalant. Depuis tout ce temps, il concoctait sa petite affaire, et ils sont prêts à acheter une maison clefs en main.

— C'est vrai ?

— Oui. J'ai le sentiment que ma sœur y est pour quelque chose, mais peu importe. J'ai pensé que Grace, Linden et toi seriez contents de l'apprendre. Ils déménagent ce mois-ci et te paieront ce qu'ils doivent encore. Ce qui te laisse plus de temps pour te retourner, et pour réfléchir à notre mariage, conclut-il.

— C'est fantastique, Thatcher !

— Je t'appelle dès que je suis rentré. Promis.

Linden laissa éclater sa joie quand je leur appris la nouvelle, à Mère et à lui. Je ne l'avais jamais vu aussi heureux depuis mon retour. Il parlait avec excitation de son futur atelier. Moi aussi je me sentis beaucoup plus à l'aise, en ce qui concernait mes projets pour les six mois à venir. Mon mariage, le déménagement, mes débuts dans ma nouvelle faculté, autant de choses qui remontaient aussi le moral de ma mère. Elle avait largement de quoi s'occuper.

Malgré tout, l'idée d'un tel événement – un mariage à Palm Beach ! – lui causait quelques angoisses.

— Nous ferons ça par petites étapes, la rassurai-je. Une chose à la fois. Mais pense à tout ce que nous allons accomplir ensemble !

Cette idée lui rendit le sourire, l'espoir reparut dans ses yeux. Était-ce trop présomptueux de croire que, finalement, nous allions former une véritable famille ?

Un peu plus tard, Jennings, le maître d'hôtel des Eaton, se présenta à notre porte. Il venait m'avertir que Mme Eaton serait enchantée de s'entretenir avec moi le jour même. Serais-je disponible vers quatre heures, pour le thé ?

J'étais fortement tentée de refuser, sous prétexte que j'étais trop occupée. Mère surprit mon hésitation et, d'un regard, me conseilla la gentillesse. J'acceptai donc.

— Nous devons tous faire un effort pour que tout s'arrange, observa-t-elle avec sagesse. Le passé est le passé. Nous ne devrions penser qu'à notre avenir.

J'eus honte que ce fût à elle de me donner le bon exemple, après tout ce qu'elle avait subi. Aussi, avec tout l'enthousiasme qu'il me fut possible de trouver en moi, je montai jusqu'à la grande maison. Jennings m'accueillit avec un regard de sympathie, me sembla-t-il, et me conduisit dans le solarium, où Bunny téléphonait. Elle me fit signe de prendre le siège en face du sien, sans pour autant interrompre sa conversation.

— Ne me dites pas qu'il vous faut plus de temps, Angelo. C'est Mme Eaton qui vous parle. Je sais ce qu'il vous faut ou ne vous faut pas, et je compte sur un menu aussi somptueux que celui des Turner. Non, oubliez ça, se reprit-elle. Je veux quelque chose de mieux. Faites-moi une liste de plats nouveaux, qu'on n'a jamais servis dans une réception à Palm Beach... Entendu ? J'espère vous voir avant la fin de la semaine, Angelo. *Arrivederci*.

Elle raccrocha, m'adressa un grand sourire et fit signe à une bonne qui attendait, figée comme un mannequin de vitrine. La jeune femme se hâta de servir le thé, puis découvrit le plateau de petits fours.

— Merci, Mary, la congédia brièvement Bunny.

Mais dès que la bonne fut partie, son sourire s'évapora.

— Eh bien, je vous dois des félicitations, ma chère. Vous êtes bien plus habile que je ne l'imaginais.

— Que voulez-vous dire ?

— Rien, sinon qu'avoir mis le grappin sur mon fils après ce qui est arrivé, c'est un coup de maître. Sincèrement, cela me réconforte de vous savoir aussi intelligente. J'aurais été navrée que Thatcher épouse une de ces cervelles d'oiseau, avec qui il aimait tellement sortir.

Je souris à ce compliment perfide – sa façon de faire volte-face – et pris tranquillement ma tasse de thé.

— L'habileté n'a rien à voir là-dedans, Bunny. Ce qui nous a rapprochés, Thatcher et moi, c'est l'amour. L'attachement sincère et profond que nous éprouvons l'un pour l'autre.

— L'amour, gémit-elle comme s'il s'agissait d'une hallucination. Ce n'est qu'une excuse entre deux êtres pour se servir l'un de l'autre.

— Je suis désolée que vous soyez tellement cynique, Bunny.

— Je suis plus avisée que vous, c'est tout. Mais ne nous lançons pas dans un roman rose. Nous nous retrouvons ensemble à présent, grâce à Thatcher, alors autant repartir sur de nouvelles bases. Vous êtes d'accord ? C'est plus simple que de revenir sur ceci ou cela, s'excuser, s'expliquer… vous ne croyez pas ? À quoi cela nous mènerait-il ?

« Thatcher insiste sur cette date irréaliste pour le mariage; et par conséquent, comme toujours avec les hommes, c'est à nous de faire l'impossible.

— Si c'est impossible, comment pourrions-nous le faire ? ripostai-je, amusée malgré moi.

Quel personnage, cette Bunny ! Comment aurais-je pu lui en vouloir ?

— Justement, décréta-t-elle. Nous pouvons faire l'impossible et nous le ferons. Je vous aiderai autant que je le pourrai, bien sûr. Je sais quel poids pèse sur vos épaules en ce moment, quelles autres responsabilités vous assumez, tout ce que vous avez à faire. Alors que moi, tout ce que j'ai c'est... du temps, acheva-t-elle en buvant une gorgée de thé. Je vous en prie, prenez un de ces gâteaux. Ils sont fabuleux.

— Non, merci.

— Oh, mangez-en un! s'écria-t-elle. Je ne peux pas me régaler avec quelque chose qui fait grossir, en face d'une autre femme qui sait se dominer. Vous me gâchez le plaisir!

À contrecœur, je pêchai un petit-four dans le plat, le grignotai, bus un peu de thé. Bunny parut contente, comme si elle était le diable dans le jardin d'Éden, et m'avait persuadée de goûter au fruit défendu. J'eus la curiosité de demander:

— Qu'avez-vous l'intention de faire exactement, Bunny?

— Merci de ne pas vous empresser de m'appeler Mère! J'ai horreur de ces jeunes femmes qui se dépêchent d'étiqueter leur belle-mère. J'ai interdit à Hans, le mari de Whitney, de m'appeler Mère, ou Belle-Maman, ou de m'affubler d'un de ces noms grotesques. Il n'est pas beaucoup plus jeune que moi, d'ailleurs, et ce serait carrément ridicule. Alors appelez-moi Bunny, désormais. J'y tiens.

Là-dessus elle mordit dans un autre petit-four, un peu moins agressivement, me sembla-t-il.

— Entendu, Bunny désormais. Qu'avez-vous l'intention de faire?

— Eh bien... comme vous avez pu le remarquer en entrant, je parlais avec le traiteur. Il faut nous organiser le plus rapidement possible. Nous avons une liste d'invités toute prête, je la tiens à jour. J'ai toujours pensé au mariage de Thatcher, bien sûr, et j'ai des tas d'idées en réserve.

Elle reprit son souffle et enchaîna aussitôt:

— Comme vous le savez, nous allons déménager sous peu, il serait donc sage de tout prévoir dès maintenant dans le plus grand détail. Vous avez déjà assisté à une soirée, ici. Vous savez donc à quel point tout peut être magnifique, si on fait les choses correctement.

Elle se tut, et je crus un instant qu'elle en avait fini, mais non. Elle avait dû réfléchir à tout cela depuis des années, car elle reprit de plus belle:

— J'ai pensé que vous pourriez vous marier sur la terrasse d'en bas, où nous dresserons un autel de fleurs. Il y aura des fleurs partout, bien sûr, mais il faudra quelque chose de spécial pour l'autel. J'aimerais un mélange de roses rouges et blanches, qu'en pensez-vous ?

— Peut-être pourrions-nous être mariés dans une église, et venir ici pour la réception ? suggérai-je.

Elle grimaça comme si elle venait de mordre dans une noix pourrie.

— Mais pourquoi ? Aucune église n'est assez grande pour contenir tous les gens que j'espère avoir. D'ailleurs, c'est un endroit plutôt curieux pour un mariage.

— Une église ?

— Parfaitement. Les funérailles aussi ont lieu dans les églises, et tout le monde y est toujours si sérieux ! Envoyez-moi le pasteur... Ô mon Dieu ! s'exclama-t-elle soudain, son petit-four au bord des lèvres.

— Qu'y a-t-il ?

— Je viens seulement de m'apercevoir que j'ignore à quelle religion vous appartenez. Vous êtes catholique ?

— Mon père n'était pas très pratiquant, mais ma mère adoptive était épiscopalienne. Comme la famille de ma mère, si je ne me trompe pas.

— Bien ! s'exclama-t-elle avec soulagement. Voilà qui nous épargne toute vulgarité. Quant à la liste des invités, reprit-elle, je vous conseille de vous en occuper au plus vite. Avec la position de Thatcher et nos relations, nous ne pouvons pas recevoir moins de cinq à six cents personnes. De votre côté, vous en inviterez au moins la moitié, je suppose ?

— Oh non, et même loin de là.

Bunny ouvrit des yeux ronds.

— Ah bon ? Enfin, quoi qu'il en soit, j'ai dressé une liste de choses à faire, et souligné en rouge celles que je peux prendre en charge, annonça-t-elle en me tendant une feuille de son papier à lettres.

J'y jetai un coup d'œil : pratiquement tout était souligné en rouge.

— Très intéressant, Bunny. Merci. Je garde cette liste, afin d'en discuter avec ma mère.

— Comment ?

Son effarement me fit presque sourire.

— Pour voir si tout cela correspond à ses choix, bien sûr.

— Mais… votre mère ? Est-elle capable de prendre ce genre de décisions ? Elle s'est tenue si longtemps à l'écart de la société. Elle ne saurait pas par quel bout commencer.

— Oh, Bunny ! Une femme sait toujours comment s'y prendre quand il s'agit du mariage de sa fille, vous ne croyez pas ? Nous reprendrons contact avec vous, ajoutai-je en me levant.

Elle ne réagit pas, pétrifiée de stupeur.

— En fait, des lilas, lançai-je avec désinvolture.

— Pardon ?

— Un autel de fleurs, c'est ça ? Je préfère les lilas. Je verrai ce qu'en pensera Mère. Merci pour le thé, Bunny. Vous avez raison : ces petits gâteaux sont sublimes.

On aurait dit qu'elle n'arrivait même plus à déglutir. Je lui souris et la laissai là, un petit-four pincé entre le pouce et l'index.

Willow De Beers, entendis-je murmurer ma conscience, dès que j'eus repris le chemin de la maison, quelle petite peste tu fais ! Tu as pris bien trop de plaisir à tout ça.

— Mais je me suis montrée plutôt aimable, non ? me hâtai-je de répondre.

Je peux le faire, me dis-je avec assurance. Je peux me charger de tout. J'en suis capable.

— Tu trouves que tu deviens un peu trop arrogante ? aurait demandé papa.

— Non, lui répondis-je en pensée. Sûre de moi, simplement. Est-ce la bonne réponse, papa ?

— Nous verrons.

Nous le verrons même très vite, conclus-je pour moi-même.

Enfin… si tout se passait comme prévu.

8

Déjeuner avec Whitney

Le rythme de ma vie se précipita, comme si Dieu lui-même avait appuyé sur l'accélérateur. Malgré ma première réaction à la mainmise de Bunny sur nos projets de mariage, Mère et moi avions convenu de lui laisser le plus gros de la besogne. Ce ne serait pas plus mal, finalement. D'abord parce qu'elle avait raison sur un point: Mère avait perdu contact depuis trop longtemps avec la société de Palm Beach. D'autre part, avec tout ce qu'il me restait à faire, entre ma rentrée universitaire et le déménagement à préparer, il était plus sage de laisser la part la plus lourde aux Eaton. Qu'avaient-ils d'autre à faire, eux, sinon se distraire ?

— D'ailleurs, reconnut honnêtement Mère, il faut rendre à César ce qui est à César. Bunny sera beaucoup plus capable que moi de mettre au point la cérémonie officielle.

Et donc, malgré mon souhait de m'évader discrètement avec Thatcher pour aller nous marier très simplement, nous acceptâmes l'offre de Bunny. Nous lui fîmes dire par Jennings que nous étions prêtes à en discuter avec elle.

Comme deux partis adverses en temps de guerre, nous nous rencontrâmes en terrain neutre, à mi-distance de la grande maison et de la nôtre: sur la terrasse de la piscine. Bunny avait déjà pris les devants en engageant – pour l'occasion –, une secrétaire pour l'aider. Ce seul fait aurait dû nous avertir, Mère et moi, de l'ampleur qu'elle comptait donner à l'événement.

— Voici Patricia Prescott, mon assistante personnelle temporaire, commença-t-elle. Patricia prendra des notes et nous suivra pas à pas dans toutes nos décisions.

Patricia, une brune d'environ trente-cinq ans, semblait considérer comme interdite la moindre manifestation de joie. Sans un sourire, elle proféra un « bonjour » inaudible, s'assit et tira de son attaché-case un long bloc-notes à planchette.

— Je suis contente que vous ayez pris votre décision aussi vite, Grace, ajouta Bunny à l'intention de ma mère.

Puis, pivotant aussitôt vers moi, elle lança son missile :

— J'espère que cette hâte surprenante n'est pas due au fait que vous êtes enceinte ? Thatcher ne me l'aurait pas dit, si c'était le cas. Il a bien trop d'éducation pour cela.

— Qu'est-ce qui vous permet de douter de la mienne et de me manquer de respect ? ripostai-je du tac au tac.

Son assistante eut l'air de vouloir rentrer sous terre.

— Oh, je disais ça comme ça... renvoya-t-elle négligemment. Rien n'est plus embarrassant qu'une mariée en blanc avec un gros ventre.

Je lui jetai un regard assassin, mais rien ne déconcertait Bunny. Avec un petit rire forcé, elle se retourna vers Mère.

— Les jeunes gens d'aujourd'hui ne se rendent pas compte de la portée de leurs actes. C'est à nous, les aînés, de faire tout le nécessaire pour eux.

Mère eut un sourire désarmant de douceur.

— Ce qui leur est vraiment nécessaire, c'est d'obtenir leur licence de mariage et de prononcer leurs vœux devant la personne qualifiée pour cela. Le reste est plus souvent destiné à nous-mêmes qu'à eux, vous ne croyez pas ?

Bunny accusa le coup, cette fois. J'observai avec intérêt ses efforts laborieux pour reprendre contenance.

— Non, je ne crois pas. Plus tard, ils nous remercieront de leur avoir offert un aussi merveilleux souvenir. J'ai toujours été reconnaissante à mes parents de l'avoir fait pour moi, et je sais qu'Asher pense de même. Mais ne nous noyons pas dans ces arguties philosophiques, Grace. Nous avons bien trop à faire. Patricia ?

— Les invitations, récita l'assistante comme un perroquet bien dressé.

— C'est cela. Des cartes gravées avec leurs cartons-réponse, naturellement. Je serais fort étonnée que nous recevions beaucoup d'excuses, plastronna-t-elle. Depuis le temps que cette communauté attend de voir Thatcher Eaton se fixer ! Tout le monde est surpris qu'il se soit décidé si vite, évidemment, mais que voulez-vous... ce

8,30 ....

9,00 ....

9,30 ....

10,00 ....

10,30 ....

11,00 ....

11,30 ....

12,00 ....

13,00 ....

14,00 ....

14,30 ....

15,00 ....

15,30 ....

16,00 ....

16,30 ....

17,00 ....

17,30 ....

VENDREDI 16 FEVRIER

FÉVRIER

L		5	12	19	26
M		6	13	20	27
M		7	14	21	28
J	1	8	15	22	
V	2	9	16	23	
S	3	10	17	24	
D	4	11	18	25	

MARS

L		5	12	19	26
M		6	13	20	27
M		7	14	21	28
J	1	8	15	22	29
V	2	9	16	23	30
S	3	10	17	24	31
D	4	11	18	25	

Ste Julienne

047-318

sem. 07

7,54

18,01

23

3

devait être ainsi ! conclut-elle avec une emphase dramatique.

Mère et moi échangeâmes un regard, combattant toutes deux une furieuse envie de rire. Mère parvint à articuler :

— Des cartons gravés, dites-vous ?

Patricia fouilla rapidement dans son attaché-case.

— Nous avons déjà commencé nos recherches. Voici quelques échantillons qui devraient convenir, annonça Bunny, tandis que Patricia déployait les cartons devant nous sur la table de jardin. Un mariage comme celui-ci a besoin d'un thème central, ne trouvez-vous pas ? Nous avons donc choisi la même décoration pour le livre d'or, l'album de photos, les serviettes… bref, tout ce qui sera imprimé.

Patricia se lança dans une description détaillée.

— Voici un fond satiné rose thé, agrémenté de roses rouges en relief. Et ici, un délicat nœud d'organza sur fond de moire, rehaussé d'une rose en satin. Sur cet autre modèle, un semis de perles cousues à la main sur fond rose… Mais vous pouvez aussi choisir un satin blanc cassé broché d'or, fit-elle valoir.

Mère et moi contemplâmes fixement cet étalage.

— Comment avez-vous pu vous procurer tout cela aussi vite ? m'étonnai-je.

Bunny gloussa.

— Willow, voyons ! Vous ne pensez tout de même pas que j'ai mis tout cela sur pied du jour au lendemain ? Je vous l'ai dit, cela fait des années que je pense au mariage de Thatcher. Il a fréquenté assez sérieusement plusieurs débutantes, sans compter quelques jeunes femmes des meilleures familles. J'ai eu souvent l'occasion de croire qu'il était sur le point de se ranger.

Même si vous deviez le pousser dans le dos, fus-je sur le point de lui répondre, en me rappelant la rubrique mondaine.

— En tout cas, je n'ai pas été prise au dépourvu, poursuivit-elle. J'ai veillé sans cesse à ce que tout ceci reste au goût du jour, je m'y sentais obligée. Je suis sûre que vous me comprenez, Grace. Vous êtes bien placée pour savoir que nous avons donné ici toutes sortes de réceptions et de soirées, qui ont toutes fait la une des journaux. Nous avons toujours mis un point d'honneur, en chaque occasion, à rester tout à fait à la page.

— Ah oui ? fit Mère d'une voix lointaine. Pour moi, elles étaient toutes les mêmes.

Bunny haussa les sourcils. Elle jeta un coup d'œil significatif à Patricia, qui entreprit d'aligner les cartes d'un air concentré.

— Enfin, vous voyez ce que je veux dire, marmonna Bunny. Pour ma part, je préfère le nœud d'organza et le satin rose, et vous ? N'oubliez pas que le motif choisi servira pour tout ce qui sera imprimé, invitations, serviettes, etc.

— C'est très joli, concéda Mère.

— En effet. Maintenant vous voyez pourquoi je suggérais un arceau de roses, Willow ? Le thème, toujours le thème !

— Parfait, me hâtai-je d'approuver.

Je commençais à m'inquiéter un peu pour Mère, qui donnait des signes de lassitude, et même de mélancolie.

— Bien, dit Bunny avec un coup d'œil pour Patricia, qui prit note et rangea les échantillons. Comme Willow vous l'a peut-être déjà expliqué, Grace, nous avons commencé à nous occuper du buffet. Quelque chose de très étudié, bien sûr. Vous pourrez venir en discuter demain avec Angelo Di Vita et moi, si vous voulez.

— Ce ne sera pas la peine. Un buffet est un buffet.

— Ah mais non, Grace ! Pas à Joya del Mar, se récria Bunny. J'espère que vous ne le pensez pas vraiment. Nous allons insister pour avoir…

— Votre choix nous conviendra, Bunny. Je vous fais toute confiance là-dessus.

— Ah bon ! fit-elle, interloquée. Eh bien… quand pensez-vous pouvoir me remettre la liste de vos invités ?

Je consultai Mère du regard.

— Demain ?

— Oui, confirma-t-elle. Demain.

Bunny fronça les sourcils.

— Ce sera quand même très juste, comme délai, je vais devoir faire vite. Et comme tout le monde a un calendrier mondain très chargé, ici, ce ne sera pas facile.

— Quelque chose me dit que vous serez à la hauteur de la tâche, Bunny, répliquai-je.

Ce qu'elle prit, de toute évidence, pour un compliment.

— Oui, je ferai de mon mieux. À ce propos, voulez-vous que je vous aide à choisir votre robe de mariée ? Je peux vous avoir un rendez-vous dès demain chez Rose Le Carré. Tout le monde va chez elle, ici.

— Non, merci, Bunny. Je pense que Mère et moi ferons cela nous-mêmes.

Elle ne parvint pas à cacher sa déception.

— Oh... je vois. Eh bien, rappelez-vous qu'il s'agit d'une grande réception. Il vous faudra une robe longue, de préférence à manches courtes ou sans manches, avec une longue traîne, un long voile et des gants longs. Vos demoiselles d'honneur auront également des robes longues et des gants longs, bien entendu. Vous savez qu'il vous en faut au moins quatre, j'imagine ?

J'eus une moue dubitative.

— Je ne vois pas qui je pourrais demander, à part ma cousine de Charleston, et encore. Je n'ai pas pu assister à son mariage, et je ne suis même pas certaine qu'elle veuille assister au mien.

— Bien sûr qu'elle voudra. Mais... une seule demoiselle d'honneur ? C'est ridicule ! Vous n'avez pas d'amies d'enfance, de camarades d'études, personne de chez vous que vous souhaitiez inviter ?

— Non, dus-je admettre. J'avais commencé à me lier avec certaines filles, à la faculté, mais je n'aurais pas l'idée de leur demander ça. Quant à mes anciennes compagnes de classe, j'ai perdu le contact avec elles.

— Eh bien, nous vous trouverons cela ! J'ai des amies dont les filles s'entre-tueraient pour assister à ce mariage. Et je me demandais si les enfants de Whitney ne conviendraient pas, le garçon pour porter l'anneau et la fille le bouquet. Le frère d'Asher viendra du Texas avec ses enfants, dont l'un a une fillette adorable, qui ferait une ravissante porteuse de traîne. Ne vous faites donc pas de souci pour ça.

— Entendu, acquiesçai-je. C'est terminé ?

— Quoi ? (Bunny regarda Patricia, qui s'empressa de baisser les yeux.) Mais bien sûr que non. Nous allons maintenant discuter de la musique. J'ai des vues sur l'orchestre de Bill Renner, qui compte vingt-six musiciens.

D'habitude ils sont retenus au moins un an à l'avance, mais une de mes relations va essayer de nous les avoir.

« Il faudra aussi penser à la décoration florale, enchaîna-t-elle sans prendre le temps de respirer, aux cadeaux souvenirs, aux photographes. Il nous en faudra deux, au moins. Les grands mariages rassemblent des gens qui ne se sont pas vus depuis longtemps, tout le monde veut des photos, et il y aura d'importantes personnalités. Vous aurez envie de garder une trace de tout cela. Ensuite...

Ensuite ! Je retins de justesse un soupir excédé. Qu'allait-elle encore ajouter à sa liste ?

— Il faut prévoir des limousines pour aller chercher certaines personnes, et vous conduire ensuite à l'aéroport, Thatcher et vous. Je suis sûre d'oublier quelque chose, je finis par m'y perdre moi-même. Patricia ?

L'assistante plongea la main dans son attaché-case.

— Tout cela va coûter une fortune, Bunny ! protestai-je.

— Évidemment, Willow. Il s'agit de votre mariage à tous les deux, et je ne pense pas que vous fassiez ça souvent. Ou du moins nous l'espérons, n'est-ce pas, Grace ?

L'humour de Bunny n'était pas des plus fins, mais Mère eut la politesse de sourire.

— Non, mais nos revenus sont limités, pensez-y.

— Je sais qu'ils le sont, d'autant plus que nous allons partir et que vous ne percevrez plus de loyer. Mais je ne peux pourtant pas offrir à Thatcher un mariage au rabais, n'est-ce pas ? Nous parlerons des frais plus tard. C'est l'aspect le plus ennuyeux de l'histoire, Asher s'en occupera.

— Dans ce cas... laissa tomber Mère d'une voix morne.

Tout ceci lui pesait, c'était visible, mais Bunny n'en avait pas encore terminé.

— Je ne voudrais pas vous bousculer, Grace, mais avez-vous songé à l'exposition des cadeaux de Willow ?

Mère leva sur moi un regard désemparé.

— L'exposition ? Non, je...

— Aucune importance, coupa Bunny. Je peux m'en occuper avant le déménagement, et tout préparer ici. Ou même chez Whitney, d'ailleurs. Elle a une maison magnifique et ne demandera qu'à nous aider, j'en suis sûre.

— Si sûre que cela ? lançai-je abruptement.

— Évidemment ! Whitney est toujours là pour m'aider,

je ne sais pas ce que je ferai sans ma fille. J'espère que vous connaîtrez cette joie un jour, Grace.

Pour la première fois, Mère s'exprima sur un ton ferme et plutôt sec :

— C'est déjà fait.

— Ah ! Eh bien… tant mieux, bafouilla Bunny. Prévenez-moi dès que vous aurez choisi votre robe, Willow, ajouta-t-elle en se levant. Venez, Patricia, il faut régler ça tout de suite.

— Oui, madame Eaton. Ravie de vous avoir rencontrées, murmura l'assistante à notre adresse. Bonne chance pour tout.

Ce souhait poli nous valut un nouveau discours de Bunny.

— Oh, ce n'est pas une question de chance ! C'est une question de programmation, de logistique, d'horaire et de négociations. En général il vaut mieux avoir le temps de s'organiser, mais qui peut prévoir l'intensité d'un coup de foudre entre deux jeunes gens ? Nous serons un peu sous pression, mais nous nous en tirerons, clama-t-elle avec son emphase coutumière. Je vous ferai signe, Grace.

Là-dessus, elle s'en alla, déversant sur son assistante un intarissable flot de paroles.

— On se croirait à la veille d'une bataille pendant la Guerre de Sécession, marmonna Mère.

Sur quoi j'éclatai de rire avec elle.

— Laissons-la se charger de tout, conseilla-t-elle, cela lui donne un but. Mais je t'avouerai, Willow, que j'ai hâte de choisir nos toilettes de cérémonie. Je n'ai pas eu la chance de vivre cette expérience, mais maintenant je vais la connaître. À travers toi.

— À la bonne heure ! Allons-y, Mère. Je vais régler ça tout de suite, comme dirait Bunny.

*

* *

Plus tard dans l'après-midi, Thatcher appela mais pas pour moi. Il demanda à parler à Linden, qui venait justement de rentrer après avoir peint sur la plage. Il était dans sa chambre et Mère l'appela.

— Qu'est-ce qu'il y a ? cria-t-il de sa porte.
— Thatcher Eaton te demande au téléphone, mon chéri.
Cette fois, Linden entra dans la cuisine.
— Thatcher Eaton ? Qu'est-ce qu'il me veut ?
— Je n'en sais rien, Linden.
Sur cette réponse de Mère, il m'interrogea du regard.
— Je n'en ai pas la moindre idée, je te le jure, dis-je en levant la main droite.
Sceptique, mais curieux, il alla jusqu'au téléphone.
— Allô ? fit-il, puis il écouta. Moi ? proféra-t-il au bout d'un moment. Je ne sais pas. Pourquoi moi ?... Bien, j'y réfléchirai... C'est ça, au revoir... Comment ? Oui, elle est là. Il veut te parler, m'annonça-t-il en me tendant le combiné.
Je traversai la pièce et le pris en main. Linden évita mon regard et sortit aussitôt, sans même s'arrêter près de Mère pour la renseigner. Elle attendit.
— Thatcher ?
— Bonjour, comment ça va ? J'ai appris que vous aviez vu Mère, aujourd'hui.
— Oui, pour une réunion au sommet. Nous avons mis au point la contre-offensive.
Thatcher gloussa.
— Elle saura se débrouiller, ne t'inquiète pas pour ça.
— Je ne m'inquiète pas pour ça. Je crains seulement qu'elle ne se débrouille un peu trop bien. Elle prépare une réception qui va sans doute coûter des centaines de milliers de dollars, Thatcher !
Il ne parut pas le moins du monde impressionné.
— Je m'en doutais un peu, à vrai dire.
— Mais nous ne pouvons pas nous permettre...
— Ne te tracasse pas pour l'argent, et contente-toi d'acheter ta robe. Mes parents se chargeront du reste. Ils y tiennent.
— Mais... je me demande si nous avons vraiment besoin d'un mariage pareil, insistai-je.
— Nous en parlerons plus tard, Willow. Il faut que je retourne au bureau.
— Qu'est-ce que tu voulais à Linden, au fait ?
— Je lui ai demandé d'être mon garçon d'honneur.
Je m'attendais à tout sauf à cela.

— Tu veux qu'il soit ton garçon d'honneur ? répétai-je à l'intention de Mère.

— C'est ça. J'ai pensé que ce serait bien, et que cela pourrait nous aider à rapprocher nos deux familles. J'ai eu raison ?

— Bien sûr que oui. Je suis un peu surprise, c'est tout.

— Écoute, Willow. Il y a eu un moment où j'ai presque cru qu'il était mon demi-frère. J'aimerais qu'il me considère comme cela. Tâche de l'en convaincre, ajouta-t-il.

Je n'y croyais pas trop mais répondis quand même :

— J'essaierai.

— Ah, j'oubliais de te dire. J'ai réussi à réserver pour ce village en France, annonça-t-il.

— C'est merveilleux, Thatcher !

— Oui, et très excitant. Comme tout le reste, non ?

— Si, admis-je sans enthousiasme. Sept cents invités au bas mot, un décor floral somptueux, vingt-six musiciens… comment ne le serait-ce pas ?

— Je te rappelle plus tard, promit Thatcher en raccrochant.

Mère et moi échangeâmes un long regard.

— Je ne crois pas qu'il acceptera, dit-elle enfin. Et toi ?

— Sait-on jamais ? Je vais voir ce qu'il devient.

Je trouvai Linden assis sur le bord de son lit, contemplant sombrement le sol. Il leva la tête avec une lenteur infinie.

— C'est toi qui lui as donné cette idée, n'est-ce pas ? accusa-t-il, avant même que j'aie ouvert la bouche.

— Absolument pas. J'ai été aussi surprise que toi. Mais je trouve que ce serait très bien, et j'espère que tu es de mon avis.

— C'est un intrigant, toujours en train de manigancer quelque chose, maugréa-t-il.

Je me rapprochai de lui.

— Tu ne veux pas lui laisser une chance, Linden ?

— Lui laisser une chance ? Tu oublies que j'ai passé ma vie ici, tout comme lui. Je lui ai donné des centaines de chances.

— S'il te plaît, essaie encore, implorai-je en m'asseyant à côté de lui. Je voudrais tant que nous nous entendions, que nous formions une famille. Je sais que tu le veux, toi aussi, pour Mère et pour nous tous. N'est-ce pas vrai ?

Il évita mon regard.

— Garçon d'honneur ! grommela-t-il. Moi, garçon d'honneur ? Avec un smoking et tout le tremblement, je suppose ?

— Naturellement. Nous serons tous en grande toilette. Mère va venir avec moi choisir la mienne, et je l'emmènerai s'acheter une nouvelle robe. Je serais ravie de t'accompagner pour t'aider dans le choix de ton smoking, si tu veux.

Malgré lui, son expression trahit son intérêt.

— Et quand aura lieu cet événement sensationnel ?

— Le dernier week-end de juin.

Il réfléchit un moment avant de répondre.

— Je le ferai, si tu me permets de t'offrir un cadeau de mariage.

— Si je te permets ? Pourquoi devrais-je te permettre de m'offrir un cadeau ?

— Il faut que tu m'aides à le créer, voilà pourquoi. Cela te prendra une partie de ton temps.

Je compris soudain ce qu'il avait en tête.

— Tu veux faire un autre portrait de moi ? Tu en as déjà fait un si beau, Linden.

— Celui-ci sera différent, insista-t-il. Je te voyais avec d'autres yeux, à cette époque. Alors ?

— Bien sûr que c'est oui. Thatcher sera très heureux de savoir cela.

— C'est pour toi que je le fais, Willow.

— Mais c'est un cadeau de mariage, n'est-ce pas ? Cela veut dire que c'est pour nous deux.

Il médita un instant ma réponse.

— Tu as sans doute raison. Il n'a jamais fait de commentaire sérieux sur mon travail, sauf pour dire que « c'était quelque chose ». Ce qui peut signifier n'importe quoi, en admettant que cela ait un sens. J'ai toujours eu l'impression qu'il se moquait de moi derrière mon dos.

— Cela m'étonnerait beaucoup, Linden. N'oublie pas qu'il t'a aidé à exposer dans des galeries. N'ai-je pas raison ?

— Je suppose que oui.

— Alors donne-lui une chance. Une vraie chance, d'accord ?

Il acquiesça de la tête.

— Merci, Linden, dis-je en l'embrassant sur la joue.

Il y porta la main pour la toucher, comme si le baiser s'y attardait encore.

*
* *

Il y eut des moments où nous regrettâmes presque, Mère et moi, de n'avoir pas laissé à Bunny le soin de s'occuper aussi de ma robe et des toilettes du cortège. Cette tâche ne nous prit que quelques heures, le lendemain après-midi, mais pour nous ce ne fut pas cette question de temps qui nous pesa le plus. Ce fut le sentiment de nous retrouver prises au piège.

Thatcher avait raison : les potins mondains se répandaient à une vitesse supersonique, ici. Je me demandai s'il existait encore quelqu'un, à cent kilomètres à la ronde, qui ne fût pas encore au courant de nos fiançailles et de nos préparatifs de mariage. La seule mention de mon nom allumait une étincelle dans tous les regards, et provoquait autour de nous un empressement spectaculaire.

En premier lieu, nous n'eûmes même pas besoin de nous mettre en quête d'un endroit où choisir ma robe. Moins d'une heure après notre entrevue avec Bunny, notre téléphone commença à sonner. Trois magasins spécialisés nous appelèrent en l'espace de dix minutes, dont celui que nous avait recommandé Bunny. Toujours sceptique en ce qui la concernait – elle pouvait très bien tenter de nous influencer par personne interposée –, je me méfiai. Nous choisîmes la troisième boutique simplement parce que son nom : le *Nid de la Mariée*, nous plaisait à toutes les deux.

Telles deux altesses royales, nous fûmes conduites avec les plus grands égards dans un salon, où trois mannequins nous présentèrent une robe après l'autre. La directrice de la boutique, une Française prénommée Monique, nous abreuvait de détails sur les modèles, les stylistes qui les avaient dessinés, les dames du grand monde qui les avaient portés. À la quinzième robe, Mère et moi n'en pouvions plus. Nous échangeâmes nos vues, pour découvrir que nous avions fait le même choix : une robe-bustier en mousseline de soie sur fond de shantung, au corselet rebrodé d'un semis de perles. Le bas de la jupe était souligné de perles, ainsi que les bords du voile détachable. Tout comme moi, Mère préféra ce modèle en teinte ivoire. Et l'essayage commença.

Dès que j'eus passé la robe, je lus dans les yeux de Mère son excitation et son plaisir. La seule vue de son visage radieux me dilata le cœur de joie.

— À mon avis, vous devriez acheter vos chaussures tout de suite, conseilla Monique, afin d'avoir le temps de les assouplir. Vous préférez les souliers plats, il me semble. Il vaut mieux s'en tenir là.

Elle me proposa des escarpins de satin, délicatement soutachés d'ivoire, qui m'allaient à la perfection.

Restait à choisir les gants, que je voulus montants jusqu'au coude. Après quatre heures passées dans la boutique, nous renonçâmes à nous occuper des toilettes des demoiselles d'honneur, nous étions trop lasses. Mais Monique n'en avait pas fini avec Mère.

— Les mamans ont tendance à se décider à la dernière minute, ce que je ne vous conseillerai pas, madame. Il vous faut quelque chose qui soit en harmonie avec le choix de votre fille. L'ivoire et le blanc cassé sont très en vogue, et mes modèles sont très à la page. Avec une jolie robe toute simple et une veste, vous auriez une allure jeune et très tendance.

— Plus tard, implora Mère. Je vous en prie.

— Nous avons rempli le programme que nous nous étions fixé pour aujourd'hui, expliquai-je. Nous reviendrons bientôt.

Monique renouvela sa mise en garde.

— Entendu, mais rappelez-vous : pas trop tard, si vous ne voulez pas être prises de court. On croit toujours qu'on a tout le temps, mais avec les essayages et tout ce qui reste encore à décider…

— Je comprends, la coupai-je en hâte. Merci.

— Nous vous appellerons pour le premier essayage. Peut-être qu'à cette occasion, madame pourrait…

— Certainement, s'empressa d'accepter Mère.

Une fois dans ma voiture, elle se laissa aller sur les coussins avec soulagement.

— C'est exténuant ! s'écria-t-elle dès que j'eus démarré. Je n'ose pas imaginer tout ce que Bunny s'est mis sur le dos.

— Qu'est-ce qu'elle ferait de sa vie, sans ces choses-là ? Quand même, j'espère n'avoir pas fait de sottise en acceptant un mariage aussi fabuleux. Je devrais insister auprès de Thatcher pour avoir quelque chose de plus modeste. Une simple réunion de famille, peut-être ?

— Non. Bunny Eaton a raison. Tu n'oublieras jamais ça.

Je n'étais pas convaincue.

— Je ne vois pas ce qu'une cérémonie en grande pompe peut bien ajouter à un mariage. A-t-on l'impression que les vœux seront plus sérieux et plus durables ? Est-ce que c'est comme un couronnement ?

Mère parut soudain songeuse.

— J'ai souvent imaginé que nous nous mariions, ton père et moi. C'était toujours une cérémonie très simple, et en même temps très belle. Pas dans une banale salle de mairie. Je suis certaine que, même si nous ne le montrons pas, nous souhaitons toutes quelque chose de romantique et de merveilleux, Willow. C'est une chance d'être une étoile, de briller et de scintiller, d'être la reine de la journée.

— Mais là il ne s'agit pas d'une journée, Mère. On s'engage pour la vie entière, ou pas du tout.

— Cela n'empêche pas de s'amuser ! conclut-elle en riant.

Je lui jetai un coup d'œil à la dérobée. Elle regardait par la fenêtre, mais son expression lointaine et rêveuse la trahissait. C'était en elle-même qu'elle regardait. Elle se souvenait des temps heureux, des heures merveilleuses de ses amours. Je l'avais aidée à les revivre. En faisant cela, je lui avais apporté quelque chose… du moins pour l'instant.

J'étais enchantée de tout ce qui était arrivé. Tout ce que pourrait faire ou dire Bunny Eaton contre nous ne pourrait rien y changer. Thatcher et moi, Mère et Linden, nous allions rallumer les lumières et ramener la joie dans notre foyer.

Un mariage, c'était le moment où les gens croyaient de tout leur être à l'heureux dénouement des contes : « Et ils vécurent toujours heureux. »

Dieu veuille que ce soit vrai pour nous ! implorai-je du fond du cœur.

*
* *

Maintenant que notre mariage devenait réalité, je ne fus pas surprise de recevoir un coup de fil de Whitney, la sœur de Thatcher. Elle appela juste comme nous commencions à nous occuper du dîner. Thatcher avait prévenu qu'il était retenu pour des raisons professionnelles. Mère et moi nous amusions si bien, en préparant le repas, que Linden vint voir ce qui se passait à la cuisine et je lui donnai des pommes de terre à éplucher. Pour lui, nous exécutâmes des imitations de Bunny Eaton qui le firent rugir de rire. Ce fut un moment de pure détente, le plus chaleureux que nous ayons passé ensemble jusque-là. Mère et moi étions si heureuses que nous devions briller comme des lampes.

Puis Whitney appela.

— Maintenant que tout ceci semble se concrétiser, commença-t-elle, je suppose que nous devrions déjeuner ensemble, vous et moi.

Le ton qu'elle employa pour prononcer « tout ceci » m'exaspéra : on aurait dit qu'elle parlait d'une maladie prévisible qui se déclarait enfin, et non d'un mariage.

— En effet, ironisai-je, il semble que ce soit l'usage.

Délibérément ou pas, elle ignora le sarcasme. Je ne l'avais vue que très rarement, jusqu'ici, et l'avais toujours trouvée distante et froide. C'était une grande femme, aussi grande que Thatcher, en fait, avec une longue figure sèche aux lèvres pâles. Elle avait toujours l'air d'en mordiller les coins de l'intérieur, comme si elle réfléchissait profondément. Si peu que je la connaisse, j'avais remarqué un trait frappant de son caractère. Elle était de ces gens qui cherchent toujours les faiblesses et les défauts des autres, prenant plaisir à les faire remarquer afin de se sentir supérieurs.

Je dois reconnaître qu'elle avait des yeux étonnants. D'une riche nuance roux mordoré, ils possédaient un magnétisme puissant. Toute personne qu'elle fixait de son regard fauve se sentait contrainte de prêter la plus stricte attention à ses paroles et à ses critiques. On n'était jamais vraiment à l'aise en sa compagnie. Mais lorsque ses sarcasmes visaient quelqu'un d'autre que vous, on se sentait reconnaissant, et même supérieur à la malheureuse victime.

Son mari, Hans Shugar, était bien plus âgé qu'elle, et même suffisamment pour être son père. Ils formaient un couple mal assorti, et en ma présence ils n'avaient jamais donné le moindre signe d'affection l'un pour l'autre. J'aurais même cru qu'ils avaient adopté Laurel et Quentin, leurs enfants, si ceux-ci ne leur avaient pas tellement ressemblé. Leur fille aînée Laurel, âgée de quinze ans, tenait manifestement du côté maternel de la famille. Et Quentin, treize ans, était un véritable clone de Hans.

J'acceptai de rencontrer Whitney le lendemain à une heure, au restaurant Brazilian Court's Chancellor. Il était situé sur Australian Avenue, à deux pâtés de maisons seulement de Worth Avenue. J'en profitai pour m'arrêter chez Monique et y prendre deux robes pour Mère, afin qu'elle puisse les essayer tranquillement à la maison. Monique me les confia volontiers. Elle avait compris que les choses iraient beaucoup plus vite ainsi.

Whitney n'était pas là quand j'arrivai, mais l'hôtesse d'accueil me conduisit à notre table dans le patio, près de la grande fontaine. Au bout d'un quart d'heure, je commandai un verre de vin. L'endroit était agréable et très romantique, mais devoir attendre ainsi commençait à me mettre mal à l'aise. Vers une heure vingt Whitney fit son entrée, s'arrêta pour dire bonjour à tout un tas de gens, et daigna enfin m'accorder son attention.

— Bonjour, Willow.

De toute évidence, elle n'avait pas l'intention de s'excuser. Je répliquai sans aménité :

— Je croyais que nous avions dit une heure ?

— Vous êtes arrivée à une heure pile ? Tout le monde, à Palm Beach, sait qu'il faut arriver avec vingt minutes de retard.

— Je ne suis pas de Palm Beach. Je viens d'un endroit où les gens s'efforcent d'être à l'heure.

Elle haussa les sourcils, et je remarquai à quel point elle avait la main lourde avec le maquillage. Elle mettait trop de fard aux joues et s'empâtait les lèvres de rouge, sans doute pour compenser leur minceur extrême.

— J'espérais que nous partirions du bon pied, laissa-t-elle tomber.

Puis, avant que j'aie pu répondre, elle se tourna vers le garçon et commanda un quart de champagne. Cela fait, elle annonça :

— J'ai décidé que la présentation des cadeaux aurait lieu chez moi. Vous pouvez me donner une liste des gens que vous souhaitez inviter.

— Je ne connais encore personne, ici, objectai-je. Et je pense que personne, parmi mes amis ou mes parents, ne ferait le voyage pour si peu.

— Et pourquoi pas ? Nous ne sommes plus au temps des chariots bâchés ! Les vols sont fréquents dans les deux sens. J'aurais cru qu'ils auraient sauté sur ce prétexte pour venir à Palm Beach.

— Tout le monde n'est pas aussi fasciné par cet endroit qu'on le croit ici, Whitney. Je veux dire qu'on trouve partout dans le monde des paysages encore plus étonnants, et quant aux demeures des gens riches et célèbres… on peut en voir tout autant ailleurs, à la télévision ou dans les magazines.

— Si vous méprisez tellement Palm Beach, cracha-t-elle, piquée au vif, pourquoi avez-vous décidé d'y vivre ?

— Je n'ai pas dit que je méprisais Palm Beach. Je suis simplement réaliste. J'habite ici parce que c'est là que se trouve la maison de ma mère… et maintenant celle de mon futur mari, ajoutai-je.

Sur ces entrefaites le garçon apporta le champagne de Whitney, et lui demanda si elle voulait commander. Elle répondit qu'elle prendrait la même chose que d'habitude.

Je parcourus rapidement le menu.

— Pour moi, ce sera une salade de crevettes.

— C'est ce que je prends toujours, observa Whitney, comme si je venais de réussir une épreuve.

— Quelle chance pour moi !

Cette fois, Whitney fut sensible à l'ironie.

— Je m'attendais à plus de gratitude pour votre réception de présentation, Willow.

Je me penchai en avant pour répondre à l'un de ses regards dominateurs.

— Je ne vous demande pas de faire quoi que ce soit pour moi, Whitney. Je sais quel mal vous vous êtes donné pour éloigner Thatcher de moi et empêcher nos fiançailles. Et je n'ignore rien non plus de la mascarade Kirby Scott.

— Je ne savais pas que c'était une invention, se défendit-elle. Mais je ne suis pas en train de m'excuser pour ma mère, ni pour moi-même. Il y a déjà longtemps que je dois veiller sur Thatcher, en ce qui concerne ses relations avec les femmes.

— Je vous demande pardon ?

Whitney but lentement quelques gorgées de champagne.

— Je dois veiller sur les intérêts de mon frère. Dès qu'il s'agit de femmes, sa brillante intelligence l'abandonne. Ses hormones dominent sa raison. Il pense avec son sexe.

— Et qu'est-ce qui vous permet de croire que vous savez qui, ou ce qui lui convient le mieux ?

Whitney eut un sourire sans chaleur.

— Je le connais mieux qu'il ne se connaît lui-même. D'après vous, qui s'occupait de lui quand il en avait le plus besoin ? Bunny ? Sûrement pas. Ce soin m'était laissé, à moi qui n'ai que quelques années de plus que lui, en réalité, mais qui suis mentalement beaucoup plus mûre.

« Je ne saurais pas vous dire combien de fois je lui ai évité des problèmes avec la femme qu'il ne fallait pas, se vanta-t-elle. Bien peu de gens le savent, mais c'est moi qui l'ai libéré de Mai Stone. Je l'ai prise à part, et lui ai dit certaines choses qui lui ont ôté l'envie de mettre ses sales pattes sur lui.

— Je ne vous crois pas. Il vous aurait détestée pour ça.

Elle eut un petit rire insultant.

— Détestée ? Il est venu me remercier, pour finir. Peut-être ne le connaissez-vous pas aussi bien que vous le croyez, Willow. Ma mère a sans doute raison : vous allez un peu trop vite en besogne, tous les deux.

Je m'appuyai au dossier de mon siège. Se pouvait-il qu'elle ait dit la vérité ? Elle semblait si sûre d'elle-même ! Peut-être y avait-il vraiment une part de Thatcher dont je ne savais rien, ou même ne saurais jamais rien.

— Je dois vous dire une chose, reprit Whitney. Jusqu'ici, jamais mon frère n'a agi avec autant de détermination ni de promptitude. Vous l'avez hypnotisé.

— Il n'y a aucune manipulation dans tout ça, Whitney. Seulement de l'amour.

— Admettons. L'essentiel, maintenant, est d'apprendre à nous apprécier les uns les autres, dans l'intérêt de la famille. J'ai souhaité déjeuner avec vous pour apprendre à mieux nous connaître, d'abord. Et aussi, pour vous conseiller de ne pas chercher à éloigner Thatcher de sa famille.

— Mais ce n'est pas mon intention. Les regrets de Thatcher, à propos de certaines choses que Bunny et vous avez faites, semblent concerner des événements qui se sont passés bien avant que je le connaisse.

L'arrivée du serveur avec nos salades fit heureusement diversion.

— Vous avez l'intention de vous installer à Joya del Mar, je suppose ? s'enquit Whitney.

— En effet.

— Vous ne croyez pas que ce sera trop dur de vivre les uns sur les autres ? Je veux dire… avec les problèmes particuliers de votre demi-frère ?

— Je vois mal comment il serait possible de vivre les uns sur les autres à Joya del Mar, Whitney. Plusieurs hôtels y tiendraient à l'aise. Si j'en crois Bunny, elle passait quelquefois plusieurs jours sans voir Thatcher.

— Entre nous, je ne peux même pas imaginer de vivre sous le même toit que ma mère.

— C'est votre mère, ripostai-je. Pas la mienne.

Elle tiqua, mais ne brandit pas la hache de guerre.

— Vous avez toujours l'intention de poursuivre vos études, et votre carrière ?

— Naturellement. Nous en avons déjà parlé, tous les deux. Cela ne pose aucun problème.

Whitney ne laissa pas passer l'occasion de me lancer une pique.

— Les promesses entre homme et femme, comme je le dis toujours, sont du même bois que celles que nous avons faites aux Indiens. Les hommes, y compris mon frère, parlent un double langage.

— Je ne prétends pas être un expert en la matière, Whitney, mais j'ai une tout autre opinion. J'estime qu'il vaut beaucoup mieux dire que toute relation doit être fondée sur une grande confiance. N'est-ce pas le cas entre vous et Hans ?

Elle fut secouée d'un rire si convulsif qu'elle dut s'appuyer au dossier de sa chaise.

— Hans ? Hans Shugar ? Mon mari a fait de la fourberie une forme d'art. C'est une chose qu'il a importée du milieu des affaires, pour le plus grand bénéfice de tous ses proches.

Je secouai la tête. Comment une femme pouvait-elle critiquer aussi durement son mari et rester sa compagne ?

Comme si elle lisait dans mes pensées, Whitney se pencha vers moi.

— Je ne m'autorise tout simplement aucune illusion, Willow. Je suis réaliste, froidement réaliste.

— Êtes-vous heureuse, Whitney ?

Ses paupières battirent. Elle planta sa fourchette dans sa salade, mangea une bouchée, but un peu de champagne, fit signe à quelqu'un à une autre table... et finalement répondit.

— Le bonheur est un objectif trop haut pour nous, Willow. Des moments de bien-être, de satisfaction ou de plaisir, et l'absence de douleur, sont tout ce que nous pouvons espérer. Croire qu'il peut en être autrement, c'est...

— Quoi donc, Whitney ?

— C'est comme marcher sur une corde raide, sans filet. La chute est rude, conclut-elle.

Et brusquement, j'eus l'impression d'avoir compris Whitney, de fond en comble. Elle avait peur. Peut-être avait-elle eu peur toute sa vie. Quand on savait dans quel foyer elle avait grandi, ce dont elle avait été le témoin, c'était compréhensible. Mais je n'entendais pas la laisser projeter cette ombre sur mon soleil, ni dans mon avenir.

— Savez-vous ce que signifie la confiance, Whitney ?

— J'ai le sentiment que vous allez me l'apprendre, persifla-t-elle.

— Faire confiance, c'est prendre un risque. Oui, c'est marcher sur la corde raide, et peut-être même sans filet. Mais en vous enfermant dans un épais cocon de cynisme, vous ne saurez jamais ce que cela représente d'être là-haut, de se sentir libre, avec le vent dans les cheveux et l'amour au cœur.

Elle me gratifia de son sourire glacé.

— Vous êtes exactement telle que je m'y attendais, Willow. Assez vulnérable pour devenir la femme d'un Thatcher Eaton. Je vous souhaite bonne chance.

Elle leva son verre, but le reste de son champagne et ajouta précipitamment :

— Mais oublions tout cela, et parlons de vos projets de mariage. J'ai quelques suggestions à vous faire, après en avoir discuté avec Bunny.

Ce fut à mon tour de sourire.

Thatcher aurait pu épouser une mégère, pour ce qu'elles s'en souciaient ! C'était la réception, l'événement en lui-même, l'aspect mondain de la chose qui comptait le plus pour elles. Après tout, comme elles le disaient si bien... tout cela, c'était Palm Beach !

9

Le club d'amour

Il m'arriva, quand je réfléchissais à tout ce qu'il me restait à faire dans les six mois à venir, de céder à de véritables accès de panique. J'en avais des sueurs froides. Après tout, ce n'était pas seulement de moi qu'il s'agissait. J'avais embarqué Mère et Linden dans cette aventure, j'avais tout fait pour leur donner confiance, je les avais amenés à croire qu'aucune tâche n'était insurmontable. Restait à le prouver.

Avant tout, je devais trouver le temps de lire les livres au programme, que nous étions tous censés avoir lus à la rentrée. Le Pr Fuentes avait eu raison de me juger ambitieuse, en voyant la pile de volumes que j'avais achetés. J'avais déjà bien assez de mal à lire ceux de la liste, alors les autres…

Je redoutais d'avoir surestimé mes capacités, et sous-estimé les tâches qu'il me restait à accomplir dans le temps prévu. Papa n'aurait pas commis cette erreur, lui toujours si lucide, à son propre sujet comme à celui d'autrui. Je me sentais comme un pilote d'avion qui, une fois en vol, s'aperçoit qu'il ne sait pas aussi bien naviguer ni piloter qu'il l'imaginait. Et j'avais à mon bord des passagers qui m'étaient chers.

Entre lire, prendre des notes et m'organiser pour ce nouveau départ universitaire, j'avais peu de temps, et encore moins d'indulgence, pour les futilités. Bunny Eaton, en revanche, semblait avoir un stock inépuisable de ces futilités à sa disposition, et ne perdait pas une occasion de me les imposer.

Au moins deux ou trois fois par jour, elle téléphonait pour nous soumettre un problème d'importance vitale, tel que le style des chaises pour la réception, par exemple, ou la couleur des uniformes du personnel. Elle exigeait toujours que Mère et moi soyons toutes deux au bout du fil, à moins que nous ne montions d'urgence à la grande maison pour une nouvelle séance préparatoire. Mère et moi options généralement pour le téléphone, Mère prenant celui de la cuisine et moi celui de ma chambre.

Bunny justifiait cette insistance en nous accablant de plaintes sur la pression qu'elle subissait, à cause de ce qu'elle nommait son expulsion imminente de Joya del Mar. Non seulement elle devait s'occuper du déménagement, mais de la décoration de sa nouvelle demeure. Malgré ses jérémiades au sujet du fardeau qu'elle portait, elle fourrait son nez dans tout ce que nous faisions, Mère et moi. Elle alla même, comme je le découvris, jusqu'à passer à la boutique pour voir la robe que j'avais choisie, et voulut savoir pourquoi j'avais tenu à ce que Mère puisse faire son choix à la maison.

— Je ne veux pas être une belle-mère envahissante avant même votre mariage, Willow, mais je voudrais vraiment que vous alliez voir la sélection de Rose Le Carré avant de vous décider. Une robe de mariée, cela se garde toute la vie.

— Je suis très satisfaite de mon choix, Bunny.

— Oh, désolée, dit-elle d'un ton navré, comme si quelqu'un venait de mourir.

Et, sans se laisser décourager, elle passa sur-le-champ à un autre sujet.

Une autre fois, elle nous harcela une semaine entière – par téléphone –, avec ses projets de cadeaux-souvenirs.

— Ces cadeaux ne sont pas seulement un souvenir, nous sermonna-t-elle. Il faut qu'ils soient perçus comme un remerciement à nos invités pour leur présence, pour leur soutien à l'engagement de nos enfants l'un envers l'autre. Ils sont également un élément de la décoration, et ils peuvent être envisagés comme des présents d'une certaine valeur.

« En fait, acheva-t-elle en riant, de nombreux cadeaux-souvenirs durent plus longtemps que le mariage, par ici !

Je commençais à sentir s'effriter ma patience.

— Venons-en au fait. Que souhaitez-vous nous voir choisir, Bunny ?

— Voyons… aimeriez-vous des marque-pages, des porte-mines ou des stylos, des *magnets*, des ouvre-lettres ? Je n'apprécie pas trop les caméras miniatures, surtout que nous aurons nos photographes professionnels.

— Mère ?

— Les stylos sont pratiques, suggéra-t-elle poliment.

Comme il fallait s'y attendre, Bunny avait une objection à faire.

— Oui, mais les marque-pages peuvent être si élégants…

— Très bien, alors. Des marque-pages, coupai-je rudement. Veuillez m'excuser, j'ai un livre à terminer.

— Thatcher et vous devrez poser pour quelques photos préliminaires, pour qu'elles figurent sur les signets. Pas question qu'ils soient en papier, bien sûr, c'est trop bon marché. Ils seront en cuir. Quelle couleur préférez-vous ?

— Pourquoi ne pas la choisir vous-même, Bunny ? Vous en savez si long sur ces choses-là !

Elle demeura totalement imperméable à l'ironie.

— C'est juste. Eh bien, pour rester en accord avec le thème, je prendrais la même nuance que les invitations.

— Parfait, approuvai-je, espérant en avoir fini.

Mais Bunny enchaîna :

— À un mariage auquel j'ai récemment assisté…

— Mère… implorai-je, à bout de ressources.

— Laisse-nous et fais ce que tu as à faire, Willow. Bunny et moi réglerons ce détail ensemble.

— Ah bon ? (L'étonnement de Bunny avait quelque chose de comique.) Je veux dire… si la mariée ne se sent pas totalement concernée par ces choses-là…

— Elle se fie à mon jugement, la rassura Mère.

Je ne la voyais pas, mais j'imaginai son sourire.

— C'est vrai. Merci, dis-je sur un ton définitif.

Et je raccrochai, avant que Bunny eût le temps de proférer une syllabe de plus.

*
* *

Dix jours plus tard, j'entamai mon premier semestre à ma nouvelle faculté. J'avais cours avec le Pr Fuentes le matin à 11 heures, le mardi et le jeudi. Nous n'étions que quinze étudiants. Tous se montrèrent très amicaux, en particulier Holden Mitcchell, qui était de loin l'élève le plus attentif de la classe. Lui et moi nous retrouvions dans un autre cours commun : la littérature anglaise. Grand, les cheveux bruns, les traits d'une perfection presque incroyable, Holden avait des yeux d'une nuance rare : un bleu céruléen ombré de vert. Une singularité qu'on ne remarquait pas toujours, car il était difficile de le fixer quand il vous parlait. La plupart du temps, il semblait regarder en lui-même. Pendant les cours, il s'asseyait toujours derrière moi.

Le Pr Fuentes me salua chaleureusement quand j'entrai pour la première fois dans sa classe. Puis il aperçut ma bague et ouvrit de grands yeux, pleins d'une surprise amusée.

— Est-ce bien ce que je crois que c'est ? s'enquit-il, tandis que les autres se rendaient à leurs places.

— Oui.

— Je crains d'avoir sous-estimé la portée de votre réponse, à propos de vos relations sentimentales. Félicitations. À quand le mariage ?

— Fin juin. Vous recevrez une invitation, naturellement.

— Attendez un peu avant de l'envoyer ! Vous pourriez détester mes cours et décider de ne plus rien avoir à faire avec moi.

— Cela m'étonnerait, affirmai-je, et je vis ses yeux pétiller de plaisir.

D'emblée, j'aimai l'écouter. Il avait une façon d'enseigner fort peu académique, et semblait s'inspirer de notes invisibles pour nous. Au bout de quelques cours, j'eus le sentiment que nous formions tout simplement un groupe de gens passionnés par un sujet, qui se réunissaient régulièrement pour en discuter. Même quand il annonçait un contrôle ou un devoir, nous n'avions jamais l'impression qu'il nous chargeait d'un travail trop lourd. En tout cas pas moi.

J'aimais tous mes professeurs et toutes mes disciplines. La première semaine, je me liai avec deux sœurs jumelles, Loni et Petula Butterworth. Elles étaient très séduisantes avec leur blondeur cuivrée, leur teint crémeux semé de taches de son sur les tempes et les pommettes, exactement au même endroit chez les deux sœurs. Elles étaient de ma taille, mais plus menues, ce qui les faisait paraître plus jeunes que moi.

Je découvris très vite que Petula avait été surnommée Choupette par son père, et que presque tous ses amis l'appelaient ainsi. Mais pas Loni. Leur rivalité fraternelle était évidente, et Loni ne tarda pas à me confier que Petula était la préférée de leur père. Petula s'en défendait, bien sûr, tout en paraissant prendre un certain plaisir à cette accusation. Elles auraient fourni un sujet intéressant pour une étude psychologique, estimais-je. Dès que je me sentis plus à l'aise avec lui, j'en parlai au Pr Fuentes, qui m'approuva sans réserve.

— Prenez mentalement des notes, me conseilla-t-il. Elles pourront vous servir un jour. Je crois avoir lu quelque part dans les articles de votre père que, pour lui, aucune expérience n'était perdue. Nous sommes toujours à la recherche de quelque chose qui puisse nous être utile, finalement.

Je ne pus qu'approuver cette opinion.

— C'est ainsi que vivait mon père, en effet.

La plupart des gens que je rencontrais à la faculté m'intéressaient, en particulier les professeurs. Je tenais de mon père cette insatiable curiosité envers les autres – surtout les gens qu'il venait de rencontrer –, qui faisait de lui une sorte de cannibale psychologique. Il faisait preuve d'un prodigieux appétit de connaissances pour tout ce qui concernait leur histoire, leurs émotions, ou les événements significatifs de leur vie. Pour moi, c'est en cela que consistait son génie. Cette aptitude à poser les bonnes questions, et à mettre pleinement à profit chaque moment passé avec quelqu'un, si bref soit-il, même dans les circonstances les plus difficiles.

J'éprouvais cette curiosité envers Holden Mitchell. De nature ouverte et expansive, il observait cependant une sorte de curieuse réserve, comme s'il redoutait de révéler un aspect sombre de lui-même qu'il tenait caché. Je m'aperçus très vite que personne, pas même ceux qui l'avaient connu avant moi, n'était très intime avec lui.

Issu d'une très respectable famille, il vivait dans ce qu'à Palm Beach on aurait appelé une modeste demeure, mais qui ailleurs eût été considéré comme un manoir. Ce que je savais de lui se résumait à peu de chose. Son père, après un premier mariage sans enfants et un divorce, avait épousé une femme de vingt ans plus jeune que lui. Bien que Holden n'eût que vingt ans, son père en avait soixante-huit. Après une brillante carrière de chirurgien-dentiste, il profitait désormais de sa retraite. Tout cela, je l'appris par des bribes de conversation entre camarades ou par Holden, même si je participais de moins en moins aux réunions estudiantines. Mon intérêt pour elles avait sensiblement baissé.

Ma vie d'étudiante et ma vie à Joya del Mar étaient si différentes que, parfois, j'avais l'impression de traverser une frontière en passant de l'une à l'autre. Mes relations du campus étaient d'une autre espèce humaine que la société de Palm Beach qui, comme l'avait prévu Thatcher, commençait à s'arracher ma personne.

Tout débuta par une invitation à déjeuner dans un club privé de la ville. Manon Florette, la fille du propriétaire du club et la petite-fille de son fondateur, m'adressa elle-même cette invitation écrite. Avant que j'aie eu le temps de répondre, elle m'appelait pour s'assurer que je viendrais.

— Tu devrais être flattée, fit observer Thatcher quand je lui en parlai.

— Pourquoi cela ?

— Le Club Florette est le plus fermé de tous les clubs privés de Palm Beach. Chaque année, sept ou huit cents personnes présentent leur candidature, et Henri Florette en admet dix.

— Dix, sur un tel nombre ? Quel est son critère ? Leur compte en banque ?

— Non. En fait, il m'a confié qu'il ne s'en préoccupe même pas. Il cherche les gens les plus intéressants à ajouter à sa collection. Pour entrer au club, il faut payer cinq mille dollars, et ensuite une cotisation annuelle de trois mille.

— Rien que pour manger dans cet endroit ?

— Et pour être connu comme membre. C'est comme exhiber une décoration de plus au revers de sa veste, si tu veux. En tout cas, le fait que Manon ait téléphoné prouve à quel point ils désirent te connaître.

J'eus une moue soupçonneuse.

— Es-tu membre de ce club, Thatcher ?

— Je n'ai jamais postulé, on ne m'a jamais sollicité, mais peut-être vont-ils le faire, à présent.

— Je suis sûre que nous trouverons de meilleurs endroits pour gaspiller notre argent, grommelai-je.

Il rit, et je ris avec lui, détendue. Tant que nous pourrions rire ainsi du monde qui nous entourait, tout irait bien.

À première vue, le Club Florette qu'on disait si exclusif n'avait pas volé sa réputation. Situé très à l'écart d'Ocean Boulevard, il était bien abrité derrière de hautes haies, avec un garde à la grille. Une grille qui n'avait rien d'ordinaire, elle non plus : ses palmes de ferronnerie étaient entièrement dorées. De toute évidence, on m'attendait. Dès que j'eus dit mon nom, cette grille s'ouvrit d'elle-même, avec cette lenteur prodigieuse qui, dans mon imagination, convenait aux portes du paradis. Le parc était somptueux, avec un étang peuplé de cygnes et de flamants roses. Partout où se posait mon regard il rencontrait des parterres, des buissons de fleurs éclatantes, et des jardiniers en uniforme qui s'activaient çà et là.

Le bâtiment lui-même évoquait plus un petit hôtel de la Riviera qu'un restaurant. C'était une construction de style méditerranéen, en stuc rose avec un portique de marbre blanc. Dès que j'eus coupé le contact, un employé s'avança pour ouvrir ma portière et me souhaiter la bienvenue. Je ne m'étonnai pas de le voir sourire en montant dans ma voiture. Toutes celles que je voyais sur le parking, à part une Porsche et une Lamborghini, étaient des Mercedes ou des Rolls. Pour lui, ce devait être une expérience nouvelle d'aller garer un véhicule qui coûtait moins de cinquante mille dollars.

À peine étais-je entrée qu'un homme aux cheveux gris, portant le smoking avec aisance, s'avança. Il me surprit en m'appelant par mon nom. Ma photo figurait-elle déjà dans les *Shiny*, par hasard ?

Il eut un grand sourire et me tendit la main.

— Mon nom est Jorge. Bienvenue au Club Florette. Votre hôtesse et ses invitées sont déjà installées. Si vous voulez bien me suivre…

Il me fit traverser le hall, de dimensions moyennes mais luxueux, où des sièges de cuir et des tables de verre étaient disposés sur des tapis d'Orient, entre des murs ornés de tableaux de maîtres. Puis il m'introduisit dans une petite salle à manger ravissante, aux fenêtres drapées de rideaux de satin rouge et or. Toutes les tables étaient occupées, mais tout le monde parlait à voix basse, comme pour éviter d'être entendu.

Pendant un instant le silence se fit, toutes les têtes se tournèrent de mon côté. Puis les conversations reprirent, comme si j'étais trop insignifiante pour mériter plus de quelques secondes d'attention.

Manon Florette était assise avec trois autres jeunes femmes, qui devaient toutes avoir entre vingt-cinq et trente ans, ou guère plus. C'était une jolie brune aux yeux bleus, de taille élancée me sembla-t-il. Comme ses trois invitées, elle exhibait un véritable étalage de bijoux, ce que je jugeai un peu excessif à l'heure du déjeuner. Elle portait un ensemble pantalon noir, dont la ceinture elle-même était cloutée de pierreries. Elle en arborait à chaque doigt de la main gauche, dont une bague de fiançailles deux fois plus grosse que la mienne.

Elle me tendit une main tout aussi parée que l'autre.

— Willow, comme c'est aimable à vous d'être venue.

— Merci pour votre invitation, répondis-je, ce qui était apparemment ce qu'elle voulait entendre.

Elle adressa un signe approbateur à ses visiteuses, qui parurent tout aussi satisfaites.

— Laissez-moi vous présenter quelques-unes de mes amies, reprit-elle. Voici Liana Knapp.

Beaucoup plus grande que Manon, les cheveux noirs coupés très court, avec une grande bouche et un menton en galoche, Liana possédait cependant des yeux remarquables : d'un vert profond moucheté de points fauves. Son seul atout, estimai-je. Avec son cou interminable, elle me faisait penser aux flamants roses de l'étang.

— Enchantée, proféra-t-elle du bout des lèvres, en me tendant d'un geste royal une main molle.

S'attendait-elle à ce que je lui baise le bout des doigts ? Je serrai brièvement cette main, qui retomba comme du plomb sur ses genoux.

Ensuite vint Sharon Hollis, la plus petite des trois, au teint mat et aux cheveux d'ébène. Elle se leva pour me tendre la main et lança un léger « bonjour ! », accompagné d'un sourire amical. Elle avait des traits délicats et des yeux d'un gris argenté, presque nacré.

— Et enfin, Marjorie Lane, annonça Manon.

La dénommée Marjorie fit la moue.

— Pourquoi t'arranges-tu toujours pour me présenter la dernière, Manon ? Et pourquoi faut-il que tu clames à chaque fois : « et enfin » ?

— C'est tout simplement l'ordre alphabétique, s'égaya Manon, n'y vois rien d'insultant.

Les deux autres sourirent jusqu'aux oreilles, mais Marjorie secoua ses lourdes épaules, tel un oiseau gonflant ses plumes.

C'était de loin la plus massive du groupe. Visage rond, lèvres épaisses, ses yeux bruns sans éclat semblaient refléter ses cheveux ternes, qui pendaient en mèches flasques jusqu'à ses mâchoires. Sanglée dans un tailleur noir, elle portait largement autant de bijoux que Manon, mais pas avec la même élégance. Loin de là.

— Heureuse de faire votre connaissance, récita-t-elle comme une leçon bien apprise.

Puis elle jeta un regard furibond à Manon et se plongea dans la lecture du menu.

Manon m'invita à m'asseoir. Je pris place entre Liana et Marjorie, mais ce fut Sharon qui m'adressa la parole la première.

— Nous étions impatientes de vous connaître, Willow. Nous entendons des tas de choses sur tout le monde, bien sûr, mais tellement plus à votre sujet.

— Ah bon ? Je ne vois pas pourquoi, fis-je mine de m'étonner.

Marjorie releva le nez de son menu.

— Vraiment pas ?

— Eh bien... je sais que Thatcher est un avocat très estimé, naturellement. J'imagine que son mariage suscite un certain intérêt.

— Oui, bien sûr, s'impatienta Marjorie. Mais vous savez certainement que votre famille est une des plus connues de Palm Beach ?

J'ouvris des yeux aussi effarés que possible.

— Ma foi, je n'en avais pas la moindre idée.

Manon éclata de rire.

— Marjorie a une façon bien à elle d'aller droit au fait. Elle ne s'embarrasse pas de préambules.

— Faut-il comprendre qu'elle n'apprécie pas les préliminaires ? s'enquit Liana.

Cette fois tout le monde rit de bon cœur, y compris moi. Mais pas Marjorie.

— Eh bien, Marjorie ? la relança Sharon. Tu les aimes, oui ou non ?

— Cessez de vous conduire comme des gamines ! gronda-t-elle.

Puis, avec un regard meurtrier pour les trois autres, elle se tourna vers moi.

— Tourner autour du pot ne rime à rien, Willow.

J'entrai dans le jeu à mon tour.

— Je suis assez de cet avis, mais j'avoue que j'apprécie beaucoup les préliminaires.

Cette fois, Marjorie ne put que rire avec les autres.

— Je ne voudrais pas que vous nous preniez pour des commères, observa Manon. Ce n'est pas pour cancaner que nous avons souhaité vous avoir à déjeuner.

— Ah non ? Alors pourquoi m'avoir invitée ?

— Nous nous considérons, toutes les quatre, comme une sorte de comité d'accueil. N'est-ce pas, les filles ?

— Absolument, confirma Liana. Nous n'allons pas déposer une corbeille de fruits ou un gâteau à votre porte, mais nous aimons accueillir convenablement une nouvelle résidante.

— Chacune de nous devrait s'appuyer davantage sur ses amies, opina Sharon, quêtant l'approbation générale.

Je lui exprimai la mienne.

— Une amie est quelqu'un d'à part… et c'est si rare !

— Justement, releva Marjorie. C'est pourquoi il est important de s'en faire. De vraies amies, je veux dire.

— Qu'aimeriez-vous boire, Willow ? s'enquit Manon. Nous prenons toutes le même cocktail, un cosmopolitan.

— Je prendrai la même chose.

D'un regard elle fit signe au serveur qui, laissant aussitôt la table dont il s'occupait, se hâta vers la nôtre.

J'attendis qu'elle eût passé commande pour m'informer:
— Êtes-vous toutes membres du Club Florette?
— Mon père l'est, répondit Sharon.
Marjorie tint à préciser:
— Non, aucune de nous trois ne l'est vraiment. Nous sommes ici en tant qu'amies de Manon. Elle nous invite au moins deux fois par an, mais pas plus, souligna-t-elle.
— Tu sais que je ne cherche pas à tirer avantage de ma position, Liana, plaça Sharon.
— Non, je ne le sais pas. En fait, depuis que je te connais tu ne fais que ça: tirer avantage de ta position.
Les autres, y compris Manon, sourirent de la repartie.
Étaient-elles vraiment amies? J'en doutais. Chacune d'entre elles semblait guetter l'occasion d'en critiquer une autre, ou de la ridiculiser. Cela fonctionnait un peu comme un jeu de société.
— Comptez-vous vivre à Joya del Mar après votre mariage? voulut savoir Marjorie.
— Je ne vois aucune raison de ne pas le faire. C'est tellement beau!
— Et les Eaton? Allez-vous vivre tous ensemble, comme une famille unie et heureuse? insista-t-elle.
Je fis celle qui n'avait pas compris.
— Les Eaton? Ce sera nous, les Eaton. Thatcher et moi.
— Je parlais de ses parents, répliqua-t-elle aigrement.
— Je ne sais pas où ils ont choisi de s'installer, mais je crois savoir que ce n'est pas loin. Pourquoi?
— Les beaux-parents ont tendance à s'accrocher, voilà pourquoi.
Manon crut bon d'intervenir.
— Marjorie est divorcée depuis peu, expliqua-t-elle. Pour l'instant, elle éprouve une certaine amertume envers le mariage, les beaux-parents et tout le reste. N'est-ce pas, Marjorie?
— Juste envers mes ex, renvoya Marjorie, provoquant un éclat de rire général.
Ni Sharon ni Liana ne portaient d'alliance ou de bague de fiançailles, constatai-je alors. Manon surprit la direction de mon regard et me renseigna.
— Ces deux-là ont été mariées, elles aussi. Sharon deux fois et Liana une seule. Je suis moi-même la femme de

Earl Lapel, de la famille des bijoutiers Lapel, ajouta-t-elle.

— Vous ne vous présentez pas comme Mme Lapel, pourtant ?

Ma réflexion fit sourire tout le monde.

— On n'abandonne pas son patronyme en se mariant, à moins que le nom de votre mari n'ait plus de cachet ou d'importance que le vôtre, bien sûr, m'expliqua Marjorie. Je présume que vous voudrez être connue comme Willow Eaton.

— Vous croyez ? De toute évidence, vous ignorez que mon père était le Dr De Beers, un psychiatre réputé, l'informai-je avec un sourire mordant. De Beers est un nom beaucoup plus connu que Eaton.

— Je pensais surtout au côté Montgomery, allégua Marjorie pour sa défense.

Je soutins fermement son regard.

— Je n'ai pas honte de ma mère ni de mon frère. Il se trouve que ce sont des êtres remarquables, sincères et aimants.

— C'est merveilleux, s'interposa vivement Marion. Je suis sûre que Marjorie en conviendrait. N'est-ce pas, Marjorie ?

Sous cette pression insistante Marjorie ne put que céder.

— Oui, bien sûr.

— Ainsi, vous m'avez invitée ici par pure curiosité à mon sujet, et pour savoir comment j'ai gagné le cœur de Thatcher Eaton, c'est bien ça ?

— C'est certainement la raison essentielle, admit Sharon avec franchise.

Marjorie haussa les sourcils.

— Pourquoi tourner autour du pot ? lui demandai-je.

Elle consulta les autres du regard : toutes trois souriaient, à présent. Je m'appuyai au dossier de ma chaise.

— C'est arrivé comme dans un conte de fées, commençai-je. L'air lui-même était électrique entre nous. Chacun de nous ne voyait plus que l'autre. J'ai toujours été sceptique vis-à-vis de l'amour mais soudain il était là, vibrant, palpitant, plein de passion ardente et impossible à nier.

Elles étaient suspendues à mes lèvres. Plus personne ne bougeait.

— Nous sommes sortis ensemble, puis je suis partie, mais nous ne pouvions pas supporter la séparation. Je crois que j'ai dit oui parce que j'ai eu peur de le voir mourir sur place, si j'avais refusé. Il faut avouer que j'étais follement éprise de lui, moi aussi. Nous avons vécu ensemble des moments très romantiques, et nous avons bien l'intention de continuer comme ça jusqu'à la fin de notre vie, conclus-je en les regardant l'une après l'autre.

Elles semblaient incapables de parler.

— Waouh ! dit finalement Sharon. Je ne pense pas avoir connu ça au cours d'aucun de mes mariages. C'est tellement inhabituel !

— Inhabituel ?

— Elle veut dire à Palm Beach, intervint Manon. Ici, nous voyons le mariage comme le résultat de plans bien conçus, plutôt que comme une idylle enflammée. Pour commencer, nous ne faisons pas tellement confiance aux hommes, n'est-ce pas, les filles ?

— Pas tellement ? Pas du tout, rectifia Marjorie.

— Pour les hommes, le mensonge, la trahison, l'autosatisfaction sont plus naturels que pour nous, les femmes, renchérit Liana.

Manon reprit le fil de son discours.

— Nous avons donc fondé une sorte d'alliance, et si nous vous avons invitée aujourd'hui, ce n'est pas simplement par curiosité. C'est plutôt pour voir si vous seriez une bonne recrue pour notre club, que nous avons baptisé le Club d'Amour.

Ce nom piqua ma curiosité.

— Et que faites-vous dans ce club ?

— Nous nous engageons à être toujours sincères les unes envers les autres, d'abord. Et ensuite, à veiller mutuellement à ce qu'on pourrait appeler... nos intérêts sentimentaux ?

Les trois autres approuvèrent d'un signe de tête.

— Pensez à nous comme à une sorte de police d'assurance. L'assurance Palm Beach, gloussa Liana.

Sur quoi Manon reprit, penchée sur la table :

— Nous avons toutes le même genre d'occupations, nous rencontrons pratiquement les mêmes gens dans le monde, mais chacune de nous a en outre une spécialité.

Un terrain d'expérience, si vous voulez. Ce qui nous aide à établir ensemble un tableau plus complet des choses, des événements, et en particulier de ceux qui pourraient avoir, et ont souvent, un impact sur l'une ou l'autre d'entre nous.

— Exactement, commenta Marjorie.

— Par exemple, expliqua Liana, c'est notre Sharon qui, la première, a signalé à Marjorie les infidélités de son premier mari, Hugh Durrel.

— Après quoi, nous l'avons aidée à réunir les informations qui ont permis de le prendre en flagrant délit, ajouta Manon, ce qui fit glousser toute la table.

Je pris le temps d'assimiler leurs paroles.

— Vous voulez dire que vous jouez le rôle d'espionnes, de détectives privés les unes pour les autres ?

— Parfaitement, dit Manon en se redressant sur son siège. Nous avons compris que, toutes seules, nous ne pouvions pas rivaliser avec les hommes que nous épousons. Quoi qu'on puisse leur reprocher, ils sont tous bien établis dans la société, pleins d'assurance, très capables, et tous membres de cette bonne vieille confrérie masculine.

Je secouai la tête.

— Merci d'avoir pensé à me recruter, mais tout ceci est un peu trop machiavélique pour moi. Si un homme et une femme ne peuvent pas se faire confiance, comment pourraient-ils s'aimer ?

— C'est exactement ce que nous pensons, Willow, fit remarquer Liana. C'est pourquoi nous voyons notre club comme une sorte de police d'assurance.

— Mais qu'est-ce que vous faites, au juste ?

J'étais perplexe. Avaient-elles vraiment une sorte de réseau d'espionnage ? Engageaient-elles des détectives privés pour suivre leurs maris, ou même… placer des tables d'écoute ?

Liana éclaira ma lanterne.

— Quand nous découvrons une trahison, ou une possibilité de trahison, nous avisons notre sœur, pour commencer. Puis nous nous efforçons de réunir toutes les preuves dont elle pourrait avoir besoin.

— En bref, nous faisons le nécessaire, conclut Manon.

Et comme je ne réagissais pas, Marjorie insista :

— Je suis sûre que Thatcher vous fera signer une sorte d'agrément prénuptial, Willow. D'autant plus qu'il est avocat.

— Le mari de Marjorie a tenté de l'accuser d'adultère pour lui faire perdre ses droits sur leur propriété, révéla Sharon.

— Mais nous l'avons pris en faute et tout s'est retourné contre lui, compléta Manon. Maintenant, Thatcher et vous allez agrandir le cercle de vos relations. Vous allez fréquenter des gens que nous ne connaissons peut-être pas. Vous nous ouvrirez une nouvelle zone d'exploration, et en retour nous partagerons tout ce que nous savons avec vous.

— Pourquoi moi ? questionnai-je, toujours sous le choc. Qu'est-ce qui vous a incitées à me proposer cela ?

Elles échangèrent des regards entendus.

— Nous connaissons Thatcher Eaton depuis bien plus longtemps que vous, Willow, dit Manon.

— Vous êtes plus jeune que nous l'étions toutes en nous mariant, fit observer Sharon.

— Et comme je le disais, reprit Manon, ce n'est pas une rue à sens unique. Vous avez quelque chose à nous apporter, vous aussi. Thatcher a travaillé quelquefois pour mon mari. Sharon sort avec Franklin Bradley, qui est avocat lui aussi. Il se pourrait qu'elle envisage bientôt de l'épouser.

— Alors ? s'enquit Liana.

J'aurais bien voulu être ailleurs.

— Je ne sais vraiment pas quoi vous dire. Je croyais me rendre à un déjeuner sans histoire, pour bavarder, me distraire, mais là…

— N'êtes-vous pas contente que nous soyons un peu moins futiles que cela ? me taquina Manon. Nous sommes des femmes modernes, et comme vous vous préparez à être une femme d'action, nous pensions que vous apprécieriez la proposition.

Marjorie prit un ton doctoral.

— Voyons les choses en face. De nos jours, les relations entre hommes et femmes tiennent plus que jamais du champ de bataille, avec toutes ces arguties légales, qui multiplient les chances de trahison et de tricherie.

— Nous devons nous serrer les coudes, plaida Sharon.

— Vivre à Palm Beach ne vous garantit pas le bonheur en amour, ni une vie de femme plus réussie qu'ailleurs, argua Liana.

— En fait, elle a des chances de l'être encore moins, souligna Marjorie.

Toutes les quatre hochèrent la tête avec ensemble. Ce fut Manon, en hôtesse accomplie, qui vint à mon secours.

— Déjeunons, voulez-vous ? Et laissons cette pauvre Willow réfléchir à tout cela.

Marjorie se rapprocha de moi.

— Pensez simplement à ceci, ma chère. Si votre grand-mère avait eu des amies comme nous, et une organisation comme la nôtre à sa disposition, croyez-vous que Kirby Scott aurait pu infliger toutes ces avanies à votre famille ? Nous l'aurions soutenue, et surtout aidée à empêcher tout ce qui est arrivé.

— La seule solution pour nous c'est de faire bloc, ajouta Sharon. Nous en arrivons toujours là. Pour l'instant tout vous paraît merveilleux, vous n'entendez que le son des cloches. Mais un jour viendra où vous entendrez plus d'échos que de voix réelles, et s'il ne reste plus de votre mariage que de doux souvenirs...

— Vous vous retrouvez comme un oiseau déplumé, acheva Manon. Et vous tombez à la mer.

Toutes opinèrent, le regard sombre, et j'en fus tout attristée.

— Papa ! s'écria soudain Marion. Viens faire la connaissance de notre nouvelle résidante, Willow De Beers, la fiancée de Thatcher Eaton.

Cette annonce ramena le silence dans la salle tandis qu'Henri Florette, un bel homme d'allure distinguée, s'approchait de notre table.

— Enchanté, dit-il en prenant ma main. Bienvenue au Club Florette et dans notre petite communauté. Vous êtes aussi belle qu'on le dit, mademoiselle. Transmettez, je vous prie, mes félicitations à Thatcher, et dites-lui de ma part qu'il a beaucoup de chance. Bon déjeuner.

Sur ce, Henri Florette s'éloigna pour aller de table en table, répandant son charme dans la salle comme s'il vendait du bonheur en bouteille.

Le garçon revint et la conversation dériva vers la gastronomie, mais je ne pouvais penser qu'à la véritable raison pour laquelle on m'avait invitée. Cette idée m'obséda pendant tout le repas, et même encore pendant un certain temps ensuite. D'une part, je n'y voyais qu'une tromperie envers Thatcher ; je trouvais cela odieux, et me disais que ce n'était pas le bon moyen de commencer une vie ensemble. Mais d'autre part... le raisonnement de ces femmes et leur objectif ne me laissaient pas indifférente.

Je leur promis de réfléchir sérieusement à tout cela, mais même cette échappatoire me laissa un sentiment de culpabilité. La vie n'était simple que pour les aveugles et les sourds, car ils ne discernaient jamais le mal en rien. Ils n'avaient jamais conscience d'être trompés ou raillés. Mais ils ne voyaient pas le coucher du soleil, n'entendaient pas le chant des oiseaux. Et c'était un prix trop lourd à payer, surtout pour un bonheur qui dépendait de la charité des autres.

Je me dis que je pourrais peut-être devenir membre du Club d'Amour dans l'intérêt de mes études, pour en faire un sujet de recherche ; que mes observations pourraient m'être très utiles, plus tard. Mais toutes ces bonnes raisons ressemblaient un peu trop à des justifications. Au fond, je ne voulais pas admettre devant ces femmes, et surtout devant moi-même, que j'éprouvais des doutes au sujet de Thatcher. Pourrais-je faire une chose pareille et lui garder mon amour ?

Ou était-il impossible d'aimer quelqu'un aussi entièrement ?

Sur le chemin du retour, je crus entendre la voix de papa me questionner.

— Peux-tu vivre avec quelqu'un et ne pas l'aimer sans restrictions, Willow ?

— Je ne sais pas. Je n'ai aucun moyen de le savoir. C'est trop tôt et tout arrive trop vite. Mais toi tu as pu le faire, papa, n'est-ce pas ?

— Tu étais là, Willow. C'est à toi de me le dire. Étais-je heureux ?

— Je ne crois pas. Mais plus tard, avec ma mère, tu l'as été. Avais-tu cette confiance totale en elle, papa ?

— Tu en sais long là-dessus, maintenant. Qu'en penses-tu ?

— Je crois que oui, et qu'il en allait de même pour elle.

— Même si c'est vrai, il s'agissait de nous. Ne t'ai-je pas enseigné que tous les êtres sont différents ?

— Mais tu m'as donné quelque chose de personnel, un but vers quoi je pouvais tendre, n'est-ce pas ? Tu as été parfait.

— Personne n'est parfait, Willow. N'oublie jamais cela.

— Alors l'amour ne peut pas être parfait non plus, m'entendis-je répondre.

— Doit-il vraiment l'être, Willow ? Peut-être que l'amour véritable, c'est de savoir qu'il est imparfait mais de continuer, le rechercher sans cesse et le sauvegarder, de tout ton cœur.

— C'est du pardon que tu es en train de parler, papa.

— Tu essaies d'amener Linden à voir cela, non ? Tu sais que tu ne peux pas avoir l'amour sans le pardon.

— Oui.

— Tendrais-tu un miroir à quelqu'un d'autre pour qu'il s'y voie, si tu n'oses pas t'y regarder toi-même, Willow ? Lui demanderais-tu d'accepter un monde que tu ne peux pas, ou ne veux pas accepter ?

— Non, papa.

— Alors tu as ta réponse, Willow. N'est-ce pas ?

— Peut-être. Je n'en sais rien.

Je pouvais voir que papa souriait.

— Quand tu l'auras, tu le sauras, Willow.

Tu le sauras.

10

Un conseil de ces dames

Je commençai à me dire que Linden avait oublié sa requête, et ma promesse de poser pour le portrait qu'il voulait nous offrir en cadeau de noces. Peut-être voyait-il à quel point j'étais débordée entre mes cours, les préparatifs et mes sorties mondaines avec Thatcher, dont j'apprenais à connaître les associés et les amis. Avec un certain sentiment de culpabilité, je lui proposai de l'accompagner quand il ferait les boutiques pour choisir un smoking. C'est alors qu'il me rappela le portrait. Il décida que ce serait le premier travail auquel il s'attellerait, dès que son atelier serait prêt.

Entre-temps, Whitney avait organisé la présentation de mes cadeaux de mariage, et fixé un jour. Elle devait avoir lieu une semaine avant que les Eaton ne quittent Joya del Mar. Naturellement, Bunny ne perdait pas une occasion de se plaindre. Elle ne cessait de rappeler à qui voulait l'entendre quel fardeau nous leur imposions, Thatcher et moi, en insistant pour nous marier si vite.

— Certaines personnes se figurent que vous êtes enceinte, s'arrangea-t-elle pour me dire un jour.

Devinant qu'elle faisait partie du lot, je ripostai sans me troubler :

— Elles vont être déçues.

Ce démenti ne suffit pas à la décourager. La terrasse du fond devint bientôt une sorte de théâtre à son usage, où elle pouvait se démener, gesticuler, tempêter, soupirer, pour le bénéfice de tous ceux qu'elle parvenait à y piéger.

Thatcher faisait preuve d'une grande tolérance envers les simagrées de sa mère. Je m'avisai que, lorsqu'il parlait d'elle, il l'appelait plus volontiers Bunny que Mère. Je supposai qu'il la voyait vraiment comme un personnage de théâtre, et s'efforçait de ne pas la prendre trop au sérieux.

Il savait parfaitement comment la traiter, l'amuser, l'apaiser, et même bien mieux qu'Asher, qui finissait par faire figure d'étranger dans son ménage. Apparemment, il n'était pas fâché de cet état de choses, qui le dispensait de s'occuper de Bunny. J'aurais été bien en peine de dire qui, de lui ou de sa femme, était le plus égocentrique.

Tout ceci me donnait amplement matière à réflexion. Cela me fit du bien de pouvoir en parler à quelqu'un avec qui je me sentais assez à l'aise. Cette personne se trouva être le Pr Fuentes. De temps à autre, il prenait chacun de ses étudiants à part pour une séance de travail. Mais pour je ne sais quelle raison, les miennes étaient plus fréquentes et duraient plus longtemps. J'en vins à l'apprécier de plus en plus, et à lui révéler de plus en plus de détails sur ma vie et sur moi-même. En plaisantant, il m'accusa de l'utiliser comme mon psychothérapeute personnel. Ce qui me fit sourire, mais au fond... ce n'était peut-être pas si faux.

— Non que cette idée me déplaise, me dit-il en voyant mon expression, loin de là. Si vous aviez besoin d'aide, Willow, je serais enchanté de vous offrir la mienne.

Je lui décrivis mes futurs beaux-parents, et nous commençâmes à discuter de l'attitude de Thatcher envers eux.

— Il me fait l'effet d'un homme très raisonnable, commenta-t-il, qui est depuis longtemps parvenu à une certaine tolérance. Il gère très bien ses rapports avec eux, si je vous comprends bien. Sans refuser de les voir tels qu'ils sont, tout en les traitant avec amour et respect.

« Il était né pour être avocat, semble-t-il, et un bon avocat, j'en suis sûr. Il sait comment parvenir à un bon compromis.

« Et rappelez-vous, ajouta le professeur en riant : on peut choisir ses amis, mais pas ses parents.

— Je peux choisir de me marier ou de ne pas me marier.

— D'après ce que vous m'avez dit, et l'air radieux que vous avez ces jours-ci, je dirai que vous n'avez plus cette option, Willow.

Cette fois, je ris avec lui.

— C'est bien possible, professeur.

Sa voix devint presque songeuse quand il reprit :

— C'est un vent favorable qui nous emporte vers ce merveilleux voyage. J'ai hâte de le sentir souffler pour moi et m'emporter à mon tour.

Son regard ne s'attacha sur moi qu'un instant, à peine une fraction de seconde de trop me sembla-t-il. Du moins, plus que je ne m'y attendais. Tout comme je ne m'attendais pas non plus à sentir mon cœur battre plus vite et mes joues s'embraser.

Peux-tu lire dans le regard de quelqu'un les sentiments qu'il éprouve pour toi ? me demandai-je. Peux-tu deviner leur intensité ? T'inspirent-ils de la peur ou de l'excitation ? Et troublent-ils ces recoins secrets de ton cœur que tu réservais à un autre ?

Parfois, il vaut mieux laisser certaines questions sans réponse, décidai-je, et certaines portes fermées. Trop de lumière risquerait de nous aveugler.

Je ne parlais jamais à Thatcher de ces tête-à-tête, sauf pour l'informer – ce qui était rare –, que j'assistais à une conférence professorale. Il était content de me voir prendre tant de plaisir à mes études, et me taquinait à ce sujet.

— Tu finirais peut-être par gagner plus d'argent que moi, me dit-il un jour, et tu m'entretiendras comme un vulgaire escorteur professionnel.

Nous bavardions ce soir-là, comme cela nous arrivait souvent, dans ce que nous considérions désormais comme notre nid d'amour : la villa de la plage. Histoire de plaisanter, moi aussi, je le provoquai :

— Et cela te suffirait de te laisser vivre, Thatcher ?

— Ne me mets pas au défi ! répliqua-t-il.

Puis, devant mon expression perplexe, il s'empressa de rectifier :

— Non, j'aime trop mon travail, plus que certaines personnes n'aiment les plaisirs de l'oisiveté. Ne te tracasse pas pour ça.

Un autre soir, je lui fis cette remarque :

— Je commence à me demander si ton fameux ami existe vraiment, Thatcher. Quand compte-t-il venir dans cette maison ?

— Chaque fois qu'il doit venir, il me prévient d'avance, affirma-t-il.

— Assistera-t-il à notre mariage ?

— Évidemment. Connais-tu quelqu'un qui n'y assistera pas ?

Sa bonne humeur était si contagieuse que je fus obligée de la partager.

Que la vie m'était douce en ces jours heureux, où tout m'enchantait. Mes études, le bonheur tout neuf de Mère, le rétablissement spectaculaire de Linden. Pas une journée ne s'écoulait sans qu'il annonce un nouveau projet concernant la grande maison, les choses que nous y ferions, et spécialement celle qui lui tenait le plus à cœur. Effacer toute trace de la présence d'Asher et de Bunny.

Mère n'osait y croire, ce qu'elle m'avoua enfin le jour de la présentation des cadeaux.

— Je dois admettre, me confia-t-elle alors que nous roulions vers la maison de Whitney, que j'avais de sérieux doutes sur tout ceci. Je n'aurais jamais cru que les choses iraient si loin. Pendant des mois j'ai redouté un appel téléphonique nous annonçant que tout était compromis, même le déménagement à la grande maison. J'avais peur d'espérer, peur de croire. Tu nous as apporté tant de joie, Willow, et je suis si reconnaissante à ton père ! Il a eu le courage de te dire la vérité, ce qui était une façon de t'envoyer à moi. Quelle merveilleuse preuve d'amour il m'a donnée.

— À toutes les deux, Mère, soulignai-je. À toutes les deux.

En arrivant à la propriété de Whitney, nous fîmes halte devant le portail. Des haies d'une hauteur vertigineuse obstruaient complètement la vue, et les grilles elles-mêmes semblaient grimper jusqu'aux nuages. Quelqu'un, toutefois, devait garder un œil sur les écrans de surveillance. Nous n'étions à l'arrêt que depuis quelques secondes quand les grilles, comme par magie, commencèrent à s'ouvrir.

Hans Shugar, le mari de Whitney, était l'héritier de l'empire des détergents Shugar, autrement dit d'une fortune colossale. La firme Shugar, une compagnie allemande, vendait ses produits dans toute l'Europe et jusqu'au Moyen-Orient. Whitney, Hans et leurs enfants habitaient sur El Vedado, une des trois rues de Palm Beach qui suivaient un trajet parallèle, de South Ocean Boulevard à Lake Worth. Le quartier du gratin par excellence. Je savais par Thatcher que Hans avait acheté une résidence de quatre millions de dollars, et l'avait fait raser pour en bâtir une autre : un manoir dans le goût anglais du temps des rois George.

Je savais aussi qu'elle comptait plus de trente pièces, et couvrait deux fois la surface de Joya del Mar. Mais je n'étais pas préparée au gigantisme du parc, des parterres et des labyrinthes, aux allées interminables, ni aux palmiers qui bordaient le tout comme des sentinelles en faction. L'ensemble faisait penser à un palais. Je comprenais mieux les grands airs de Whitney, à présent. Elle devait se prendre pour une princesse, régnant sur sa propre principauté.

Deux douzaines au moins de luxueuses voitures stationnaient devant la demeure, sans compter deux limousines dont les chauffeurs bavardaient.

— L'entretien de cette maison doit se monter, au bas mot, au PIB d'un pays du tiers-monde, marmonnai-je en me garant.

Mère parut plus amusée que choquée.

— Quand nous sommes arrivées à Palm Beach, Jackie Lee et moi, on nous invitait souvent à des réceptions dans ce genre d'endroits, à cause des liens de Jackie Lee et de Winston. Jackie Lee me disait toujours : « Ferme les yeux, Grace, et fais comme si tu étais Alice débarquant au Pays des Merveilles. L'important, c'est de ne jamais leur montrer à quel point tu es impressionnée. N'aie pas l'air étonnée du tout, et surtout, évite de mettre un point d'exclamation virtuel à la fin de chaque phrase. »

— Excellent conseil, commentai-je.

— Alors suivons-le, Willow.

Je voyais bien que Mère avait le trac, après tant d'années de retraite, au moment de se replonger dans l'atmosphère de la haute société. Elle tremblait un peu mais parvint à sourire, et s'avança la tête haute quand la fille de Whitney, Laurel, vint nous accueillir.

— Veuillez entrer, dit-elle en s'effaçant devant nous. Ma mère et ses invités vous attendent.

Ses yeux du même gris froid que ceux de Whitney, tout comme sa moue réprobatrice, laissaient clairement entendre que nous étions en retard.

En réponse à cela, Mère lui sourit.

— Bonjour, Laurel. Il y a bien longtemps que je ne t'ai vue. Comme tu as grandi !

— Ce n'est pas forcément un défaut pour une femme d'être grande, que je sache. Ma mère est grande.

— Bien sûr que non, ce n'est pas un défaut, répondit Mère d'un ton conciliant.

Quelque chose dans le physique de Laurel éveillait en moi de vagues souvenirs, mais je ne parvins pas à m'expliquer pourquoi. Comment cela eût-il été possible ?

Quoi qu'il en soit, elle ne parut pas insensible à la chaleur qui rayonnait de Mère et s'adoucit un peu.

— Normalement, c'est notre majordome qui aurait dû vous accueillir, mais ma mère a jugé que ce serait plus cordial si c'était moi.

— Et c'est le cas, répondis-je.

Elle eut l'air de vouloir esquisser un sourire, mais apparemment on lui avait recommandé de ne pas se montrer trop aimable. Ce qui, pour elle, revenait à ne pas sourire du tout.

— Tous les autres invités sont arrivés, se contenta-t-elle d'annoncer.

— Tant mieux. Nous arrivons donc juste au bon moment.

Laurel me toisa de toute sa hauteur.

— Vous allez devenir ma tante, à présent. Comment souhaitez-vous que je vous appelle ? Tante Willow ou Willow tout court ?

— Comme il vous plaira.

— Je préfère Willow tout court.

— Alors va pour Willow tout court, acquiesçai-je.

— Si vous voulez bien me suivre, Willow...

Laurel pivota et partit d'un pas martial, raide comme la justice. Mère et moi échangeâmes un sourire et la suivîmes. Elle nous pilota à travers le grand vestibule, puis le long d'un corridor dallé de marbre, jusqu'à une grande pièce presque aussi vaste qu'une salle de bal. Les invités buvaient du champagne en grignotant des hors-d'œuvre, présentés par trois soubrettes sur des plateaux d'argent. Deux serveurs veillaient, très diligemment, à ce que les verres ne restent jamais vides.

— L'invitée d'honneur est arrivée ! clama Whitney, et deux douzaines de femmes au moins cessèrent de parler pour se tourner de notre côté. Je pus voir que le Club d'Amour était présent au grand complet. Sur les canapés de style baroque trônaient Bunny, les sœurs Carriage, et quelques autres femmes que j'avais vues quelquefois à Joya del Mar. Toutes étaient littéralement couvertes de bijoux.

Quelqu'un applaudit, aussitôt imité par toute l'assistance. Whitney traversa vivement la pièce jusqu'à nous et s'adressa d'abord à sa fille.

— Merci, Laurel. Tu es libre de faire ce que tu veux, maintenant.

— Alors je peux rester ?

— Non ! répliqua sèchement Whitney.

Puis elle sourit à ma mère.

— Quel plaisir de vous voir ailleurs que dans ce pavillon à Joya del Mar, Grace. Et vous êtes en beauté. Quelle robe ravissante !

— Merci, Whitney.

Les lèvres de Mère tremblaient mais elle ne cessa pas de sourire. Je lui pressai doucement le bras.

— Laissez-moi vous offrir du champagne.

Sur un simple regard de Whitney, le serveur le plus proche s'approcha. Nous prîmes chacune une flûte pleine.

— Le premier toast de la journée, annonça Whitney, et chacun leva son verre. À la future femme de mon frère. Bienvenue à la famille la plus dingo de Palm Beach !

Il n'y eut qu'un léger murmure de rires, vite éteint, comme si de nombreux assistants désapprouvaient la sortie déplacée de Whitney. Elle dut le sentir et se hâta d'enchaîner :

— Je sais que, parmi les personnes présentes, vous n'en connaissez pas beaucoup, Willow, et vous non plus, Grace. Aussi avons-nous imaginé une façon amusante de vous présenter tout le monde. Mesdames !

— Tout le monde fit cercle autour de la grande table, entre les canapés où siégeaient déjà Bunny et ses amies. Un grand fauteuil à haut dossier droit, qui faisait penser à un trône, fut amené près de la table, sur laquelle était posée une coupe d'argent. Elle était remplie de petits papiers pliés.

Whitney m'indiqua d'un geste le fauteuil.

— Willow...

Je cherchai le regard de Mère, qui secoua la tête avec une mimique amusée.

— C'est juste pour rire, insista Whitney.

Je m'approchai du fauteuil, jetai un coup d'œil du côté de Manon et des autres, puis je m'assis. Les membres du club me regardaient avec un petit sourire en coin, sauf Marjorie, qui gardait son expression critique et bougonne.

— De quoi s'agit-il ? m'informai-je.

— Nous avons demandé à toutes les personnes ici présentes d'inscrire, sur ces feuillets, une suggestion sur la façon de réussir votre mariage. Vous devez prendre chaque papier un à un, le lire à haute voix, après quoi nous devrons deviner qui l'a écrit.

Brusquement, j'eus l'impression de me trouver au milieu d'un groupe de fillettes, tout émoustillées à l'idée de révéler leurs plus chers secrets. Tous les regards brillaient de plaisir anticipé.

— Personne ici n'est marié, ici, observai-je à l'intention du Club d'Amour.

Whitney fit la moue, puis ses traits s'éclairèrent.

— Mais tout le monde a son idée sur ce qu'il faut faire pour réussir son union, même les divorcées. Ou devrais-je dire *surtout* les divorcées ? ajouta-t-elle, soulevant une vague de rires.

Je tentai une diversion.

— Tout le monde ne pourrait-il pas se présenter, tout simplement ?

— Ne nous dites pas qu'un bon conseil vous fait peur, me provoqua Whitney. Une femme de Palm Beach ne s'effraie pas pour si peu, et vous serez bientôt une femme de Palm Beach, n'est-ce pas, mesdames ?

— Oui ! cria-t-on en chœur.

À nouveau, je regardai Mère. Elle conservait son sourire poli mais je lus de l'anxiété dans ses yeux. Elle ne voulait pas que je sois mal à l'aise, comme je savais qu'elle-même l'était. Autant pour elle que pour moi je décidai de jouer le jeu, comme s'il n'était qu'une distraction inoffensive et stupide.

— Très bien, déclarai-je. Allons-y.

Whitney parut comblée. Elle regarda Bunny, qui fit signe aux sœurs Carriage. Toutes les deux semblaient prêtes à prendre des notes.

Je tirai un papier de la coupe et le dépliai.

— Lisez-le tout haut, ordonna Whitney.
Je m'exécutai.
— « Obligez-le à faire chambre à part, et à demander deux fois la permission d'entrer. »
Tout le monde rit et Whitney s'écria :
— Mesdames ?
— Lucienne Castle ! clama le cercle, tous les doigts pointés sur une femme qui affichait une cinquantaine bien sonnée, malgré son lifting évident et ses cheveux platine.
Elle ne chercha pas à nier.
— Cela m'a réussi, en tout cas. Ne jamais les laisser s'imaginer qu'ils sont en pays conquis. Apparemment, mon conseil n'est pas tombé dans l'oreille d'un sourd puisqu'elles m'ont toutes reconnues, conclut-elle avec orgueil.
— Le suivant, lança Whitney.
Je cueillis un autre billet et l'ouvris.
— « Au moins une fois par mois, faites-lui porter votre chemise de nuit et mettez son pyjama quand vous êtes au lit. »
Après les rires, un silence tomba.
— Mesdames ? interrogea Whitney. Selon la règle, si nous ne devinons pas dans les trente secondes, l'auteur doit faire un pas en avant.
Celle que j'aurais le moins soupçonnée dans l'assistance s'avança. Une petite femme replète, qui devait avoir entre soixante-cinq et soixante-dix ans.
— J'ai déjà donné ce conseil à certaines d'entre vous, rappela-t-elle. Mon premier mari et moi l'avons suivi religieusement, et nous avons été très heureux jusqu'à sa mort. Je suis Jane Blackman. Mon premier mari, Wesley Shaw, a traité quelques affaires avec votre beau-père Winston, Grace.
— Ah, oui ! fit mine de se souvenir Mère, mais je vis bien que c'était par pure politesse.
— Je suis heureuse d'avoir été la plus choquante jusqu'ici, se vanta Jane. Apparemment, la jeune génération n'est pas aussi douée au lit qu'elle aimerait nous le faire croire, à nous les plus âgées. Vous avez besoin de bons conseils, mesdames.
Il y eut encore des rires, mais tempérés par la surprise.

— Vous êtes sûre que ce jeu est une bonne idée ? chuchotai-je à l'oreille de Whitney.

— Absolument. Voyez avec quelle rapidité vous faites la connaissance de tout le monde. Au suivant ! cria-t-elle en portant son verre à ses lèvres.

Je dépliai un nouveau feuillet.

— « Chaque fois qu'il vous néglige, dépensez deux fois plus que la fois d'avant. »

— Heather Dresser ! glapirent les sœurs Carriage, devançant tout le monde.

Une grande femme au teint mat leva la main.

— Coupable ! claironna-t-elle en faisant un pas en avant. J'ai ruiné deux maris et j'en terrorise un troisième. Mais il apprend vite, celui-là, et il survivra.

Cette fois, Mère elle-même fut obligée de rire avec les autres. Whitney eut tôt fait de mettre fin à l'hilarité générale en ordonnant :

— Continuez.

Je lus le mot suivant, et mon silence fit courir un frisson nerveux dans l'assistance. Je me décidai enfin.

— « Même si vous faites exactement le contraire de ce qu'elle suggère, approuvez toujours bien haut votre belle-mère. »

— C'est le mien ! s'écria Marjorie Lane sans attendre d'être accusée. Willow et moi nous sommes déjà rencontrées, elle avait toutes les chances de deviner. Mon analyste m'avait prévenue que mon ex-belle-mère serait toujours un obstacle entre mon mari et moi, même au lit.

Un silence pesant s'installa, que Bunny rompit enfin.

— Là-dessus, Willow n'a rien à craindre. Mon fils n'est pas mon type : il est beaucoup trop sérieux et responsable.

Une explosion de rires exprima le soulagement général. Puis je sentis sur moi le regard de Whitney, pétillant de jubilation mauvaise.

— Continuez, on va bientôt servir le brunch.

Plus réticente que jamais, je m'emparai d'un autre billet.

— « Faites toujours semblant d'avoir plusieurs orgasmes, même si vous n'en avez aucun. Leur ego a besoin de ça. »

— Voilà qui est valable pour nous toutes, releva Heather.

Tout le monde rit, mais personne ne fut accusé et personne ne se désigna. Un autre silence plana.

— Eh bien? dit enfin Whitney, après avoir fait du regard le tour du cercle. Si votre mari ne vous satisfait pas, et si vous avez honte d'avoir écrit ceci, pourquoi l'avoir fait?

— Passons au suivant, Whitney, lui conseilla Bunny.

Mais elle ne voulut rien entendre.

— Non. Quelqu'un déroge à la règle, ce n'est pas de jeu. Montrez-moi ça, exigea-t-elle en m'arrachant le papier des mains.

Elle l'étudia un moment et décida:

— Très bien. Nous le laisserons sur la table du hall, près de la porte. Chacune y jettera un coup d'œil, écrira le nom de la personne dont elle croira reconnaître l'écriture, et déposera son billet dans la coupe. Nous annoncerons le résultat du vote avant de nous séparer. Dernière chance de ne pas vous trouver dans l'embarras! lança-t-elle à la cantonade.

Je la repris d'une voix ferme.

— J'aimerais mieux que personne ne soit mis dans l'embarras, Whitney. Cette réunion est censée être un moment agréable, pour moi comme pour les invitées.

— Elle a raison, Whitney, soutint Manon Florette. D'ailleurs j'ai faim. N'est-ce pas l'heure d'aller nous restaurer?

Un murmure d'approbation s'éleva. Whitney me décocha un regard déçu et furieux, vite remplacé par un sourire mielleux.

— Vous n'aurez qu'à vous présenter à la façon classique, dans ce cas, concéda-t-elle. Passons au jardin pour le brunch. Après cela, nous procéderons au déballage des cadeaux dans le salon. Nous aurons ensuite un buffet de pâtisseries viennoises, et que personne ne prétende avoir un régime à suivre, surtout!

« Pourquoi ne lisez-vous pas les derniers billets, Willow? me demanda-t-elle en baissant la voix. Il y avait sûrement d'excellents conseils sur certains d'entre eux.

Je repoussai la coupe et me levai.

— Alors gardez-les pour quelqu'un qui en aura vraiment besoin, suggérai-je.

Un sourire éclaira le visage de Mère, où se mêlaient la satisfaction et l'orgueil.

Whitney me répondit par un rire contraint, et me tourna le dos pour aller s'occuper du brunch. Celles des invitées qui n'avaient pas encore parlé convergèrent sur nous, tout aussi impatientes, à mon avis, de faire la connaissance de Mère que la mienne. L'une d'elles se présenta comme Arlette Mitchell et m'apprit qu'elle était la mère de Holden.

— Quelle coïncidence que vous suiviez les mêmes cours que mon fils ! Il m'a beaucoup parlé de vous.

— Ah oui ?

Elle se pencha pour n'être entendue que de moi.

— Il a frisé la dépression nerveuse quand il s'est rendu compte que vous étiez déjà fiancée. Il me tuerait s'il savait que je vous en ai parlé, d'ailleurs.

Alors pourquoi l'avoir fait ? faillis-je répliquer.

Mais je me contins et elle reprit son bavardage.

— Il est très timide, vous savez. Je lui ai conseillé de chercher une fille qui vous ressemble, jusqu'à ce qu'il la trouve. Quand j'avais son âge, j'ai aimé un homme que je n'ai pas pu épouser. Et vous savez ce qu'on dit : on tombe toujours amoureuse du même homme, le premier qui a conquis votre cœur.

« Mais ce ne sont que des inepties sentimentales, je suppose. Rien de plus que cela. Je vous souhaite toutes sortes de bonnes choses, acheva-t-elle précipitamment.

Là-dessus, elle alla entreprendre une autre invitée qui se rendait sur la terrasse.

Le brunch avait été conçu, me sembla-t-il, dans l'intention de rivaliser avec la réception prévue pour le mariage. Il offrait un choix fabuleux de fruits de mer, viandes, poissons, volailles, disposés sur différentes tables, derrière lesquelles officiait le personnel chargé du service. Les plats de légumes étaient magnifiquement présentés, le plus souvent couverts de sauces qui rendaient leur identification presque impossible. Le champagne et le vin coulaient à flots.

Mère et moi nous assîmes près de Bunny et des sœurs Carriage, qui nous infligèrent d'interminables commentaires sur l'assistance. En quelques minutes nous apprîmes quels mariages battaient de l'aile, qui avait des problèmes avec ses enfants, sa famille, ou des difficultés financières. Et qui était encore plus riche cette année que l'année dernière.

Avant que nous passions au salon, Manon Florette s'approcha de moi.

— Leur petit jeu vous a montré à quel point la plupart d'entre elles peuvent être rosses, Willow. Vous avez besoin d'amies comme nous. Je vous appellerai pour vous faire savoir quand aura lieu notre prochaine réunion.

Je n'eus pas le temps d'accepter ou de refuser : elle était déjà partie. À la façon dont Mère me regarda, je devinai qu'elle avait entendu mais elle ne dit rien. Je me réjouissais de la voir si occupée, si entourée. Pour une raison ou pour une autre, beaucoup de femmes tenaient à lui parler. Que cela lui plût ou non, elle était une célébrité parmi elles, et sa notoriété les émoustillait. Elle s'étonnait du nombre d'invitations qui pleuvaient sur elle. Comme l'avait prédit Thatcher, on s'arrachait notre présence. Nous étions subitement devenues l'attraction du moment.

Une véritable montagne de cadeaux se dressait dans le salon. Sur l'ordre de Whitney, un domestique les avait soigneusement empilés pendant le brunch, de manière à former une pyramide. Les invitées s'assirent en cercle et attendirent que j'ouvre un à un mes paquets, avant d'entamer le chœur des exclamations admiratives.

Il y avait des chandeliers d'argent et d'or, des boîtes à bijoux, des vases de prix. Les membres du Club d'Amour m'avaient offert toutes sortes de pièces de lingerie – dont certaines étaient même en cuir ! –, ce qui provoqua des fous rires et nombre de commentaires. Ce déballage et ces réflexions devinrent vite fatigants, et je ne fus pas fâchée d'en avoir fini. Whitney m'annonça que tout me serait livré à domicile.

— Vous préférez qu'on les dépose à la grande maison, je suppose, puisque vous vous installerez dès que mes parents seront partis. Le déménagement n'est plus qu'une question de jours, et j'ai cru comprendre que Thatcher restait, plutôt que de partir pour revenir aussitôt.

Ce persiflage me laissa de marbre, du moins en apparence. Je parvins à garder le sourire.

— En effet, tout livrer là-haut me semble raisonnable.

— C'est bien pourquoi je l'ai proposé. Mesdames ! criat-elle en se détournant de moi, le dessert nous attend.

Si l'une ou l'autre des invitées se tracassait pour son régime, elle réussit admirablement à le cacher. La plupart d'entre elles voulurent goûter de tout. Le buffet viennois était parfait, le décor enchanteur. Dans un ciel bleu turquoise, de légers nuages dérivaient lentement vers le sud. Je n'aurais pas pu rêver un plus bel après-midi pour fêter l'événement. La terrasse dominait un labyrinthe à l'anglaise, les parterres en fleurs, les deux piscines, celle des adultes et celle des enfants. Et Whitney avait engagé un trio de musiciens, qui jouait de la musique classique légère. Il ne m'était pas facile de respecter le conseil de Jackie Lee, et de ne pas m'exclamer à chaque phrase. Au milieu de tout cela, Whitney évoluait avec une allure de reine.

À un moment je levai les yeux vers la maison et, par la fente d'un rideau, j'entrevis le visage de Laurel. On aurait dit une prisonnière, et cette vue me rappela certains propos de papa.

— Il existe toutes sortes de prisons, Willow, m'avait-il dit alors. Des gens que nous croyons parfaitement libres sont parfois captifs de leur mode de vie, de leurs cauchemars, de leurs pensées. Ils promènent leurs cages avec eux et c'est mon devoir – qui sera peut-être un jour le tien – de les aider à en sortir.

Il aurait certainement dit la même chose ici, me surpris-je à penser.

Juste avant la fin de la réunion, Thatcher fit une apparition surprise. Il charma tout le monde avec un petit discours de remerciement, puis exprima sa gratitude à sa mère et à sa sœur pour m'avoir accueillie si chaleureusement dans la famille. Bunny buvait du petit-lait. À l'entendre, on aurait pu croire que c'était elle qui avait poussé son fils à demander ma main. Mère et moi nous contentâmes d'échanger un sourire.

Cette petite fête à elle seule aurait fatigué n'importe qui, même sans la tension supplémentaire que Mère et moi avions dû subir. Aussi ni elle ni moi ne nous étonnâmes d'être épuisées quand, enfin, tout fut terminé.

À la maison, Linden nous accueillit avec un message de ma cousine Margaret Selby. Elle et ma tante, Agnès Delroy, avaient finalement décidé qu'elles viendraient à mon mariage, et que Margaret serait ma demoiselle d'honneur.

— Thatcher aussi a appelé, ajouta Linden. Pour moi. Il veut que j'aille à sa soirée pour l'enterrement de sa vie de garçon.

— Quelle bonne idée ! m'écriai-je. Qu'as-tu répondu ?

— Que j'allais y réfléchir. Tu aimerais que j'y aille ?

— Seulement si tu en as envie, Linden. Je ne souhaite pas te voir faire quoi que ce soit qui te déplaise, ou te rende malheureux.

Il médita un instant ma réponse et décida :

— J'irai.

— N'oublie pas que tu ne dois pas boire tant que tu es sous traitement, l'avertit Mère.

Sur quoi il émit un vague grognement et s'en alla. Je vis bien que Mère était inquiète, et je la rassurai.

— Je le rappellerai à Thatcher, il veillera sur lui.

— Je sais que nous voulons le voir sortir, fréquenter des gens, mais je ne suis pas tranquille, soupira-t-elle. C'est plus fort que moi. C'est le lot de toutes les mères, je suppose. Attends d'être mère toi-même, tu comprendras.

— Je comprends déjà, lui certifiai-je.

Une semaine plus tard, le camion de déménagement vint chercher les affaires de Bunny et d'Asher Eaton. J'étais à la faculté quand il arriva, mais à mon retour il était toujours là. Je vis que Linden, un peu à l'écart, observait les déménageurs en train de charger. Il éclatait de satisfaction. On aurait dit quelqu'un dont le pays a subi des années d'occupation, assistant à la retraite de l'armée ennemie. Pendant la plus grande partie de sa vie, n'avait-il pas été relégué au fin fond de la propriété, traité en indésirable, en énergumène qu'il convient d'ignorer et d'éviter par tous les moyens ?

Combien de fois avait-il dû lever les yeux vers la grande maison, vers une certaine fenêtre peut-être, en songeant au sort de ma mère et au sien ? Des années de ressentiment lui restaient sur le cœur.

Bunny nous avait assuré que ses domestiques laisseraient la maison dans un état impeccable. Linden n'en soutenait pas moins que nous devions la faire désinfecter.

Thatcher et moi avions discuté du coût de l'entretien de la grande maison. Il avait décidé que, puisque nous en faisions notre domicile, il prenait en charge les frais de fonctionnement et gardait les deux bonnes, Joan et Mary. Plus, à sa propre requête, Jennings, qui n'était pas pressé de suivre Bunny et Asher. Il y aurait très peu de problèmes de transition, en admettant qu'il y en eût.

Jennings et les deux bonnes vinrent à la maison d'en bas pour commencer à transporter nos affaires. Nous avions déjà décidé, Thatcher et moi, que son appartement deviendrait le nôtre. Mère prendrait celui qu'avaient occupé Bunny et Asher, et Linden aurait la chambre contiguë à la pièce qui allait devenir son atelier.

Il y avait une pièce, une seule à laquelle on n'avait jamais touché, même quand Asher et Bunny habitaient là. C'était l'ancienne chambre à coucher de ma mère, du temps où elle vivait à la grande maison avec Jackie Lee et Kirby Scott. Les Eaton l'avaient considérée comme le théâtre d'un meurtre. C'est quand elle habitait cette chambre que ma mère avait été séduite et violée par Kirby Scott. À la façon dont elle pressait le pas en passant devant elle, je voyais bien qu'elle portait encore le poids de ces horribles souvenirs. Linden disait souvent que cette pièce aurait dû être murée.

Comme Whitney l'avait lourdement fait remarquer, Thatcher restait là. Même si nous ne devions pas nous marier avant six semaines, cela n'aurait rimé à rien qu'il déménage pour se réinstaller aussitôt après. Cette situation, selon nous, n'était pas de nature à créer le scandale à Palm Beach.

— Je serai tellement surchargé de travail, si je veux libérer du temps pour notre lune de miel, que je serai presque inexistant, affirmait Thatcher.

Pendant la première semaine après notre arrivée, il devait partir pêcher en mer avec un de ses clients. Il le lui avait promis depuis déjà un certain temps, et il estimait que c'était le bon moment pour le faire.

— Cela vous permettra de prendre possession des lieux, expliqua-t-il, et de vous adapter sans m'avoir dans les jambes. Mais tu me manqueras.

Il devait rester absent quatre jours. Ils iraient d'abord vers les îles, puis feraient le tour du Golfe et reviendraient. Quant à moi, entre les examens de fin d'année, tout proches, et notre installation, je n'avais pas beaucoup de temps à lui consacrer, de toute façon.

Si nous avions cru qu'avec l'éloignement, Bunny ralentirait le rythme de ses préparatifs, nous fûmes vite détrompés. Le jour même de notre emménagement, elle réapparut pour discuter des cadeaux à faire aux demoiselles d'honneur. Une de ses amies venait de lui suggérer une nouvelle idée : une photo des époux et de leur proche famille imprimée sur un cadran de pendulette. Elle était en extase.

— Chaque fois qu'ils regarderont l'heure, ils se souviendront de votre merveilleuse réception. Et au lieu d'une banale sonnerie d'alarme, ils entendront l'air de votre hymne nuptial. Qu'en pensez-vous ?

— Je pense qu'une photo de la fête elle-même leur plairait davantage. Ils pourraient se voir eux-mêmes sur la photo.

La mine de Bunny s'allongea.

— Mais est-ce que ça ne ferait pas un peu trop de monde ? objecta-t-elle, espérant me faire changer d'avis.

— Nous n'aurons qu'à choisir une pendule plus grande, Bunny. Pas de problème.

Elle réfléchit un instant et se détendit.

— Je pourrais quand même en faire faire une avec la photo de la famille proche, juste pour moi.

Rien ne pouvait l'abattre s'il s'agissait seulement de dépenser de l'argent, constatai-je une fois de plus. Toute sa vie elle avait acheté le bonheur.

Mais le jour ne viendrait-il pas, dans un lointain avenir, où elle ne serait plus entourée que d'objets ? Où elle découvrirait soudain que quelque chose lui manquait ?

— Qu'est-ce que c'est ? s'interrogerait-elle. Des bijoux ? Des toilettes encore plus luxueuses ? De nouveaux meubles, un tableau, une nouvelle voiture ?

Et malgré ses fourrures, elle frissonnerait. Quelque chose de sombre et d'effrayant lui glacerait les os. Elle regarderait vers la mer et verrait une troupe d'oiseaux en plein vol, unis dans un mouvement harmonieux, filant gracieusement dans le ciel d'azur.

Et soudain, elle saurait.

Cette chose sombre au fond de son cœur, c'était la solitude.

Et rien de ce qu'elle avait acheté, rien de ce qui lui avait été donné ne l'en délivrerait.

11

Mon protecteur attitré

Une semaine après notre déménagement, Linden reparla du portrait qu'il voulait faire de moi et m'apprit comment il comptait s'y prendre.

— Je sais combien tu es occupée entre tes préparatifs et tes cours, Willow, surtout si près des examens. J'ai donc décidé de ne pas te demander de poser pour moi dans mon atelier.

— Vraiment ?

— Oui, mais j'ai quand même besoin de me faire une idée précise du tableau. Et tu sais comment je vais m'arranger pour t'éviter de poser ?

Son excitation était si visible que je souris.

— Non. Comment ?

— Je vais prendre des douzaines et des douzaines d'instantanés de toi. J'ai lu pas mal de choses sur le travail d'autres artistes, poursuivit-il très vite avant que je puisse répondre. La théorie de l'un d'eux m'a frappé. Il soutient qu'il faut s'imprégner de son sujet, s'y plonger nuit et jour sans penser à rien d'autre, jusqu'à ce que le subconscient s'en forme une image indélébile. Alors l'artiste devient comme un outil, un transmetteur qui projette la vision sur la toile. C'est intéressant comme idée, non ?

Mon cœur tressaillit imperceptiblement, comme sous l'effet d'un signal d'alarme.

— Oui, mais... est-ce que c'est très sain ? Je veux dire... de se laisser dévorer de cette façon par une chose unique ?

— C'est la seule façon pour un artiste de parvenir à une vision parfaite, affirma-t-il.

— Et pourquoi dois-tu te servir seulement d'instantanés ?

Ma question parut le décevoir.

— C'est toi qui me demandes ça, Willow ? Quand les gens savent qu'on les observe, ils dissimulent ce qu'ils ont de plus secret, leur être véritable. Tu es la fille d'un psychiatre, tu le deviendras peut-être un jour. Tu devrais savoir qu'il faut d'abord faire tomber les masques, les protections dont les gens s'entourent. Les meilleures photos sont celles qu'on prend sur le vif.

— Mais maintenant que tu m'as prévenue, je serai sur mes gardes, non ?

Linden sourit.

— Maintenant tu l'es, mais ce ne sera pas toujours le cas, tu n'es pas comme moi. Tu n'y penseras pas sans arrêt, du matin au soir, et je saurai quand te surprendre, affirma-t-il avec une assurance que je ne lui connaissais pas.

— Et combien de temps durera cette préparation ?

— Peut-être une semaine, quelque chose comme ça. Je ne peux pas te donner de précisions sinon tu te surveillerais. Un jour, bientôt, je t'annoncerai que le portrait est fini. Ça te va ? Tu es toujours d'accord pour que je le fasse ? s'inquiéta-t-il en me voyant hésiter.

— Mais oui, bien sûr.

— Parfait, parfait, marmonna-t-il en s'en allant, un curieux petit sourire aux lèvres.

Le sourire de celui qui, dans un traité, vient d'obtenir des conditions qui l'avantagent au détriment de son adversaire. Cela me mit mal à l'aise, mais il avait raison : j'étais bien trop occupée pour fixer ma pensée là-dessus.

L'installation de son atelier s'achevait. Il avait commandé du matériel neuf, décidé de changer l'éclairage et la couleur des murs, autant de signes encourageants pour Mère. Les idées noires qui l'avaient si souvent tourmenté depuis son opération semblaient avoir disparu. Il était plus énergique, souriait souvent, se montrait désireux de se rendre utile. Quand il n'était pas dans son atelier, il surveillait souvent le travail des jardiniers, et parfois leur proposait son aide, pour planter des fleurs ou tailler les haies. J'avais l'impression qu'il essayait de rendre aux jardins l'aspect qu'ils avaient autrefois, dont il avait gardé le souvenir.

Son médecin fut très satisfait de ce changement et diminua ses doses de médicaments. Elle avoua qu'elle s'était attendue à ce que l'état de Linden empire encore, avant de s'améliorer. Le résultat fut qu'elle lui donna la permission de reprendre le volant. Sa première sortie fut pour nous emmener en ville, Mère et moi, pour assister à l'essayage de son smoking et l'aider de nos conseils. Il accepta même d'aller chez le coiffeur, lui qui se faisait toujours couper les cheveux par Mère. Je ne lui cachai pas que je le trouvais très beau.

— Même avec cette cicatrice ? s'inquiéta-t-il.

— Elle est si peu visible maintenant, Linden. Elle ne dépare pas du tout ton physique, au contraire. Elle y ajoute encore du caractère. Pense aux histoires de guerre que tu vas pouvoir raconter, pour éblouir les jeunes femmes sans méfiance avec qui tu sortiras.

— Je ne sais pas si je pourrai faire ça, répliqua-t-il en détournant les yeux.

— Mais c'était juste pour rire, Linden ! Tu pourras leur dire que c'était un accident de navigation, après tout.

— Je ne parlais pas de l'histoire, Willow, mais de sortir avec une femme. Je suis resté si longtemps en dehors de tout ça ! Je ne saurais plus comment m'y prendre.

— Thatcher te donnera des conseils, j'en suis sûre.

Son visage se ferma.

— Je n'ai pas besoin de ses conseils ! J'aime autant rester ici.

— Peut-être pourrions-nous sortir un soir en couple, suggérai-je. J'ai des amies très sympathiques, à la fac.

Il baissa les yeux sans répondre et j'ajoutai, sans insister :

— Quand tu te sentiras prêt, alors...

Mais je me promis d'inviter certaines de mes camarades d'études un après-midi, certaine que voir du monde ne pouvait que lui faire du bien.

L'occasion se présenta quelques jours plus tard, après le cours du Pr Fuentes. Loni, Petula, Holden Mitchell et moi déjeunions ensemble, en discutant de la préparation des examens. Je proposai qu'ils viennent réviser à Joya del Mar le lendemain après-midi, puisque nous étions tous libres ce jour-là. En réalité je ne voulais inviter que les jumelles, mais Holden se trouvait là et je n'eus pas le cœur de l'exclure. Loni semblait s'être amourachée de lui, d'ailleurs, et s'efforçait de s'en rapprocher.

— Je sais qu'il est timide, me confia-t-elle, mais j'aime assez cela chez un homme. La plupart de ceux que je connais sont si différents ! Ils semblent croire que je devrais leur être reconnaissante de vouloir me fourrer dans leur lit.

Je prévins Linden de leur venue, le lendemain, et lui demandai de venir prendre le café avec nous sur la terrasse du fond, celle qui donnait sur la mer. Il se montra d'abord très réticent.

— Je n'ai rien de commun avec eux, objecta-t-il.

— Ça, tu n'en sais rien, Linden. Et si tu comptes toujours préparer ton tableau comme tu me l'as expliqué, tu devrais essayer de t'intéresser à tout ce que je fais, ne fût-ce qu'en observateur.

Il attacha sur moi un regard soupçonneux.

— Essaierais-tu de me prendre comme sujet d'études, par hasard ?

— J'essaierais n'importe quoi pour te ramener dans le monde réel, Linden.

Ma franchise lui rendit le sourire.

— Très bien, je verrai tes amis. Ce qui ne veut pas dire que je resterai pour leur faire la conversation, s'ils se mettent à papoter sur leurs stupides histoires de fac.

— Entendu. Rejoins-nous à quatre heures, alors.

Les jumelles et Holden arrivèrent séparément. Il avait presque un quart d'heure de retard et Loni ne put cacher sa joie de le voir apparaître.

— Désolé, s'excusa-t-il. J'ai eu quelque chose à faire pour ma mère.

Je m'apprêtais à lui dire que nous n'avions pas encore commencé à travailler, mais Loni me devança :

— Commençons tout de suite, alors. Viens t'asseoir près de moi, je partagerai mes notes avec toi.

— J'ai mes notes personnelles, répliqua-t-il aussitôt.

Mais il s'assit quand même à côté d'elle et nous nous plongeâmes dans nos révisions.

Ce fut une bonne séance de travail. Loni essayait bien, de temps à autre, de nous en distraire et d'attirer l'attention de Holden. Mais à chaque fois, Petula lui clouait le bec et nous ramenait dans le vif du sujet. Apparemment, Holden aurait été incapable de parler d'autre chose, d'ailleurs. Sa timidité était quasiment maladive, du moins par moments. Si Loni lui disait quelque chose qui paraissait tant soit peu flatteur, il devenait cramoisi et se mettait à trembler. Quand elle le frôlait, il sautait littéralement de sa chaise. Finalement, elle me jeta un regard de renoncement comique et se concentra sur ses notes.

À quatre heures, Jennings vint s'informer de nos préférences en matière de café. Les jumelles voulaient des cappuccinos, Holden demanda s'il pouvait avoir du thé, et j'optai pour un café-crème. Je m'efforçais de gagner du temps, et louchai sans arrêt vers la porte en espérant voir apparaître Linden. Juste avant que Jennings ne revienne, il s'avança sur la terrasse.

— Ah, te voilà ! m'écriai-je. Un instant, Jennings, s'il vous plaît. Linden ? Loni et Petula prendront des cappuccinos, je sais que tu aimes ça.

— Ce sera parfait.

— Alors viens faire la connaissance de tout le monde, dis-je en déplaçant ma chaise, pour qu'il soit forcé de s'asseoir entre moi et Loni.

— Holden Mitchell, mon frère, Linden. Linden, mes amies Loni et Petula Butterworth.

Une lueur d'intérêt brilla dans le regard de Loni. Les actions de Holden étaient à la baisse, constatai-je en souriant pour moi-même. Linden salua le groupe d'un geste de la tête et s'assit.

— Nous savons que tu es un artiste, attaqua Loni avec la familiarité naturelle aux étudiants. Sur quoi travailles-tu en ce moment ?

Linden me décocha un coup d'œil inquiet. Avais-je parlé à quiconque de son cadeau de noces ? Mon expression lui fit voir qu'il n'en était rien.

— J'ai entrepris un portrait assez spécial, répondit-il. Je ne peins pas de portraits, d'habitude. J'estime que ce ne sont que des photographies améliorées. L'art véritable est bien autre chose qu'un visage reproduit sur une toile.

— Alors pourquoi faire celui-ci ? s'enquit Petula, railleuse.

— Celui-ci est différent.

— Pourquoi ?

— Ce n'est pas facile à expliquer. Il faudra attendre que je l'aie terminé, renvoya-t-il assez sèchement.

Loni saisit la balle au bond.

— Bien répondu, applaudit-elle. En fait, Petula, j'ai lu quelque part que les artistes qui décrivent leur travail perdent leur énergie créative, et leur passion pour leur art.

Petula ignora la remarque et poursuivit :

— Et où as-tu étudié l'art ?

— Ici même, rétorqua Linden avec un grand geste en direction de la plage. La mer est mon école et mon univers. La nature a beaucoup plus à nous appendre que n'importe quel professeur d'université.

Loni jubilait.

— Oh ça, j'adore. Vraiment, c'est génial.

— Alors va te rouler dans le sable et bon vent ! riposta l'incorrigible Petula.

L'arrivée de la bonne mit fin à cette escarmouche fraternelle. Elle apportait le café, le thé et des biscuits au chocolat. La conversation changea de cours et roula sur mon futur mariage. J'avais demandé aux jumelles d'être mes demoiselles d'honneur, moins à cause de notre nouvelle amitié que pour m'opposer à Bunny. Je ne voulais pas qu'elle s'approprie ma réception de mariage en m'imposant ses choix. Les deux sœurs avaient déjà essayé leurs robes et vu la mienne, elles étaient folles d'excitation. Holden et Linden, eux, commençaient à s'ennuyer. Loni s'en rendit compte et demanda à Linden s'il voulait lui montrer son atelier.

— Je... je ne suis pas sûr qu'il soit tout à fait prêt, bafouilla-t-il.

— Qu'est-ce que tu racontes ? Je veux simplement voir où travaille un artiste.

— Je travaille ici, répondit-il avec irritation, en désignant à nouveau l'océan.

— Mais je pensais que tu avais un atelier. Tu disais...

— C'est vrai, mais je fais la plus grande part de mon travail ici, répondit-il d'un ton déjà plus calme. Et maintenant, je dois me remettre à l'œuvre. J'ai été très heureux de vous connaître, ajouta-t-il en se levant. Bonne chance pour vos examens.

Sur ce, il eut l'air si pressé de s'éclipser que tout le monde en resta pantois.

— Est-ce qu'il va bien ? s'enquit Petula.

— Mais oui, tu connais les artistes et leurs humeurs. Ils sont tellement lunatiques, parfois ! Le Pr Fuentes dit qu'ils préfèrent le confort de leur univers imaginaire aux conflits du monde réel.

— Tu le cites comme si c'était un philosophe célèbre, observa Petula. Sur tout ce qu'il peut dire, tu retiens deux fois plus de choses que moi.

Loni intervint comme pour me justifier :

— Willow fait plus attention que toi, c'est tout !

— À quoi ? railla sa sœur. Aux paroles du professeur ou au professeur lui-même ?

Je sentis mes joues s'enflammer.

— Oh, arrête, Choupette ! Willow est sur le point de se marier, elle ne va pas s'intéresser à un autre homme.

— Pas encore, marmonna Petula.

Holden haussa les sourcils et nous dévisagea l'une après l'autre. Je jugeai prudent de changer de sujet.

— Revenons-en aux choses importantes, voulez-vous ?

— Mais je croyais que nous en parlions, contra Petula.

Loni pouffa, et je crus surprendre une lueur amusée dans les yeux de Holden. Mais cela fut si bref que je n'en aurais pas juré. Au bout d'une heure, nous levâmes la séance, et mes amis me remercièrent de les avoir accueillis chez moi pour l'occasion.

— Et dans un cadre aussi magnifique ! s'extasia Loni. Je ne m'étonne pas que Linden y trouve l'inspiration. J'ai hâte d'être au jour du mariage. Ce sera sûrement le clou de la saison.

— Et moi j'ai hâte que ce soit fini, si tu veux le savoir.

— Ce ne sera pas mon cas, je peux te l'affirmer. Je voudrais faire durer le plaisir de l'attente, repousser le moment le plus longtemps possible. Comme pour un orgasme, chuchota-t-elle pour ne pas être entendue de Holden.

Mais il l'entendit et, une fois de plus, vira au rouge tomate. Je la rabrouai en riant.

— Dépêche-toi de filer, espèce d'idiote !

Elles prirent congé, mais Holden s'attarda, en contemplation devant la mer.

— Je comprends ton frère, Willow. Cet endroit est très enrichissant pour un artiste. Jusqu'où s'étend votre propriété ?

— Sur la gauche, jusqu'à cette falaise, et à droite jusqu'à cette plage restée sauvage. C'est un lieu très préservé.

— Quelle merveille ! J'aimerais vivre au bord de la mer, je n'y vais pas aussi souvent que je le voudrais. Tous ceux qui savent où tu habites pensent que tu vas te baigner tous les jours. Et moi je ne suis même pas bronzé ! acheva-t-il d'un ton morne.

Jamais il n'en avait dit aussi long en une seule fois.

— L'abus de soleil n'est pas une bonne chose non plus, Holden, tout le monde le sait.

— Et voilà, encore l'histoire du renard et des raisins, si chère au Pr Fuentes. Une de ses allusions à la mentalité des perdants, tu te souviens ?

— Tout à fait.

— Il s'arrange toujours pour introduire la poésie et les contes pour enfants dans ses cours. C'est intéressant, non ?

— En effet, Holden.

À quoi voulait-il en venir avec ses propos décousus ? J'attendis, résignée, les yeux fixés sur sa pomme d'Adam qui montait et descendait sans arrêt. Il finit par se décider.

— Euh… si nous allions faire un tour sur ta plage ? Pas longtemps, ajouta-t-il, guettant anxieusement ma réponse.

Je consultai ma montre. Thatcher ne devait pas rentrer avant une heure et demie, au moins.

— D'accord, mais vraiment pas longtemps. J'ai plusieurs choses à faire avant le dîner.

Je faillis éclater de rire quand il dégringola les marches, comme s'il craignait que je change d'avis. Mais je me contins et le suivis à pas lents, la tête basse et les bras croisés. Après un interminable silence, il lança tout à trac :

— Loni est très immature pour son âge, tu ne trouves pas ?

— Loni ? Non, pas vraiment. C'est une fille très communicative et qui aime s'amuser, voilà tout. Tu devrais passer plus de temps avec elle, Holden. Je crois que tu lui plais.

Il avança le menton d'un air agressif.

— Il n'y a aucun risque. C'est le genre de fille qui a de la guimauve à la place du cerveau.

Je m'arrêtai, surprise et amusée.

— De la guimauve ?

— C'est une idée de ma mère. Quand nous faisons des courses ensemble, elle s'amuse à deviner ce que les filles ont dans la tête. C'est tantôt du nougat, des marshmallows, du chocolat... elle prétend qu'elle voit ça dans leurs yeux. Elle les traite de « sucrettes insipides ». Et elle dit que si l'une d'elles trouve un mari, avant la fin de la lune de miel le malheureux sera gâteux et parlera tout seul.

Je haussai les épaules et me remis en route.

— Mais toi, elle t'aime bien, reprit-il. Elle t'a rencontrée à ta fête de présentation des cadeaux et elle dit que tu n'es pas une sucrette.

Je me mordis les lèvres pour ne pas rire.

— Très gentil de sa part, vraiment.

— Je suis de son avis, tu sais. Pour moi tu es la fille la plus intéressante du campus. J'adore quand tu prends la parole en cours. Tu as toujours des remarques intelligentes à faire, des questions passionnantes à poser, tu n'es pas comme Loni et les autres sucrettes.

— Peut-être es-tu un peu trop sévère dans tes jugements, Holden.

— Non, c'est faux ! insista-t-il en me saisissant le coude.

De surprise, je pivotai vers lui.

— Je sais que tu es fiancée et tout ça, mais tu as beaucoup plus de choses en commun avec moi, poursuivit-il. J'en suis sûr. Tu t'es fiancée trop vite. Ma mère dit que ta belle-mère le pense, elle aussi.

— Tout ça ne me plaît pas du tout, Holden. Cela ne regarde personne, et ta mère n'a pas le droit de parler comme ça.

— Si, elle a le droit. Et elle a raison. Tu as besoin de... d'attendre. De rencontrer quelqu'un d'autre... d'embrasser quelqu'un d'autre...

Avant que j'aie le temps de protester il m'avait empoignée par les épaules, avec une telle brutalité que je faillis crier. Il étouffa mon cri sous ses lèvres. Je me débattis pour me libérer, mais il était bien plus vigoureux que je ne l'aurais imaginé. Son désir lubrique multipliait ses forces.

— Pense à moi, vociféra-t-il. Si seulement tu pensais à moi...

Je me contorsionnai de plus belle pour lui échapper.

— Ça suffit, Holden ! Arrête !

Je criais pour rien. Sa bouche s'écrasa sur la mienne, sa langue m'ouvrit les lèvres de force. J'étais sur le point d'étouffer quand soudain, tout cessa. Il s'écarta brusquement de moi comme si on le tirait violemment en arrière et je pus voir Linden, sa caméra pendue au cou. Il ne laissa pas le temps à Holden de reprendre son équilibre. Son poing droit jaillit, l'atteignit en plein sur la bouche. Holden recula, titubant, et tomba assis dans l'eau où il resta un moment immobile, l'air absolument hébété.

J'eus la curieuse impression, subitement, que Linden avait grandi.

— Comment as-tu osé ? cracha-t-il. Disparais de cette propriété avant que je ne t'y enterre !

Holden se remit péniblement debout et fila sans demander son reste, le pantalon mouillé, en soulevant de petites gerbes de sable. Dès qu'il fut hors de vue, Linden se retourna vers moi.

— Tout va bien ?

— Oui. Je ne sais pas ce qui lui a pris. Il est si timide et si réservé, d'habitude.

— Tu n'aurais pas dû aller te promener seule avec lui, Willow.

— Je n'aurais jamais pensé qu'il pourrait se conduire comme ça ! J'ai cru qu'il voulait juste...

— Tâche d'être un peu plus méfiante avec les hommes que tu rencontres, me conseilla-t-il d'un ton grave.

— Merci pour ton aide, Linden. J'ai eu de la chance que tu sois justement dans le coin.

— Je t'avais dit que tu pouvais compter sur moi, me rappela-t-il, le regard encore brillant de colère. J'ai pris une photo de lui quand il t'a sauté dessus, si tu veux porter plainte.

— Non, ce ne sera pas nécessaire. Merci. Je ferais mieux de rentrer tout de suite à la maison. Encore une chance que tu te sois trouvé là, répétai-je avec conviction.

Il redressa fièrement les épaules.

— Ce n'était pas tout à fait par hasard. J'ai dit que je serais toujours là pour toi, Willow. Même en l'absence de Thatcher. Surtout en l'absence de Thatcher, ajouta-t-il. Tu peux compter là-dessus.

Il repartit vers la maison, puis s'arrêta en voyant que je n'avais pas bougé.

— Tu viens ?

— Pardon ? Ah oui ! J'arrive, dis-je en courant pour le rejoindre et rentrer avec lui.

Plus tard, je me demandai s'il fallait parler de l'incident à Thatcher. J'avais peur qu'il ne soit furieux et veuille porter plainte contre Holden. Mais je décidai que les cachotteries mutuelles n'étaient pas la meilleure façon de commencer une union. Sa réaction me surprit : il secoua la tête en souriant.

— Qu'y a-t-il de si drôle ? me hérissai-je.

— La façon dont tu racontes ça me rappelle un personnage de théâtre. Tu sais bien, Boo Radley, dans *La Mort de l'Oiseau moqueur* ? Ce pauvre type un peu dingo qui protège la jeune fille, sort de l'ombre pour tuer son agresseur et lui sauve la vie. Linden joue tout à fait ce rôle envers toi.

— Oh, Thatcher ! Ne lui dis jamais une chose pareille.

— Bien sûr que non. Mais je ne peux pas m'empêcher de le penser, s'égaya-t-il. Et à voir ta tête, je devine que c'est pareil pour toi.

Je m'abstins de répondre. Moi, voir Linden sous ce jour ? Certainement pas, mais… en étais-je aussi sûre ?

Cette question-là aussi resta sans réponse.

*
* *

Si curieux que cela puisse paraître, mes révisions et mes examens eux-mêmes représentaient une détente pour moi. À la maison, la pression que je subissais ne cessait de croître à mesure que la date du mariage approchait. La faculté devenait pour moi une évasion. Bunny venait si fréquemment à Joya del Mar, souvent même avec une ou deux amies, qu'elle donnait presque l'impression de ne l'avoir jamais quitté. Elle programmait chaque détail comme si elle dressait un plan de bataille, mais nous n'avions pas encore tout vu. Sa dernière lubie fut d'introduire à la maison une spécialiste du *feng shui*.

Je connaissais cette vieille tradition chinoise, l'art de vivre en harmonie avec l'environnement, la nature et l'univers.

Le *feng shui* faisait fureur à Palm Beach, et Bunny prenait toujours le dernier train en marche. Mais quand elle nous présenta « Maître Tee », la spécialiste en question, Mère et moi étions loin de soupçonner ce qui nous attendait.

En une heure, Maître Tee et Bunny avaient revisité la maison, tenu conférence, puis nous avions été informées du diagnostic. L'autel devait occuper la position opposée à celle qui était prévue. À table, nous devrions tourner le dos au soleil, ce qui obligeait à démonter et remonter le dais d'honneur réservé aux époux et à leurs proches. Il nous était suggéré, à Thatcher et à moi, d'ôter tous les miroirs de notre appartement car ils empêchent les hommes de dormir. Tout ceci étant déduit, à en croire Maître Tee, d'une comparaison entre nos deux signes astrologiques.

Quand les deux femmes furent parties, Mère et moi nous amusâmes beaucoup à imiter leurs propos et leurs mimiques. Linden entra en plein milieu d'un de nos fous rires, et quand il demanda ce qu'il y avait de si drôle nos rires redoublèrent. Je tentai vainement de le lui expliquer.

— Pauvre Thatcher, soupira Mère en reprenant son souffle. Elle va le harceler au téléphone pour l'avertir qu'il ne va pas bien dormir.

Linden ne comprenait toujours pas, mais notre bonne humeur le fit sourire malgré lui.

— Je ne sais pas ce qu'il y a de drôle mais je m'en réjouis quand même, déclara-t-il, tout heureux.

Et dans ce contexte cela n'étonnait personne que, pour moi, mon travail et mes examens soient une sortie de secours.

Ce week-end-là, cependant, je reçus la plus merveilleuse nouvelle qui soit. Thatcher et moi devions dîner en ville, avec deux associés et leurs épouses. Juste au moment de partir, Jennings vint annoncer qu'on me demandait au téléphone.

— Une dame qui s'appelle Amou, précisa-t-il.

Je poussai un cri de joie et me ruai sur l'appareil.

— Amou, c'est vraiment toi ?

— C'est moi, Willow. *Como sao ?*

— Comment je vais ? Comment vas-tu toi-même, Amou ? Je me suis fait tant de souci parce que tu ne répondais pas à ma dernière lettre.

— J'étais en voyage avec ma sœur. Au Brésil. J'ai décidé de venir à ton mariage.

— Oh, Amou ! C'est merveilleux. Tu me manques tellement !

— Toi aussi tu me manques, Willow. Tu mérites d'être heureuse après tout ce que tu as enduré.

Je crus l'entendre étouffer un soupir, le temps d'un bref silence, puis elle reprit de sa voix chaude :

— J'ai hâte de connaître ta vraie mère. Elle me fera oublier l'autre.

— Je l'ai déjà oubliée.

— Tant mieux. Parle-moi un peu plus de Thatcher, maintenant.

Je lui en fis une description si flatteuse qu'elle éclata de rire.

— Wouaouh ! C'est un homme ou un dieu grec ?

— Ce sera à toi de me le dire, Amou.

— Les amoureux ont des roses plein les yeux, me rappela-t-elle. Mais tu es bien la fille de ton père, et je ne m'inquiète pas pour toi. Tu as les pieds par terre.

— Donne-moi tous les détails sur ton vol, Amou. J'irai te chercher à l'aéroport.

— Compte sur moi. Je ne vais jamais pouvoir attendre jusque-là.

— Moi non plus, dis-je d'une voix qui s'enrouait. Prends bien soin de toi.

— Toi aussi, *Amou Um*.

Elle chuchota un mot d'adieu et ce fut tout. Mes joues ruisselaient de larmes quand je raccrochai. C'étaient des larmes de bonheur, mais Thatcher crut que j'avais reçu de très mauvaises nouvelles. Je le détrompai.

— C'est tout le contraire, Thatcher, tout le contraire ! Amou va venir !

— Ah ! La dame aux frayeurs, me taquina-t-il.

— Nous ne les laisserons pas entrer dans la maison, n'est-ce pas, Thatcher ?

— Jamais, promit-il, en chassant mes larmes d'un baiser.

Avais-je toujours les pieds par terre ? Mes yeux étaient-ils pleins de roses ?

— Bientôt, Willow, me répondis-je en pensée. Bientôt, tu le sauras.

Deux jours plus tard, les amis de Thatcher donnèrent leur soirée en son honneur, pour enterrer sa vie de garçon. Linden n'était pas très chaud pour l'y accompagner, mais Thatcher insista, et me demanda même de l'y encourager.

— Surtout ne le laisse pas boire, Thatcher, implorai-je. N'oublie pas qu'il est toujours sous traitement.

— Mais non, voyons. C'est mon héros. N'a-t-il pas sauvé ma femme en détresse ? Je veillerai sur lui, je te le promets.

En partant, ce soir-là, Linden me jeta par-dessus son épaule un regard si sombre, si terrifié, que je faillis courir après lui pour le retenir. J'évitai ma mère de crainte qu'elle ne perçoive mon angoisse, qui aurait encore ajouté à la sienne.

Sous un prétexte quelconque, je me retirai pour me mettre au lit, mais je gardai les yeux ouverts. Je voulais être éveillée quand Thatcher et Linden rentreraient, quelle que soit l'heure. Ma volonté ne fut pas assez forte, cependant, et malgré moi mes paupières s'alourdirent. J'étais déjà dans un demi-sommeil quand le premier cri retentit.

Je ne fis qu'un bond jusqu'à la porte, courus pieds nus le long du couloir, en chemise de nuit, et m'arrêtai en haut des marches. Mère, qui avait dû les attendre, se trouvait déjà là quand Thatcher et Linden étaient rentrés. Ou plutôt, devrais-je dire, quand Thatcher avait fait rentrer Linden. Il l'entourait de son bras pour le soutenir, et la tête de Linden ballottait mollement, comme celle de ces animaux qu'on voit sur la plage arrière des voitures. Il avait les yeux fermés.

Mère pressait le poing sur sa bouche pour réprimer un nouveau cri. Je descendis lentement les marches. Thatcher aussi semblait ivre. Il avait le regard vague et hébété, un sourire stupide s'étalait sur son visage.

— Il va bien, commença-t-il. Nous... nous allons bien tous les deux, pas vrai, camarade ?

C'est alors que je remarquai le filet de sang qui avait coulé du nez de Linden, et séché sur sa lèvre. Il ouvrit les yeux et les referma aussitôt.

— Qu'est-ce que tu as fait, Thatcher ? Il n'était pas censé boire une goutte d'alcool !

— On était entre copains, ils m'ont fait boire et j'ai perdu de vue le gamin. Je ne me doutais pas qu'il se noircissait, jusqu'à ce que je le voie trébucher sur une chaise. Il n'a rien, tout va bien. Ça lui passera en dormant, comme à tout le monde. Il fait partie de la bande, maintenant, ça y est. Pas trop tôt. Tout le monde l'appelait Superman, à cause de la façon dont il t'a sauvé d'un sort cruel.

— Quoi ? proféra Mère d'une voix presque inaudible.

— Rien, Mère. Thatcher fait l'imbécile.

— Montons-le dans sa chambre, brailla Thatcher.

Il tituba jusqu'à l'escalier, manquant de tomber à chaque pas en entraînant Linden dans sa chute. Je me précipitai pour le soutenir de l'autre côté, supportant la moitié de son poids sur mes épaules.

— Ça, c'est une brave fille, déclara Thatcher. Ne vous en faites pas, Grace. Il va bien. Je suis fier de lui. Tout le monde l'aime bien, surtout la danseuse orientale, gloussa-t-il en plaquant la main gauche sur sa bouche.

Mère nous suivit dans notre ascension de l'escalier. Une fois en haut, Thatcher annonça :

— Je m'occuperai de lui. Ce n'est pas un spectacle pour les femmes.

— Pas question, Thatcher. Tu t'es suffisamment occupé de lui comme ça. Va te coucher ! ordonnai-je.

— Que... qu'est-ce que tu dis ?

— Tu m'as très bien entendue. Va te coucher, répétai-je, en le poussant pour l'écarter de Linden.

Mère rassembla ses forces et nous le guidâmes toutes les deux dans le couloir.

— Lâche un peu ton Superman ! vociféra Thatcher.

— Va te coucher ! lui renvoyai-je sur le même ton.

Il vacilla, tourna sur lui-même et partit en trébuchant vers notre appartement. Mère et moi conduisîmes Linden jusqu'à sa chambre, où nous nous arrangeâmes pour le mettre au lit. Puis elle alla dans la salle de bains, en ramena un linge humide et lui nettoya le visage, pendant que je lui ôtais ses chaussures et ses chaussettes.

Quand elle eut essuyé la dernière trace de sang séché, elle recula d'un pas et dit en regardant son fils :

— Je m'occuperai de lui, Willow. J'ai fait ça toute sa vie.

— Je te demande pardon, Mère. Je veillerai à ce que Thatcher s'excuse, lui aussi.

— Tout va bien, laisse-le finir sa nuit tranquille. Il n'est pas en état de comprendre ce que tu lui dirais, de toute façon. Les hommes se comportent souvent comme des enfants. Et ce n'est peut-être pas si mauvais pour Linden d'avoir fait cette expérience, conclut-elle. Du moment que cela ne le fait pas replonger dans ses problèmes, évidemmcnt.

— Comme tu voudras, Mère.

Je m'attardai un moment à la regarder laver doucement le visage de Linden et, tout aussi délicatement, déboutonner sa chemise.

Quand je regagnai notre chambre, je trouvai Thatcher couché à plat ventre en travers du lit, les bras pendants et profondément endormi.

Mère a mis son petit garçon au lit, maintenant c'est à ton tour, monologuai-je en silence. Après avoir lutté avec Thatcher, qui s'éveillait périodiquement pour glousser et tenter de m'embrasser, je parvins au bout de mes peines. Sa tête avait à peine touché l'oreiller qu'il sombrait dans un sommeil de plomb, en ronflant comme un sonneur. Il empestait l'alcool. Afin de pouvoir dormir un peu moi-même, j'allai me coucher dans l'une des chambres d'amis.

*
* *

Je m'éveillai peu après le lever du jour, qui s'annonçait radieux et chaud. La maison dormait encore, j'allai sans bruit jeter un coup d'œil sur Thatcher, que je trouvai entortillé dans ses draps. On aurait dit qu'il avait lutté toute la nuit avec un démon, avant de succomber à l'épuisement. Ses paupières étaient étroitement serrées, sa bouche entrouverte. Je le laissai pour aller voir Mère et Linden.

Épuisée par sa veille et ses angoisses, Mère dormait à poings fermés, tout comme Linden, qui n'avait pas changé de position. Il avait toujours les bras le long du corps, son nez était encore un peu gonflé. Il semblait plutôt avoir passé la soirée à se battre qu'à fraterniser avec Thatcher et ses amis. J'espérai que Thatcher disait vrai, que Linden avait été admis comme l'un des leurs, finalement.

Je me souvins d'un de mes professeurs, qui avait un jour comparé certaines de nos coutumes – comme ces soirées de célibataires – aux rituels tribaux des sociétés primitives. Peut-être étions-nous tous beaucoup plus semblables que nous nous plaisions à le croire, au fond. Même si toute comparaison entre des peuplades primitives et les gens d'ici eût fait l'effet, à Palm Beach, d'une explosion atomique. Quelle tête aurait faite Bunny à cette seule idée ! J'en riais toute seule.

Au moment de quitter la chambre de Linden, j'aperçus du coin de l'œil une pile de photos, sur sa commode. Je m'en approchai avec curiosité : c'étaient les fameux instantanés. Leur vue me stupéfia. Non seulement à cause de leur nombre, mais aussi de la variété des lieux, des choses que je faisais – pratiquement à toute heure du jour –, des personnes à qui je parlais. C'est comme s'il avait été une mouche sur le mur, parfaitement insoupçonnable pour ne pas dire invisible. Je ne me rappelais pas l'avoir vu en aucune de ces circonstances.

Il m'avait prise assise à une table de la terrasse, penchée sur mes livres. En train de manger, de parler aux domestiques ou à ma mère. Il avait même des photos des jumelles, de Holden et de moi en train d'étudier, pendant que nous l'attendions pour le café. Je trouvai beaucoup de gros plans de moi, révélant toutes les expressions de mon visage.

Mais ce fut la seconde pile de photos qui me choqua le plus. On m'y voyait dans ma chambre, à différents stades de déshabillage. À mon insu, comme un voyeur, il m'avait surprise totalement nue. Il avait même des instantanés de moi dans mon bain, entrant ou sortant de la douche, penchée sur le lavabo, me coiffant, me maquillant. Dans tous les endroits et toutes les positions possibles, y compris assise sur le siège des toilettes.

Le premier choc passé, une rage noire s'empara de moi. Je voulais déchirer ses photos une à une et lui jeter les morceaux à la figure. Quand il m'avait parlé d'instantanés, je n'avais pas imaginé un seul instant qu'il se permettrait de telles intrusions dans mon intimité. J'étais prête à supporter certaines incongruités de sa part, eu égard à ses problèmes psychologiques, mais ça ! C'était inacceptable, inexcusable. J'aurais voulu qu'il soit suffisamment rétabli pour lui dire ce que j'en pensais.

Quand ma fureur se fut un peu calmée, toutefois, je vis les choses d'une façon plus objective. Cette situation n'était pas seulement déplaisante et enrageante : elle avait quelque chose d'effrayant. Jusqu'où irait cette obsession, cette fixation de Linden sur moi ? Serait-il jamais capable d'accepter ce que nous étions l'un pour l'autre ? Pourrait-il un jour nouer une relation solide et satisfaisante avec une autre femme ?

Si je l'accablais de reproches et lui jetais ses clichés à la figure, allait-il à nouveau plonger dans je ne sais quels abîmes de ténèbres, et devrais-je vivre avec ce poids sur la conscience ? Me retrouverais-je devant sa tombe auprès de ma mère, dévorée de remords parce que tout était ma faute ? Moi, l'étudiante en psychologie, n'étais-je pas censée me dominer mieux que quiconque, et tenter de l'aider au lieu de songer à le punir ?

J'avais souvent pensé aux choses terribles que certains patients de papa devaient lui confier, quelquefois. Et un jour, je lui avais demandé comment il parvenait à rester assez calme, assez objectif pour les aider.

— C'est une question d'équilibre et de contrôle, m'avait-il expliqué. Un chirurgien qui pratique une opération sur un tueur, par exemple, ne peut pas se permettre de penser à ses crimes. Il ne doit avoir en tête que l'aspect médical des choses, le problème à résoudre, s'occuper du corps et non de l'homme.

« Les gens reprochent parfois aux médecins de se montrer froids envers eux, ou indifférents ; mais ils ont quelquefois besoin de l'être, pour survivre et pour accomplir correctement leur tâche. Trop de sollicitude pour le patient pourrait les faire trembler au mauvais moment, de même qu'en manquer pourrait les rendre négligents.

« J'ai des patients tellement agressifs que, parfois, je les sens presque prêts à me sauter dessus et à me rouer de coups. Mais je ne peux pas leur montrer que je ressens cela comme une menace, ni que je les trouve trop effrayants pour avoir envie de les aider.

« Alors je pense à leur situation, à leurs problèmes, et je commence par essayer de les analyser l'un après l'autre.

Je ne réussis pas toujours à être aussi objectif, avait reconnu papa en souriant. Mais j'essaie d'y parvenir, ou au moins de donner l'impression que j'y suis parvenu.

Un instant, il avait paru hésiter avant de conclure :

— D'une certaine façon, nous sommes tous des acteurs. Nous portons tous un masque, Willow. Alors choisis soigneusement le tien.

Je reportai mon regard sur les photos, puis sur Linden endormi. Et comme je l'avais fait tant de fois, j'entamai un dialogue imaginaire avec papa.

— Quel masque dois-je choisir à présent ? questionnai-je.

— Tu le sauras.

— Et si je n'arrive pas à le savoir, papa ?

Je n'en sus pas plus. La voix qui me parlait ainsi s'était tue.

Certaines réponses ne me seraient jamais données, méditai-je. C'était à moi de les trouver. J'étais à nouveau la petite fille d'autrefois, avec papa qui tenait mon vélo pendant que j'apprenais à pédaler.

Tout à coup, il me lâcha.

Il s'éloigna.

Et je restai toute seule, sur le point de prendre ma course… ou de tomber.

12

Des précautions de pure forme

Je ne parlai pas à Linden de ses photos ce jour-là. Il avait un tel mal de crâne en s'éveillant qu'il passa presque toute la journée dans sa chambre, somnolent et dorloté par Mère. Je fis à nouveau des reproches à Thatcher quand il se leva, aux environs de midi, et vint prendre son petit déjeuner. Il se répandit en excuses, mais soutint que Linden avait vraiment pris du bon temps.

— Mes amis l'ont mis tout de suite à l'aise, Willow, ils ont été très aimables avec lui. Mais il y avait une telle bande, là-bas ! Je ne pouvais pas avoir continuellement l'œil sur lui. Et j'ai pensé que si nous le traitions toujours en invalide, il se conduirait comme tel. Maintenant, au moins, il sait ce qu'il faut faire ou ne pas faire dans ce genre de soirée.

— Je doute qu'il ait envie de recommencer l'expérience, Thatcher.

— N'en sois pas si sûre. Tu veux le sortir de son marasme, non ? Tu sais que ce n'est pas très bénéfique pour lui d'être toujours avec vous deux ? Il faut qu'il rencontre d'autres gens, qu'il fasse d'autres choses. Sinon, il serait tout aussi bien dans une clinique.

Je ne lui parlai pas des photos, mais leur existence donnait du poids à ses arguments. Linden avait besoin de s'intéresser à d'autres choses, d'avoir de nouveaux amis.

— Je suis bien plus fâchée pour ma mère que pour Linden, affirmai-je, ce qui parut l'emplir de remords.

— Je sais. Je ne me doutais pas que Grace veillerait pour l'attendre, comme si c'était encore un gamin. Sinon je l'aurais emmené dans un motel et dessoûlé… même si j'étais pas mal imbibé moi-même, admit-il avec un sourire en coin. La preuve, c'est que j'ai encore mal aux cheveux. Je présenterai mes excuses à Grace.

« Mais aujourd'hui, tu sais ce qui me plairait ? me laisser vivre, tout simplement. Histoire de nous entraîner pour notre lune de miel, ajouta-t-il en m'embrassant.

Malgré la migraine dont il se plaignait, ses yeux d'outremer brillaient comme des bougies de Noël. Comment aurais-je pu rester fâchée contre lui ?

Nous passâmes le reste de la journée au bord de la piscine à nous prélasser, siroter des boissons fraîches, écouter de la musique et nager, savourant le plaisir d'être ensemble. J'avais réussi mes examens, mon premier trimestre à Florida Atlantic était achevé, mon mariage approchait. Ce petit interlude était pour moi un moment de détente bienvenu.

Quand Thatcher monta faire la sieste, j'allai voir Mère et la trouvai bien plus calme que je ne m'y étais attendue. Thatcher était venu lui parler et lui renouveler ses excuses. Apparemment, il avait su l'apaiser.

— Il a raison, Willow, je suis beaucoup trop protectrice envers Linden. Je le vois tellement comme un petit garçon que j'en oublie son âge.

— C'est très compréhensible, Mère.

— Oui, mais il est temps d'en finir avec ça, et de voir les choses comme elles sont.

Elle avait l'air si lasse en disant cela ! Je savais qu'elle n'avait pas dormi de la nuit.

— Va te reposer, Mère. Je m'occuperai du dîner de Linden.

— Non, je tiens à...

— Va te reposer, insistai-je. Nous avons des journées très chargées devant nous. Mon dernier essayage, tes préparatifs personnels, l'arrivée des invités...

— Amou ?

— Oui. Je suis folle de joie à l'idée de la revoir.

— Et moi très impatiente de faire sa connaissance. Ton père me parlait si souvent d'elle, il l'estimait tellement ! C'est comme si je l'avais toujours connue, dit-elle rêveusement.

— Je sais, Mère.

Nous nous embrassâmes et elle alla se reposer dans sa chambre. J'allai ensuite à la cuisine, demandai à la bonne de préparer le plateau de Linden et le lui montai moi-même. Il était assis dans son lit, encore un peu pâle, un léger hématome sur l'arête du nez. En me voyant il reprit des couleurs et tenta de paraître un peu plus en forme.

— J'ai dû me rendre ridicule hier soir, j'en ai peur. J'ai dit à Grace combien j'étais désolé, et je veux que tu le saches aussi.

— Ce n'est rien, Linden, du moment que tu t'es amusé. Mais tu sais qu'avec ton traitement tu ne dois pas boire, et encore moins boire trop. Cela aurait pu avoir des conséquences bien plus graves pour toi.

— Je n'ai pas pris mes médicaments, avoua-t-il. J'en ai assez d'être traité comme un pestiféré.

— Essaie de manger un peu, en tout cas.

— Non, franchement... je n'ai vraiment pas très faim.

— Essaie quand même, insistai-je en posant le plateau sur une chaise, tout près de lui.

J'en profitai pour jeter un regard en direction de la commode : les photos avaient disparu. Mère n'avait pas dû les voir, sans quoi elle m'en aurait forcément parlé. Je ramenai mon attention sur Linden, qui s'efforçait de manger un peu. Je vis que chaque bouchée semblait lui faire mal.

— Comment t'es-tu fait ce bleu sur le nez, Linden ?

— Je ne m'en souviens pas, reconnut-il. Navré de m'être couvert de ridicule et d'avoir fait honte à Thatcher.

— Ce n'est pas ce qui me tracasse. Je suis sûre qu'à ce genre de soirée, tout le monde en fait autant.

— Y compris Thatcher, d'ailleurs. J'ai été surpris de le voir se conduire comme ça, et les autres aussi.

— Je ne tiens pas à en entendre parler, Linden. Mais en revanche, j'ai à te parler d'autre chose, dis-je en approchant de son lit la chaise de son bureau.

Il mangea encore un peu puis repoussa le plateau.

— De quoi s'agit-il ?

— Quand je suis venu voir comment tu allais, ce matin, j'ai vu les photographies sur la commode.

Il hocha la tête, sans montrer la moindre appréhension.

— J'ai été choquée que tu te sois permis de telles atteintes à mon intimité, Linden. Tu crois vraiment que c'était une chose à faire ?

— Que veux-tu dire ? Je t'avais prévenue que j'allais prendre des instantanés de toi, se défendit-il. Ce n'est pas comme si tu n'étais pas au courant.

— Des instantanés, c'est une chose, Linden. S'introduire dans la vie privée de quelqu'un, jusque dans les moments les plus intimes, c'en est une autre. Comment as-tu pu faire ça ?

— Je suis un artiste, je vois les choses autrement. Je voulais avoir une image complète dans l'esprit, maintenant je l'ai. Tu verras.

— J'espère que tu ne comptes pas me peindre assise sur le siège des toilettes ! m'indignai-je.

— Bien sûr que non, mais j'ai appliqué la méthode de travail d'un artiste très intéressant, Arliss Thornbee. Je croyais te l'avoir dit.

— Je n'ai jamais entendu parler de lui, Linden. De toute façon, ce n'est pas parce qu'il le fait que c'est la chose à faire, et cela ne donne pas à son acte une valeur artistique.

Il n'éprouvait même pas le besoin de se justifier, simplement de s'expliquer, un peu comme un professeur.

— Je suis un artiste, Willow. Quand je te peins, je ne te vois pas comme une femme nue, je vois la beauté qui est en toi. Et cette beauté apparaît dans tout ce que tu fais, même quand tu es dans ta salle de bains.

— Tout cela me gêne beaucoup, Linden. J'espère que tu détruiras ces photos.

— Bien sûr. Je n'en ai plus besoin.

Cette promesse ne me suffisait pas. Je voulais qu'il comprenne la portée de son acte.

— On n'a pas le droit de forcer l'intimité des gens à leur insu, Linden. L'art n'est pas une excuse suffisante.

— C'est pourtant ce que tu feras quand tu seras psychothérapeute, non ? Et tu te justifieras en disant que tu dois le faire, pour pouvoir exercer ton métier correctement.

— Ce n'est pas la même chose.

— Mais si, c'est la même chose ! Nous sommes tous artistes d'une manière ou d'une autre. Ne parle-t-on pas de l'art de pratiquer la médecine ? s'enquit-il avec le sourire.

Je le fixai d'un œil incrédule et me levai.

— Tout celà me désole, Linden. Je suis déçue.

— Tu ne le seras plus quand tu verras le tableau, s'obstina-t-il, refusant d'envisager mon point de vue. Et tu me pardonneras, j'en suis sûr.

— Il y a des choses, si belles soient-elles, qui ne méritent pas d'être payées à ce prix, Linden.

— Même l'amour et le mariage ? riposta-t-il, avec une telle rage dans les yeux que j'en tremblai.

— Même pas cela, ni rien d'autre non plus, répondis-je d'une voix aussi ferme que possible.

Puis j'allai replacer la chaise devant le bureau et lui recommandai :

— Bois ton thé.

Je le quittai là-dessus en me demandant, non sans inquiétude, si la guérison que j'espérais pour lui ne serait pas pire que le mal, finalement.

*

* *

Mon entrevue avec Linden avait fait résonner en moi toutes sortes de signaux d'alarme. Mais l'arrivée imminente d'Amou, de ma tante et de ma cousine, sans compter l'armée de gens de toutes sortes convoquée par Bunny pour les préparatifs, détourna de lui mon attention. Il se retira dans son atelier, annonçant qu'il se consacrait à une œuvre qui exigeait tout son temps et toute son énergie. Il fermait sa porte à clef, et certains jours ne venait même pas déjeuner. Joan et Mary reçurent pour consigne de lui apporter son repas, de frapper et d'attendre qu'il ouvre la porte.

Je vis bien à quel point cela inquiétait Mère. Et je m'efforçai de la rassurer en affirmant que c'était une bonne chose pour lui d'avoir un travail qu'il aimait pour s'occuper. Mais en même temps, je ne pouvais pas m'empêcher de frémir chaque fois que je pensais à ce que serait le tableau. S'il osait me peindre nue, Thatcher en serait encore plus affecté que moi. Et même si les intentions de Linden étaient bonnes, elles nous vaudraient finalement plus de problèmes que nous n'en avions déjà. En outre, une mauvaise réaction de notre part le replongerait sûrement dans une dépression plus grave encore. Il m'arrivait parfois, quand je circulais dans la maison, de retenir mon souffle en passant devant sa porte.

C'est alors, me sembla-t-il, que mes pressentiments se justifièrent. La fameuse « seconde chaussure » tomba.

*
* *

Les femmes du Club d'Amour avaient paru très sûres d'elles, en prédisant que Thatcher insisterait pour m'imposer un agrément prénuptial. J'avais presque oublié cette histoire, et quand par hasard je me surprenais à y penser, cela me faisait sourire. Car notre mariage était maintenant tout proche et Thatcher n'avait toujours pas abordé le sujet.

Puis un matin, cinq jours avant la date fixée, il s'arrêta sur le seuil au moment de partir au travail ; et comme s'il venait juste de se rappeler quelque chose, il me demanda de passer à son bureau dans l'après-midi.

— Pourquoi cela ?

— À propos d'une chose dont nous devrions discuter. Ne fais pas cette tête, ce n'est qu'une question de routine, mais j'aimerais en être débarrassé au plus vite. Ce n'est rien, tu verras.

Il me quitta sur un baiser furtif et je restai un long moment plantée sur place, plongée dans mes réflexions. Et toute la journée mon angoisse augmenta, jusqu'à ce qu'il fût temps pour moi d'aller le voir à son cabinet.

Il m'accueillit avec de telles démonstrations, devant ses secrétaires et ses assistants, que je me rassurai. Aurait-il été si aimable, au moment de m'annoncer quelque chose qui risque de porter ombrage à notre amour ? Il ferma la porte de son cabinet de travail, prit place à son bureau et me fit asseoir en face de lui. Je remarquai tout de suite la liasse de documents rangés, en pile bien nette, à porté de sa main.

— Je serais un bien piètre avocat si je n'avais pas fait cela, commença-t-il. Un peu comme le cordonnier mal chaussé.

— De quoi s'agit-il, Thatcher ?

— Eh bien, le terme légal pour cela est agrément prénuptial, mais cela n'a rien à voir avec ces contrats rigoureux que je dresse pour mes clients. C'est juste ce qu'il nous faut pour agir en personnes raisonnables, sans plus.

— Raisonnables ?

Il se renversa sur son fauteuil, les mains pressées l'une contre l'autre par le bout des doigts.

— Je sais que j'ai vécu jusqu'ici en bon vivant, en jouisseur et même en libertin, quelquefois. J'ai gagné ma réputation à Palm Beach. Ma mère et ma sœur y sont un peu pour quelque chose, avec leur obsession des mondanités. Mais pour l'essentiel, je l'ai bien méritée. Toutefois…

Il se pencha en avant et ses traits prirent une intensité presque théâtrale.

— Ce n'est un secret pour personne qu'après t'avoir rencontrée, Willow, je me suis regardé en face et ressaisi. Je te l'ai déjà dit et je te le répète, avec toi je veux me montrer responsable, mature et productif. Tu as su tirer de moi ce que j'ai de meilleur, acheva-t-il avec son sourire enjôleur.

J'indiquai d'un signe de tête la pile de papiers.

— Qu'est-ce que tout ceci a à voir avec nous, Thatcher ?

— Tout. Nous aurons une famille, un jour, peut-être plus tôt que nous ne le pensons. Et tout comme la famille est le fondement de la société, le mariage est l'épine dorsale de la famille. S'il n'est pas protégé, la famille est plus faible. En réduisant ou en éliminant les conflits qui pourraient surgir dans l'avenir, nous réduisons et nous éliminons le stress. Et tu sais ce que le stress peut faire aux gens, Willow. Tu le sais mieux que personne.

— Je n'ai pas besoin de tous ces préliminaires, Thatcher, répliquai-je avec sécheresse. Je ne suis pas une de tes clientes.

Il accusa le coup et s'empressa de s'excuser.

— Désolé. C'est juste une façon de parler. Une déformation professionnelle, dirons-nous.

L'idée me traversa que la désillusion était comme une voie d'eau dans la coque d'un bateau : elle pouvait suffire à faire sombrer un mariage.

— Qu'attends-tu de moi ? repris-je sur le même ton.

Il ne répondit pas directement.

— Se marier signifie plus que s'engager à vivre ensemble et consentir à avoir des relations sexuelles, Willow. Cela entraîne diverses conséquences sur nos biens, notre argent, la façon dont nous élevons nos enfants, nos relations mutuelles.

— Tu crois que je ne le sais pas ?

— Je sais que tu le sais. Mais quand les gens discutent de ces problèmes et les résolvent avant de se marier, ils ont de plus grandes chances de protéger leur bonheur.

« Je dis toujours à mes clients de voir cette formalité comme une assurance-vie. On n'y souscrit pas avec l'intention de mourir, n'est-ce pas ? On y souscrit pour assurer l'avenir de ceux qu'on aime, au cas où. C'est une excellente précaution, voilà tout. C'est aussi ce que tu souhaites, n'est-ce pas, Willow ?

— Oui, répondis-je d'une petite voix éteinte, sans pouvoir contrôler l'emballement soudain de mon cœur.

Thatcher poursuivit, imperturbable :

— Il s'agit d'une pure formalité ; la répartition de nos biens et des parts qui reviendraient à chacun, si jamais notre mariage s'avérait une erreur, ce qui me semble on ne peut plus improbable. Pour éviter les détails fastidieux, je résume. Ces documents font état de nos dettes individuelles au moment présent, de la façon dont nous disposons des dons faits à chacun de nous ou à tous deux, des biens personnels non inclus dans la communauté, de la façon dont nous comptons en disposer… et cetera, et cetera.

« Tu comprends ce que j'entends par là, n'est-ce pas ? Tu as bien conscience que cela ne diminue en rien l'amour que je te porte ?

Je me contentai de fermer les yeux et de les rouvrir. J'aurais été incapable de dire oui.

— En effet, reprit Thatcher, de quoi aurais-je l'air si je ne prenais pas ces précautions pour moi-même ? Je me couvrirais de ridicule devant mes clients, et même mes clients potentiels. On ne va pas chez un médecin qui ne se soigne pas lui-même, n'est-ce pas ?

— Je n'ai pas besoin de toutes ces justifications, Thatcher. Je vais lire ces papiers, lançai-je avec rudesse en saisissant la liasse.

Il se carra dans son fauteuil.

— Je vois que je t'ai froissée, Willow. J'aurais mieux fait de passer pour un idiot.

— Non, tu as raison et je lirai ces papiers. En fait, ajoutai-je en souriant, je vais les faxer à M. Bassinger, mon avocat. Il vient à notre mariage et me donnera son avis. N'est-ce pas responsable, mature et raisonnable ?

Il me dévisagea fixement.

— Je veux seulement agir au mieux pour nous, Willow. Nous protéger tous les deux, ainsi que notre famille.

— Et je t'en suis reconnaissante. Te devrons-nous des honoraires pour cela, Thatcher ?

Il parut alarmé, puis se rassura en me voyant sourire.

— Maintenant que je te connais mieux, je sais pourquoi je t'aime tant, Willow. Tu es la jeune femme la plus mature et la plus sensée que j'aie jamais rencontrée. Cela en plus de ta beauté, quel cadeau !

— Les compliments te mèneront loin, Thatcher, ironisai-je.

Il m'offrit son plus beau sourire et mima un baiser.

— Tu peux te servir de mon fax, si tu veux, et envoyer les documents à M. Bassinger tout de suite.

— Bonne idée, faisons cela.

Il appela sa secrétaire et lui donna ses instructions.

— Bien ! s'exclama-t-il quand elle fut sortie. Voilà une bonne chose de faite. Nous n'en reparlerons plus jamais.

— À moins que mon avocat n'ait quelques suggestions à faire, observai-je.

— Naturellement.

Très détendu, il m'annonça qu'il avait un important dîner d'affaires et me demanda si je voulais l'y accompagner.

— Non, refusai-je en me levant, il vaut mieux que je reste à la maison ce soir. Demain je vais chercher Amou à l'aéroport, et Mère se fait du souci pour tout.

— Je comprends. Alors, à plus tard ! lança-t-il comme je passais la porte.

J'avais beau me dire que ses propos étaient on ne peut plus raisonnables, me répéter qu'il agissait uniquement pour notre bien, rien n'y faisait. Quelque chose de lourd et de dur grossissait dans ma poitrine, et cela faisait mal. Dehors, je vis que le ciel se couvrait, annonçant le vent et la pluie. Je n'en rentrai que plus vite à la maison.

Dès qu'elle me vit, Mère devina mon malaise.

— Tout va bien, ma chérie ?

— Oui, affirmai-je.

Et dans le même instant je fondis en larmes.

Mère me fit asseoir près d'elle et je lui racontai mon entretien avec Thatcher dans son bureau. Elle s'efforça de dédramatiser les choses.

— Ce n'est pas très romantique, je sais, mais je suppose que le monde est devenu trop compliqué. Je peux comprendre qu'il se sente obligé d'agir ainsi, en tant qu'avocat, mais... cela ternit les lumières de la fête, non ? Tu imagines Roméo et Juliette en train de discuter de détails pareils ?

— Tout à fait, répondis-je en riant. Je vois même la scène. Le moine leur conseillant de prendre un avocat, compte tenu des querelles entre les deux familles.

Mère rit de bon cœur avec moi, et j'essuyai une dernière larme.

— J'ai trop de choses à faire pour y réfléchir, de toute façon.

— Ça, tu peux le dire, et je suis certaine qu'il ne sera plus question de tout ceci entre vous.

En était-elle vraiment si sûre ? Ou disons-nous toujours aux autres ce que nous savons qu'ils souhaitent entendre ? Nous voulons ignorer tant d'aspects de nous-mêmes, surtout notre mortalité. Toutes les Bunny Eaton de la terre avaient sans doute la meilleure part, après tout. Voir le monde à travers des lunettes roses, nier l'existence des problèmes, passer sa vie à éviter la tristesse et la dépression... Si l'on y consacrait toute son énergie, quelle raison avait-on d'arrêter, de réfléchir, de regretter les espérances et les promesses de l'enfance ?

L'orage amena la pluie, éteignant les étoiles, et j'allai me coucher tôt. Sans même attendre Thatcher, qui d'ailleurs rentra très tard.

Ce fut pour moi une joie d'autant plus vive, le lendemain, d'aller accueillir Amou à l'aéroport. Je vis tout de suite qu'elle avait pris du poids, et j'en fus heureuse. Longue et fine, elle avait toujours été si mince que, lorsque j'étais enfant, j'avais toujours peur de la voir se faner comme une fleur. Ma mère adoptive aussi était grande, mais beaucoup plus imposante, à cause de son attitude arrogante peut-être. Quand elle s'adressait à Amou, j'avais l'impression d'un combat de boxe opposant un poids léger à un poids lourd,

Amou étant le poids léger, bien sûr. N'importe qui d'autre, au service de cette patronne exigeante, aurait rendu depuis longtemps son tablier. Pourquoi était-elle restée si longtemps chez nous ? Je finis par me dire, ou du moins j'espérai, que c'était à cause de moi.

Amou n'était pas aussi belle que ma mère adoptive, et pourtant celle-ci la jalousait. Elle enviait ses cheveux d'acajou à l'éclat vibrant, qui lui tombaient jusqu'au milieu du dos. Elle l'incitait souvent à les couper.

— Pourquoi les garder si longs si vous les portez noués ? Cela vous donne du mal et c'est du temps perdu !

Amou avait toujours l'air de l'approuver mais ignorait ses suggestions. C'était sa façon de gérer ses rapports avec ma mère, et ce souvenir me faisait sourire. Sur ce point, Amou se montrait bien plus psychologue que mon père, ou du moins tout autant. Un jour, elle m'avait enseigné son secret.

— Une branche qui ne plie pas finit toujours par casser, Willow, n'oublie jamais ça. Courbe-toi sous le vent pour tromper le vent. Il se croit le maître et quand il se calme, tu te redresses. À la longue, le vent se lassera de souffler.

Elle avait raison. Ma mère adoptive cherchait souvent un prétexte pour critiquer Amou, et se plaindre de ce qu'elle n'écoutait pas ses conseils. Amou ne disait mot, pinçait les lèvres et tournait vers moi ses beaux yeux bruns mouchetés de vert. Nous étions des conspiratrices alors, alliées dans un combat contre l'ennemi commun, dans ma propre maison. Notre arme était l'esquive. Nous ne relevions pas les piques, évitions ma M.A., passions près d'elle sans paraître la voir, comme si elle était invisible. À la fin, telle une armée conquérante épuisée par la guerre, elle quittait le champ de bataille. L'indifférence était notre victoire.

— Amou ! m'écriai-je en courant à sa rencontre.

Elle m'étreignit et me couvrit de baisers, les joues ruisselantes de larmes.

— Que tu es belle, ma Willow !

— Et toi aussi, Amou. Tu as quand même réussi à t'arrondir un peu.

Elle roula des yeux d'un air cocasse.

— Ne m'en parle pas. Ma sœur cuisine comme si j'avais deux estomacs, et tu sais que je n'aime rien laisser perdre.

— Je te trouve très bien comme ça, moi. Bon, allons-y. J'ai hâte que tu connaisses ma mère, Linden et surtout Thatcher.»

Nous allâmes récupérer ses valises et prîmes le chemin de Joya del Mar. Pendant le trajet, je lui parlai de la triste fin de Miles, le fidèle serviteur de mon père, et de la façon dont j'avais vendu notre propriété. Puis je lui en dis plus long sur Linden et sur ses problèmes.

— Ta mère a dû beaucoup en souffrir, soupira-t-elle.

— Oui. Elle a déjà souffert de bien des façons, mais à présent elle est heureuse, Amou. Je crois que, pour la première fois depuis de longues années, elle est vraiment heureuse.

— Et pourquoi pas ? Elle t'a, Willow. Tu as apporté la lumière dans la maison, c'est ce que disait toujours ton père.

— Depuis combien de temps connais-tu la vérité sur mes parents, Amou ?

Elle me regarda sans mot dire.

— Tu savais tout depuis longtemps, n'est-ce pas ?

— Depuis le début. Ton père m'honorait de sa confiance et partageait avec moi ses plus chers secrets. Il savait que je ne le trahirais pas et que je ne te quitterais jamais, à moins d'être certaine que tu n'avais plus besoin de moi.

— J'aurai toujours besoin de toi, Amou.

— Oui, mais de loin maintenant, répliqua-t-elle en riant.

Le son de ce rire fut comme une vague de douceur qui déferlait sur moi, m'enveloppait tout entière, chargée de tendresse et de précieux souvenirs, de joie et d'espoir.

— Je ne peux pas croire que tu sois là, Amou, vraiment là !

— Ne me donne pas plus d'importance que je n'en ai, me sermonna-t-elle. Je ne suis qu'une vieille dame, c'est tout.

— Très bien, crois ce que tu veux. Je te traiterai comme le vent et je plierai.

Elle rit de plus belle et murmura, tout attendrie :

— Si seulement le docteur pouvait être là, lui aussi !

— Il y est, Amou. Je le crois.

— Moi aussi, affirma-t-elle, juste comme nous franchissions les grilles de Joya del Mar.

La première vue qu'elle en eut lui arracha un cri d'admiration.

— Quelle merveille ! Tu es une vraie princesse maintenant, ma parole.

— Oh que non, protestai-je. Ne crois pas ça.

À la seconde même où Mère et Amou se rencontrèrent, je sus qu'elles allaient être amies pour toujours. À sa façon directe, Amou embrassa Mère sur les deux joues. Elles avaient l'air sur le point de pleurer, toutes les deux. Mère lui dit d'une voix émue :

— Merci d'avoir été pour ma fille la mère que je n'ai pas pu être.

— C'était facile avec une fille comme elle, je vous assure !

— Pas tous les jours, Amou, la taquinai-je. Tu te souviens, le jour où j'ai repeint la cuisine avec du miel ? Après ça, tu n'as jamais réussi à te débarrasser des fourmis !

— C'est vrai. J'y pense encore à chaque fois que j'étale du miel sur une tartine, reconnut-elle en riant.

Jennings monta ses bagages dans sa chambre, puis Mère et moi lui fîmes faire le tour du propriétaire. Elle resta confondue par la splendeur de Joya del Mar.

— C'est un vrai palais ! On pourrait croire qu'il y a des rois et des reines, en Amérique.

— À Palm Beach en tout cas, beaucoup de gens se prennent pour des altesses royales, répondit ma mère.

Quand elle eut tout visité, nous la conduisîmes à sa chambre pour qu'elle puisse se rafraîchir et se reposer, avant de se changer pour le dîner. J'espérais bien que Linden ferait une apparition à table, au moins pour être présenté. Quant à Thatcher, il plaidait au tribunal mais il avait promis de rentrer à temps.

Amou me remercia avec chaleur pour notre accueil, tout émue par la gentillesse de ma mère.

— Ton père me l'a souvent décrite, Willow. Pas en détail, mais comme une très belle femme, qui avait ramené la musique et la lumière dans sa vie. « Elle vous fait comprendre le sens du mot *angélique* », disait-il. Et quand il parlait d'elle, il avait toujours les larmes aux yeux.

— Merci de m'avoir dit cela, murmurai-je en embrassant ma chère Amou, le cœur débordant de joie.

Une autre source de joie fut de voir Linden venir dîner avec nous, coiffé avec soin et correctement habillé. Il participa même à la conversation, posant à Amou toutes sortes de questions sur mon enfance, dont certaines m'embarrassèrent. Après lui avoir été présenté, Thatcher ne put s'empêcher de la questionner sur ce qu'elle appelait mes frayeurs, qui pour elle étaient des présages.

— Aujourd'hui encore elle y voit des avertissements et s'en inquiète, plaisanta-t-il.

Elle attacha sur lui ce regard intense que je trouvais si impressionnant et, après un long silence, proféra gravement :

— Puissiez-vous toujours être en mesure vous moquer des présages.

Thatcher parvint à garder le sourire, mais n'eut rien de plus pressé que de changer de sujet. Un peu plus tard, quand nous fûmes seuls, il avoua qu'Amou était plus remarquable qu'il ne l'aurait pensé.

— Elle est pleine de bon sens et ne se laisse tromper par personne. Tu as eu beaucoup de chance de l'avoir, Willow. Elle a même réussi à faire que Linden se conduise comme quelqu'un de normal, tu te rends compte !

— Elle a toujours été un peu magicienne, à mes yeux.

— Nous pourrions aller la voir au Brésil l'année prochaine, suggéra-t-il.

— C'est vrai ?

— Qu'est-ce qui nous en empêcherait ? Tes horaires, les miens ? On doit pouvoir s'arranger avec ce genre de choses. Il y a toujours une solution.

Ce soir-là, ma joie était telle que nos jeux amoureux s'en ressentirent, jamais ils ne furent plus tendres ni plus passionnés. Nous nous endormîmes étroitement enlacés, comme si nous redoutions que le sommeil ne nous sépare et nous emporte trop loin l'un de l'autre.

*
* *

Tante Agnès et ma cousine Margaret Selby arrivèrent le lendemain matin. Tante Agnès fut très étonnée de voir Amou, elle ne pouvait pas croire qu'elle soit venue de si loin pour assister à mon mariage. Elle se montra cordiale envers Mère, mais sans chaleur excessive. Sa façon de la regarder, de lui parler, indiquait clairement qu'elles n'étaient pas destinées à devenir de grandes amies. La seule allusion qu'elle fit à mon père fut un aveu de surprise.

— Toute ma vie, j'ai cru que mon frère était l'homme le plus correct et le plus rangé qui soit. Lui qui était déjà si sérieux, si raisonnable quand il était petit ! Que Claude ait pu avoir une aventure avec une patiente est inimaginable.

D'un autre côté…

Elle eut un des sourires les plus figés dont elle fût capable et acheva :

— Je suppose que je devrais m'en réjouir. S'il ne vous avait pas connue, nous n'aurions pas eu Willow, n'est-ce pas ?

Mère ne s'offensa d'aucune réflexion venue de Tante Agnès. « Ton père me l'avait si parfaitement décrite », me confia-t-elle un peu plus tard. Et quand Bunny arriva, ma tante et elle s'entendirent instantanément. Elles saisirent toutes les occasions possibles pour se mettre à l'écart et papoter entre elles. Cela nous fit sourire, Mère et moi. Quant à Amou, qui ne pouvait pas rester inactive, elle se réfugia dans la cuisine pour y préparer un de ses fameux plats portugais, un délicieux poulet à la sauce piquante.

De toute la journée, Margaret Selby ne me lâcha pas d'une semelle. Elle m'expliqua au moins une douzaine de fois pourquoi son mari, retenu à Savannah par ses affaires, ne pouvait assister à mon mariage. De tous ses discours, je déduisis qu'il consacrait la plus grande partie de son temps à sa profession, et le reste seulement à Margaret, ce qui ne semblait pas l'ennuyer plus que ça. Elle s'étendit sur ses activités sociales multiples, ses œuvres de bienfaisance et sa vie bien remplie. Personnellement, je ne vis dans toute cette agitation qu'un moyen de fuir la réalité.

Linden l'intriguait, bien qu'il ne lui eût pas prêté attention. Elle me demanda en chuchotant :

— Est-ce qu'il est dangereux ?

— Seulement si on le dérange, affirmai-je.

Elle me crut sur parole et garda ses distances avec lui.

Pour ne pas l'avoir toujours dans les jambes, je la présentai aux jumelles et, un peu plus tard, à la plupart des membres du Club d'Amour. Elle s'entendit très bien avec elles, mais je soupçonnai Manon et son groupe de la trouver ridicule et, la plupart du temps, de rire à ses dépens.

Avec mes préparatifs de dernière minute, j'étais bien trop occupée pour m'en soucier, d'ailleurs. Mère et Amou tournaient sans cesse autour de moi. Bunny voulait assister à mon dernier essayage, et elle avait demandé que je la prévienne, mais je m'arrangeai pour oublier. Elle aurait trouvé le moyen, j'en étais sûre, de trouver quelque chose à critiquer, simplement parce que je n'avais pas eu recours à ses fournisseurs habituels.

Thatcher avait décidé d'aller dormir à la maison de la plage. Il m'annonça que son ami, Addison Steele, viendrait comme il l'avait promis de Paris, pour assister à notre mariage.

— Nous avons passé de si merveilleuses nuits là-bas, Willow, tu comprends ? Il me semble tout indiqué d'y passer la dernière nuit avant notre mariage.

J'étais trop nerveuse pour m'attarder sur ses raisons, et je ne les écoutai d'ailleurs que d'une oreille. En revanche, je trouvai que pour un homme qui avait fui le mariage comme si c'était la guillotine, il était vraiment très calme et très décontracté.

Quand il m'embrassa au moment de me quitter, ce soir-là, je voulus savoir pourquoi il ne se sentait pas aussi nerveux que moi. Il réfléchit un instant et haussa les épaules.

— Sans doute parce que j'ai toujours l'impression que cela arrive à quelqu'un d'autre, je suppose. C'est assez fréquent, mais ne t'inquiète pas. La réalité va me tomber dessus d'un seul coup et là, tu entendras mes genoux s'entrechoquer !

Là-dessus, il déposa un dernier baiser sur le bout de mon nez puis s'en alla.

Une heure plus tard, je reçus un coup de fil de M. Bassinger qui venait juste d'arriver à Palm Beach. Il appelait de son hôtel.

— Je vous dois des excuses, Willow. J'ai dû m'absenter pour affaires et ma femme a pris ses dispositions pour le voyage, nous sommes venus directement ici à mon retour. On ne m'a faxé vos documents qu'il y a une heure, et je viens de les étudier. La seule chose qui sorte de l'ordinaire est la façon dont Thatcher a introduit son nom dans le contrat, dans une certaine clause concernant l'entretien de la propriété. Il mentionne un accord entre vous à ce sujet. Est-ce exact ? Il participe à ces frais ?

— Oui, du fait que Joya del Mar devient notre domicile conjugal.

— Parfait. Mais vu la façon dont le document est rédigé, c'est comme si vous lui concédiez un privilège, c'est-à-dire un droit de gage. Voulez-vous que je m'occupe de rectifier la formulation ? Il y a une ou deux autres petites choses que j'aimerais changer.

Je réfléchis quelques instants avant de répondre.

— Non. Je suis désolée de vous avoir importuné avec ça. Je ne veux même pas y penser, surtout pas ce soir.

— Je comprends. En général, on règle ce genre de choses beaucoup plus tôt. Nous pourrons y revenir un peu plus tard, si vous voulez ? suggéra-t-il avec délicatesse.

— Très bien.

— Nous sommes très impatients de vous revoir, Willow.

— Merci. Moi aussi je suis très impatiente de vous revoir, monsieur Bassinger.

J'étais sincère. Il avait été l'un des plus proches confidents de mon père, et l'avoir près de moi en ce jour comptait beaucoup pour moi. C'était un peu comme si papa était présent.

— Bon, reposez-vous bien, me recommanda-t-il avant de raccrocher.

Je restai un long moment songeuse, ruminant ses commentaires. Puis je les chassai de mes pensées d'un brusque mouvement de tête, refusant de leur accorder le moindre crédit. Rien ne devait confirmer les avertissements de Mère, ni ternir pour nous les lumières de la fête.

Pas ce soir.

Pas si je pouvais l'empêcher.

— Crois-tu que tu te montres réaliste en ce moment, Willow ? n'aurait pas manqué d'interroger papa.

En pensée, je m'entendis lui répondre :

— Faut-il vraiment l'être toujours ? Tu ne l'as pas toujours été, papa. Surtout quand tu es tombé amoureux de ma mère.

— Ai-je eu raison d'agir ainsi, Willow ?

— Oui, oui ! lui répondis-je avec élan.

Il disparut de mon esprit telle une bulle qui éclate, me laissant seule en face de l'image que me renvoyait le miroir. Et profondément perplexe.

13

Un mariage de rêve

Comment dort-on la veille de ses noces ? me demandai-je quand il fut temps de me mettre au lit. Je passai par de brefs moments de torpeur fugaces, entrecoupés d'accès d'énervement intense chaque fois que je fixais ma pensée sur la cérémonie ou la réception. Avais-je bien choisi ma robe, mon voile, mes chaussures ? N'aurais-je pas mieux fait d'écouter les conseils de Bunny ?

Arrête ça, Willow De Beers, me répétais-je. Arrête de te monter la tête.

Rien n'y faisait. Avec Bunny qui continuait à parcourir la propriété en tous sens, et le personnel qui s'affairait en bas, je m'imaginais mal en train de fermer les yeux dès que j'aurais la tête sur l'oreiller. Prendre un somnifère était hors de question. Je ne tenais pas à me réveiller complètement groggy le jour de mon mariage.

Je venais d'enfiler ma chemise de nuit et de rabattre mes couvertures quand j'entendis frapper à ma porte. Croyant que c'était Mère, j'allai ouvrir aussitôt. Je me retrouvai en face de Margaret Selby, en robe de chambre et en pantoufles.

— Qu'est-ce qui ne va pas ? m'étonnai-je.

— Oh, rien. Sauf que je me souviens de l'état dans lequel j'étais la veille de mon mariage, et j'ai pensé à venir te voir. Je suis sûre que ton estomac fait des nœuds. Le mien en faisait, en tout cas.

— C'est vrai, mais j'essaie de prendre un peu de repos.

— Inutile d'y compter, dit-elle en s'avançant dans la pièce qu'elle balaya du regard. Quelle belle propriété tu as, Willow ! Mère n'arrête pas d'en parler, elle était loin de s'attendre à ça. Elle se demandait toujours quel genre de maison pouvait bien habiter cette mère, qui avait été soignée dans la clinique d'oncle Claude.

— Eh bien, maintenant elle le sait.

— Oui, et ta mère est si charmante. On ne se douterait jamais qu'elle a souffert de troubles mentaux.

— Il y a très, très longtemps qu'elle est guérie, Margaret. Et ce genre de problème ne vous laisse pas de traces physiques.

— Je sais, déclara-t-elle, tout en s'approchant de ma robe de mariée pour la contempler. Ta robe est bien plus belle que n'était la mienne. En fait c'est la mère d'Ashley qui l'avait choisie ; avec Mère, bien sûr. J'en voulais une autre, mais elles la trouvaient trop décolletée. Comme si c'était illégal d'être séduisante le jour de son mariage ! s'indigna-t-elle. Et toutes ces filles qui se marient enceintes jusqu'au menton, alors ? Personne ne trouve ça choquant. Moi, en tout cas, je me suis mariée vierge.

Ma cousine marqua une pause avant d'oser ajouter :

— Je parie que toi, tu ne l'es pas ?

— Les temps ont changé, Margaret. Ces choses-là n'ont plus beaucoup d'importance.

— Peut-être, mais je ne me serais jamais donnée à un homme qui ne m'aurait pas juré de m'épouser, répliqua-t-elle d'un air boudeur. La virginité est notre bien le plus précieux, on ne doit pas la déprécier en l'offrant au premier venu. Sinon, plus tard, quand votre mari couche avec vous, il a l'impression que vous êtes comme une voiture d'occasion. C'est Mère qui me l'a dit.

Je me mordis les lèvres pour ne pas rire.

— Je ne crois pas que tous les hommes soient de cet avis, Margaret. Nous ne vivons pas dans une société arriérée, dans laquelle les femmes sont traitées en inférieures. Si les hommes ont le droit d'avoir des liaisons, pourquoi les femmes ne l'auraient-elles pas ?

— Nous sommes différentes.

— C'est évident, Margaret, mais nous ne valons pas moins.

— Eh bien, à vrai dire...

Elle baissa les yeux, puis les releva, et un sourire grivois s'étala sur sa face joufflue.

— Une fois, j'ai presque failli le faire avec quelqu'un d'autre, avoua-t-elle. Il s'en est fallu d'un cheveu. J'avais seize ans et Randy Karlan m'avait renversée sur le siège arrière de sa Lincoln. Il a baissé ma culotte et mis son truc entre mes jambes, mais je n'arrêtais pas de penser à ce que Mère m'avait dit. Alors j'ai crié, en me retournant si brutalement que je l'ai arraché de moi, et ça l'a rendu furieux. Il disait qu'il raconterait à tout le monde qu'on l'avait fait, de toute façon. J'ai pleuré, alors il a conclu un marché avec moi.

Ce fut plus fort que moi, ma curiosité s'éveilla.

— Quel marché ?

— Je devais soulager sa douleur. Les hommes souffrent plus que les femmes à cause du sexe, il me l'a expliqué. Ils deviennent comme... comme des bombes prêtes à exploser, ou quelque chose dans ce genre. Et si on ne les aide pas à exploser, ils peuvent éclater à l'intérieur, j'imagine.

Je dus faire une drôle de figure car elle s'empressa d'ajouter, comme pour me convaincre :

— C'est vrai, tu sais. Ashley me l'a dit aussi. Les hommes ont besoin de plus d'égards que les femmes et surtout, un plus grand besoin de fantasmer.

— De fantasmer ? Comment cela ?

Le petit sourire en biais de ma cousine reparut.

— Pendant notre lune de miel, il m'a fait mettre à califourchon sur lui et réciter par cœur : « Jack est un champion, il va vite et fort, Jack est un vrai dégourdi, il sait planter sa bougie. » Et maintenant, on le fait toujours comme ça. Il y a des soirs où je le répète vingt fois, d'autres fois cinquante, et un soir j'ai même été jusqu'à cent. Est-ce que tu fais ce genre de choses avec Thatcher ?

— Non, Margaret. Et si je le faisais, je ne te le dirais pas.

Elle crut nécessaire de se justifier.

— Je fais ce qu'il faut pour que notre mariage soit heureux, c'est tout.

— Et ton mariage est-il heureux ?

— Oui, répliqua-t-elle avec fermeté, mais un peu vite.

— Alors c'est que cela marche pour toi, Margaret, et je me réjouis de ton bonheur.

Elle haussa les épaules, marcha lentement vers la porte et, sur le point de franchir le seuil, s'arrêta.

— La veille de mon mariage, commença-t-elle sans me regarder, je n'ai pas pu fermer l'œil. Je ne pensais qu'à la nuit de noces. J'avais tellement peur de ne pas être à la hauteur et qu'Ashley m'en veuille ! J'ai même... je me suis même exercée, révéla-t-elle après une courte hésitation.

— Avec Jack le dégourdi ?

— Mais non, espèce d'idiote ! Je ne connaissais pas encore ce truc-là. Je me suis entraînée avec un oreiller que j'ai baptisé Ashley. Même maintenant, quand j'arrive à la maison – chez ma mère, je veux dire –, je vais dans ma chambre, je regarde l'oreiller et je me sens un peu excitée. Alors je rentre chez nous, et j'attends Ashley en espérant qu'il voudra jouer à Jack le dégourdi. Ça y est, je l'ai dit à quelqu'un ! Mais toi tu es presque psychothérapeute, avec toi ça ne compte pas. N'est-ce pas ?

— Ton secret est en sécurité avec moi, Margaret.

— Tant mieux ! s'exclama-t-elle en ouvrant la porte. Je me sens un peu triste pour toi, tu sais ?

— Pourquoi cela ?

— Tu n'auras aucune surprise, demain soir. Tu sais déjà comment ça se passe.

— Tu te trompes, Margaret. C'est différent à chaque fois, et l'amour est une chose qui se construit. Le mariage n'est pas une formalité, ni un point final. En réalité, ce n'est qu'un commencement.

Elle me dévisagea longuement, fixement. Puis son menton se mit à trembler.

— Pour moi, murmura-t-elle en retenant ses larmes, le mariage a vraiment été une fin.

Elle referma la porte entre nous, me laissant toute songeuse. Je pensais à la douleur si lourde, si bien cachée, que portent certaines femmes au plus profond de leur cœur.

*
* *

La journée commença dans un concert de cloches. Toutes sortes de cloches qui tintaient partout, même dans mon imagination. Carillon de l'entrée, signal pour la répétition de la cérémonie, sonnerie du téléphone. On se serait cru dans les coulisses d'un grand théâtre de Broadway. Bunny avait réquisitionné une chambre d'amis pour qu'elle et Asher puissent se changer, et réservé un salon pour accueillir ses invités. Elle avait amené avec elle sa coiffeuse, plus une esthéticienne pour la maquiller. Une petite armée de grooms se présenta pour garer les voitures sur le parking. Les traiteurs commencèrent à dresser les buffets, une demi-douzaine de barmen vinrent prendre leurs postes, puis une réunion eut lieu pour distribuer les consignes. Bunny insista pour que pas un verre vide, ni une seule assiette oubliée sur une table, n'y restât plus d'une minute.

Thatcher ne donna pas signe de vie mais Whitney, son mari et ses enfants arrivèrent de bonne heure, « pour avoir le temps de vous présenter nos souhaits », me dit Hans. Whitney garda le silence, en m'observant comme à travers un masque.

— Bienvenue dans la famille, ajouta Hans.

Sa femme marmonna un assentiment et me donna une accolade si brève, si glacée, que je me demandais si elle avait vraiment eu lieu. Les enfants se montrèrent polis, mais distants, aussi raides que des manches à balais. Ce me fut un soulagement de les voir tous se retirer.

J'avais besoin d'air, mais chaque fois que je mettais le nez hors de mes appartements, Bunny fonçait sur moi pour exiger que je reste enfermée.

— Dites-lui, Grace ! criait-elle, appelant Mère à la rescousse. Dites-lui qu'elle doit rester tranquille et se ménager.

Pour une fois, Mère était de son côté. Amou elle-même était d'avis que je ne devais m'occuper de rien, sauf de moi-même.

Je restai donc chez moi. J'étais trop nerveuse pour accueillir les gens ou prendre part aux décisions de dernière minute, de toute façon. Le temps s'écoulait avec une lenteur infinie, les aiguilles de la pendule paraissaient collées au cadran.

Je mangeai très peu, et même ce peu fut presque trop : je faillis le restituer sur-le-champ. Je dus me forcer pour avaler un verre d'eau. À force de cajoleries, Amou parvint à me faire avaler quelques bouchées.

— Si tu as l'estomac vide, tu risques de t'évanouir devant l'autel, Willow. C'est arrivé pas plus tard que l'année dernière à la fille de ma sœur. Il a fallu près d'une demi-heure pour la ranimer.

— Encore une de tes histoires ! la taquinai-je. Le genre de celles que tu me racontais pour me faire avaler ma soupe.

Elle rit de bon cœur, mais soutint que l'histoire était vraie. Finalement, je parvins à absorber un peu de nourriture et à la garder.

Tout à coup, je m'avisai que je n'avais pas vu Linden de la journée. Je questionnai Mère à son sujet.

— Il est resté enfermé dans son atelier, me renseigna-t-elle, et je sais qu'il a mangé un peu. Ce n'est pas le moment de te faire du souci pour lui, Willow. Pas aujourd'hui. Je l'aiderai à se faire beau, ne t'inquiète pas. Tout ira bien pour lui, affirma-t-elle, d'une voix qui se voulait rassurante.

Et pourtant, je crus y discerner l'accent d'une prière.

Finalement, il fut temps de me coiffer, me maquiller et m'habiller. Je n'acceptai que Mère et Amou dans ma chambre, et fermai la porte à clef derrière elles. C'était surtout la présence de Tante Agnès et de Margaret que je tenais à éviter. À l'heure qu'il était, Bunny devait être bien trop occupée avec sa petite personne. Pour une fois, je trouvai que son égoïsme avait du bon.

À intervalles réguliers, j'allais jeter un coup d'œil par la fenêtre pour voir arriver les invités. Les hommes avec leur cravate noire, les femmes en robes haute couture venues tout droit de Paris, New York et Londres. Je repérai Manon et ses amies du Club d'Amour, accompagnées de leurs chevaliers servants. Je vis le Pr Fuentes arriver seul, M. Bassinger avec son épouse, M. Ross avec la sienne. Je me sentais comme une actrice avant la représentation, épiant la salle par la fente des rideaux. Aux premiers accords de l'orchestre, mon cœur battit si fort que je songeai à l'histoire d'Amou, sans rire cette fois-ci. J'eus vraiment peur de m'évanouir devant l'autel.

La femme que Bunny avait engagée pour tout superviser, Robin Monroe, frappa à ma porte et l'ouvrit.

— Il est temps pour la mariée de descendre, annonça-t-elle d'une voix grave et terriblement officielle, qui retentit à mes oreilles comme l'annonce de mon exécution.

N'avais-je pas déjà pris mon dernier repas ?

D'un même mouvement, Mère et Amou tournèrent la tête vers moi et me sourirent.

— Comme tu es belle ! chuchota Mère en pressant ma main.

Amou marchait à nos côtés. Jamais elle ne m'avait paru aussi imposante, aussi forte. Quelle chance était la mienne de l'avoir à nouveau près de moi ! La marche nuptiale commença. Mère et moi échangeâmes une accolade avec Amou, qui sortit pour gagner sa place, et j'entamai ma descente vers l'endroit choisi pour la cérémonie. Je n'avais pas imaginé l'effet que pourraient produire six cents paires d'yeux braquées sur moi. Pendant un instant, je crus que mes poumons s'étaient vidés de leur air. J'ignore comment mes jambes parvinrent à me soutenir et à se mettre en mouvement, mais elles y parvinrent.

Là, devant moi, se tenaient Thatcher et Linden, tous les deux en smoking.

— Allez, vas-y ! me souffla Mère, presque comme si elle s'adressait à elle-même plutôt qu'à moi.

Je respirai un grand coup et m'avançai, captant au passage le sourire éclatant de Thatcher, l'émerveillement de Linden. Pendant une fraction de seconde, j'eus l'impression qu'il s'imaginait être lui-même le marié, en lieu et place de Thatcher. J'en éprouvai, le temps d'un éclair, comme un pincement au cœur. Puis mon regard se porta en avant, le pasteur commença son discours. Et tout ce qui m'avait occupé l'esprit jusque-là, pensées ou soucis, s'évanouit au son de sa voix, ne laissant place qu'à la signification de ses paroles.

*

* *

— Toutes mes félicitations, dit le Pr Fuentes.

Il hésita, un bref instant, puis se pencha pour m'embrasser sur la joue. Je le présentai à Thatcher qui déclara :

— Vous êtes le seul homme qui ait passé plus de temps avec elle que moi, Professeur. Ce que j'approuve, naturellement.

— Merci. J'ai toujours pris grand plaisir au temps passé avec Willow.

Thatcher allait répondre par un de ses traits d'esprit, mais il n'en eut pas le temps. Bunny se propulsa au premier rang de ceux qui défilaient devant nous, pour présenter de lointains parents à elle. « Qui n'ont pas hésité à interrompre leurs vacances à Hong-Kong, souligna-t-elle. Mais nous sommes comme ça, dans la famille. Rien n'est trop cher quand il s'agit de célébrer un événement important. »

Je souhaitais la bienvenue aux arrivants et me tournai vers les suivants. Du coin de l'œil, je vis le Pr Fuentes s'entretenir avec Manon Florette et Diana Knapp. Il me lança un bref regard, véritable appel au secours qui me fit sourire, mais je ne pouvais rien pour lui. La file des invités encore à saluer s'étirait en sinuant tout autour de la terrasse.

C'était épuisant, et il m'était impossible de me rappeler tous les noms, bien sûr. Certaines personnes se contentaient de nous présenter leurs vœux, mais d'autres nous racontaient leur propre mariage, ou leur lune de miel. Enfin, nous fûmes libres d'aller nous asseoir sous le dais, mais pas pour longtemps. Presque aussitôt, on réclama le baiser des mariés, et nous fûmes invités à ouvrir le bal sur l'air de notre choix. En réalité, c'était l'air de *mon* choix. Thatcher s'en était remis à moi, et j'avais opté pour *Les mille splendeurs de l'amour*, la chanson préférée de papa.

On servit les plats, et l'orchestre continua de jouer. À maintes reprises je surpris le regard de Mère attaché sur moi, rayonnant de lumière. Comme elle semblait heureuse ! Elle et Amou avaient la même expression, partageaient la même joie. Et toutes deux, chacune à leur tour, venaient de temps en temps me redire combien elles étaient fières, et combien papa aurait été heureux, lui aussi.

Avant la fin de la réception, le Pr Fuentes m'invita à danser. Thatcher dansait déjà avec Sharon Hollis. En fait, la journée ne s'acheva pas sans que tous les membres du Club d'Amour, à un moment ou à un autre, aient dansé avec lui.

— C'est vraiment le plus merveilleux mariage auquel j'aie assisté, me complimenta le Pr Fuentes. Non que j'en aie vu beaucoup, je dois l'avouer, mais je ne peux rien imaginer de plus grandiose que celui-ci.

— Nous avons surtout voulu plaire à la famille de Thatcher, vous savez. Pour ma part, j'aurais préféré aller me marier discrètement ailleurs.

— Moi aussi, j'aimerais mieux ! reconnut-il en riant. Si jamais je me mariais. Mais nous faisons tellement de choses dans la vie pour plaire à ceux que nous aimons et qui nous aiment, n'est-il pas vrai ?

— Tout à fait vrai.

Après la danse, le professeur déclara qu'il allait bientôt partir.

— Je vous souhaite une merveilleuse lune de miel, Willow. J'espère qu'en rentrant, vous reprendrez vos études.

— Naturellement, Professeur.

— Tant mieux, approuva-t-il.

Et, me saluant d'un léger signe de tête, il s'en alla. Comme je m'en retournais vers le dais, Linden vint à ma rencontre. J'avais été si occupée pendant la réception que je n'avais pas prêté attention à sa présence. Je m'aperçus brusquement qu'il y avait une bonne raison à cela : il n'avait pratiquement jamais été là. Je m'en étonnai.

— Linden, où étais-tu passé ? Tu as mangé, au moins ?

— Je suis allé mettre la dernière touche à ton cadeau, fut sa réponse. Il est prêt.

— Magnifique !

— Je veux que vous le voyiez avant de partir.

— Nous le verrons plus tard, Linden. Dès notre retour.

— Non, s'obstina-t-il. Vous devez le voir avant de partir.

Je coulai un regard vers Mère. Elle nous observait d'un œil soucieux, tout en s'efforçant d'écouter ce que le mari de Whitney lui racontait. Je maîtrisai l'inquiétude qui s'insinuait en moi et répliqua d'une voix calme :

— Très bien, Linden. Je préviendrai Thatcher. Laisse-moi le temps d'attirer son attention.

— Ça ne devrait pas être si difficile ! grogna-t-il en retournant s'asseoir à sa place, sous le dais d'honneur.

Il y resta pendant la demi-heure suivante, jetant des regards noirs autour de lui comme s'il en voulait à tout le monde. Mère alla lui parler, les jumelles Butterworth aussi, mais il ne détournait jamais longtemps les yeux de moi. Même quand j'avais le dos tourné je sentais qu'il m'observait.

— Linden veut nous offrir notre cadeau de mariage avant notre départ, dis-je à Thatcher quand je pus enfin le tirer à l'écart.

L'œil un peu vague, après tous les toasts qu'il avait portés avec ses amis et associés, il haussa les sourcils.

— Quel cadeau de mariage ?

— Un tableau qu'il a peint, tu sais bien. Je t'en ai déjà parlé.

— Oh mon Dieu ! Je vois déjà ça d'ici... deux squelettes au lit, ou une femme qui prend feu, pendant que son mari essaie d'éteindre les flammes en l'arrosant d'essence.

Je n'appréciai pas vraiment son humour.

— Arrête, Thatcher ! Nous irons jeter un coup d'œil à son tableau et nous lui dirons que nous le trouvons merveilleux, ça lui fera plaisir.

— D'accord, d'accord. Tes désirs sont des ordres, mon amour.

— Serais-tu ivre, Thatcher ?

Il leva solennellement la main droite.

— Absolument pas. Je jure sur la Bible que je suis aussi sobre qu'un magistrat de Palm Beach.

— Espèce d'idiot ! m'exclamai-je en riant avec lui. Allez viens, cela ne nous prendra que quelques minutes. Il suffit de nous éclipser discrètement.

— Et ensuite, nous nous éclipserons complètement, répliqua-t-il. La limousine attend pour nous conduire à l'aéroport. Jennings s'est occupé des bagages.

Je retournai près de Linden, qui sauta si vivement sur ses pieds que quelques conversations s'interrompirent. Je souris à Mère pour lui indiquer que tout allait bien, et nous allâmes tous les deux rejoindre Thatcher.

— Alors, Linden, l'interpella-t-il. Le moment de dévoiler le chef-d'œuvre est arrivé ?

— Ce n'est pas une pierre tombale ! bougonna Linden.

Thatcher m'adressa un clin d'œil et nous remontâmes l'allée en direction de la maison. Nous nous arrêtâmes à la porte de l'atelier, fermée à clef, pour laisser à Linden le temps de l'ouvrir. Il faisait sombre dans la pièce, mais Linden ne prit pas la peine d'allumer la moindre lampe. Il marcha jusqu'à un chevalet recouvert d'un drap, et je sentis mon cœur battre à grands coups. Quelle photo avait-il choisie parmi ses clichés indiscrets ? Thatcher allait-il se mettre en colère ?

— Ferme la porte, lui ordonna Linden. Il vaut mieux que vous le voyiez d'abord comme ça.

Thatcher s'exécuta, et nous nous retrouvâmes dans l'obscurité totale. Linden ôta le drap, en même temps qu'il allumait une petite lampe fixée au-dessus du chevalet, inondant le portrait de lumière. Il m'avait représentée dans une simple robe blanche et ma silhouette était clairement dessinée, mais sans rien de provocant, loin de là. Le style qu'il avait choisi, les couleurs qu'il avait employées créaient autour de moi une atmosphère angélique. Il m'avait placée sur la plage, la nuit. Comme nous nous rapprochions du tableau, je pus voir que j'étais censée sortir de l'eau, mais je ne semblais ni affolée, ni effrayée. Je souriais, le regard brillant d'excitation joyeuse, la main tendue vers quelque chose, ou vers quelqu'un. D'un peu plus près encore, on distinguait vaguement le contour d'une main émergeant de la nuit, qui se tendait vers moi. Mes cheveux flottaient sur mes épaules, créant une impression de mouvement. Linden avait peint mon visage avec une telle précision qu'on distinguait jusqu'au fin duvet doré à la racine de mes cheveux, tout près de mes oreilles.

— C'est la meilleure chose que tu aies jamais peinte, Linden, affirma Thatcher. Tu as capté la véritable beauté de Willow, dans une œuvre intéressante et de bon goût. Cela fait du bien de la regarder, alors que la plupart du temps ton travail montre ton côté le plus noir.

Linden ne prêtait pas la moindre attention à ses paroles. Il ne me quittait pas des yeux.

— Tu m'as peinte beaucoup trop belle, Linden, protestai-je.

— C'est comme ça que je te vois.

— Je suppose que c'est ma main qu'on devine ici, à peine visible, observa Thatcher.

Linden ne répondit pas. On aurait pu croire que lui et moi étions seuls dans la pièce.

— Nous le mettrons au-dessus de notre lit, reprit Thatcher. N'est-ce pas, Willow ?

— Oui. Merci, Linden. C'est le plus beau cadeau de tous, dis-je en l'embrassant sur la joue.

— Je m'occuperai moi-même de l'accrochage, promit-il.

— Parfait.

Thatcher lui serra vigoureusement la main, un peu trop vigoureusement me sembla-t-il, et se tourna vers moi.

— Il faut qu'on y aille, Willow. Tu sais le temps que cela va nous prendre de dire au revoir à ma mère.

— Je sais. Prends bien soin de Mère pendant notre absence, Linden.

— Je le fais toujours, répliqua-t-il.

Quand Thatcher ouvrit la porte pour moi, je me retournai vers Linden. Fièrement campé devant son chevalet, il souriait. Pour moi, il ne faisait aucun doute que la main jaillie de l'ombre et tendue vers moi n'était pas celle de Thatcher. C'était la sienne.

Cette vague inquiétude s'effaça de mon esprit à la seconde même où nous montâmes dans la limousine, sous un ciel criblé d'étoiles. Mère, Bunny, Asher et Amou vinrent nous voir partir, et chacun nous souhaita un merveilleux séjour.

— C'était quand même réussi, finalement, n'est-ce pas? demandai-je à Mère.

— Oui, il faut rendre à César ce qui lui appartient. Bunny a fait les choses en grand, dans le plus pur style de Palm Beach. Est-ce que... le reste s'est bien passé? s'alarma-t-elle, faisant allusion au présent de Linden.

— Oui. Ce tableau est vraiment remarquable, différent de tout ce qu'il a fait jusqu'ici.

— Tant mieux! Il a besoin d'avoir un peu de succès.

Nous nous embrassâmes, puis je pris Amou dans mes bras et la serrai contre moi. Nous avions toutes les deux les joues mouillées de larmes.

— Nous viendrons te voir bientôt, Amou, affirmai-je.

— Je l'espère bien, *Amou Um*. Que Dieu te bénisse.

Ce rappel du nom caressant qu'elle m'avait donné, dans mon enfance, me fit monter les larmes aux yeux.

— Que Dieu te bénisse toi aussi, Amou, murmurai-je.

Puis nous montâmes dans la limousine.

— Arrête de pleurer! se moqua gentiment Thatcher. Tu ne vas pas en prison, tu vas sur la Côte d'Azur.

— Ce sont des larmes de bonheur, Thatcher.

Pourquoi pleurons-nous aussi bien dans la joie que dans la peine? Peut-être éprouvons-nous toujours un peu des deux à la fois? En cette journée unique entre toutes, je disais adieu à la petite fille qui vivait encore en moi. N'était-il pas grand temps de me détacher d'elle?

Pourtant je la voyais debout aux côtés d'Amou, agitant la main et pleurant, elle aussi. Et j'entendis papa m'interroger.

— Quels sentiments tout cela éveille-t-il en toi, Willow ?

— J'ai mal, papa. Pourquoi ne pouvons-nous pas tout garder, notre innocence et nos rêves, en même temps que le réalisme et la maturité ?

— Pourquoi penses-tu que c'est impossible ?

— À cause de nos responsabilités, de nos devoirs envers autrui. Mais parfois je me dis que c'est vraiment trop cher payé.

En imagination, je le vis approuver, réfléchir à sa propre vie, à tous les rêves qu'il avait eus… et perdus.

— Eh là ! s'écria soudain Thatcher. Ne prends pas cette mine sérieuse, pas encore. Nous allons vivre une semaine au paradis, je te rappelle. Pas d'objection ?

— Aucune, murmurai-je en me blottissant contre lui.

Nous nous embrassâmes et je m'efforçai de faire ce qu'il désirait : ne penser à rien d'autre qu'à nous-mêmes.

*

* *

En France, rien ne me fut plus facile. Après avoir atterri à Nice, nous fûmes conduits en moins d'une demi-heure de route jusqu'au village médiéval perché dans les collines, à l'abri de ses remparts. Les rues y étaient trop étroites pour les voitures. La limousine se gara sur le parking extérieur, tout près des antiques murailles et du château. L'hôtel regroupait en outre un ensemble de maisons du XIe siècle reconverties, et certaines chambres se trouvaient donc dans des bâtiments séparés. Le château semblait très vieux, mais il était pourvu de toutes les commodités modernes. Nous avions même un fax et Internet dans notre suite, ce qui parut plaire à Thatcher. Lui qui paraissait si désireux de se couper du monde, sa réaction m'étonna.

C'était vrai, pourtant, que nous étions entrés dans un univers féerique. Notre balcon offrait une vue enchanteresse sur la baie et le Cap Ferrat. L'eau était d'une nuance turquoise que je n'avais jamais vue et, avec les voiliers, les hors-bord et les yachts qui croisaient au large, on se serait cru dans un livre d'images.

Notre premier soin fut de nous faire servir un repas. Puis nous nous couchâmes pour nous remettre du décalage horaire, mais à peine étions-nous au lit que nous commençâmes à faire l'amour. Je ne pouvais pas m'empêcher de penser aux révélations de ma cousine sur sa lune de miel. Thatcher n'était pas parfait – personne ne pouvait l'être –, mais ce n'était pas un amant égoïste. Il m'arrivait de penser que c'était, chez lui, une question d'orgueil masculin. Il tenait à ce que je sois toujours satisfaite ; c'était pour lui une sorte de performance.

Et voilà que tu recommences, Willow De Beers, m'admonestai-je. Toujours en train d'analyser, même quand tu fais l'amour !

Je m'efforçai de me l'interdire, et me promis de profiter à plein des beaux jours qui nous étaient donnés.

Ils furent vraiment merveilleux. Petit déjeuner sur une terrasse dominant la mer. Promenades dans les rues du petit village, avec ses innombrables boutiques d'artisanat, ses jardins, ses restaurants. Et la parfumerie où, tels deux adolescents, nous nous arrosâmes avec les vaporisateurs d'échantillons, jusqu'à ce que la vendeuse nous rappelle à l'ordre.

— En vacances, les gens se sentent toujours rajeunir, déclara sentencieusement Thatcher. Pas vrai, Doc ?

Il avait commencé à me surnommer « Doc », pour me plaisanter sur ma façon de toujours analyser les gens et leur comportement.

— Maintenant, je vois quel est celui de nous deux qui ne pourra pas s'empêcher de parler boutique à la maison, me taquina-t-il. Moi, au moins, je laisse mon travail au bureau !

Ma réponse fusa comme si je l'avais préparée d'avance :

— Les gens *sont* mon matériau de travail, Thatcher. Le monde est ma boutique.

— Touché ! renvoya-t-il. J'ai intérêt à me surveiller.

Ce fut pourtant lui qui m'étonna, le quatrième jour au matin, après que le téléphone eut sonné dans notre chambre. Il me croyait encore endormie, aussi répondit-il à voix basse. Quand il raccrocha, je m'étirai et lui demandai de quoi il s'agissait.

— J'ai été pisté, annonça-t-il.

Je me redressai sur mon séant.

— Comment cela ?
— C'est ce client richissime que j'ai en France, tu sais bien ? Il a des propriétés à Palm Beach, et maintenant il veut fonder un conglomérat pour investir dans l'hôtellerie. C'est une affaire énorme et qui peut nous rapporter gros.
Il s'approcha de la penderie et entreprit de choisir ses vêtements.
— Où vas-tu, Thatcher ? Il est très tôt !
— Je dois le rencontrer à Nice, avec deux de ses associés. Je t'offre un petit interlude, juste un break avant d'être totalement consumée par Thatcher Eaton, mais ce ne sera pas long.
— Un break ? Combien de temps seras-tu absent ?
— C'est une réunion avec déjeuner. Je serai de retour dans le milieu de l'après-midi. Tu voulais faire les boutiques pour tes cadeaux, de toute façon, et franchement ce n'est pas mon truc. Je n'ai pas la patience et je ne serais qu'un poids mort pour toi. Nous dînons ici ce soir, ajouta-t-il hâtivement. J'ai retenu la meilleure table, près d'une fenêtre, avec une vue qui te coupera le souffle.
— Mais c'est notre lune de miel, Thatcher ! Comment as-tu pu programmer un rendez-vous d'affaires ?
Il eut un sourire un peu contraint.
— Je ne l'ai pas exactement programmé. Ils ont retrouvé ma trace, comme je te l'ai dit, et il semble qu'il y ait urgence. D'ailleurs ce n'est pas si bête de profiter de ma présence ici. Cela me permet de rencontrer certains de leurs autres partenaires, ce qui m'évitera de revenir en France d'ici quelques semaines, ce que j'aurais dû faire. Des deux maux, c'est vraiment le moindre, Willow. Je reviendrai aussitôt que possible, je te le promets.
J'eus la curiosité de m'informer :
— Comment comptes-tu te rendre à Nice ?
— Ils m'ont envoyé une voiture. Ils ne regardent pas à la dépense, comme tu vois !
Il se pencha pour m'embrasser sur la joue.
— N'aie pas l'air si désolée, ma chérie. Et ne profite pas de mon absence pour draguer un Apollon français ! lança-t-il en s'en allant.
— Thatcher !
Ma plainte dépitée demeura sans réponse. Il était parti.

Je retombai sur mes oreillers, ruminai ma déception pendant quelques instants, puis décidai qu'il avait eu raison. Un peu de temps rien qu'à moi ne serait pas une mauvaise chose, et je préférais être seule pour faire mes courses. Je déjeunai sur la terrasse, parcourus l'*International Herald Tribune*, m'habillai, puis j'entamai ma tournée dans les rues pavées de cailloux. Je visitai les boutiques en pensant à ce qui plairait à Mère, à Amou, à Linden, et même aux parents de Thatcher, bien que sans trop d'illusions. Même s'ils appréciaient un instant mes cadeaux, je savais qu'ils s'en désintéresseraient l'instant suivant.

Dans l'une des échoppes, où l'on vendait des posters et des citations célèbres encadrées, j'en trouvai une de Sigmund Freud qui, à mon avis, plairait au Pr Fuentes. Le texte était le suivant :

« La grande question qui n'a jamais reçu de réponse, et à laquelle je suis toujours incapable de répondre après trente ans de recherches sur l'âme féminine, est celle-ci : Que désire une femme ? »

Je l'achetai pour la lui envoyer, en riant toute seule rien qu'à imaginer son expression quand il ouvrirait le paquet. Surtout en pensant aux étudiantes qui suivaient ses cours, y compris moi-même.

Ma tournée finie, j'allai m'asseoir à la terrasse d'un petit restaurant et déjeunai d'une salade, d'un peu de bon pain français et d'un verre de merlot. Un peu plus loin, un jeune homme jouait des airs mélancoliques à l'accordéon. Je l'écoutai un moment, et soudain je me surpris à ruminer des pensées moroses. Je m'en voulus. Comment pouvais-je me sentir seule et triste, un jour pareil, au milieu des plus belles vacances qui soient ?

Un peu plus tard, j'allai prendre un bain de soleil sur une chaise longue, au bord de la piscine. Les gens qui m'entouraient venaient d'Allemagne, d'autres régions de France, et certains même du Japon. Le mélange des voix et des langues, les éclats de rire qui fusaient, tout cela ne forma bientôt plus qu'un vague fond musical à mes oreilles et, sans m'en apercevoir, je m'endormis. Je ne m'éveillai qu'en sentant un tapotement léger sur mon épaule, pour voir Thatcher qui me souriait.

— Tu es restée trop longtemps au soleil, Willow. Tu es toute rouge.

— Oh, non ! m'écriai-je en me redressant brusquement. J'ai dû m'endormir. Ce doit être ce vin, au déjeuner...

— Alors c'est comme ça, je ne peux pas te laisser seule un instant sans que tu te saoules ?

Je consultai ma montre : il était un peu plus de quatre heures.

— Tu es parti un peu plus qu'un instant, fis-je observer sur un ton de reproche.

— Je sais. Les choses sont devenues un peu plus compliquées que prévu. Tu as terminé tes courses ?

— Oui.

— Alors tu n'as pas perdu ton temps. Je pense que tu devrais rentrer, prendre une douche fraîche et mettre une crème sur ta peau avant de peler et de souffrir.

— C'est juste, acquiesçai-je en me levant.

Nous regagnâmes notre suite et je fis exactement ce qu'il avait suggéré. Puis nous prîmes un cocktail sur la terrasse, et je lui décrivis la plupart des cadeaux que j'avais achetés. Je ne mentionnai pas celui que j'avais envoyé au Pr Fuentes. Je pressentais qu'il en serait un peu jaloux, bien qu'il n'eût aucune raison de l'être.

Ce soir-là nous eûmes un merveilleux dîner. Thatcher avait raison, au sujet de la vue. Elle était fantastique. Après le repas, nous allâmes nous asseoir dehors pour contempler la mer et les étoiles. Et cette journée, commencée de façon si décevante, s'acheva dans une atmosphère tout à fait romantique.

En quittant le vieux village, j'eus réellement la sensation de rentrer dans le monde réel. Portés par l'amour, nous avions vécu dans un rêve et touché les étoiles. Notre avion nous ramenait sur terre. Je me souviens d'avoir pensé, quand les roues touchèrent le sol, que c'était le début d'une nouvelle vie. Une vie avec ses questions, auxquelles il faudrait répondre, et ses routes qu'il faudrait parcourir.

Un tourbillon d'événements et de révélations m'avait amenée en ce lieu. D'une certaine façon, je n'y étais pas pour grand-chose. J'y avais été conduite. Maintenant, pour la première fois, j'avais quelque chose à dire et un certain contrôle sur ma destinée. Dans quel genre de monde élèverais-je mes enfants ? Quels présents, quels fardeaux leur léguerais-je ? Combien de questions laisserais-je sans réponse, et quels efforts accablants devraient-ils faire pour y répondre ?

J'aimais Thatcher. Je n'avais jamais connu d'homme aussi attirant, excitant, aussi beau ni aussi sûr de lui, à l'exception de mon père. Mais il restait en lui tant de zones d'ombre que j'avais encore à explorer, à comprendre. Il faut du temps pour apprendre à connaître quelqu'un, même si on l'aime vraiment beaucoup. Il fallait ôter d'innombrables couches protectrices, l'une après l'autre ; en espérant qu'après avoir creusé assez loin on découvrirait des trésors, et non quelque chose qui vous ferait regretter d'avoir cherché.

La plupart des gens mariés ne s'inquiètent pas de ces choses. Ils vivent sur une couche de glace fine, en patinant prudemment l'un autour de l'autre. Sans poser de questions. Sans s'en poser non plus. Et si un jour ils passent à travers la glace, ils se dépêchent de sortir du trou et de s'éloigner. Pour trouver une autre couche de glace mince, un autre compagnon, tout aussi désireux de ne pas trop approfondir les questions, ni les relations.

Comment dorment-ils ? À quoi rêvent-ils ? Ma mère adoptive savait certainement à quel point mon père s'était détaché d'elle. Mais elle avait préféré faire comme s'il n'en était rien, ou comme si c'était sans importance. Juste avant de mourir, avait-elle éprouvé l'aiguillon d'un regret ? S'était-elle souvenue de ses fantasmes, ces histoires et ces romans qu'elle avait espéré voir devenir vrais pour elle ? La déception rend-elle notre mort plus difficile ?

Cela ne m'arrivera jamais, me dis-je avec confiance.

Je touchai la main de Thatcher et il me sourit.

— Heureuse de rentrer à la maison ?

— Non, répondis-je et cette fois, il rit.

— Nous retournerons là-bas un jour, je te le promets.

Non, pensai-je, on ne pouvait pas revenir en arrière. Chaque instant avait sa fraîcheur, sa qualité particulière. On ne pouvait qu'aller de l'avant, en espérant en connaître de semblables ou d'autres meilleurs encore.

L'amour est comme un bon livre : on tourne la page pour savoir la suite, en souhaitant qu'il ne finisse jamais.

Je tournai la page.

14

Frères et sœurs

En arrivant, nous découvrîmes que Linden avait pris l'initiative d'accrocher lui-même le portrait au-dessus de notre lit. En outre, ce qui me parut assez bizarre, il avait quitté la chambre qu'il occupait pour s'installer dans une autre que je considérais comme maudite. Celle où Kirby Scott avait séduit Mère. Elle était plus proche de notre appartement, contiguë à notre propre chambre, en fait. Mais avec les odieux souvenirs qu'elle évoquait, il était curieux qu'il eût choisi celle-là.

J'eus l'occasion de l'interroger sur ce choix le jour même. Nous étions arrivés de très bonne heure, et Thatcher avait eu son portable à l'oreille pratiquement dès l'atterrissage. Une liste de problèmes longue comme le bras, m'avait-il dit, l'attendait à son bureau. Il était déjà parti.

Mère, Linden et moi avions déjeuné sans lui. Je trouvais Mère fatiguée, mais j'attendais d'être seule avec elle pour lui en parler. Elle voulait tout savoir de notre voyage, et elle adora la jupe et la blouse de soie peintes à la main que je lui avais rapportées, tout comme les figurines de verre. Pour Linden, j'avais trouvé des masques de cuir travaillés à la main. Des pièces exceptionnelles, estimais-je, et il fut de mon avis.

Malgré son installation dans l'ancienne chambre de Mère, il semblait beaucoup plus en forme et plus alerte qu'avant notre départ. Il parlait des nouvelles œuvres qu'il avait en tête, de ses projets pour Joya del Mar. Il songeait toujours à lui rendre son aspect ancien, et à en éradiquer toute trace des Eaton.

Après le déjeuner, quand nous fûmes seules, Mère m'apprit qu'il allait beaucoup mieux. Elle n'avait plus observé chez lui ces signes de mélancolie qui l'avaient tant inquiétée jusqu'ici, et où elle voyait la menace d'un nouveau désastre.

— J'ai essayé de l'empêcher de s'installer dans cette chambre, Willow, mais il n'a rien voulu entendre. Il a dit que nous devions exorciser les vieux fantômes, affronter le passé et l'enterrer une fois pour toutes. Il affirmait que tu lui avais toi-même donné ce conseil. Cette démonstration de force m'a surprise, en bien. J'ai décidé de le laisser faire et, comme tu peux le constater, il est heureux. Il a sans doute eu raison, mais pendant un moment je me suis fait beaucoup de souci, crois-moi.

— Je m'en rends compte, Mère. Tu ne prends pas assez de repos. Est-ce que tu dors bien ?

— Oui, murmura-t-elle en baissant les yeux.

Puis elle les releva. Jamais je ne lui avais vu un regard si lourd d'angoisse et de souffrance.

— Qu'y a-t-il, Mère ?

Elle hésita une fraction de seconde avant de répondre.

— Linden est bien dans cette chambre, mais moi... je ne peux toujours pas me résoudre à y entrer. J'y gardais toutes mes poupées, mes plus précieux cadeaux. Mon lit à baldaquin avait été commandé pour moi par Jackie Lee à un artisan. Je me sentais si bien là-bas, au chaud et à l'abri, entourée, protégée.

Elle se tut un instant, comme happée par ses souvenirs, puis se reprit.

— La première fois qu'il est venu seul dans cette chambre, il s'est assis sur mon lit et m'a parlé de sa jeunesse. Il parlait bien, et dévidait ses histoires comme des contes de fées. J'étais tellement innocente qu'il lui a été facile de m'entraîner en douceur où il voulait me conduire... Quand il me touchait, dans ces moments-là, je prenais cela pour un geste de réconfort, un peu comme un parent caresse un enfant pour l'apaiser avant qu'il s'endorme.

« Il commença par me tenir la main, ou poser la sienne sur mon épaule. Quelquefois, en me racontant une histoire, il jouait avec mes cheveux, et il m'embrassait toujours pour me dire bonsoir. Sur le front, sur la joue, et un soir ce fut sur les lèvres, tellement à l'improviste que j'eus à peine le temps de réagir. Je me suis sentie toute drôle après cela, et si différente que j'y ai pensé toute la nuit. Comme tu vois...

Mère libéra un long soupir et poursuivit :

— Ce fut une séduction très lente, et très prudente, tu comprends ? J'avais confiance en lui. S'il entrait chez moi quand j'étais encore en sous-vêtements, je ne ressentais aucune crainte, aucune inhibition, et lui ne semblait rien remarquer. Il sut m'amener à croire que pour lui je n'avais pas de sexe, qu'il me voyait comme un père verrait sa fille.

« Un soir, il entra pendant que j'étais encore dans mon bain. Il y avait une telle épaisseur de bulles que je ne pouvais pas me sentir gênée, mais il s'attarda, et décida de me laver le dos. Je gardai les mains sur la poitrine mais il parla de tant de choses, tout en me frottant le dos, que peu à peu je me détendis. Je pensais qu'il ne me voyait pas du tout comme une femme nue. Mais quand il a eu fini, et que j'ai replongé dans l'eau, sa main a comme par mégarde frôlé mes seins. Il a souri, et il est parti.

Mère s'exprimait avec plus d'aisance, à présent. Je sentais que parler la libérait.

— Le surlendemain soir, reprit-elle, il est revenu. Jackie Lee était sortie avec des amis. Je venais juste de me mettre au lit et je lisais, quand il est entré… pour m'annoncer que ma mère l'avait encore une fois laissé seul. Il m'expliqua comme c'était dur d'être seul pour un homme, bien plus que pour une femme. Et que les hommes avaient de plus grands besoins.

« "C'est plus facile pour une femme de se faire nonne que pour un homme de se faire moine", me dit-il. Et il était si sûr de lui, si beau parleur que je croyais tout ce qu'il me disait.

« Il me posa des questions sur mes relations avec les garçons, me demanda si j'avais déjà ressenti une excitation sexuelle. Je savais de quoi il s'agissait, bien sûr, mais ma seule façon de répondre fut de rougir. Il en tira ses conclusions, me dit que c'était très naturel, que cela ne devait pas me faire peur.

« "Les hommes s'excitent plus vite que les femmes, plus facilement et pour plus longtemps", reprit-il. Et il insista sur le fait que je devais comprendre cela pour éviter les mauvaises surprises. Qu'il serait un bien mauvais beau-père s'il ne me préparait pas à toutes ces choses. Ma mère, souligna-t-il, était trop occupée ailleurs pour s'apercevoir que j'avais grandi. Ensuite…

Là encore, Mère eut une hésitation, qu'elle surmonta très vite.

— Ensuite il m'a fait toutes sortes de compliments, sur ma beauté, sur mon corps, pour finir par avouer que je l'excitais. Il m'a même montré que c'était vrai.

« J'ai été terrifiée, bien sûr. Je me souviens que je n'arrivais presque plus à respirer. Alors il s'est glissé dans mon lit, a commencé à me caresser et à me cajoler jusqu'au moment où… c'est arrivé.

« Juste après ça, ma chambre est devenue différente pour moi. C'était là que tout avait eu lieu, tu comprends. Comme moi, elle avait perdu son innocence, sa magie. Je ne pouvais plus dormir. Mon cœur s'emballait dès que je passais la porte.

« C'est toujours pareil, avoua Mère. Et maintenant que Linden s'est installé là, chaque fois que je vais le voir, c'est la même chose : je suis complètement traumatisée. C'est sans doute pourquoi je suis si fatiguée.

J'étais si choquée moi-même qu'elle s'en aperçut d'un regard. Son histoire m'avait secouée jusqu'à la moelle des os.

— Je suis désolée, s'excusa-t-elle, je n'aurais pas dû te raconter ça. Je n'en ai jamais parlé à personne, sauf à ton père quand j'étais à la clinique.

— Ne le regrette pas, Mère, je suis heureuse que tu l'aies fait. Dès demain je t'emmène chez un médecin. Tu as besoin d'un bilan de santé.

— Non, Willow. Je vais très bien. Mes seuls problèmes sont ces souvenirs récurrents, et le fait que je ne rajeunis pas. Je vais aller mieux, tu verras. Tu commences une vie nouvelle ici, une vie merveilleuse. Ne créons pas de nouveaux obstacles. As-tu toujours l'intention de suivre une session d'été à l'université ?

— Oui. Je suis même impatiente de commencer.

— Parfait, alors ne parlons plus de bilan médical. J'en ai par-dessus la tête des médecins. Et Linden aussi, conclut-elle d'un ton définitif.

— Mais si cette fatigue persiste…

— Alors j'irai.

Le compromis ne me satisfaisait guère mais je ne voulais pas la perturber davantage, et je cédai. Quand je la quittai, je tremblais toujours en pensant à Kirby Scott, à la manière dont il l'avait manipulée, sans relâche, pour arriver à ses fins. Mais elle avait raison, nous devions oublier tout cela, enterrer le passé. Cette confidence m'avait fait comprendre, cependant, combien elle avait été marquée par cette souffrance, et Linden aussi.

Il s'était retiré dans son atelier, où j'allai lui parler. Je le trouvai assis à son chevalet, devant une toile encore presque blanche.

— Désolée de te déranger, m'excusai-je, après avoir frappé à sa porte restée ouverte.

— Non, entre, je t'en prie. Je ne faisais que crayonner, pour essayer de fixer une idée. Tu es toute bronzée et tu as l'air bien reposée, Willow. Finalement, ce voyage semble s'être plutôt bien passé.

— J'espère que tu voyageras toi aussi, Linden. Il y a tant de choses à voir dans le monde ! C'est encore plus important pour quelqu'un qui veut devenir artiste peintre.

— C'est vrai, approuva-t-il sans me regarder, les yeux fixés sur sa toile.

— Je suis curieuse de savoir pourquoi tu as changé de chambre, Linden. Surtout pour t'installer dans celle-là.

Il se retourna, fit mine de réfléchir et haussa les épaules.

— Elle est plus grande que l'autre, et mieux éclairée. C'est ridicule de ne pas s'en servir uniquement parce qu'une chose déplaisante s'y est passée. La pièce n'y est pour rien, n'est-ce pas ? Aucun pouvoir malfaisant n'y est resté enfermé ?

— Bien sûr que non.

— Et c'est toi qui m'as convaincu de revenir dans cette maison et d'en bannir les mauvais souvenirs. Je pensais que tu serais contente.

— Mais je le suis. J'étais curieuse de savoir, c'est tout.

— Tu veux dire inquiète, observa-t-il sombrement, les yeux rétrécis jusqu'à n'être plus que deux fentes.

Puis il se détendit et me sourit.

— Ne te fais plus de souci pour moi. Je vais bien. J'ai l'impression de reprendre des forces de jour en jour.

— C'est merveilleux, Linden ! Et comment s'est portée Mère en mon absence ? demandai-je, pour savoir s'il était vraiment conscient de son état et de ses réactions. Elle m'a paru fatiguée.

— Eh bien... je l'ai trouvée plus d'une fois assise sans rien faire, sans rien voir, et je sais ce que cela signifie. Elle revit le passé. Je fais de mon mieux pour l'aider à le chasser. Maintenant que tu es là, nous prendrons soin d'elle, tous les deux. Ce sera notre petit projet personnel, d'accord ? Juste entre toi et moi.

Je souris, mais la façon dont il s'exprima me mit mal à l'aise. C'était comme si je me chargeais d'une mission secrète, à l'insu de Thatcher lui-même.

Je dois reconnaître que pendant les semaines qui suivirent, Linden se montra non seulement un fils aimant, mais aussi particulièrement dévoué. Il prévenait tous les besoins de Mère, devançait tous ses gestes. Quand elle se dirigeait vers une porte, il se précipitait pour la lui ouvrir. Si elle commençait à débarrasser la table, il bondissait de sa chaise et lui ôtait des mains les assiettes ou les tasses. Les rôles étaient inversés. Maintenant, c'était lui qui la grondait gentiment pour n'avoir pas assez mangé, vérifiait si elle prenait ses vitamines, lui encore qui courait lui chercher ses médicaments pour l'arthrite. En général, je participais à toute activité choisie pour faire du bien à Mère. S'il suggérait une promenade pour lui faire prendre l'air, nous sortions toujours tous les trois.

— Willow aimerait venir, elle aussi, ne manquait-il jamais d'annoncer en me jetant un regard entendu.

Les soirs où Thatcher ne rentrait pas dîner, il proposait toujours que nous allions manger dehors.

— Thatcher ne sera pas à la maison, alléguait-il, nous n'allons pas faire préparer un repas rien que pour nous. Willow nous conduira dans un restaurant où nous ne sommes jamais allés. Tu veux bien, Willow ?

Au début ce manège nous amusait, Mère et moi. Mais l'insistance de Linden, comme la fréquence de ses suggestions, finit par nous alarmer l'une et l'autre. Lui, l'introverti qui ne riait presque jamais tout haut, et surtout pas en présence d'étrangers, avait complètement changé de comportement. Il avait soif d'activités, d'attentions, de sorties, à condition toutefois que j'en fasse partie. Ce qui ne m'était pas toujours facile. Et chaque fois que je devais décliner l'une de ses propositions, fût-ce une simple invitation à prendre le café sur la terrasse, je me sentais affreusement coupable. Je ne voulais surtout pas le voir à nouveau sombrer dans la dépression, ou un accès de rage suicidaire.

J'avais repris mes cours à Florida Atlantic et plusieurs fois, pendant le déjeuner, j'eus l'occasion de parler au Pr Fuentes. Il en savait assez sur ma famille, à présent, pour pouvoir comprendre certains de mes soucis. Et il était toujours prêt à m'offrir son temps et son expérience pour me venir en aide.

— Comment se comporte-t-il en présence de Thatcher ? voulut-il savoir, quand je lui eus fait part d'un dernier incident.

Je lui avais déjà décrit avec quelle attention aiguë il observait Thatcher, quand celui-ci annonçait qu'il ne rentrerait pas dîner. Tout récemment, et sans m'en avertir, il avait pris une curieuse initiative. Après avoir entendu Thatcher expliquer qu'il devait aller à Miami et rentrerait tard, il était sorti acheter trois billets pour un concert du Palm Beach Philarmonic.

Lui qui jadis avait horreur de s'habiller et de se mêler à la foule, il semblait emballé par cette perspective, à tel point que Mère en avait ri, et qu'elle avait accepté d'y assister.

— Tu vois, me dit-il un peu plus tard, nous avons une bonne influence sur elle. Nous l'aidons à oublier le passé, à reprendre goût à la vie. Nous formons une équipe.

Je ne pouvais pas dire le contraire, mais ces propos me tracassaient. Pourquoi, au juste ? J'espérais que le Pr Fuentes pourrait me fournir la réponse à cette question.

— Que se passe-t-il quand vous sortez avec Thatcher et sans Linden ? s'informa-t-il.

— Il ne boude plus comme il le faisait avant, mais il a l'air…

— Furieux ?

— Déprimé, plutôt. Je ne sais pas si c'est à force de colère ou quoi.

— Vous êtes toujours le centre de sa vie, Willow. Il est important qu'il noue d'autres relations. En dehors de sa dépression, de ses difficultés personnelles, il est comme un adolescent qui s'entiche du premier joli minois qu'il rencontre. C'est un peu comme l'élève qui a le béguin d'un professeur, j'imagine. Je ne crois pas que ce soit très sérieux, mais à votre place je ferais tout ce qui est en mon pouvoir pour lui faire connaître d'autres gens.

Je réfléchis aux issues possibles et crus en voir une.

— Il s'est remis à travailler dur, depuis quelque temps. Il a peint quelques nouveaux tableaux, et Thatcher les a montrés à un de ses amis qui croit pouvoir les vendre en Europe.

— Vraiment ? Alors allez-y. Amenez-le à s'investir davantage dans les milieux de l'art, peut-être s'y fera-t-il des relations. Et encouragez-le à faire ce qu'il envisageait : suivre quelques cours ici. C'est une excellente idée.

Je répétais les propos du Pr Fuentes à Thatcher, qui les approuva. Il demanda à Linden de l'accompagner la prochaine fois qu'il fut invité à une exposition.

— Tu verras le travail d'autres artistes, Linden, cela pourra t'inspirer.

— Thatcher a raison, appuyai-je.

— Et toi, tu viens aussi ?

Je lançai un bref coup d'œil à Thatcher.

— J'ai du travail mais Thatcher y va, lui.

— Moi aussi, j'ai du travail, répliqua Linden.

Thatcher eut la gentillesse d'insister.

— Allons, mon vieux, tu peux bien souffler une heure ou deux. Ce sera encourageant pour toi de voir que tu es meilleur peintre que celui-là.

— Je ne suis pas vieux, d'abord !

— C'est juste une façon de parler, Linden. N'y vois aucune mauvaise intention. Alors ?

— Entendu, capitula-t-il, mais pas question d'y passer la journée.

Plus tard, quand ils furent de retour, Thatcher m'apprit que Linden était resté dans son coin pratiquement tout le temps, la mine sombre et presque agressive.

— Comme s'il défiait quiconque d'oser venir le saluer, Willow. Je l'ai présenté à des femmes charmantes, mais il ne leur a pas accordé la moindre attention. Il a peut-être besoin de piqûres d'hormones, si ça se trouve. « Le plus jeune consommateur de Viagra », ce serait pas mal comme pub, non ?

— Ce n'est pas drôle, Thatcher. Je suis vraiment inquiète, maintenant, et je ne veux pas inquiéter Mère.

Il quitta instantanément son ton railleur.

— D'accord, je comprends. Je lui trouverai une fille avec qui sortir.

— Ce n'est pas ce que je te demande.

— Je sais. Mais quelle sorte de beau-frère serais-je, si je ne l'aidais pas à s'envoyer en l'air de temps en temps ?

— Thatcher !

Il me quitta sur un éclat de rire, me laissant profondément perplexe. Et s'il avait raison ? Une relation féminine, si brève fût-elle, était peut-être ce dont Linden avait vraiment besoin. Mais comment les hommes pouvaient-ils envisager le sexe aussi légèrement, comme s'il s'agissait d'un cachet d'aspirine ? J'eus bientôt d'autres sujets de préoccupation.

Le temps que je passais avec Linden en sorties, dîners, courses ou promenades sur la plage, même lorsque Mère nous accompagnait, commençait à donner matière à certains commérages odieux. J'en restai stupéfaite. Ma seconde surprise fut de découvrir la façon dont ils se répandaient. Cela, je n'en aurais rien su si je n'avais pas été invitée à une autre réunion du Club d'Amour. J'aurais dû comprendre qu'elles avaient de bonnes raisons de me prier d'y assister.

Cette fois, la réunion n'eut pas lieu au Club Florette. Nous nous retrouvâmes dans un restaurant populaire de Palm Beach, et nous assîmes tout au fond, aussi loin que possible des autres tables. C'étaient les consignes données par Manon. Le groupe m'intéressait toujours autant, mais uniquement d'un point de vue professionnel. J'avais parlé d'elles au Pr Fuentes, qui s'avouait très intrigué par leur démarche, lui aussi.

Le déjeuner débuta par des bavardages à bâtons rompus sur la mode, les événements mondains, les nouvelles des uns et des autres, et les dernières plaisanteries qui couraient les salons. Finalement, Manon se tourna vers moi et lança :

— Il y a quelque chose dont nous avons toutes entendu parler, et nous pensons devoir vous mettre au courant, Willow.

— Ah bon ?

Mon cœur se mit à tictaquer comme un compteur Geiger sur un gisement radioactif. Tout le monde guettait ma réaction aux révélations imminentes de Manon. Elle n'y alla pas par quatre chemins.

— Nous avons toutes de bonnes raisons de dire, hélas, que votre belle-sœur répand des propos insidieux sur vous et votre demi-frère. Elle s'est plainte de ce que vous passiez trop de temps avec Linden, et a laissé entendre que vos relations n'étaient pas simplement fraternelles.

— Quoi ! Whitney raconte des horreurs pareilles ?

— Sans le moindre doute, confirma Liana. Nos sources sont les plus fiables de tout Palm Beach.

Sharon et Marjorie acquiescèrent d'un signe de tête. Je n'en revenais pas.

— Quels propos tient-elle, exactement ?

— Elle a confié à quelqu'un de notre connaissance que votre frère avait changé de chambre, pour en prendre une plus proche de la vôtre. Est-ce vrai ?

— Oui, mais...

— Elle a dit qu'il vous avait offert un tableau de lui en cadeau de mariage, à tous les deux, mais que c'était un portrait de vous, peint de façon extrêmement sensuelle. Elle a dit aussi qu'il l'avait accroché lui-même au-dessus de votre lit, et elle a su par une de vos domestiques qu'il allait très souvent le regarder. Comme s'il contemplait la Vierge Marie, paraît-il. Elle n'a pu trouver aucune raison pour expliquer cela, en dehors de penchants pervers et contre nature.

— Y a-t-il quelque chose d'anormal entre vous et votre frère ? osa demander Marjorie.

Les autres retinrent leur souffle.

— C'est une question révoltante, insultante ! m'indignai-je.

Elle n'en parut pas troublée.

— Il fallait que je sache, c'est tout. Si nous voulons vous soutenir, nous devons connaître la vérité. Comme un bon avocat.

— Je ne vous demande rien, ripostai-je encore plus sèchement. Tout ceci n'est que pure invention. Je n'ai aucune raison de présenter une défense.

Sharon eut une moue railleuse.

— Vous savez ce qu'on dit, à propos des gens qui protestent un peu trop fort.

— Et moi, je trouve dégradant d'écouter des choses pareilles, dégoûtant, répugnant et…

— Nous sommes de cet avis, s'interposa vivement Manon.

Elle jeta un regard autour d'elle, pour s'assurer que personne ne pouvait l'entendre, avant d'ajouter :

— Et nous voulons vous aider.

Je me renversai en arrière et contemplai fixement la table, marmonnant comme pour moi-même :

— Mais qu'est-ce qui peut la pousser à faire une chose aussi abjecte ?

— C'est peut-être elle qui éprouve des sentiments contre nature pour son frère, suggéra Marjorie. Elle a une façon de le regarder, quand ils sont ensemble !

Manon l'approuva d'un mouvement de la tête.

— Il faut contre-attaquer.

— Quoi ? Mais de quoi parlez-vous ? D'abord il n'y a rien de vrai derrière toutes ces saletés ! me récriai-je.

— Aucune importance, déclara Manon. Il faut combattre le feu par le feu. Ne vous inquiétez pas, nous saurons gérer la situation.

— Non. Je ne veux pas me lancer dans une vendetta familiale avec ma belle-sœur. Je la confronterai ouvertement, et veillerai à ce que si tout ceci est vrai, elle y mette fin.

Marjorie me mit en garde.

— Ne sous-estimez pas Whitney. Vous êtes novice au grand jeu de Palm Beach, mais elle, c'est une experte. Elle ne fera de vous qu'une bouchée.

— Je survivrai.

— Nous essayons seulement de vous aider, répéta Manon.

Je la remerciai, mais je me rendais parfaitement compte que le sens du bien et du mal n'était pas leur unique motivation. Elles aussi adoraient ce qu'elles appelaient le grand jeu de Palm Beach. Soudain, Sharon suggéra :

— Parlez-nous un peu de votre lune de miel.

Pendant un moment, je me sentis comme un patient chez un psychanalyste. J'avais muré l'un des accès à mon être intime ; elles changeaient de direction pour en trouver un autre.

— Oui, avec tous les détails dont vous vous souvenez, ajouta Liana.

— Ou que vous voulez bien révéler, précisa Sharon.

— Tout s'est-il passé comme vous l'espériez ? voulut savoir Manon.

J'éclatai d'un rire brutal qui les laissa médusées.

— Qu'y a-t-il de si drôle ?

— On dirait que vous profitez des expériences des autres femmes... par personne interposée, répliquai-je. Que vous faites l'amour par procuration.

Les sourires gourmands s'évanouirent.

— De toute évidence, notre étudiante en psychologie a trop lu Freud, grinça Marjorie. Elle ne voit que par lui.

Et Manon renchérit :

— Si les choses ne sont pas telles que vous l'espériez, elles n'iront pas mieux si vous nous les cachez, Willow. Vous, une étudiante en psychologie, devriez le savoir mieux que nous.

— Je ne cache rien à personne, d'abord. Et qui vous a dit que les choses n'étaient pas comme je l'espérais ?

— Quand on proteste trop... commença Sharon.

— Vous devenez carrément ridicules ! Je dois m'en aller.

J'ouvris mon sac pour payer ma part, mais Manon m'arrêta.

— Laissez, Willow. L'addition est pour nous. Vous ne partez pas fâchée, j'espère ?

— J'ai du travail et je suis fatiguée, c'est tout. Merci pour ces révélations dégoûtantes.

Marjorie me retint brusquement par le bras.

— Un jour, un jour très prochain peut-être, vous nous remercierez sincèrement, cette fois.

Je libérai mon bras. Des larmes brûlantes se pressaient sous mes paupières, mais je les refoulai.

— J'espère avoir à m'occuper de choses plus importantes, mais merci pour le déjeuner. Sincèrement, ajoutai-je.

Et je me ruai vers la sortie.

Pendant un moment je ne fis que rouler au hasard, sans prêter attention au trajet. Les larmes ruisselaient sur mes joues, à présent. Pourquoi Whitney agissait-elle ainsi ?

Comment pouvait-on vouloir déchirer de la sorte sa propre famille ? Qu'espérait-elle obtenir ?

Et moi, comment pourrais-je rentrer à la maison, regarder Mère et Linden en face, en sachant ce que les gens disaient de nous, et tout cela par la faute de Whitney ?

Mon indignation céda vite la place à la colère : en un clin d'œil, ma décision fut prise. Je fis rapidement demi-tour et mis le cap sur la résidence de Whitney. J'attendis longtemps devant les grilles dignes d'une forteresse, en me demandant si on allait me laisser entrer. Finalement, elles s'ouvrirent et je roulai lentement jusqu'à la demeure. Une femme de chambre m'ouvrit, un plumeau à la main et l'air mécontent de devoir annoncer une visite imprévue.

— Mme Shugar est sur la terrasse, daigna-t-elle me renseigner, en indiquant du geste une porte-fenêtre. C'est au fond, par là.

— Merci.

Je traversai le grand hall d'un pas vif en faisant sonner mes talons sur les dalles, éveillant des échos que renvoya le haut plafond.

En short et débardeur blanc, Whitney se prélassait sur une chaise longue, sous un vaste parasol. Le livre qu'elle était en train de lire un moment avant était posé près d'elle sur une table, à côté d'un verre de cocktail. Je n'eus pas l'impression de voir une femme en train de se reposer chez elle, mais une touriste en vacances, profitant des loisirs offerts par l'hôtel. Une éternelle touriste, pensai-je. Voilà ce qu'elle est.

À mon approche elle ouvrit les yeux d'un air ennuyé, s'assit et redressa le dossier de son siège.

— Qu'est-ce qui vous amène, Willow ? Je vous croyais si occupée avec vos études et votre frère.

— C'est précisément ce qui m'amène, Whitney.

Elle haussa un sourcil et tendit la main vers son verre.

— Vous boirez quelque chose ?

— Non, je ne reste pas assez longtemps pour ça.

— Ah ! Cela ne vous empêche pas de vous asseoir, je suppose ? Cela m'évitera d'avoir à lever la tête pour vous voir.

Je pris place sur une chaise à dossier droit.

— Eh bien ? attaqua Whitney, le sourire oblique. Où y a-t-il le feu ?

— Demandez-moi plutôt qui est l'incendiaire, Whitney.
Elle reposa vivement son verre.
— Ce qui veut dire ?
— Il a été porté à ma connaissance, et vous m'en voyez navrée, que vous répandez d'ignobles paroles à propos de Linden et de moi.
— Oh ? fit-elle, sans prendre la peine de nier quoi que ce soit.
— L'avez-vous fait ?
— J'ai simplement dit ce que tout le monde ici pense ou croit, et rien de plus, répliqua-t-elle avec arrogance.
Parce qu'elle vivait sur un piédestal qu'elle avait elle-même édifié, Whitney ne craignait aucune contradiction. Elle avait une trop haute idée de sa personne pour éprouver le moindre sentiment de honte, ou de défaite. C'était clair, mais cela ne m'impressionnait pas.
— Quel raisonnement stupide me tenez-vous là, Whitney ? Je suis la femme de Thatcher. Nous faisons partie de votre famille, maintenant. Vous devriez nous protéger, et non répandre ces immondes ragots.
— Je ne répands pas de ragots, cracha-t-elle, le regard fulminant. Je veille sur ma famille, comme je l'ai toujours fait.
— Vous veillez sur votre famille ? Pour commencer, vous avez tenté de nous séparer en forgeant cette histoire débile sur Kirby Scott ; et maintenant que nous sommes mariés, vous avez trouvé quelque chose d'encore pire.
— Vous ne pouvez pas me reprocher d'essayer d'ouvrir les yeux de Thatcher. Vous avez débarqué dans notre famille comme un ouragan, en ravageant tout sur votre passage. Qui d'autre que Thatcher aurait épousé quelqu'un comme vous, avec une aussi lourde hérédité ?
— Vous continuez à vous croire supérieure, n'est-ce pas ? Vous savez toujours ce qui vaut mieux pour tout le monde.
Elle eut un sourire glacé, le regard si vide qu'on l'aurait prise pour une créature sans âme.
— Je vois que vous ne niez pas ces racontars, en tout cas.
— Bien sûr que non. Je ne leur ferai pas l'honneur de les prendre au sérieux. Qui pourrait débiter de pareilles inepties, à moins d'être encore plus malade que mon frère ?

Elle tressaillit mais ne changea pas d'expression.

— J'ai des photos, proféra-t-elle.

— Des photos ? (Je crus que mes poumons se vidaient de leur air). Quelles photos ?

Elle eut à nouveau ce vilain sourire et se carra sur son siège.

— Vous auriez dû comprendre que les gens qui ont travaillé pour les Eaton, pendant toutes ces années, ont développé un certain sens de la loyauté envers nous. Jennings, peut-être moins, mais les bonnes que vous avez gardées. Et ne vous avisez pas d'en renvoyer une seule ! menaça-t-elle en me foudroyant du regard.

Je savais que je n'avais plus de couleurs. C'était comme si le sang s'était retiré de mon visage.

— De quoi parlez-vous ? demandai-je, avec l'infime espoir qu'il s'agissait d'autre chose.

Son sourire s'accentua.

— Des photographies répugnantes que vous avez permis à votre frère, ce malade, de prendre de vous. Et vous avez aussi posé nue pour lui, bien sûr ?

— Non, je n'ai rien fait de tel. Je n'arrive pas à croire que vous ayez fait faire une chose pareille à une domestique. Nous espionner ! C'est tellement méprisable que je ne trouve pas de mots pour le qualifier.

Whitney but quelques gorgées de son cocktail.

— Je ne fais que protéger ma famille, répéta-t-elle. Et puisque vous avez eu le toupet d'évoquer ce sujet, je me vois obligée d'insister pour que vous fassiez interner votre frère.

— Quoi !

— J'exige qu'il sorte de cette maison, dans l'intérêt de Thatcher, ordonna-t-elle. C'est le seul moyen de le mettre à l'abri des perversions qui pourraient lui faire du tort. Sa réputation, celle de mes parents et la mienne sont liées. Personne ne vit en vase clos, ici. Votre conduite a un impact sur moi et sur mes parents.

— Et qu'en est-il de la vôtre ?

De mauvais qu'il était, le sourire de Whitney se fit venimeux. Elle se pencha en avant et cracha ses mots comme du fiel.

— Je doute que vous entendiez porter sur moi une seule accusation, si minime fût-elle, aussi écœurante que celles qui vous concernent.

« Vous venez d'une famille d'aliénés. Ce qui m'effraie le plus, si vous tenez à le savoir, c'est le genre d'enfant que vous risquez d'avoir. J'espère que Thatcher y a réfléchi, et qu'il s'adressera à une bonne agence d'adoption quand le moment viendra pour vous d'avoir des enfants… s'il vient un jour. Si votre mariage survit.

Elle se redressa, la mine satisfaite.

— Je vous ai déjà dit que j'avais dû souvent venir au secours de Thatcher, pour le tirer d'innombrables désastres sentimentaux.

Mes paroles de rage se bloquèrent dans ma gorge. Les visages des femmes du Club d'Amour m'apparurent dans un flash. Comme elles avaient eu raison de me mettre en garde contre Whitney, et le fameux grand jeu de Palm Beach ! Pourtant je refusais d'être aussi vulnérable que tout le monde le croyait, et en particulier Whitney.

C'est d'une tout autre voix, nette et assurée, que je demandai :

— Pourquoi éprouvez-vous ce besoin ?

— Quel besoin ?

— D'interférer si souvent dans la vie de votre frère.

— Je vous l'ai dit. Pour le protéger. Pour protéger ma famille.

Je ne cachai pas mon incrédulité.

— Vraiment ? Ne serait-ce pas plutôt *vous* qui éprouvez une fascination maladive pour votre frère ? Vous qui lui êtes attachée par un sentiment contre nature ? Malgré tout le bien que vous pensez de vous-même, et de votre précieuse réputation, je sors d'un déjeuner avec un groupe de femmes qui pensent justement cela de vous.

— Vous mentez.

— Je peux m'arranger pour qu'elles vous le disent elles-mêmes, si vous voulez. Vous êtes déçue par votre mariage. On a entendu votre mari se plaindre de votre froideur au lit. Vous essayez de me chasser parce que vous voulez Thatcher pour vous-même.

Whitney ne souriait plus.

— Espèce de sale petite…

— Moi ?

Je me levai.

— Non, pas moi. Je ne paie pas vos femmes de chambre pour vous épier à mon profit. Mais certains de vos domestiques, j'en jurerais, ne vous sont pas aussi dévoués qu'il vous plaît de le croire. Et ils pourraient très bien être amenés à décrire, en détail, vos démonstrations d'affection excessives envers Thatcher.

— Vous n'oserez pas ! siffla-t-elle. Je vous aurai réduite en charpie et chassée avant.

— Peut-être, et peut-être pas. Peut-être subirons-nous toutes les deux des torts irréparables, mais ne vous inquiétez pas. Je serai bientôt psychothérapeute. D'ici quelques années, je vous soignerai gratuitement.

Elle me dévisagea fixement, l'indécision et l'insécurité se frayant lentement un chemin dans son esprit pervers.

Je consultai rapidement ma montre.

— Il est un peu plus de trois heures. À six heures précises, je veux que ces photos me soient apportées chez moi. Si jamais j'entends à nouveau parler d'elles, ou d'une seule rumeur insidieuse au sujet de mon pauvre frère et de moi, vous me verrez en première page de la presse à scandales. Vous ne pourrez plus assister à un seul bal de charité, un seul grand dîner, vous montrer dans un seul restaurant de cette ville, sans vous demander pourquoi tout le monde vous regarde et chuchote dans votre dos.

« Je peux vivre n'importe où, repris-je avec une joyeuse confiance, mais vous ! Si vous deviez quitter votre chère propriété de Palm Beach, vous en mourriez.

La vue de son visage défait me fit sourire.

— C'est la vérité, Whitney. Pensez-y. Thatcher et moi pouvons exercer notre profession n'importe où. Mais où pouvez-vous pratiquer la vôtre, Whitney, sinon ici… et en enfer ?

Je m'éloignais vers le hall quand je me retournai sur elle.

— J'ai dit six heures, et pas une minute de plus, lui rappelai-je.

Mes talons claquèrent sur le dallage, laissant derrière moi comme un crépitement de grêlons.

15

Une seconde lune de miel

— Je me surprends sans cesse à sous-estimer la complexité des relations familiales, observa le Pr Fuentes, quand je lui eus décrit mon entrevue orageuse avec Whitney. En fait, j'ose dire que Whitney ne comprend pas elle-même ses motivations.

Nous étions dans un petit café, non loin du campus. Pardessus le rebord de sa tasse, il m'adressa ce chaleureux sourire qui parfois montait jusqu'à ses yeux.

— Sans l'avoir jamais rencontrée, reprit-il, j'incline à penser qu'elle croit vraiment agir pour le bien de sa famille, et de son frère en particulier. Si je la traitais en tant que patiente, je l'amènerais sans doute à se rendre compte qu'elle utilise ce prétexte pour justifier un objectif plus ténébreux. Et qu'il vaudrait beaucoup mieux pour elle d'admettre cela, de cesser de se mentir à elle-même.

— Oui, vous pourriez l'aider, en supposant qu'on puisse l'aider, acquiesçai-je. Mais il serait probablement trop tard pour moi et pour ce pauvre Linden.

— Probablement. Vous avez eu raison de l'affronter, de lui tenir tête, et de lui prouver que vous n'êtes pas sans défense. Vous aurez au moins obtenu qu'elle mette fin aux ragots, mais à mon avis elle ne s'en tiendra pas là.

J'eus une moue désabusée.

— Je sais.

— Pour l'instant, il serait sage de poursuivre vos efforts pour développer la vie sociale de Linden. Rien ne pourrait hâter davantage son rétablissement qu'une nouvelle connaissance, une relation extérieure dans laquelle il pourrait s'investir.

— Je sais cela aussi.

— Je suis désolé, dit-il avec son réconfortant sourire. Je ne me montre pas très brillant, ni très utile pour vous.

— Ne croyez pas cela ! Vous ne pouvez pas savoir comme cela m'a fait du bien d'entendre votre opinion et vos conseils.

Il contempla pensivement son café.

— Thatcher sait-il dans quelle mesure vous vous confiez à moi ? demanda-t-il sans lever les yeux de sa tasse.

— Non, Professeur Fuentes. Un psychothérapeute prévient toujours le conjoint de son patient qu'il faut lui laisser son espace intime, n'est-ce pas ? Si les séances ne sont pas rigoureusement privées, elles ne sont pas efficaces.

— C'est bien la réponse d'une fille de psychiatre ! s'exclama-t-il en riant.

— Je n'ai pas le choix. Je suis ce que je suis.

— Je sais. Je voulais seulement éviter qu'on n'interprète mal mes intentions.

— Cela n'arrivera pas. Thatcher a ses confidents, j'ai les miens. Pour moi, vous êtes plus qu'un professeur, maintenant. Je vous considère comme un grand ami.

Il parut touché.

— Je vous remercie. C'est un honneur que j'accepte. Votre mère est-elle au courant de tout ce qui s'est passé ?

— Non, à moins qu'elle n'ait surpris des bavardages de domestiques. Malgré notre installation dans une maison plus grande, où elle est aidée, elle paraît plus fatiguée qu'avant. Je la vois plus souvent plisser le front, ou courber les épaules. Elle s'endort dans son fauteuil et ne mange pas aussi bien que je le voudrais. Mais moi-même...

Je m'interrompis, pas très fière de moi.

— Je ne lui ai pas consacré autant de temps ni d'attention que je le souhaitais. Pas plus qu'à Linden, d'ailleurs. Thatcher m'a accaparée avec toutes ses mondanités. La frontière entre les relations sociales et les relations professionnelles est tellement floue, dans son milieu, que je ne sais plus ce qui est important et ce qui ne l'est pas. Je n'ose pas lui dire non. Je ne veux pas le décevoir, ni faire quelque chose qui nuise à sa carrière.

Le Pr Fuentes n'avait pas cessé de sourire en m'écoutant.

— Ne craignez-vous pas, également, d'accréditer si peu que ce fût les rumeurs malsaines que Whitney a semées ?

D'un signe de tête, je reconnus que c'était vrai.

— Quand je me promène avec Linden, maintenant, je regarde autour de moi pour voir si une bonne nous épie. S'il me touche, c'est tout juste si je ne saute pas en l'air. Et chaque fois que je regarde le portrait, au-dessus de notre lit, j'y vois plus de sensualité. Si par hasard quelqu'un le voit, je rougis comme s'il me regardait nue.

« Ensuite, repris-je après un soupir, je me dis que ce pauvre Linden ne mérite pas ça. Que c'est *elle* qui nous a fait ça, à tous les deux ! Mon père disait toujours que le pouvoir est dans l'accusation, pas dans la conviction. Je ne comprenais pas très bien sa pensée, à ce moment-là. Mais maintenant je la comprends, oh oui !

— Thatcher n'a jamais fait de réflexion à ce sujet ?

— Pas directement, mais je devine des sous-entendus dans certains de ses propos. Ou je le surprends en train d'observer la façon dont je regarde Linden, et dont Linden me regarde. Pendant un instant, je lis ses soupçons dans ses yeux. Cela ne dure pas, mais quand même : c'est bien là. Je finis par me demander si je ne suis pas en train de devenir paranoïaque... ce qui ferait bien plaisir à Whitney, achevai-je d'une voix morne.

— Vous devriez en discuter avec lui, Willow, et très vite. Avant que tous ces soupçons ne s'installent comme des termites, et ne détruisent les fondations de votre union.

— C'est un bon conseil. Je sais que je devrais, que je dois le faire. Vous voyez, dis-je en souriant, vous m'êtes d'un grand secours. Je sais encore si peu de chose !

Le Pr Fuentes rit de bon cœur.

— Nous en sommes presque tous là, Willow. Sauf que certains d'entre nous sont plus habiles que d'autres à cacher leur ignorance.

Cette fois je ris avec lui, et ainsi prit fin l'un de nos tête-à-tête à l'heure du café, moments qui m'étaient chers. Plus tard, après les cours, quand je repris le chemin de Joya del Mar, je me promis d'avoir un entretien à cœur ouvert avec Thatcher et de tout lui révéler.

Jusqu'ici, Whitney n'avait pas encore essayé de prouver que je bluffais. Elle avait renvoyé les photos. Je n'avais aucun moyen de savoir si elle en avait fait tirer des copies, bien sûr. Mais je pensais que, même dans ce cas, elle ne s'exposerait pas à la honte de laisser quelqu'un les voir. J'étais toujours, malgré le dépit qu'elle en éprouvait, la femme de son frère. Je n'eus plus de nouvelles des membres du Club d'Amour, aussi espérai-je que les médisances avaient cessé, elles aussi. Toutefois, comme je l'avais dit au Pr Fuentes, je devais supporter les dégâts déjà commis.

Je fus vivement déçue quand Thatcher téléphona, en fin de journée, pour me prévenir qu'il était retenu à Tallahassee. Une très importante réunion, précisa-t-il, en rapport avec le conglomérat et les hommes d'affaires qu'il avait vus à Nice, pendant notre lune de miel.

— Ils essaient de gagner des hommes politiques au projet, Willow. C'est une rencontre officieuse, si tu vois ce que je veux dire. Je serai pris pendant presque deux jours entiers, je rentrerai donc après-demain soir.

— Oooh ! me désolai-je.

— N'aie pas l'air si malheureuse, ça ne fait jamais que trente-six heures.

— Mais j'ai besoin de te parler, Thatcher. De passer quelque temps avec toi sans invités, sans parents ni distractions, sans coups de téléphone, sans être dérangés.

— Nous pourrions passer le week-end à Nassau, suggéra-t-il.

— Pourquoi pas ? C'est une bonne idée.

— Parfait. De quoi s'agit-il ? De ton frère ?

— Non, pas exactement. Enfin pas seulement de lui.

Il marqua une pause imperceptible avant de lancer :

— Je ne voulais pas te le dire, mais je devrais le faire.

— De quoi parles-tu ?

— Je crois que ton frère passe des heures entières en faction devant notre porte, la nuit.

Je crus avoir mal entendu.

— En faction ?

— La nuit dernière, et une autre avant cela, je suis sorti quand tu dormais et il a pratiquement bondi jusqu'à sa chambre.

— C'était peut-être une simple coïncidence, hasardai-je.

— Peut-être. Et peut-être pas. Il rôde sans arrêt partout, de plus en plus furtivement, il me semble. Je sais que Grace et toi, vous pensez qu'il guérit à toute allure, mais je suis toujours très inquiet, Willow. Penses-y, s'il te plaît. Et sois prudente, me recommanda-t-il.

Que pouvais-je lui expliquer, par téléphone ? Je me contentai d'affirmer :

— Il ne fera aucun mal à personne, Thatcher.

— Il y a plusieurs façons de faire du mal aux gens, Willow. Sois plus objective et plus vigilante, d'accord ? Bon, il faut que j'y aille. Je t'appellerai, promit-il.

— Thatcher...

J'entendis un déclic, il avait raccroché. Je restai un moment figée sur place, le combiné à la main. Whitney avait-elle réussi à lui distiller son venin ? La suggestion du Pr Fuentes venait-elle trop tard ? Je m'en voulais à mort d'avoir attendu si longtemps, et surtout d'avoir gardé pour moi ma conversation avec Whitney. Cette hésitation pouvait avoir nourri ses soupçons et ses doutes. Si une chose au monde pouvait donner vie et force à un mariage, c'était la confiance. L'amour entre époux se mesurait à la part de secrets que chacun gardait pour soi. Moins ils avaient de secrets l'un pour l'autre, plus leur amour grandissait. Le mariage de mes parents m'en avait fourni un exemple éclatant. Les choses qu'ils se dissimulaient l'un à l'autre auraient comblé l'Atlantique et, pour finir, ce qui restait de leur amour n'aurait pas rempli un dé à coudre.

Ce soir-là, Mère ne vint pas dîner. Linden m'apprit qu'elle avait la migraine et ne désirait qu'une chose : prendre un somnifère et dormir. J'allai voir comment elle allait, pour m'apercevoir qu'elle dormait déjà.

— Elle se fait beaucoup trop de souci pour nous tous, me dit Linden quand je revins à table, tout en mangeant avec appétit. Je sais que c'est surtout à cause de moi. Je travaille trop, et je traque les ombres dans tous les coins de la maison, mais cela ne va pas durer.

— Ah bon ? Pourquoi ?

— Aujourd'hui, pendant que tu étais en cours, devine où j'étais ?

Je secouai la tête en signe d'ignorance.

— Où ça ?

— À Florida Atlantic, révéla-t-il, rayonnant. J'ai fait exactement ce dont je t'avais parlé : je me suis inscrit à un cours d'histoire de l'art. J'irai le mardi et le vendredi matin, dès le trimestre prochain. Si ce cours me plaît, je m'inscrirai pour un deuxième, et peut-être un troisième trimestre.

— Mais c'est merveilleux, Linden ! Tu devrais t'inscrire à un club d'étudiants, par la même occasion. Je te ferai connaître des gens.

— C'est une idée, je pourrais faire ça. Mais où est Thatcher ? s'étonna-t-il, s'apercevant tout à coup que nous dînions sans lui.

— Il a dû se rendre à Tallahassee, pour une importante réunion. Il rentrera demain soir.

— Ah !

Pendant quelques instants il me parut bizarre, comme absent. Puis il se remit à mastiquer mais beaucoup plus vite et, comme je lui en faisais la remarque, il déclara qu'il devait se remettre au travail.

— Je fais quelque chose qui me plaît vraiment. J'en suis comme possédé, admit-il avec un soupir, mais ce n'est pas forcément un mal. Quelquefois, c'est même ça qui fait la qualité de mon travail, tu comprends ? Thatcher ne comprendrait pas mais toi, oui. Je le sais.

— Je comprends, Linden. Laisse-toi posséder, mais pas dévorer.

— J'ai l'impression, répliqua-t-il en riant, que tu devrais plutôt donner ce conseil à Thatcher. C'est lui qui travaille vingt-quatre heures sur vingt-quatre, ces temps-ci.

Je nc trouvai rien à répondre. Il avait raison, bien sûr.

— Mais nous n'allons pas nous tracasser pour ça, non ? reprit-il en riant. Chacun de nous peut compter sur l'autre pour lui tenir compagnie, quand tout le reste nous déçoit, n'est-ce pas ?

Là-dessus, il poursuivit son repas de bon appétit.

Plus tard, quand j'eus étudié un certain temps dans ma chambre, j'allai voir Mère. Elle était réveillée et avait pris du thé, des toasts et un peu de confiture qu'on lui avait servis au lit.

— Je me sens un peu vieille ce soir, c'est tout, affirma-t-elle. Alors ne me fais pas les gros yeux, et ne me parle plus de médecins ni d'hôpital. Tu sais que rien que d'y penser me rend malade.

— Si tu ne te sens pas mieux demain matin...

— J'irai mieux, promit-elle.

Puis elle demanda des nouvelles de Thatcher, dont je lui expliquai l'absence, avant de lui raconter mon agréable dîner en compagnie de Linden.

— Il a un tout nouveau projet, lui annonçai-je. Il s'est inscrit à l'université pour des cours d'histoire de l'art.

— Ah ça, c'est magnifique. Pourvu qu'il le fasse !

— Nous y veillerons, la rassurai-je. Ne t'en fais pas.

De retour dans notre appartement, je regardai un moment la télévision mais sentis bientôt mes yeux s'alourdir. Je m'assoupis même devant le poste allumé. Finalement, je l'éteignis et allai me coucher. Dans le grand lit au chevet de bois massif, je me sentis plus seule que jamais ce soir-là. Pendant le temps relativement court où nous avions vécu ensemble, Thatcher et moi, je m'étais habituée à sa présence à mes côtés. Entendre son souffle régulier la nuit, ou me blottir contre lui quand il pleuvait, me procurait un sentiment de sécurité.

En Caroline du Nord aussi bien qu'ici, certaines de mes amies étudiantes accordaient une importance primordiale à leur indépendance. À tel point qu'elles se moquaient de moi quand je parlais de toute personne qui me donnait cette impression de sécurité, surtout si c'était un homme ; qu'il s'agît de mon père ou d'Allan, quand je vivais là-bas, ou à présent de mon mari.

Chacune d'elles me tenait à peu près le même discours.

— Les hommes te regardent de haut quand ils s'aperçoivent de ça. Ils se sentent supérieurs et pensent que tu devrais leur être reconnaissante d'être là. Jamais je ne permettrai à un homme de penser cela de moi.

J'entendais répéter cela si souvent, sur tous les tons, que je commençais à me demander si ce n'était pas vrai. Si je n'étais pas trop faible et trop dépendante, finalement. Et pourtant...

N'était-ce pas merveilleux d'avoir quelqu'un sur qui s'appuyer, toujours là pour vous apaiser et vous réconforter ? N'était-ce pas délicieux de garder en soi cette part de douceur qui aimait être aimée ? Fallait-il toujours être sur ses gardes, prête à défendre ses droits ? Cela devient lassant, à la longue. On en arrive à s'interroger sur ce qu'on y a gagné, ou perdu. Il devrait y avoir une zone de compromis, où chacun peut apprendre comment compter pour l'autre, comment abandonner un peu de soi-même à l'autre. Et à passer du « toi et moi » au « nous ».

J'étreignis l'oreiller de Thatcher et respirai le parfum de son eau de toilette. J'eus l'impression qu'il était près de moi, fermai les yeux et, sans appréhension, je me laissai glisser dans le sommeil.

La cause en fut peut-être à mon affrontement avec Wendy, à mon inquiétude au sujet de Mère, à ma conversation avec le Pr Fuentes ?... Je l'ignore, mais ma bienheureuse torpeur fut brutalement interrompue par un cauchemar d'un réalisme saisissant. La porte de ma chambre s'ouvrait, une silhouette masculine se découpait dans la lumière venant du couloir. Je me recroquevillai, si étroitement repliée sur moi-même que j'en avais mal, mais je n'osai pas crier. Je fis semblant de dormir.

La silhouette resta là pendant un temps interminable, toujours tapie dans l'ombre. Puis elle s'avança vers le lit, je reconnus Linden et vis qu'il était nu. Il tendit la main, toucha mes cheveux. Je ne remuai pas un muscle. Un long moment plus tard, je sentis qu'il se retournait et le regardai s'éloigner en glissant, flotter jusqu'à la porte et la fermer sans bruit derrière lui. Je ne bougeais toujours pas. Finalement, mon corps se détendit et je retombai dans un sommeil sans rêves.

Le lendemain matin, à mon réveil, le cauchemar était encore si vivace que je me demandai si c'en était bien un. Je n'osai pas poser la question à Linden, et je ne pouvais pas en parler à Mère, bien sûr. Je me contentai de le repousser dans l'un des recoins les plus obscurs de mon esprit, en espérant le voir disparaître, tel un fantôme lassé de toujours hanter la même demeure.

Toutes ces histoires m'obsédaient, m'avouai-je. Il était grand temps de prendre des vacances, si brèves dussent-elles être. Dès le retour de Thatcher, je lui rappelai sa promesse, et il prit ses dispositions sur-le-champ.

— Ce sera une seconde lune de miel miniature, tu verras.

— Tant mieux, répliquai-je. La nôtre était trop courte, de toute façon.

Il rit et me serra dans ses bras.

— Willow, notre mariage lui-même ne sera qu'une lune de miel, murmura-t-il tendrement.

J'étais folle de joie à cette seule idée, mais je me promis que je ne partirais pas si Mère n'allait pas mieux. Par chance, elle se rétablit dans les deux jours qui suivirent. Peut-être joua-t-elle la comédie de crainte que je n'hésite à partir, mais si ce fut le cas, elle la joua bien. Elle mangea mieux, reprit ses promenades et fit même un peu de shopping avec moi, pour acheter deux ou trois choses dont j'avais besoin pour mon week-end aux Bahamas.

Et quel week-end ce fut !

Pas une seule fois Thatcher ne fit allusion à son travail, à ses réunions, à ses clients. Il n'emmena même pas son portable !

— Pendant les prochaines quarante-huit heures, avait-il dit, je ne veux plus rien savoir de tout ce qui n'est pas toi.

À l'instant où nous atterrîmes à Nassau, nous fûmes happés par un tourbillon. Dès notre arrivée à l'hôtel nous allâmes à la piscine où nous prîmes un bon bain, puis nous nous fîmes servir un cocktail que Thatcher disait fabuleux. C'était délicieux, mais je ne me rendais pas compte à quel point c'était fort. Je découvris plus tard que le mélange comportait de la vodka, de l'alcool de pêche, du gin, du rhum et du jus d'orange. Au bout du troisième verre, je fus prise d'un fou rire impossible à maîtriser.

Notre chambre se trouvait loin de la piscine, isolée derrière les arbres et les buissons. Thatcher décida que j'avais assez bu, surtout quand nous nous aperçûmes que nous étions restés un peu trop longtemps au soleil. Je n'avais pas senti que je rôtissais à petit feu. Il me chargea sur son épaule et m'emmena dans notre chambre, où nous commençâmes presque aussitôt à faire l'amour. J'étais tout étourdie par l'alcool et, avec cette fureur amoureuse qui nous jetait l'un vers l'autre, je crus que j'allais m'évanouir. Ce qui m'arriva peut-être, d'ailleurs, pour ce que j'en savais.

Exténués, nous coulâmes tous les deux dans le sommeil pour ne nous réveiller que vers huit heures. Je me sentais toujours un peu brumeuse, mais Thatcher avait récupéré. J'avais à peine ouvert les yeux qu'il se penchait pour m'embrasser les seins, promener ses lèvres au creux de mon estomac, me caresser et me provoquer jusqu'à ce que nous recommencions à faire l'amour. Nos ébats ne furent pas aussi doux et aussi tendres qu'ils l'avaient été jusque-là, mais beaucoup plus fougueux et exigeants.

— On dirait que tu sors d'une période d'abstinence, dis-je à Thatcher. Si nous n'étions pas mariés, ce serait presque un viol.

Il rit, puis me pressa de me lever, de me doucher et de m'habiller.

— Je meurs de faim, annonça-t-il. L'alcool et l'amour me font toujours cet effet-là.

Il semblait différent, et je n'étais pas certaine d'aimer tout à fait ce nouveau Thatcher. Mais j'appréciais les attentions dont il me comblait, et j'étais ravie qu'il ne pense à rien d'autre. Nous eûmes un merveilleux dîner, à une table dominant la mer. Je m'en tins au vin blanc, mais Thatcher commença par un martini vodka, avant de passer au vin. Après le repas, nous allâmes nous promener le long de la plage, main dans la main.

Le ciel était pratiquement sans nuage. Sous les étoiles étincelantes, avec ma peau encore enfiévrée de soleil et les doigts de Thatcher entrelacés aux miens, j'éprouvais un sentiment profond de bien-être et de paix. Je dormis bien mieux cette nuit-là que je ne l'avais fait depuis longtemps.

Levé avant moi, Thatcher sortit pour aller courir sur la plage, et m'en avertit par un mot laissé sur son oreiller. Où puisait-il toute cette énergie ? me demandai-je, en faisant un effort pour m'asseoir. La peau me picotait là où j'avais pris trop de soleil. Je me promis, pour cette journée, de rester le plus possible à l'ombre.

Je me levai, pris ma douche, et je finissais juste de m'habiller quand Thatcher revint, en nage mais rayonnant.

— C'était fantastique, dehors ! Il y a si longtemps que je n'avais pas couru comme ça, au bord de l'eau. J'avais oublié le bien que ça fait. Demain tu viens avec moi, même si je dois te tirer du lit et t'habiller moi-même.

— Alors ne m'épuise pas cette nuit, je te préviens.

— Moi, je ferais ça ? feignit-il de s'étonner, tout en bombant le torse avec une fierté virile.

Puis il courut prendre sa douche et me rejoignit sur la terrasse pour le petit déjeuner. J'avais déjà bu mon jus d'orange quand il arriva. Nous passâmes notre commande, puis je me carrai sur ma chaise et commençai à lui raconter mon entrevue avec Whitney.

Il commença par afficher un petit sourire ambigu, qui se changea en grimace quand je répétai les mots qu'elle avait employés, et décrivis enfin comment j'avais récupéré les photos.

— C'était quoi, ces photos ? s'enquit-il, les yeux baissés sur l'assiette qu'on venait de poser devant lui.

À sa façon de poser la question, puis de relever soudain les yeux sur moi, j'eus l'intuition qu'il était déjà au courant de l'essentiel.

— Linden a été influencé par la théorie d'un artiste, d'après laquelle un peintre doit d'abord se pénétrer de son sujet, m'efforçai-je d'expliquer. Il m'a prévenue qu'il allait prendre de nombreux instantanés de moi, pour capter ma véritable image.

— Quel genre d'instantanés ?

— Des instantanés, il n'en a pas dit plus. Il a pris des photos qu'il n'aurait pas dû prendre, c'est un fait, et je le lui ai sévèrement reproché. Mais ta sœur n'avait pas le droit de soudoyer quelqu'un pour nous espionner et voler ces photos.

— Et qu'en as-tu fait ?

— Je les ai déchirées, avant de les jeter à la poubelle. Mais que ta sœur ait répandu partout ces rumeurs dégoûtantes…

— Tu connais le proverbe : « Il n'y a pas de fumée sans feu », Willow. Dans cette ville, les gens le tiennent pour parole d'Évangile. Tu dois mettre fin à tout ceci avant que cela n'aille trop loin.

— Mettre fin à quoi ? Il n'y a rien à quoi mettre fin, Thatcher. Mon frère appliquait une certaine technique et il a dépassé les bornes, c'est tout.

Le regard de Thatcher se durcit.

— Non, ce n'est pas tout, et tu le sais bien. Tu es tout pour lui, ce n'est pas sain. J'ai essayé de l'intéresser à d'autres femmes, mais il ne veut rien savoir. Écoute, dit-il en posant sa fourchette, pour saisir ma main à travers la table. Ce qu'a fait Whitney est inexcusable. Je lui en parlerai moi-même, mais ce n'est pas le vrai problème. Que ce soit Whitney, ou toute autre personne fouineuse et médisante, quelqu'un va essayer de créer un scandale autour de l'attachement particulier que ton frère a pour toi.

— Mais...

— Il a l'esprit dérangé, Willow. J'ai essayé de te le faire comprendre. Je vois bien ce qui se passe à la maison, c'est pourquoi je t'ai prévenue qu'il rôdait autour de notre porte. Je suis sûr qu'il nous épie quand nous faisons l'amour, et ce portrait qu'il a fait de toi... nous devons le décrocher de là. Il est trop... trop révélateur. Tu sais que j'ai raison, ajouta-t-il précipitamment.

— Il ne comprendra pas, Thatcher. Il sera profondément blessé. Cela pourrait aggraver son état.

— N'empêche qu'il faut faire quelque chose, maugréa-t-il.

— Laisse-moi y réfléchir encore, tu veux ?

Il haussa les épaules.

— Entendu, mais retiens bien ce que je te dis. J'ai peur que Linden n'ait besoin d'un traitement plus sévère, et plus tôt que tu ne le penses.

Au plus profond de moi-même je savais qu'il avait raison. Je détournai le regard, les yeux brûlants de larmes. Thatcher se pencha par-dessus la table et me prit le menton.

— Allons, allons, oublions ça pour le moment. C'est notre seconde lune de miel, tu te souviens ? J'ai loué un hors-bord, nous allons faire un tour en mer.

— Mais j'ai déjà un coup de soleil ! protestai-je.

— Habille-toi en conséquence et inonde-toi de crème solaire. Nous allons nous amuser, tu verras. Et oublie tout le reste, ordonna-t-il. Ne pense plus qu'à nous.

Je finis par lui céder, bien sûr, et je ne le regrettai pas. L'après-midi, nous recommençâmes à faire l'amour puis, après une longue sieste, nous nous habillâmes pour dîner. J'adorai cette soirée, véritable escapade amoureuse et romantique à souhait. C'est seulement quand nous allâmes nous coucher, cette seconde nuit, que je redescendis sur terre. Je m'aperçus tout à coup que, dans mon euphorie, j'avais oublié de prendre ma pilule contraceptive. Je connus un moment de panique, mais je m'obligeai à chasser toute crainte de mon esprit. N'étions-nous pas là pour échapper aux soucis, et ne vivre que des instants magiques ?

Non, décidai-je, rien de mal ne pouvait nous arriver pour avoir passé quelques heures au paradis.

*

* *

Mais comme si nous étions punis d'avoir été trop heureux, de tristes nouvelles nous attendaient à Joya del Mar. Jennings nous accueillit et, malgré la réserve qu'il savait si bien garder, l'inquiétude se lisait sur ses traits.

Je m'étais attendue à voir Mère aussitôt que nous serions à la maison et, à la sensation de vide, au silence qui y régnait, je sus qu'il était arrivé quelque chose.

— Que se passe-t-il, Jennings ? questionnai-je avant qu'il eût ouvert la bouche pour nous saluer.

Étonné par mon air alarmé, Thatcher haussa les sourcils.

— Je crains que votre mère ne soit tombée malade, madame Eaton. Cela remonte à avant-hier, mais elle a insisté pour qu'on ne vous dérange pas. Le médecin est venu. Il voulait la faire hospitaliser mais elle s'y est catégoriquement opposée.

— Que lui est-il arrivé ? s'enquit Thatcher.

— Après le dîner elle a été prise de vertiges, à tel point que si M. Linden n'avait pas été tout près d'elle, elle serait tombée. Elle s'est plainte d'un fort mal de tête et de faiblesse dans les bras et les jambes. M. Linden l'a transportée dans sa chambre et nous avons appelé le Dr Hackford. Le médecin de votre mère, précisa Jennings à l'adresse de Thatcher. Il est venu tout de suite. Comme elle refusait d'aller à l'hôpital, il lui a donné quelque chose pour qu'elle se détende. Mais il a déclaré très nettement qu'il ne pourrait être tenu pour responsable si son état s'aggravait.

Un frisson me courut le long du dos.

— Je monte tout de suite, dis-je à Thatcher. Où est mon frère, Jennings ?

— Auprès d'elle. Il n'a pas quitté son chevet. La nuit dernière, il a dormi dans un fauteuil près de son lit.

— Merci.

Je me ruai dans l'escalier, courus jusqu'à la chambre de Mère. Elle avait fermé les yeux mais ne dormait pas. Affalé dans un fauteuil, Linden avait lui aussi les yeux fermés. J'entrai lentement et sans bruit.

— Mère, chuchotai-je en lui touchant le bras, quand j'arrivai près du lit.

Linden garda les yeux clos, mais elle ouvrit les siens et me sourit.

— Ne me fais pas de reproches, Willow. Je me sens beaucoup mieux, j'avais seulement besoin de repos. En fait, j'ai faim. Ce pauvre Linden s'est tellement inquiété ! Depuis que je suis tombée malade il n'a ni mangé ni dormi. Fais-lui avaler quelque chose et envoie-le se coucher, Willow, implora-t-elle. Je ne veux pas qu'il rechute à cause de moi.

« Tout s'est bien passé, là-bas ? s'empressa-t-elle d'ajouter.

Je savais qu'elle voulait faire diversion et ne m'en laissai pas conter.

— C'est sans importance, Mère. Que t'est-il arrivé, exactement, et que t'a conseillé le docteur ?

Son regard me sourit.

— Pourquoi ai-je le sentiment que tu connais déjà la réponse, Willow ?

— Alors pourquoi n'es-tu pas à l'hôpital, si le médecin a estimé que ce serait plus prudent ?

— Crois-moi, je connais mon corps : je vais bien.

Les paupières de Linden battirent et s'ouvrirent. Il se redressa dans son fauteuil.

— Willow. Quand es-tu rentrée ?

— À l'instant. Je ne m'étonne pas que Mère ait voulu me cacher son état, mais toi, Linden ! Pourquoi ne m'as-tu pas appelée à l'hôtel ? J'avais laissé nos coordonnées en partant.

Il braqua sur Mère un regard accusateur.

— J'allais le faire mais elle me l'a formellement interdit. Elle a soutenu qu'elle se sentirait encore plus mal.

— Mère !

— Oh, il exagère. Et qu'est-ce que cela aurait changé ? Il ne s'est rien passé de grave et je vais mieux. Maintenant filez d'ici, tous les deux. Je vais m'habiller et descendre manger un peu, ensuite je veux un récit détaillé de vos vacances. Linden, va te laver en vitesse et mets-toi quelque chose dans l'estomac. Immédiatement, ordonna-t-elle, et il bondit sur ses pieds.

Je secouai la tête en souriant.

— Très bien, Mère, tu as gagné. Pour l'instant, ajoutai-je en faisant signe à Linden de sortir avec moi. Maintenant dis-moi exactement ce qu'il en était, exigeai-je quand nous fûmes hors de portée de voix.

— Elle était trop faible pour tenir debout, et pâle, mais pâle ! Si je n'avais pas tenu bon, elle ne m'aurait même pas permis d'appeler un médecin.

— Tu as bien fait, Linden. Il va falloir veiller sans arrêt sur elle, afin que cela ne se reproduise pas.

Ses traits se détendirent.

— Entendu. Je suis heureux que tu sois rentrée, Willow, tu m'as manqué. Bientôt, j'aurai un nouveau tableau à te montrer, annonça-t-il.

Sans avertissement, il pressa ses lèvres sur les miennes et s'éloigna en hâte, ce qui me laissa un instant tout interdite. C'était la démonstration parfaite de ce qu'on appelle un baiser volé.

Le temps que je regagne nos appartements, Thatcher était déjà en ligne avec ses collègues de travail. J'avais défait mes valises et finissais de me changer quand il eut enfin le temps de prendre des nouvelles de Mère. Je lui résumai ce que j'en savais, et il haussa les épaules.

— Si elle se sent si bien, laisse-la tranquille.

Peut-être avait-il raison, m'avouai-je. Trop s'attarder sur les maux des gens ne faisait, le plus souvent, que les rendre encore plus malades. En fait, pendant les jours et les semaines qui suivirent, Mère ne montra plus aucun signe de malaise. Si elle en eut, elle les cacha bien. Je la trouvais moins énergique et moins animée qu'à notre arrivée à Joya del Mar, mais elle assistait à tous les repas, s'intéressait à la conversation, faisait ses promenades. Quand elle se reposait sur la terrasse, pour lire ou tout simplement pour contempler la mer, elle avait toujours l'air de s'y plaire.

C'était la fin du trimestre pour moi, et j'avais de nouveau des examens à préparer. Le Pr Fuentes et moi reprîmes nos tête-à-tête occasionnels, et Linden retourna travailler fiévreusement à son nouveau projet.

Tout ce qu'il consentit à m'en dire fut que ce serait une œuvre de grandes dimensions, destinée à être accrochée dans le hall en face de l'entrée. Les Eaton avaient emmené la tapisserie qu'ils avaient acquise en Europe, laissant un vaste espace libre sur le mur du fond.

Nous nous installâmes dans une existence tranquille et heureuse, tous les quatre. Mais ce dont je n'eus pas conscience alors, c'est qu'elle ressemblait au calme qui précède la tempête.

Six semaines après notre escapade aux Bahamas, je m'aperçus que j'avais sauté un cycle. J'avais été si inquiète pour Mère, et si occupée par les sorties mondaines que m'imposait l'insistance de Thatcher, que je n'y avais pas pris garde. Cela me vint brusquement à l'esprit alors que je regagnais ma voiture après mes cours, en fin d'après-midi. Je me figeai sur place et vérifiai mentalement les dates, puis je me sentis pâlir. Il me sembla que je n'avais plus une goutte de sang dans les veines.

Sur le trajet du retour, je m'arrêtai devant un drugstore et j'achetai un test de grossesse. À peine arrivée à la maison, je courus m'enfermer dans mon appartement et passai à la salle de bains. Le mode d'emploi du test était facile à suivre. Le cœur battant, je contemplai fixement la languette témoin. En trois minutes, elle confirma ce que j'avais pressenti et redouté : j'étais enceinte.

J'avais toujours pris les plus strictes précautions, excepté pendant ce week-end aux Bahamas, où je m'étais abandonnée à l'insouciance la plus folle. Et maintenant, comme si le sort n'attendait qu'une occasion pour me prendre en défaut, j'allais devoir affronter une nouvelle crise au pire moment qui soit. Enceinte ! Comment avais-je pu laisser une chose pareille se produire, et justement maintenant ?

Je venais de reprendre mes études. J'avais Mère et Linden à soigner et à protéger. Thatcher et moi commencions à peine à construire notre union… Je me serais giflée pour ma sottise.

Je pivotai sur moi-même et m'examinai dans le miroir.

— Toi ! m'indignai-je devant mon image. Tu te considères comme une femme moderne, évoluée. Tu prétends être responsable de la santé physique et mentale des autres et toi, toi, tu commets une pareille inconséquence ? Comment as-tu pu être aussi stupide ? Tu ne l'as pas volé. Qu'est-ce qui t'a permis de croire que tu pourrais devenir psychothérapeute ?

J'enfouis mon visage dans mes mains et fondis en larmes... puis je relevai la tête. N'avait-on pas frappé à la porte ?

C'était papa, qui écoutait comme il le faisait parfois, quand j'étais petite et que je pleurais.

— Qu'y a-t-il, Willow ?

— Rien, papa.

Comme toujours, je voulais qu'on me cajole pour me faire avouer mes problèmes. Je ne voulais pas me sentir coupable en les révélant trop vite, et trop facilement.

— Parle-moi de ce rien, alors, dit-il avec patience, prêt à attendre autant qu'il le faudrait.

— Je suis enceinte, papa. Aucune femme raisonnable ne se serait mise dans cette situation, surtout avec mes responsabilités.

— On voit mieux les choses avec du recul, c'est vrai, mais à quoi cela sert-il d'y revenir ? Si c'est pour nous apitoyer sur nous-même et ruminer le passé, cela ne peut que nous faire du mal. Quelles questions t'ai-je appris à te poser, Willow ?

— Quel est le problème ? Quelles sont les solutions, leurs tenants et aboutissants ? Laquelle sera la plus utile pour moi, et pour ceux que la question concerne ?

— Y a-t-il autre chose à considérer pour l'instant ?

— Non.

— Alors pourquoi perds-tu ton temps à gémir et à pleurer ?

Je respirai un grand coup et balayai les larmes de mes joues. La décision à prendre ne dépendait pas uniquement de moi, même si j'étais la principale intéressée. Je devais en parler à Mère. Mais c'était la moindre des choses de prévenir d'abord Thatcher, et de connaître sa réaction.

Il appela une fois de plus pour s'excuser de ne pas rentrer dîner, mais je coupai court à ses explications.

— Reviens tout de suite à la maison, Thatcher. Tu n'es pas obligé de rester pour dîner, mais je dois te voir immédiatement.

— Qu'y a-t-il encore ? s'enquit-il avec humeur.

— Cela n'a rien à voir avec ma mère ou mon frère. Cela ne concerne que nous deux.

— Tiens donc.

— Reviens tout de suite, Thatcher.

Il resta un moment silencieux et soupira.

— Entendu. Je ferai un saut en allant à ma réunion.

Quand il eut raccroché je me baignais le visage à l'eau fraîche, me donnai un coup de peigne et pris mes dispositions pour l'attendre. Linden travaillait dans son atelier, Mère se reposait dans sa chambre. Je prévins Jennings que je serais sur la terrasse d'en bas, près de la piscine.

Une demi-heure plus tard, Thatcher descendit précipitamment les marches. J'étais assise sous un parasol et contemplais la mer.

— Eh bien ? attaqua-t-il en se campant devant moi. J'espère que tu ne m'as pas fait venir à cause d'une quelconque rumeur ?

Il ne m'était pas venu à l'esprit qu'il pourrait s'imaginer cela. Pendant un moment, j'en fus déstabilisée.

— Non, il ne s'agit pas d'une rumeur.

— Alors de quoi s'agit-il, Willow ? Ce genre de mélodrame est plutôt le style de ma famille, s'efforça-t-il de plaisanter.

Mais son sourire voilait mal son irritation.

— Je ne cherche pas le mélodrame, Thatcher. Je veux simplement me montrer raisonnable et responsable.

— D'accord, acquiesça-t-il en croisant les bras. Je t'écoute.

Je m'appliquai à parler le plus sèchement possible.

— Je viens de m'apercevoir que je suis enceinte, Thatcher.

Ses yeux s'arrondirent. Il attira une chaise à lui et s'y laissa tomber.

— Enceinte ? Mais je croyais que tu prenais des précautions.

— Sauf pendant notre week-end aux Bahamas, révélai-je.

Il ouvrit la bouche, la referma et finit par dire :

— Je vois. Nous y avons été un peu fort là-bas, non ?

— Un peu trop, dirais-je.

Il haussa les épaules.

— Eh bien, où est le problème ? Nous allons avoir un bébé, voilà tout.

— *Nous* allons avoir un bébé ? Je pense que c'est plutôt moi qui vais l'avoir, Thatcher. À moins qu'on n'ait découvert un moyen d'inclure les pères dans le processus, mais je n'en ai jamais entendu parler.

— Tu sais très bien ce que je veux dire. Nous allons avoir un enfant, et après ? Je n'y vois aucun inconvénient majeur.

J'avais de plus en plus de mal à garder mon calme.

— Tu n'en vois aucun ? Moi, si. J'étudie en vue de construire ma carrière, et je n'ai pas l'intention d'y renoncer.

— Et alors ? Tu interrompras tes études un certain temps, beaucoup de femmes font ça. Tu n'auras même pas besoin de t'arrêter longtemps, Willow. Nous trouverons une bonne nounou, voilà tout. Et même… peut-être pourras-tu faire venir Amou du Brésil, suggéra-t-il, ravi par son idée.

Elle était séduisante, certes, mais irréalisable.

— Il n'est pas question de lui demander cela, Thatcher. Elle n'est plus toute jeune, et elle se trouve très bien où elle est.

— Je suis sûr qu'il y a des tas de femmes très capables qui feraient l'affaire, fit-il valoir.

Et comme j'évitais de répondre, il insista :

— Ce n'est pas comme si nous dépendions d'un modeste salaire pour survivre, Willow. À quoi sert l'argent, sinon à régler les problèmes ?

Cette fois, j'explosai.

— Cela n'a rien à voir ! Je n'envisageais pas ma grossesse et mon enfant comme des problèmes à résoudre, figure-toi.

— C'est juste une façon de parler, se hâta-t-il de rectifier. Je ne pense pas vraiment qu'un bébé représente une gêne pour nous. En plus, mes parents vont être fous de joie, et Grace aussi. Tu le lui as dit ?

— Pas encore. J'ai pensé que tu devais être le premier à le savoir, Thatcher.

— C'est juste, et j'apprécie cette attention, Willow.

Il me dévisagea un long moment, sourit, puis tapa dans ses mains et se leva.

— Et moi qui me croyais incapable de devenir un jour un bon mari ! Je vais devoir m'habituer à l'idée d'être un bon père, maintenant, dit-il en se penchant pour m'embrasser. Je savais que j'avais une bonne raison de t'épouser. Tu es en train de faire de moi un homme respectable, Willow, conclut-il en s'en allant.

— Et c'est tout ce que tu trouves à dire ? m'écriai-je.

Il y avait encore tellement de choses dont nous devions parler. Mais il ne m'entendit pas, ou choisit d'ignorer ma question.

— Ne m'attends pas ! lança-t-il par-dessus son épaule.

Je le regardai remonter vivement les marches et disparaître dans la maison. Avait-il raison ? Tout était-il aussi simple qu'il le prétendait ? L'argent suffisait-il à résoudre les plus gros problèmes ?

Je n'avais jamais vu les choses sous ce jour, mais vivre ici était peut-être suffisant pour vous transformer. Avait-on seulement l'occasion, la moindre chance de choisir ?

Et même si je l'avais eue ? N'était-il pas honnête de me demander si je n'aurais pas fait le même choix ?

Un nuage occulta le soleil, projetant sur la maison et les jardins une ombre lugubre. Il faisait chaud sur la terrasse et cependant, pendant ce bref instant, j'eus froid.

Ce ne fut qu'une impression furtive, aussi légère que la caresse d'une plume, mais assez nette pour me faire courir un frisson le long du dos. Ce que c'était, d'où cela venait, il me restait encore à le comprendre.

Mais il n'y avait pas le moindre doute : c'était là.

16

Quelque chose d'imprévu

L'annonce de ma grossesse provoqua toute une gamme de réactions diverses autour de moi. Celle de Mère fut la plus sincère et la plus heureuse, bien sûr. La joie qui transparaissait sur son visage la rajeunissait, je retrouvai dans son regard ce rayonnement que je n'y avais pas vu depuis longtemps. En fait, il n'émanait d'elle que lorsqu'elle parlait de mon père et de leur amour. De toute évidence, elle plaçait ma grossesse et le fait d'être bientôt grand-mère parmi les plus merveilleux cadeaux que lui ait offerts la vie. Je sentais que je lui faisais un don précieux, quelque chose à souhaiter et à chérir.

— Ce n'est pas une chose que nous avons programmée, Mère, lui avouai-je.

— Si j'ai appris quelque chose, Willow, c'est que la plupart des bonnes choses qui nous arrivent ne sont ni prévues ni voulues. Un bébé apportera le soleil dans cette maison. Un soleil éclatant, que même les plus noirs nuages ne pourront pas empêcher de réchauffer nos cœurs.

Elle voulait se rendre utile, être entièrement responsable de l'enfant. Mais j'insistai, comme l'avait fait Thatcher, pour que nous engagions une nurse.

La réaction de Linden fut assez curieuse. Il ne sembla ni surpris ni fâché. En fait, avant même que Thatcher ou Mère aient eu le temps d'y songer, il demanda quel prénom je comptais donner à l'enfant. Je lui dis que je n'y avais pas réfléchi, ce qui était vrai. Il ne s'en étonna pas et annonça qu'il avait quelques noms à proposer, qu'il offrit de noter sur un papier pour me la remettre. Puis il fit une seconde suggestion plus surprenante encore.

— Je devrais quitter la chambre que j'occupe, pour que vous puissiez l'aménager en nursery. C'est la plus proche de vos appartements, et après tout c'était celle de Grace. Oui, décida-t-il, je vais réintégrer mon ancienne chambre. Je déménagerai la semaine prochaine.

— Tu n'as pas besoin de te presser tant, Linden, lui rappelai-je. Il me reste encore au moins sept mois.

— Peu importe. Il y a des dispositions à prendre, des choses à acheter. Est-ce que tu voudras connaître le sexe du bébé dès que ce sera possible ?

— Probablement. On va me faire une échographie, et on peut quelquefois être fixé au bout de douze semaines, environ.

— Bonne idée, approuva-t-il. Comme ça, nous saurons quelles couleurs choisir pour la décoration.

Malgré moi, j'éprouvai un certain amusement devant son intérêt marqué pour ma grossesse et le bébé. Cette marotte finit par occuper la plus grande partie de son temps. Il alla dans le cabinet de travail de Thatcher pour consulter Internet, et chargea toutes sortes d'informations sur les soins prénataux et ceux du jeune enfant. En outre, il imprima des rames de papier sur les opinions des divers spécialistes en la matière. Chaque matin, à la table du petit déjeuner, une liasse de feuilles fraîchement tirées m'attendaient à ma place.

Thatcher trouvait cela très drôle et se mit à appeler Linden « Notre Nounou ».

— Que t'a encore donné Notre Nounou aujourd'hui ? s'enquérait-il en rentrant du travail.

Je dus le supplier de ne jamais parler ainsi devant Linden.

— Peu importe ce qu'il fait, Thatcher, le sermonnai-je un soir où il semblait d'humeur provocante. Cela l'aide à ne pas retomber dans sa dépression. Mère s'en réjouit, et certaines des informations qu'il m'a fournies sont très utiles. Je ne connais pas grand-chose à la puériculture, et je n'étais pas préparée à affronter cette situation si tôt.

— D'accord, d'accord, concéda-t-il.

Mais presque aussitôt, comme si une idée cocasse lui passait par la tête, il rugit de rire.

— Thatcher ! le menaçai-je en faisant les gros yeux.

— Désolé, Willow, mais je viens de penser à un nouveau projet de carrière pour lui. Pourquoi ne pas l'encourager à faire des études d'infirmier en maternité ? Quand une femme aurait des difficultés à mettre son enfant au monde, il pourrait lui montrer un de ses tableaux sinistres et délirants. Elle serait tellement saisie qu'elle accoucherait instantanément.

Je lui administrai une petite tape sur le bras.

— Tu vas te taire, oui ?

— Je me tais, je me tais, promit-il.

Mais presque aussitôt le fou rire le reprit.

Souvent, pendant le dîner, quand Linden se lançait sur le chapitre de la puériculture, Thatcher se mordait la lèvre pour ne pas sourire, mais seulement parce que je le menaçais du regard. Et le soir, quand il me prenait dans ses bras et plaisantait la nouvelle manie de Linden, c'était moi qui luttais contre l'envie de rire. Et tout de suite après je me sentais coupable.

— Il vaut mieux parler tout bas, chuchotait Thatcher, il a peut-être l'oreille collée au mur. Ceux de cette maison ne sont pas aussi épais qu'on pourrait le croire. Je me souviens d'avoir vu Whitney épier nos parents à travers les murs, une fois. Elle l'a nié, bien sûr, mais il m'est arrivé d'essayer à mon tour. C'était toujours très décevant.

La réaction des parents de Thatcher, en apprenant ma grossesse, fut en parfait accord avec les usages de Palm Beach. Bunny se lança dans des projets de fête pour célébrer l'événement attendu. Elle décréta que la date prévue pour la naissance, qui tombait au cœur de la saison mondaine, n'aurait pu être plus favorable et félicita Thatcher. Il accepta ses compliments, et laissa entendre que nous avions choisi le moment qui nous semblait le plus approprié. L'aisance avec laquelle il mentait à ses parents me laissa pantoise.

Mais Bunny n'en resta pas là. Elle donna son avis sur tout, la façon d'élever l'enfant, sa nurse, et proposa de choisir son nom, comme si c'était plus important que sa santé même.

— J'espère que vous n'allez pas l'affubler d'un nom de star de feuilleton, au moins. Le fils de Thatcher doit avoir un prénom très distingué. Ou sa fille, bien sûr.

Je ne pus résister à la tentation de demander :

— Comme Bunny, par exemple ?

— Comment ? Oh, ce n'est qu'un surnom affectueux. À mon âge, on apprécie ces choses… et cela vous rajeunit, ajouta-t-elle en confidence. Mais un nouveau-né n'a pas besoin de rajeunir, n'est-ce pas ? Je dresserai une liste et je vous l'enverrai.

Tout le monde tenait à nous proposer des noms. Je commençais à me dire que je devrais ouvrir un concours.

La réaction du Pr Fuentes fut très nuancée. Il se montra heureux pour moi, bien sûr, et en même temps un peu déçu, jusqu'à ce que je lui affirme que je n'avais pas l'intention de renoncer à ma carrière.

— Je ne prendrai qu'un congé de maternité, Professeur. Thatcher et moi en avons déjà discuté.

— Tant mieux. Mais ne sous-estimez pas l'attention et le temps qu'exige un enfant, me mit-il en garde. D'après ce que vous m'avez dit sur votre enfance et votre adolescence, vous savez cela mieux que moi.

— Cela n'arrivera pas, je vous le promets.

— Contentez-vous d'être réaliste au sujet de tout ça, me conseilla-t-il. Ne surestimez pas non plus votre énergie, et soyez patiente avec vous-même.

Je le remerciai, puis je lui décrivis l'espèce de folie qui s'était emparée de notre entourage, à propos du choix d'un prénom.

— Si c'est un garçon, pourquoi ne pas le nommer d'après votre père ? suggéra-t-il simplement.

— Et si c'est une fille ?

Il hésita. Je voyais bien qu'il avait une idée, mais il se demandait s'il oserait me la soumettre. Je l'y encourageai.

— Allez-y, Professeur. Tout le monde a une idée à me proposer. Pourquoi pas vous ?

— La mienne m'est venue juste après que vous m'avez annoncé votre grossesse, avoua-t-il. Hannah.

Sans savoir pourquoi, je souris.

— Hannah ?

— J'imagine que vous aimeriez relier l'enfant à votre mère, non ? Hannah signifie « grâce », en hébreu. Je l'ai lu l'autre jour.

— J'aime beaucoup ça. Merci.

— Encore un petit conseil, ajouta-t-il rapidement.

— Oui ?

— Ne dites pas à Thatcher que l'idée vient de moi. L'ego masculin, vous savez, ce genre de choses...

— Je comprends.

— J'en suis certain, commenta-t-il avec un grand sourire.

Je rougis en songeant à tout ce qui nous rapprochait, maintenant. Nous nous sentions de la même famille d'esprits. Était-ce dû à notre amour commun pour la psychologie, à notre fascination pour la mentalité de l'homme et son comportement ?

Je sentais que je ne devais pas effleurer ce mystère. Il y a des choses qu'il vaut mieux ne pas dire ou, telles de belles fleurs empoisonnées, ne pas toucher.

À l'université, certains étudiants accueillirent l'annonce de ma grossesse comme un diagnostic de cancer. Leurs visages exprimèrent aussitôt la pitié, voire le dégoût. Sur ce sujet, les sœurs Butterworth n'auraient pu avoir d'opinions plus opposées. Loni trouva cela merveilleux, et se déclara impatiente d'avoir un mari et des enfants. Choupette fit la grimace et parla du fardeau de la maternité, de l'ingratitude des hommes envers les femmes, et des sacrifices qu'elles faisaient pour leurs enfants.

— Sans compter la grossesse elle-même ! J'aimerais mieux payer une mère porteuse, déclara-t-elle.

Loni ouvrit des yeux effarés.

— Et si elle disparaît avec l'enfant ?

— Bon débarras ! riposta Petula, et le diable les emporte.

Je me rendais compte que c'était surtout la peur qui la faisait parler ainsi. Je l'assurai que j'avais une grossesse sans histoire, et même exempte de la plupart des petits troubles habituels. Je me gardai bien de dire que Linden y voyait le signe d'une naissance facile. J'avais trop peur qu'elles ne se moquent de lui, comme Thatcher.

La réaction de Whitney me fut rapportée par un tiers : je reçus un coup de fil de Manon Florette. À plusieurs reprises elle m'avait invitée à déjeuner, mais j'avais chaque fois trouvé un prétexte pour refuser.

— Nous venons juste d'apprendre que vous êtes enceinte, Willow. Votre belle-sœur l'a dit à Liana hier, chez le coiffeur.

— Ah oui ? Whitney ne m'a pas encore donné signe de vie.

— Cela n'a rien d'étonnant !

Une sourde appréhension me valut un début de migraine instantané.

— Et pourquoi cela ? m'informai-je prudemment.

— Elle se demande si l'enfant est de son frère.

— Quoi ?

— Je ne fais que répéter ce qu'elle a dit à Liana. Whitney affirme que son frère n'aurait jamais eu un enfant juste après le mariage, qu'il est trop malin pour ça.

Cette vilenie me rendit ma présence d'esprit.

— Ah oui ? Il est trop malin pour ça mais d'après elle, il ne l'était pas tant que ça dans le choix de ses maîtresses.

— Exactement, approuva Manon. Nous avons pensé que vous devriez être mise au courant.

— Merci, Manon.

— Vous devriez venir à notre prochain déjeuner dans quinze jours, Willow. Nous ne sommes pas vos ennemies. Nous sommes vos alliées, en la circonstance.

Je gardai le silence et Manon reprit :

— Je vous téléphonerai pour vous rappeler la date, Willow. Et, à propos : félicitations.

— Merci.

Cette conversation me laissa un peu abattue, mais je la chassai rapidement de mon esprit... en espérant qu'elle ne referait pas surface. Et bien sûr, la première fois que je revis Whitney à la faveur d'une réception quelconque, tout me revint d'un coup et je vis rouge.

Nous nous trouvions au milieu d'une centaine d'invités, dans un jardin au décor grandiose. Sa première remarque, qui était presque un compliment, fut :

— Votre grossesse ne se voit presque pas.

— Chez certaines femmes, elle ne se voit pratiquement pas avant le septième mois, vous savez. À vous entendre, cela n'a pas dû être votre cas.

J'avais parlé poliment, mais sans chaleur excessive. Elle répliqua, la voix amère :

— En effet. Pour Laurel, j'ai même eu une hémorragie au troisième mois, et j'ai failli la perdre. Mais si vous et Thatcher vouliez un enfant si tôt, pourquoi vous êtes-vous réinscrite à l'université ?

Thatcher, qui bavardait avec quelqu'un non loin de là, entendit la question et, le regard fixé sur moi, attendit ma réponse.

— Qu'est-ce que cela change ? répliquai-je, assumant aussitôt ce que j'appelais désormais « ma personnalité Palm Beach ». Nous engagerons une nurse et je ne manquerai pratiquement rien. Vous en avez eu une pour chacun de vos enfants jusqu'à l'âge de douze ans, si je ne me trompe ? Je ne pense pas en avoir besoin si longtemps, mais si cela s'avère nécessaire, tant pis.

Je haussai nonchalamment les épaules, lui décochai mon plus beau sourire et ajoutai :

— Après tout, Whitney, ce n'est qu'une question d'argent. Vous ne vous demandiez pas sérieusement pourquoi ce n'était pas un problème pour nous, j'imagine ?

Thatcher sourit jusqu'aux oreilles. Whitney, qui avait jusqu'ici gardé un visage de marbre, pâlit encore davantage.

— La question n'est pas là...

— Alors où est-elle ? demandai-je, comme si je tenais réellement à le savoir.

— Je ne pensais pas que vous étiez le genre de femme qui délègue ses responsabilités à quelqu'un d'autre.

D'un pas, je me rapprochai encore davantage d'elle.

— Dans quel genre me classiez-vous, Whitney ?

— C'est sans importance.

— Non, je suis curieuse de le savoir. Quel genre de femme, Whitney ? Plus responsable, plus aimante, plus attentionnée ? Eh bien ? demandai-je, le visage tout contre le sien.

Déstabilisée, elle faisait marche arrière à présent. Ses yeux papillotaient comme si elle cherchait une échappatoire, quelqu'un d'autre à qui parler, mais personne n'était assez proche d'elle pour cela.

— Vous ne voulez pas dire *névrotique* ? insistai-je.

Finalement elle remonta les épaules, parut gagner encore deux centimètres et laissa tomber de tout son haut :

— Si vous voulez le savoir, je ne pensais pas que votre milieu social vous ait préparée à vivre avec autant de domestiques chez vous. Il faut une certaine habitude quand on ne sait pas cela depuis toujours.

— Oh, ne vous inquiétez pas pour ça, répliquai-je avec un rire forcé, assez haut pour attirer l'attention. Pour ce qui est de me faire servir et dorloter, je crois que je suis tout à fait du même genre que vous.

Thatcher fut incapable de réprimer son rire, cette fois-ci. Whitney lui lança un regard noir, m'en décocha un plus noir encore et s'éloigna.

— Tu commences à attraper le coup, me souffla Thatcher.

— Possible, mais cela ne m'amuse pas autant que tu le crois. N'est-il pas temps de nous en aller ?

J'avais beau faire bonne figure, j'éprouvai certains désagréments au cours des deux mois suivants. Je n'eus jamais la moindre nausée, mais je connus des baisses d'énergie fréquentes et dus me reposer bien plus souvent que d'habitude.

Dès qu'il avait appris mon état, Thatcher m'avait emmenée chez un gynécologue qu'il considérait comme l'un des meilleurs de la région, et qui était aussi l'un de ses clients. Le Dr Herman Marko, qui frisait la cinquantaine, avait des manières affables mais sans plus, et un sourire que je trouvais un peu forcé, pour ne pas dire commercial. Quand je confiai mes impressions à Thatcher, il me répondit comme toujours que j'avais trop tendance à tout analyser, et je n'insistai pas. Le Dr Marko était un praticien compétent, c'était l'essentiel.

Après ma seizième semaine, je subis une échographie qui permit au Dr Marko d'affirmer, sans le moindre doute, que j'attendais une fille. C'est alors que je suggérai à Thatcher le prénom d'Hannah, qui ne parut pas l'emballer. Il se contenta de répondre :

— Nous avons le temps de décider.

À mon retour à la maison, Linden qui m'avait attendue avec Mère me bombarda de questions. Tous deux furent enchantés d'apprendre que j'allais avoir une fille. Mais si, au début, Mère et moi nous amusions de l'intérêt de Linden pour ma grossesse, et n'y voyions qu'une preuve de tendresse, les choses n'étaient déjà plus les mêmes. La façon dont il m'interrogeait, ses airs graves et préoccupés, les soins exagérés qu'il me prodiguait – comme s'il se substituait au médecin –, tout cela commençait à m'inquiéter.

— Tu ferais mieux de ne pas trop fréquenter ces docteurs, me dit-il un jour. Prends plutôt une bonne sage-femme.

Je ne pensais pas qu'il était vraiment sérieux, bien sûr, mais ses commentaires et ses critiques incessantes nous prouvèrent que c'était le cas. Il nous fallut en venir à une discussion tout aussi sérieuse avec lui pour le rassurer.

— Tout se passe bien, Linden, je suis en parfaite santé. Ma grossesse se déroule de la façon la plus normale qui soit, lui affirmai-je.

Il ne parut pas convaincu.

— Leur façon d'agir peut être nuisible à l'enfant, Willow. Peut-être pas maintenant, mais plus tard. Pour eux tu n'es qu'un cas parmi d'autres, un fait scientifique et rien de plus. À leurs yeux, nous ne sommes là que pour remplir les caisses, point final. Ah, les médecins ! cracha-t-il avec mépris.

Quand il nous eut laissées seules, Mère déclara qu'elle commençait à comprendre.

— Il attribue certains de ses problèmes à la façon dont je l'ai mis au monde, je crois. Comme tu le sais, Jackie Lee n'a pas voulu que la société de Palm Beach soit mise au courant de ma grossesse. C'est elle qui a eu l'idée de se faire passer pour la mère de Linden, pour sauver ma réputation. Avec le recul, je pense que c'était aussi pour protéger la sienne, en fait. Elle ne voulait pas être celle qui n'avait pas su voir la lubricité de Kirby Scott, ni protéger sa seule enfant. Les gens se seraient demandé où elle était quand tout cela se passait.

« Elle a trouvé un médecin discret, et comme tu le sais j'ai accouché de Linden à la maison. Je suis sûre qu'il considère tout cela – le subterfuge, les cachotteries, les mensonges et désillusions qui s'en sont suivis – comme la véritable cause de ses difficultés.

« Malgré sa colère et son refus d'avoir une vie sociale, il comprend qu'il ne va pas très bien mentalement, soupira-t-elle en se tamponnant les yeux. Et il l'accepte, comme tous ceux qui sont dans le même cas.

— Je comprends, Mère. Nous ne devons pas le culpabiliser à cause de tout ça. Je lui parlerai plus tard.

Elle retrouva le sourire.

— Il a vraiment de la chance d'avoir une sœur comme toi.

— Et moi d'avoir une mère comme toi, répliquai-je en l'attirant dans mes bras.

Nous échangeâmes une longue étreinte affectueuse.

Malgré la splendeur de la propriété, la beauté de la maison, la protection qu'elle nous offrait contre les problèmes que tant d'autres connaissaient, nous nous sentions vulnérables.

Nous marchions sur un sol dallé de marbre. Nous avions des domestiques à notre entière disposition, nous pouvions faire appel à n'importe quelle aide extérieure en cas de besoin. Et pourtant, nous ne pouvions pas nous empêcher, de temps à autre, de jeter un coup d'œil par-dessus notre épaule ; ou de nous arrêter pour surprendre l'approche d'un destin malveillant, tapi dans les coins d'ombre. Guettant l'occasion de se jeter sur nous, pour nous dérober notre bonheur tout neuf et nos espoirs.

Il était impossible d'en douter : c'était là. Tel ce vaisseau noir que Linden voyait souvent glisser sur l'eau dans les ténèbres, *cela* venait de l'horizon. Nef menaçante montant et descendant avec les vagues, irrévocablement, la proue dirigée vers Joya del Mar, avec ses matelots fantômes figés dans une attente impatiente, avide.

Les bouées gémissaient dans la nuit, cris d'alarme.

Que pouvions-nous faire ? Rien, sinon espérer que *cela* passerait au large et nous épargnerait.

Cet espoir ne fut pas exaucé.

*

* *

Ce ne fut pas un faux prétexte qui me fit refuser l'invitation à déjeuner de Manon, quand elle m'appela quelques semaines plus tard. Un problème imprévu, à l'université, allait être examiné au cours d'une réunion à laquelle je ne pouvais pas me dérober. Manon parut très contrariée.

— J'admire votre assiduité dans vos études, Willow, mais le monde réel a aussi ses exigences, vous devriez en tenir compte.

Je ne voyais pas à quoi elle pouvait faire allusion, mais je ne me fâchai pas. Je lui présentai mes excuses et promis de faire l'impossible pour les rencontrer sous peu. Elle raccrocha avec humeur, et je m'attendais à ne plus entendre parler d'elle ni du club, en quoi je me trompais. Le mardi suivant, à mon retour, Jennings me remit un message de sa part, on ne peut plus bref : « Manon Florette. Appelez-moi immédiatement. » Suivait son numéro de téléphone.

Certaine qu'il s'agissait encore d'une de leurs petites tragédies mondaines, je ne me pressai pas pour répondre. Je me changeai, passai un moment avec Mère, puis retournai dans ma chambre et m'armai de patience avant ce qui, croyais-je, ne serait qu'un futile bavardage. Manon décrocha à la première sonnerie.

— J'attendais votre appel, attaqua-t-elle avec impatience. Votre maître d'hôtel m'a dit à quelle heure vous rentrez.

— Je suis désolée, Manon. J'ai été retardée par quelque chose d'imprévu.

— À propos d'imprévu, vous n'allez pas être déçue, Willow.

— Que voulez-vous dire ?

— Vous allez le savoir. Les autres aussi avaient à faire, elles ont tout laissé en plan pour vous rencontrer. Soyez au Rosebud dans un quart d'heure. Vous savez où ça se trouve, ce n'est pas loin de chez vous.

— Mais de quoi s'agit-il ? insistai-je.

— Dépêchez-vous de venir.

Je n'eus pas le temps d'inventer une excuse : elle avait raccroché. J'étais à la fois furieuse et curieuse. Je trouvais qu'elles y allaient un peu fort, même pour des membres du Club d'Amour.

Le Rosebud était un petit café, avec un très joli jardin et une terrasse d'où l'on pouvait voir l'océan, à condition d'avoir la bonne table. Manon avait la bonne table, aucun doute là-dessus, mais nous n'étions pas là pour admirer le paysage. En m'approchant du restaurant je les aperçus de loin. Elles étaient déjà toutes là, ce qui me surprit. J'en déduisis qu'elles étaient réunies chez Manon quand j'avais téléphoné, constatation qui me fit l'effet d'un signal d'alarme. Le cœur battant, je traversai la petite entrée pour gagner la porte qui donnait sur la terrasse. Instantanément, quatre paires d'yeux me fixèrent avec une intensité qui me coupa le souffle.

— Que se passe-t-il ? parvins-je à demander, en me laissant tomber sur une chaise.

Le serveur accourut.

— Du café, c'est tout, lui lança Manon.

Il disparut aussi vite qu'il était venu, et elle prit aussitôt la parole.

— Nous avons de mauvaises nouvelles pour vous, Willow. Étant donné votre état, nous avons longuement hésité à vous les communiquer en ce moment, bien sûr. Mais après en avoir discuté, nous avons décidé que c'était justement votre situation présente qui rendait ces révélations nécessaires.

— Quelles révélations, Manon ? Ce petit jeu dramatique peut vous sembler très excitant, mais j'avoue que...

— Thatcher a une liaison, lâcha-t-elle tout à trac. En fait, il serait plus approprié de dire qu'il la continue.

— Beaucoup plus approprié, renchérit Marjorie.

Je la fusillai du regard. Puis, le cœur cognant contre les côtes, je me retournai vers Manon.

— Qu'est-ce que vous racontez ?

— Il y a plusieurs années, bien avant que vous n'entriez en scène, Thatcher a noué une relation qui paraissait très sérieuse avec une certaine Mai Stone.

— Je sais tout sur cette Mai Stone, dis-je précipitamment.

— Vous croyez ?

Leurs sourires ne me plurent pas du tout.

— Oui. Je sais qu'il tenait beaucoup à elle, mais qu'elle l'a quitté pour un Grec richissime et...

— Quitté, si l'on peut dire, coupa Manon. De temps à autre nous sommes informées d'une de ses incursions secrètes à Palm Beach, et de ses agressions à caractère sexuel envers M. Eaton Junior.

— Ils ont même une espèce de nid d'amour, ajouta Sharon.

— Une villa sur la plage qu'un ami de Thatcher leur prête, précisa Liana.

Le sang me monta aux joues, toute la table me dévisagea sans mot dire. Le garçon revint avec le café, nous servit, et Sharon se tourna vers Manon.

— Je t'avais dit que c'était risqué. À la voir, on pourrait croire qu'elle va avorter sur place.

Le garçon haussa les sourcils.

— Ce sera tout, le congédia Manon, et il se retira en hâte.

Marjorie se pencha vers moi.

— Vous vous sentez bien ?

Je fis signe que oui et m'enquis d'une toute petite voix :

— Qu'est-ce qui vous fait dire que cette histoire continue ?

— Nous espérions pour vous qu'il n'en était rien. Nous avions des soupçons, et il nous a fallu un peu de temps pour vérifier certains faits. Le premier de tous est celui qui nous a paru le plus odieux, n'est-ce pas, les filles ?

Elles branlèrent du chef avec ensemble. Autour de moi, l'air semblait devenir de plus en plus chaud à chaque seconde, au point que j'avais du mal à respirer. Je dus faire un effort pour demander :

— Quel est le premier de ces soi-disant faits ?

Ce fut Manon qui m'éclaira.

— Il a eu l'audace, l'inqualifiable audace de la voir pendant votre lune de miel. Ils se sont retrouvés à Nice pendant que vous attendiez au village, dans ce château.

— Comment s'y est-il pris pour s'éloigner de vous si longtemps pendant votre lune de miel ? voulut savoir Sharon. Nous nous posions la question.

Abasourdie, je me remémorai le fameux rendez-vous d'affaires, si important et si soudain.

— Comment savez-vous que toutes ces choses sont vraies, Manon ? proférai-je d'une voix étranglée.

— Par Marjorie. Ses parents ont des amis qui sont très liés avec les beaux-parents de Mai Stone. Ils ont mentionné certains détails par hasard, au cours d'une conversation, et elle a remonté la piste pour nous. Explique-lui, Marjorie.

— J'ai eu recours à mes sources, dont l'une se trouve être la secrétaire de Thatcher, Terri Wilson.

— Terri ?

Mon étonnement fit sourire Manon.

— Je sais, vous pensiez qu'elle se serait coupé la langue plutôt que de bavarder sur les affaires privées de Thatcher. Elle est muette comme une tombe sur tout ce qui concerne sa profession, c'est vrai. Mais sa conduite a fini par l'écœurer tellement qu'elle a éprouvé le besoin d'en parler à quelqu'un.

— Nous étions ensemble en faculté, dit Marjorie. N'allez pas raconter qu'elle ne sait pas tenir sa langue, surtout, elle n'est pas du tout comme ça.

Manon but quelques gorgées de café avant de poursuivre :

— En fin de compte, nous avons appris que les équipées amoureuses de Mai Stone étaient devenues plus fréquentes, ces temps-ci.

Je restai muette, refusant de croire ce que j'entendais. Manon ne se méprit pas sur mon silence.

— Nous avions prévu votre scepticisme, évidemment. Aucune de nous ne veut croire que l'homme qu'elle aime, et qui prétend l'aimer par-dessus tout, peut la trahir. Et pourtant c'est ce qu'ils font.

— Oh que oui ! appuya Marjorie, théâtrale. Ils le font.

Manon se pencha vers son sac posé à côté d'elle.

— Pour certaines choses, dit-elle en en tirant une chemise en carton, nous avons utilisé les services d'un détective privé. Dans la plus grande discrétion, bien sûr, et il s'est avéré parfaitement efficace. Une véritable mine d'informations.

« Dès que nous avons entendu parler des petites trahisons de Thatcher, nous avons engagé un enquêteur à nos frais, dans l'intérêt du club dirons-nous, pour recueillir les preuves dont vous pourriez avoir besoin. Tout est là, dit-elle en me tendant le dossier. Les dates, les lieux, les heures. Il y a même quelques photos. C'est à vous, souligna-t-elle. Un cadeau de notre part.

Je contemplai fixement le dossier qu'elle m'offrait.

— Un cadeau, répétai-je à mi-voix. Quel cadeau !

— Nous comprenons ce que vous ressentez, soyez-en sûre. Nous sommes toutes passées par là, mais nous avons aussi été reconnaissantes pour le soutien des autres. C'est pour cela que nous vous avons proposé de vous joindre à notre groupe, Willow. Vous feriez mieux de jeter un coup d'œil là-dessus, ajouta-t-elle en posant la chemise devant moi.

Comme j'hésitais toujours, elle insista.

— Vous en aurez besoin pour plusieurs raisons, Willow. Je ne sais pas ce que vous déciderez de faire, mais si vous intentez une action en divorce, vous avez intérêt à produire ces documents. Surtout que vous allez devoir affronter un avocat qui, j'en mettrais ma main au feu, vous a fait signer un agrément prénuptial.

Manon lut sur mon visage qu'elle avait touché juste. Elle me présenta une fois de plus le dossier, dont je me saisis. Sous sa couverture cartonnée, il recelait la mort de mon amour, la révélation des mensonges et des promesses non tenues. Mes doigts tremblaient. La seule pensée de l'ouvrir me terrifiait, en même temps qu'elle m'attirait.

Sharon posa gentiment sa main sur la mienne.

— Ça va, Willow ?

— Non, répliquai-je, les yeux brûlants de larmes contenues.

Elle chercha le regard de Manon et suggéra :

— L'une de nous devrait la raccompagner chez elle.

— Naturellement, acquiesça Manon.

Et, me voyant secouer la tête, elle crut devoir ajouter :

— Willow, nous espérons que vous comprenez pourquoi nous avons fait cela pour vous, et que vous ne nous en voulez pas.

Je les dévisageai l'une après l'autre. Leurs motivations étaient-elles vraiment aussi altruistes ? Avaient-elles agi uniquement par solidarité féminine, comme elles l'affirmaient ? Ou bien est-ce que chaque trahison, chaque petite vilenie qu'elles découvraient renforçait l'opinion cynique qu'elles se faisaient des relations amoureuses ? Cela les aidait-elles à mieux supporter leurs propres échecs ? Personne n'était parfaitement honnête et sincère, et ce qui leur était arrivé n'avait rien d'extraordinaire. Mais apparemment, elles ne tenaient pas à prendre les torts pour elles.

Peut-être était-ce là leur véritable motivation, mais je n'arrivais pas à leur en vouloir. Qui souhaite se retrouver dans le rôle de la victime, non désirée, inutile, et de surcroît culpabilisée pour cela ? Au moins, raisonnai-je, elles faisaient quelque chose pour garder le respect d'elles-mêmes et une certaine dignité.

— Non, répondis-je à Manon. Je ne vous en veux pas.

— Il vaut mieux que vous sachiez tout cela maintenant, Willow. Au fond, c'est même une chance pour vous.

— Une chance ? Comment pouvez-vous dire ça ?

— Si tôt après le mariage, on n'a pas encore investi dans la vie commune tout ce que d'autres femmes y ont donné d'elles-mêmes, et perdu.

— Nous allons avoir un enfant ! m'écriai-je.

Toute la maîtrise que je maintenais à grand-peine pour faire bon visage m'abandonna. J'éclatai en sanglots, tout mon corps en était secoué.

— Je comprends, dit Manon avec douceur.

Elle tendit la main vers la mienne mais je la retirai et me levai brusquement.

— Il faut que je rentre, maintenant.

— Sharon va vous reconduire.

— Non, je n'ai pas besoin qu'on me raccompagne. Il faut que je rentre chez moi, marmonnai-je en m'en allant.

Mais je partis dans la mauvaise direction, me heurtai à une autre table où dînait un couple et faillis tomber sur eux. Devant leur regard de surprise, je murmurai de vagues excuses et bifurquai vers la sortie.

Le Club d'Amour se leva d'un seul mouvement.

— Willow ! appela Liana en faisant un pas dans ma direction.

Je secouai la tête avec furie, me ruai vers la porte. Dès que j'atteignis ma voiture, je me débattis avec mes clés, lâchai le trousseau, m'agenouillai pour le chercher par terre. Quand je l'eus retrouvé, j'introduisis fébrilement la clé dans la serrure. Les membres du Club d'Amour étaient derrière moi.

— Willow, ne vous sauvez pas comme ça, implora Manon. Prenez votre temps, laissez quelqu'un venir avec vous.

Je montai dans la voiture, jetai le dossier sur le siège du passager. Je ne relevai les yeux vers le groupe qu'après avoir mis le contact. Toutes les quatre me regardaient, bouche bée, avec une telle expression de pitié que je me sentis encore plus mal. Mes pneus hurlèrent sur le gravier quand je quittai le parking pour m'engager sur l'autoroute, manquant de couper la route à une autre voiture. Le chauffeur corna et accéléra, me jetant au passage un regard furibond.

J'inspirai une grande bouffée d'air, ralentis, et m'efforçai d'avaler la boule qui m'obstruait la gorge. Au bout d'un moment, je retrouvai une respiration normale et conduisis plus calmement. Mais en arrivant à l'entrée de Joya del Mar, je ne m'engageai pas sur le chemin privé. Je poursuivis ma route jusqu'à ce que je trouve un endroit où me garer sur le bas-côté.

Une fois à l'arrêt, je laissai mon regard dériver vers l'océan. Les paroles de Thatcher résonnaient encore à mes oreilles, parfaitement claires.

« Je savais que j'avais une bonne raison de t'épouser. Tu es en train de faire de moi un homme respectable, Willow. »

Respectable, vraiment ?

J'en ris à travers mes larmes. Puis je me dominai, repris mon souffle et m'emparai du redoutable dossier. Je l'ouvris, les mains tremblantes, et entrepris de parcourir la documentation.

Les premières pages, comme l'avait dit Manon, indiquaient les dates, les lieux et les heures où Thatcher avait secrètement rencontré Mai Stone. Suivaient quelques photocopies de notes d'hôtel, dont la plus récente remontait au soir où il avait soi-disant rendez-vous avec d'importants clients, à Tallahassee. Puis venaient des photos. L'une les montrait au restaurant, une autre marchant la main dans la même, la tête de Mai Stone appuyée sur l'épaule de Thatcher. Et la plus accablante de toutes, en train de s'embrasser près d'une fontaine, devant un hôtel.

Sans avertissement, mon estomac se souleva. Je n'eus que le temps d'ouvrir la portière et de vomir hors de la voiture. La pensée me traversa, tellement j'avais mal au ventre et dans la poitrine, que j'aurais pu perdre le bébé ici même. Quand le spasme fut passé, je me renversai en arrière et fermai les yeux. Je ne vis que des images de Thatcher.

Thatcher qui me regardait tendrement, me murmurait des mots d'amour, me disait tout ce que je représentais pour lui. Chaque vision me cinglait comme un nouveau coup de fouet.

— Papa ! appelai-je, mais cette fois je ne l'entendis pas, et je ne le vis pas non plus.

Cette fois, j'étais toute seule. Plus seule que je n'avais jamais été. Seule avec mes questions.

Cette fois, c'était moi et moi seule qui devrais trouver les réponses.

17

Coupable

Mère s'était endormie dans une chaise longue, sur la terrasse, et paraissait si détendue et si heureuse que je n'eus pas le cœur de la réveiller. Linden était invisible, il devait être dans son atelier. S'il y avait quelqu'un à qui je ne voulais pas me montrer dans cet état, c'était bien lui. Un simple coup d'œil à mon image, dans le hall, m'avait renseignée. N'importe qui aurait deviné tout de suite, à me voir ainsi, qu'il m'était arrivé quelque chose.

J'ignorais totalement quelle serait la réaction de Linden en apprenant ces nouvelles. Il n'avait jamais vraiment aimé Thatcher, je le savais. C'était pour moi un véritable exercice de jonglage que de maintenir la paix entre eux. Et ce qui empêchait Linden de rompre ce fragile équilibre, c'était la certitude qu'il me fâcherait terriblement en sapant mes efforts. Ce n'était vraiment pas le moment pour moi de m'impliquer dans un nouveau problème. Les miens me suffisaient amplement.

Parmi les émotions qui m'agitaient, la colère dominait encore. J'allai directement à notre chambre et j'étalai le contenu du dossier sur notre lit, en ordre chronologique, comme un détective présentant ses preuves au Tribunal. Des preuves suffisantes pour convaincre un jury, j'en étais sûre. Thatcher apprécierait.

Cela fait, je reculai pour contempler le résultat, écœurée jusqu'à la nausée. Moi qui, jusqu'ici, n'avais pas connu les malaises de la grossesse, je sentais mon estomac se révulser. J'avais besoin d'air, et vite. Cette chambre pleine des effets personnels de Thatcher m'étouffait. Je passai un coupe-vent et sortis par une porte latérale, pour ne pas déranger Mère. Je marchai au bord de l'eau jusqu'à l'extrémité sud de la propriété, où je m'assis, les genoux relevés, pour contempler le fascinant spectacle de l'océan. Une petite brise salée jouait dans mes cheveux. Des mouettes tournoyaient en face de moi, s'approchaient, m'observaient. Puis, décidant sans doute que je n'étais pas spécialement intéressante, s'éloignaient à tire-d'aile. Au loin, un voilier fuyait sous le vent. Cela me rappela toutes ces sorties en mer avec Thatcher, nos pique-niques, nos jeux amoureux au grand large.

Qui donc était-il, cet homme dont le regard et le sourire m'avaient captivée dès mon arrivée à Palm Beach ? Qui m'avait si assidûment fait la cour, si ardemment parlé d'amour ? Cet homme qui m'avait emportée hors de moi-même et du monde ordinaire ? Celui dont le rire était une musique, dont les baisers avaient scellé tant de promesses ? Tout cela n'était-il que tricheries, faux-semblants et mensonges ?

Papa avait jadis écrit un article sur ce qu'il appelait « le syndrome de Dom Juan ». Il y décrivait le cas d'un de ses patients qui courtisait une femme après l'autre, les poursuivant de ses assiduités jusqu'à la conquête. Moins par obsession du sexe, toutefois, que par crainte de ne pas se sentir aimé, ni digne d'amour.

Je pouvais comprendre pourquoi Thatcher avait grandi sans se sentir aimé. Ses parents, Bunny surtout, étaient tellement égocentriques qu'ils n'avaient pas conscience de ses besoins. Leur sacro-sainte vie mondaine passait avant tout. Élevée dans le même foyer, sa sœur était devenue une femme froide et dure. Et, tel un cancer qui se répand, elle faisait de ses enfants de fidèles répliques d'elle-même.

À l'inverse, Thatcher avait collectionné les aventures, séduit des femmes innocentes, savouré leur dévotion et leur amour, et passé son chemin. Je n'étais sans doute qu'un défi de plus à relever, pour lui, juste une autre conquête. Il m'avait épousée parce qu'il estimait devoir se marier. Pour ce que j'en savais, toute femme qui avait traversé le théâtre de ses amours avait été courtisée, puis conquise, exactement comme je l'avais été moi-même.

De ma longue réflexion une certitude finit par se dégager, définitive. Je pouvais analyser Thatcher, je pouvais même expliquer sa conduite ; enfin... peut-être. Mais je ne pourrais jamais lui pardonner. Ce qu'il avait brisé, aucune force au monde ne pourrait le réparer.

— Eh oh! lança derrière moi sa voix désinvolte.

Je me retournai: il était là, debout dans le sable, comme si de rien n'était. Je le fixai en silence.

Il siffla doucement entre ses dents, passa les doigts dans ses cheveux, regarda l'océan et finit par laisser tomber:

— Je pensais bien te trouver là.

— J'avais besoin d'air. Celui de notre chambre empestait le mensonge et la pourriture.

— Tu veux savoir ce qui m'a le plus étonné, Willow? C'est que tu ais engagé un détective privé, ce qui semble évident.

— Je n'ai rien fait de tel. Quelqu'un d'autre s'en est chargé, dans mon intérêt.

— Quelqu'un d'autre? Qui ça? Pas Linden ou Grace, quand même? Qui donc, alors? interrogea-t-il, comme si j'étais un témoin qu'il devait discréditer devant la Cour.

Puis une pensée lui vint à l'esprit, qui l'effraya.

— Ce n'était pas ma sœur, au moins?

Je restai muette, le laissant mijoter dans ses propres tourments.

— De toute évidence, cet espionnage durait depuis un bon moment, Willow.

— Cette question ne présente pas grand intérêt pour l'instant, tu ne crois pas, Thatcher? La façon dont toutes ces preuves se sont retrouvées sur notre lit est sans importance pour moi. Ce qu'elles révèlent, voilà ce qui compte à mes yeux.

Il se radoucit un peu.

— Tu as raison.

Pendant une longue minute, il fit les cent pas sur le sable. Je le connaissais assez, à présent, pour savoir ce qui l'absorbait. Il était en train de rassembler ses pensées, d'organiser les arguments qu'il allait soumettre au jury.

— Je ne suis pas ici pour le nier, attaqua-t-il en se retournant vers moi. Je suis coupable de tout cela. Mais je souhaiterais, si tu veux bien m'écouter, te présenter ma défense.

Je ne pus me retenir de sourire. Comme il m'avait été facile de prévoir sa manœuvre! Cet homme si intelligent et si brillant, à qui j'avais prêté presque toutes les perfections, m'apparaissait soudain si piètre et si mesquin. J'étais immunisée contre toutes ses techniques subtiles, visant à vous faire douter de vous-même, de vos intuitions et de vos déductions. Mais cela, il lui restait encore à le comprendre. Il s'imaginait qu'il lui suffisait de changer de vitesse, de recourir à ses talents de beau parleur, et de pointer ses gros pistolets sur moi. Je relevai le défi.

— Vas-y, Thatcher. Présente ta défense.

— Tu sais sans doute mieux que moi, j'imagine, que d'après Freud une histoire d'amour implique toujours quatre personnes, commença-t-il.

Comme c'était adroit de sa part d'aborder directement mon sujet préféré ! Il continua sur sa lancée :

— Dans notre cas, par exemple, ce serait la première femme que j'ai aimée, le premier homme dont tu es tombée amoureuse, et nous deux. Les premières expériences restent toujours présentes en nous et nous n'y pouvons rien. C'est le subconscient qui veut ça.

« Je n'ai jamais guéri de Mai, je ne me suis jamais remis de cette liaison. J'ai souvent cru y être parvenu, mais chaque fois que je me trouvais confronté à elle, je devais m'avouer que non. Elle était toujours là, en moi. J'ai cru me délivrer de cette obsession en y cédant, en voyant Mai comme si elle était n'importe quelle autre femme. Quand on est loin de quelqu'un, on a toujours tendance à fantasmer sur lui ou sur elle, à l'idéaliser. Je me suis dit qu'en cessant de fuir ce fantasme, en le confrontant à la réalité, tout cela cesserait. C'est sans doute ce qui s'est produit, en fin de compte.

« La dernière fois, je lui ai dit que notre mariage comptait plus que tout pour moi, que tu étais enceinte et que tout cela devait finir. Que je ne pouvais pas être à sa disposition parce qu'elle avait fait un mauvais mariage. Moi, j'avais fait un bon mariage. Nous nous sommes séparés sur cet accord.

« Je te dois des excuses, bien sûr. Je devrais te demander pardon tous les jours de ma vie.

Je l'avais laissé débiter sa longue plaidoirie sans l'interrompre. Quand il se tut, je levai les yeux sur lui.

— Et toutes ces rencontres, ces lieux, ces dates ? Toutes les photos qui les confirment ? lui rappelai-je d'une voix altérée. Il t'a fallu tous ces rendez-vous galants, y compris pendant notre lune de miel, pour arriver à la bouleversante conclusion que tu avais fait un merveilleux mariage ?

— Elle me harcelait, Willow, et j'étais faible. Je le reconnais. Je suis plus fort à présent, grâce à toi.

— À moi ? Moi, la petite étudiante naïve ? La fille dont toute l'expérience amoureuse n'aurait pas rempli dix minutes de feuilleton ? C'est moi qui t'aurais donné – à toi, l'homme du monde averti qui a voyagé, parle trois langues et connaît la vie –, la force dont tu avais besoin ? Moi qui t'aurais enseigné ce qu'était une véritable relation amoureuse ?

— Oui, affirma-t-il avec assurance.

Je laissai mon regard s'échapper vers la mer et souris pour moi-même.

— C'est la vérité, s'obstina-t-il

Je me retournai vivement vers lui.

— La vérité ? Je t'en prie, Thatcher. Toi, ta sœur, ta mère... Toute ta famille est si habituée à mentir, à faire semblant, à dramatiser et à fabuler que vous n'êtes plus capables de distinguer le faux du vrai. Votre futile petit univers, la bonne société de Palm Beach, votre sacro-sainte saison, ce sont toutes ces fadaises qui ont engendré tout ceci, et fait de toi ce que tu es.

— Plutôt arrogant et supérieur, ce ton que tu prends, tu ne crois pas ? railla-t-il du coin de la bouche.

— Je ne crois pas, non. Je ne suis pas une sainte, mais je ne me mens pas à moi-même.

— Je pensais que tu voulais devenir psychiatre. Que mes arguments auraient un sens pour toi. Que tu te montrerais compréhensive, me reprocha-t-il d'un ton dépité.

— Eh bien, tu te trompais lourdement.

Ses épaules s'affaissèrent comme pour signifier sa défaite.

— Alors tout ce que je viens de te dire ne compte pas ?

— Si, cela compte. Cela m'a aidée à parvenir à un verdict.

Je lui jetai un regard si froid qu'il recula d'un pas.

— Et quel est le verdict ?

— Coupable, dis-je d'une voix incisive. Coupable de fausseté, de trahison, ou tout simplement d'adultère sans circonstances atténuantes. Est-ce assez clair ? Souhaites-tu m'entendre prononcer la sentence ?

Il secoua la tête.
— Ne te donne pas cette peine, lança-t-il en tournant les talons.
Je le regardai s'éloigner précipitamment, presque comme s'il se sauvait. Quand il eut disparu, et seulement alors, je fermai les yeux et m'étendis sur le sable pour mieux retenir mes larmes.
Quand je regagnai la maison, près d'une heure plus tard, il n'était déjà plus là. Il avait emmené presque tous ses vêtements et laissé d'autres choses, en particulier le dossier. Papiers et photos s'étalaient toujours sur le lit, restes désolants d'un mariage en miettes. Je les rassemblai, les remis en place, refermai le dossier. Puis je m'assis sur le lit et, les mains plaquées sur le ventre, je laissai couler mes larmes.
En moi, notre enfant se formait. Peu de temps avant, je voyais en lui le fruit de notre amour. Je pensais que, même si le moment n'était pas des plus favorables, je ne pourrais jamais envisager sa venue comme une erreur. Notre enfant serait trop belle, et ferait trop partie de nous-mêmes pour être considérée ainsi. Mais de quoi ferait-elle partie, désormais ? D'un mariage brisé ? D'une série de tromperies ? D'un foyer bâti sur des mensonges ?
À quoi penserais-je chaque fois que je la regarderais ? Me rappellerait-elle Thatcher et sa trahison ? Combien de ses traits, de son caractère, verrais-je reparaître en elle ? Son héritage serait-il le plus fort ?
Je m'en voulais à mort de mes premières pensées, car j'étais en train de me dire que je devrais demander une IVG. Je ne pouvais pas laisser cette tricherie se perpétuer. Notre petite fille ne serait pas née de l'amour, mais du désir charnel. J'étais tout aussi coupable que Thatcher, sur ce point. Je ne la méritais pas.
Je contemplai sans indulgence mon reflet dans le miroir.
Regarde dans quelles circonstances, dans quelle situation tu mettrais cette enfant, m'admonestai-je. Et demande-toi, Willow De Beers – car tu vas redevenir Willow De Beers à présent –, demande-toi si c'est ce que tu as voulu.
La rage qui bouillonnait en moi était telle que, l'espace d'un instant, j'eus le sentiment que mon fœtus risquait d'en mourir. Que tout ce fiel, engendré par la trahison et la

déception, pourrait remodeler l'enfant à naître et qu'elle serait imprégnée de cette amertume, si elle survivait. Je comprenais, maintenant, pourquoi Manon avait tenu à me prévenir avant que je sois trop engagée dans cet odieux mariage. Pendant qu'elles me dévisageaient, toutes les quatre, leurs regards n'exprimaient qu'une seule et même question : « Êtes-vous sûre de vouloir mettre au monde l'enfant de cet homme ? »

Je sanglotais, à présent, et me balançais d'avant en arrière en étreignant mes épaules.

On frappa à ma porte, si doucement d'abord que je doutais d'avoir entendu. Les coups se répétèrent, plus nets cette fois, et je sursautai. Instantanément, mes sanglots cessèrent. Je repris mon souffle et proférai faiblement : « Oui ? »

La porte s'ouvrit et Mère s'encadra dans l'embrasure, les traits creusés par l'inquiétude.

— J'ai vu partir Thatcher, dit-elle d'une voix émue. Il portait deux valises et semblait furieux. Je l'ai appelé, je sais qu'il m'a entendue mais il ne s'est pas retourné. Que s'est-il passé ?

Je secouai la tête, et les larmes que je croyais taries jaillirent à nouveau, irrépressibles. Mère courut à moi et m'entoura de ses bras. Pendant un moment je redevins la toute petite fille qui s'accrochait au cou d'Amou, s'abreuvait de sa tendresse, de sa compassion et de ses paroles d'espoir.

Quand je fus suffisamment calmée, je racontai tout à Mère et lui montrai le dossier. Elle parcourut les documents, contempla tristement les photos et soupira, si profondément que j'en eus mal pour elle, bien plus que pour moi. On aurait dit qu'elle avait vieilli en un instant.

— Quelle déception ! s'affligea-t-elle, et quelles nouvelles terribles. J'avais toujours été très impressionnée par Thatcher, par la façon dont il avait surmonté l'influence de sa famille, pour devenir un jeune homme mature et respectable. Je suis en partie responsable de cette désillusion, Willow. Je m'en rends compte.

— Toi ? Comment pourrais-tu l'être ?

— J'étais si heureuse que vous vous plaisiez, et que tu l'épouses. Je t'ai prêté mon appui, communiqué ma confiance en lui, et j'ai ignoré son libertinage.

— Je suis une grande fille, Mère. Je n'ai rien fait que je n'aie désiré faire. Je connaissais son passé, sa façon de vivre et de s'amuser. Ce que je n'ai pas vu, c'est parce que je n'ai pas voulu le voir. Personne n'y est pour rien. Il y avait tant d'indices, tant de petits signes sur mon chemin. Je crois que j'en ai vu quelques-uns, mais je me suis menti à moi-même parce que c'était plus facile. Personne n'est plus responsable que moi. Je te défends de te faire le moindre reproche.

— J'ai peur de n'avoir pas besoin de permission pour cela, dit-elle en refermant le dossier. Qu'as-tu décidé de faire ?

— Je ne peux pas rester mariée à un homme pareil, Mère. (Je vis dans son regard qu'elle était de mon avis.) Et je me pose des questions au sujet du bébé, ajoutai-je.

Ses yeux s'écarquillèrent.

— De quoi parles-tu, Willow ? Tu ne veux pas dire… tu n'envisages pas une interruption de grossesse ?

— Je pense à l'existence dans laquelle je vais introduire cette enfant, Mère. Transiger avec nos erreurs les aggrave, et cela nous rend plus difficile encore de vivre avec.

— Oh, non, Willow, non ! protesta-t-elle. Un enfant ne peut jamais être considéré comme une erreur. D'ailleurs, que tu sois disposée à le reconnaître ou non, cette enfant est une part de toi-même. Je sais de quoi je parle, ma chérie.

Elle saisit ma main et me regarda bien en face.

— Crois-tu que je n'aie pas connu les mêmes angoisses, les mêmes doutes, les mêmes tentations ? Mais en fin de compte, Willow, il m'a été impossible de nier que l'enfant qui se formait en moi était un peu moi, lui aussi ; qu'il n'était coupable en rien, que je ne pouvais pas lui refuser le droit de vivre. Le tien n'est pas le résultat d'un viol, comme l'a été le mien. Mais j'étais jeune et vulnérable, je n'ai pas vraiment compris ce qui se passait, ce que cela signifiait, où cela menait.

— À l'heure qu'il est, je ne me sens pas tellement plus avertie que tu ne l'étais toi-même, Mère.

— C'est différent, Willow. Thatcher a profité de toi, il t'a trahie, mais c'est différent, répéta-t-elle avec conviction. Crois-moi, tu t'en voudras encore beaucoup plus si tu renonces à avoir cet enfant. Tu l'as voulu quand tu as su qu'il arrivait, non ? Tu as fait en sorte de pouvoir t'en occuper sans cesser d'étudier, tu as résolu tous les problèmes. Ce que Thatcher a fait ne devrait rien changer à tout ça, cela ne peut rien y changer.

Je libérai un interminable soupir.

— Non, je ne pense pas que cela change quoi que ce soit. C'est juste que... tout va être si difficile, Mère, pour toutes sortes de raisons.

— Ce ne sera pas la première fois, fit-elle observer en souriant. Nous nous en sortirons, tu verras.

Je la regardai tendrement, honteuse de moi-même. Si quelqu'un avait le droit de s'apitoyer sur elle-même, c'était bien elle. Elle avait subi les pires abus, en avait gravement souffert, on l'avait envoyée loin de chez elle pour en guérir ; elle avait dû se séparer de l'homme qu'elle aimait, pour retrouver un monde où on l'évitait comme une lépreuse. Et c'était elle qui me donnait du courage et de la force !

— Oh, Mère ! m'écriai-je, au bord des larmes. Je regrette tellement !

— Tu n'as rien à regretter, Willow. Pour finir, c'est lui qui se retrouvera seul, désemparé, perdu et plein de regrets.

Elle m'entoura de son bras et nous restâmes un moment ainsi, moi la tête posée sur son épaule, et elle embrassant mes cheveux.

— Laisse-moi m'occuper du dîner, dit-elle enfin.

— Je ne crois pas que j'aurai très faim, Mère.

Le ton ferme et autoritaire de sa réponse me surprit.

— Ne commence pas à te punir toi-même, Willow. Je ne l'ai fait que trop longtemps, avant que ton père me démontre combien j'avais tort. Tu sais qu'il n'approuverait pas cela du tout, s'il était là.

Je ne pus m'empêcher de sourire.

— C'est promis, Mère. Je serai forte.

— À la bonne heure, approuva-t-elle en se levant.

Elle s'en alla, les épaules fléchissant sous le poids de ces nouvelles navrantes. Je passai dans la salle de bains, me rafraîchis le visage et me donnai un coup de brosse. Quand le téléphone sonna, je me figeai. Si Thatcher croyait mieux s'en tirer au téléphone qu'en tête-à-tête, il se faisait des illusions, pensai-je avec humeur. Mais c'était Manon.

— Vous allez bien ? s'informa-t-elle de but en blanc.
— Oui. Merci.
— Nous étions tellement désolées pour vous, Willow. Nous nous demandions si nous avions vraiment pris la bonne décision. Même si nous n'avons rien à nous reprocher, nous nous sentirions coupables si vous perdiez votre bébé, ou… s'il arrivait quoi que ce soit.
— Il n'est pas question de perdre mon bébé, affirmai-je d'une voix résolue.
— Tant mieux. Avez-vous…
— … confronté Thatcher aux preuves que vous m'avez fournies ?
Manon garda le silence. Je savais que tel était le véritable but de cet appel, et je n'avais pas l'intention de m'en tenir là. Thatcher allait devoir faire face aux conséquences de ses actes. Tout serait révélé, le Club d'Amour y veillerait, pensai-je avec satisfaction. Pour la première fois, j'étais vraiment contente d'elles.
— Oui, répondis-je, il a vu le dossier. Il n'a rien pu nier.
— Et qu'a-t-il dit ? Enfin, si vous voulez m'en parler, bien sûr…
— Il a dit que cette liaison avec Mai n'était pour lui qu'un exutoire. Qu'elle l'obsédait, et qu'il avait fait ça pour que ça lui passe.
— Quoi !
— Et il prétend que le remède a été très efficace.
— Je n'ai jamais rien entendu de pareil, commenta Manon, sur un ton rêveur qui m'arracha un sourire. C'est comme un tueur en série qui tuerait une fois de plus pour que l'envie lui en passe.
Cette fois, je ris sans contrainte.
— C'est un peu ça, oui. Mais l'excuse n'a pas pris avec moi. Il a quitté la maison.
— Parfait, approuva-t-elle. Je tiens à vous dire que nous sommes toutes avec vous, et prêtes à faire plus encore. Marjorie est celle d'entre nous qui a eu l'expérience la plus pénible, c'est notre expert en la matière. Elle a tenu à ce que je vous donne les coordonnées de son avocate, Gloria Baker. Marjorie a pris la liberté de lui exposer votre situation. En sorte que, lorsque vous l'appellerez – si vous l'appelez –, elle saura qui vous êtes et ce dont vous avez besoin.

Je notai le numéro qu'elle me donna et la remerciai.

— Remerciez toutes les autres aussi, Manon. Dites-leur que je ne leur en veux pas du tout et ne leur fais aucun reproche. Je n'aurais jamais cru éprouver de la gratitude envers le club, si vous voulez le savoir. Je vous trouvais intéressantes, mais un peu trop blasées pour moi, en ce qui concerne les relations amoureuses. J'ai changé d'avis.

— J'en suis heureuse, Willow. Nous vous appellerons et, si vous le voulez bien, nous passerons vous voir dans quelques jours.

— Volontiers. Merci encore, ajoutai-je avant de raccrocher.

Je me sentais vraiment mieux, et j'appelai le cabinet de Gloria Baker. Sa secrétaire me la passa immédiatement.

— Pourquoi ne pas nous voir demain ? suggéra-t-elle dès que je me fus présentée.

Elle me proposa une heure qui m'était commode et, sans paroles de réconfort ni banalités, conclut très simplement :

— Nous ferons ce qui doit être fait.

Toute ragaillardie, je quittai mon appartement pour descendre, mais je m'arrêtai soudain au beau milieu du couloir. Linden était là, devant la porte de son atelier, comme une sentinelle en faction. De la manière dont il s'était placé, son visage était presque entièrement dans l'ombre.

— Linden ? questionnai-je avec prudence. Tu te sens bien ?

— Oui.

— Qu'est-ce que tu fais planté là ?

— J'ai vu Mère sortir de chez toi. Elle pleurait, alors je lui ai demandé pourquoi et elle me l'a dit.

— Ah !

— Ça ne m'a pas surpris, déclara-t-il en s'avançant dans la lumière, le visage rayonnant. Quand tu lui as annoncé que tu étais enceinte, Thatcher a voulu que tu découvres son infidélité, pour que tu le chasses d'ici.

— Je ne crois pas que cela ait un rapport avec l'enfant, Linden.

— Oh si, cela en a un. Bien sûr que si !

Son air exalté me mettait mal à l'aise. J'éprouvai le besoin d'en finir.

— Ce qui est fait est fait, Linden. Je ne tiens pas à y revenir.

— C'est juste. Nous devons tous laisser le passé derrière nous. Mais maintenant que c'est arrivé, c'est le moment de te montrer ma dernière production. Je l'accrocherai demain.

— Alors tu as terminé ? C'est magnifique.

Je devais m'imposer de sérieux efforts pour m'intéresser à quoi que ce soit, en ce moment, ou même pour faire semblant. Mais je savais combien il était fier de sa nouvelle œuvre, et combien il était important pour lui qu'elle me plaise.

Il ouvrit la porte de son atelier et s'effaça devant moi.

— Tu es la première à la voir, bien sûr. Mère elle-même n'a pas pu rentrer. J'y ai veillé.

Je pénétrai dans l'atelier. Le tableau était aussi grand qu'il l'avait annoncé. Il l'avait placé contre le mur ouest, et éclairé par un spot. Il était peint en couleurs vibrantes, presque électriques, aussi éclatantes que possible. Cette intensité en elle-même surprenait, mais le sujet qu'il avait choisi provoquait un véritable choc. J'en eus le souffle coupé.

Sur une plage – notre plage – s'avançait une femme enceinte qui me ressemblait trait pour trait. Un homme la suivait, en marche lui aussi, représenté en plans multiples pour donner l'illusion du mouvement. Il était hors de doute que ce personnage masculin était Linden, qui non seulement s'approchait de moi mais entrait en moi. Un tout petit enfant émergeait de moi et s'avançait devant moi, peint en plusieurs versions lui aussi, comme s'il grandissait, jusqu'à devenir une fillette.

Je ne pus m'empêcher de me rapprocher de la toile. Dans le fond, presque invisible, on distinguait la silhouette d'une femme qui ressemblait à Mère.

— Je ne comprends pas, Linden. Que se passe-t-il dans ce tableau ?

— Comment peux-tu ne pas comprendre ?

Sa question était presque un cri de douleur. Je me retournai, pour m'apercevoir que son visage trahissait une réelle souffrance.

— Je voulais simplement être sûre de ne pas me tromper, Linden, dis-je avec douceur. Ne sois pas fâché. C'est remarquable.

Cette réponse diplomatique parut l'apaiser.

— J'ai mis toute mon énergie créatrice dans cette peinture, avoua-t-il, en contemplant son œuvre avec adoration.

— Il y a une naissance, là, constatai-je.

— Oh, il y a bien plus que ça. Tout y est : l'amour, la vie, les combats, les victoires. C'est nous. Tu vois Mère ? Tu la vois qui veille sur nous ?

— Et là, c'est toi ?

— Évidemment. Qui voudrais-tu que ce soit ?

Je mesurai soigneusement mes paroles.

— Mais pourquoi es-tu... pourquoi sembles-tu entrer en moi ?

— Parce que nous faisons partie l'un de l'autre, depuis toujours et pour toujours. Tu me l'as dit toi-même, de toutes les façons possibles. N'est-ce pas que c'est vrai ? insista-t-il sur un ton suraigu, qui menaçait de tourner à l'hystérie si je m'avisais de le contrarier.

Je ne pris pas ce risque.

— Oui, Linden. C'est vrai.

— Je vais le montrer à Mère, maintenant. Depuis le temps qu'elle essaie de se faufiler dans l'atelier pour le voir.

— Je veux bien le croire, approuvai-je avec conviction.

— Alors tu l'aimes, c'est vrai ? Tu l'aimes pour de bon ?

— Oui, Linden. Il est très, très intéressant.

— Tant mieux. Thatcher n'y aurait rien compris, lui. Il aurait voulu qu'on le détruise.

Je ne dis ni oui ni non, mais je n'en pensai pas moins. Il était hors de doute que Thatcher aurait reçu un choc.

— Je l'accrocherai demain dans le hall, annonça Linden.

Je redoublai de prudence.

— Peut-être devrions-nous... lui réserver une place tout à fait spéciale ?

— Comment ça ? Où le verrais-tu ?

— Dans ta chambre, par exemple.

Il m'étudia d'un œil soupçonneux.

— Ma chambre ? Pourquoi dans ma chambre ?

— Je trouve qu'il fait tellement partie de toi, de ta personnalité, que sa place est près de toi. Cela me plairait qu'il soit là, je viendrais souvent le voir.

Il réfléchit un moment, puis ses traits s'éclairèrent.

— Oui, tu as raison. Ce tableau est trop particulier pour que tout le monde le voie. Les autres ne l'apprécieraient pas comme nous, de toute façon.

Il concentra de nouveau son attention sur la toile.

— Cette enfant... J'ai voulu que ce soit à toi qu'elle ressemble le plus, Willow. Je sais que tu veux l'appeler Hannah, je t'ai entendue le dire à Mère. J'aime beaucoup ce prénom. C'est parfait.

« Maintenant, ajouta-t-il en se retournant sur moi, tout va devenir parfait.

Je le laissai là, campé devant son œuvre comme s'il ne pouvait en détacher les yeux. Comme s'il scrutait au plus profond de lui-même un endroit si sombre que personne d'autre ne parviendrait jamais à le voir, mais que – j'en avais peur – je venais justement d'entrevoir.

*
* *

Ce tableau troublait Mère autant que moi-même, je le savais, mais elle n'en dit rien pour ne pas me démoraliser davantage.

— Oui, admit-elle, il est vraiment étrange, mais presque tous ceux que Linden a peints jusqu'ici le sont autant. Je trouve son travail intéressant, mais la plupart du temps ses intentions m'échappent. Je me souviens des travaux de certains patients, à la clinique. Ton père n'y voyait pas exactement des œuvres d'art, mais un moyen de mettre au jour les pensées noires ou parfois troubles qui nous perturbent, et par là de pouvoir travailler sur elles.

« On voyait parfois des choses bien étranges, dans la salle des travaux manuels et créatifs de la clinique ! se souvint-elle avec attendrissement. Mais laissons cela pour le moment, Willow. Nous avons bien assez d'autres problèmes à résoudre.

— Je ne me tracasse pas pour ça, Mère. Je sais ce que je dois faire.

— Je sais que tu le sais, ma chérie. Mais je ne serais pas ta mère si je ne m'inquiétais pas pour toi, non ?

Elle sourit, et maintint vaillamment ce sourire jusqu'à ce que j'y réponde et l'approuve. Mais plus tard, en l'observant à son insu, je vis bien à son front soucieux et à ses épaules affaissées quel fardeau nous lui faisions porter, Linden et moi.

Peut-être n'aurions-nous pas dû ignorer les pensées troubles que Linden laissait affleurer à travers ce tableau, mais nous le fîmes. Quelque part tout au fond de moi, le regret avait semé sa graine, et mon cœur savait qu'elle n'allait plus cesser de grandir. Et que telle une mauvaise herbe elle allait s'insinuer dans notre jardin, s'enrouler autour de toutes les fleurs qui faisaient notre joie, et les étouffer l'une après l'autre.

La rage de Thatcher d'avoir été mis dans son tort se manifesta dès les jours suivants, me rendant plus précieux encore l'appui de Manon et du Club d'Amour.

Mon avocate passa au crible l'agrément prénuptial rédigé par Thatcher, et me fit savoir qu'elle contesterait toutes les clauses introduites à mon désavantage.

— Légalement, ce genre de contrat implique toujours une tierce personne, un avocat extérieur aux deux parties en présence. Ce qui n'est pas le cas de celui-ci. C'est comme si le bénéficiaire d'un testament l'avait écrit lui-même, en garantissant à son seul profit l'exclusion de tous les légataires potentiels. Cela fournit une base solide pour contester la valeur du document.

— En effet, mon avocat de Caroline du Sud voulait en rectifier certains points, juste après sa rédaction.

— Vous auriez dû le laisser faire, Willow. Si Thatcher vous appelle pour essayer de discuter sur quoi que ce soit, ce qu'il va faire à mon avis, tenez-vous-en à cette réponse :- Téléphone à mon avocat. » C'est bien compris ? Dès à présent, je suis un mur entre vous et lui, conclut Gloria Baker.

Comme elle l'avait prévu, Thatcher téléphona, et commença par me menacer avec le document.

— Puisque tu es si impitoyable, tu ne me laisses pas le choix. Je vais devoir défendre mes droits.

— Je t'en prie, Thatcher, défends-les. C'est toi qui as introduit la référence à l'adultère, au fait, ce qui change tout.

Il resta un long moment silencieux, puis fit observer :
— Tout de même, c'est très curieux que tu te sois si bien débrouillée, pour une soi-disant victime.
— Une soi-disant victime ? Appelle mon avocat, Thatcher !
Je lui donnai le numéro de Gloria Baker et raccrochai. Il ne rappela pas, mais le lendemain quelqu'un se présenta de sa part à la maison, avec la liste de ce qu'il souhaitait emmener. La plupart des choses réclamées lui appartenaient en propre, et je priai Jennings d'aider cette personne à les emballer.
La raison pour laquelle les mauvaises nouvelles voyagent si vite, m'avait dit un jour papa, c'est que les gens sont trop heureux que les malheurs soient pour d'autres.
— C'est presque comme si, en les répandant, ils s'assuraient qu'elles ne viennent pas jusqu'à leur porte, tu vois ? Ou comme s'ils jetaient leurs ordures dans la cour du voisin, pour que la leur reste propre.
Il avait eu un sourire à la fois triste et amusé, avant d'ajouter :
— J'ai souvent constaté ces réactions en cas de maladie mentale. Les amis et les voisins peuvent être très cruels. Les parents, bien sûr, font tout ce qu'ils peuvent pour dissimuler ces cas, non sans raison. Ils craignent que les gens n'y voient une tare familiale, et n'en guettent les symptômes chez leurs autres enfants. Combien de fois n'ai-je pas vu des familles, et même des parents, dissimuler un enfant à problèmes pour que personne ne soit au courant.
En fait, papa avait écrit un article sur le cas d'une adolescente de quatorze ans, atteinte de schizophrénie paranoïde. Après être restée enfermée pendant près de deux ans dans une chambre sans fenêtres, elle avait fini par se suicider. La thèse de papa était que les malades mentaux eux-mêmes éprouvent le besoin de communiquer et d'avoir une vie sociale.
Sur le campus, les nouvelles de mes ennuis conjugaux firent bien sûr un certain effet. Les jumelles furent les premières à compatir, et Choupette ne mâcha pas ses mots. Elle affirma, nettement et crûment, qu'elle avait toujours soupçonné Thatcher d'être un salaud. Quant à Loni, elle était si navrée pour moi qu'elle avait l'air malade. Holden

Mitchell, qui avait gardé ses distances avec moi depuis l'incident de la plage, se montra fort satisfait. Il eut même l'audace de venir me dire en face :

— J'ai entendu parler de tes problèmes avec ton mari. Je t'avais prévenue.

Je ne lui fis pas l'honneur d'une réponse.

Le Pr Fuentes apprit la nouvelle aussi vite que les autres, mais il ne tenta pas de m'interroger, sauf pour me demander si j'allais bien. Je n'étais pas d'humeur à discuter de tout ça, d'ailleurs. Mais peu de temps après, je m'aperçus que j'étais coupable de ce que j'espérais traiter chez mes futurs patients : la fuite devant la vérité, autrement dit le syndrome de l'autruche. Sauf que dans mon cas, il n'était pas possible de garder bien longtemps la tête dans le sable. Ragots, regards fouineurs mouches du coche auraient vite fait de le balayer, me laissant nue devant la vérité.

Finalement, j'avouai au Pr Fuentes que je n'allais pas si bien que ça. Il hocha la tête et me demanda de le rejoindre pour une pause-café, qui ne tarda pas à se transformer en l'un de nos fameux tête-à-tête.

— Comment votre mère et Linden prennent-ils tout ça ? voulut-il savoir.

— Mère fait bonne figure, mais je sais qu'elle souffre pour moi. Et Linden... recommence à se conduire bizarrement.

— Comment cela ?

J'expliquai comment l'adoration de Linden pour moi ne cessait d'augmenter ; comment ma rupture avec Thatcher avait renforcé en lui l'idée que nous étions unis, lui et moi, contre le monde entier.

— Il a insisté pour que je quitte le gynécologue que Thatcher avait choisi. Il ne me plaisait pas beaucoup, de toute façon. Ça ne me gênerait pas d'aller voir quelqu'un d'autre, mais j'aurais peur de renforcer sa paranoïa.

— Ne vous inquiétez pas pour ça, Willow. Occupez-vous plutôt de tout ce qui peut vous faciliter la vie, me conseilla le Pr Fuentes. C'est l'essentiel pour le moment.

Je lui donnai raison, puis je lui décrivis le dernier tableau de Linden.

— Il se voit lui-même en vous, littéralement, observa-t-il d'un air soucieux. Votre souffrance est sa souffrance.

— Je ne l'ai pas suffisamment aidé. Pendant un certain temps, à cause des ignobles calomnies de Whitney, j'ai négligé Linden. Je l'ai même évité, alors que j'aurais dû le soutenir, l'aider à reprendre pied dans le monde réel.

Le Pr Fuentes me mit en garde.

— N'essayez pas d'assumer trop de responsabilités, Willow. Incitez-le à retourner voir un thérapeute, et à reprendre son traitement de fond.

— J'essaierai, soupirai-je, en sachant que la tâche serait plus accablante que je ne pouvais l'imaginer.

J'avais parfaitement conscience que les nuages s'amassaient à l'horizon, lourds de menaces.

En premier lieu, les Eaton (et surtout Whitney), n'allaient pas laisser Thatcher endosser le mauvais rôle dans l'histoire. De nouvelles rumeurs ne tardèrent pas à fleurir et proliférer, plantes vénéneuses aux épines acérées. Une fois de plus, le Club d'Amour fut ma source d'informations. Les filles savaient à quelle heure je rentrais de mes cours et, quelques jours après mon entretien avec le Pr Fuentes, elles firent irruption à Joya del Mar. Elles m'y attendaient quand j'arrivai. Mère les avait accueillies et bavardait avec elles, mais Linden s'était enfui, comme toujours en pareil cas, vers l'un de ses refuges de la plage.

Dès que je les vis, je sus que les ennuis s'aggravaient. Le regard lourd d'angoisse, Mère demanda la permission de se retirer et monta à l'étage. Elle me semblait plus frêle et plus âgée, depuis ma rupture. J'en venais presque à regretter de n'avoir pas ravalé mon orgueil, et accepté les justifications grotesques de Thatcher.

Je m'assis aussitôt. Je lisais l'urgence et la fureur sur leurs visages. Dès que Mère fut sortie, je posai la question qui me brûlait les lèvres.

— Qu'y a-t-il, cette fois-ci ?

— Ils ont lâché la deuxième chaussure, commença Manon.

— Dis plutôt la deuxième bombe, railla Marjorie.

— Qui ça, « Ils « ? Ma belle-famille ?

— Tout juste.

— Et la seconde chaussure est ?

— La défense de Thatcher, me renseigna Manon. Ou du moins la défense qu'il fait circuler en ville.

Je me préparai au pire.
— Ah ! Et en quoi consiste-t-elle ?
— Leur version de l'histoire est qu'il vous aurait surprise au cours de rapports incestueux avec Linden, et qu'il n'est même pas sûr que l'enfant soit de lui, révéla-t-elle.
— Cette dernière invention porte l'empreinte de Whitney, ajouta Sharon. Elle se régale de rumeurs comme un vampire de sang, vous le saviez. Elle n'attendait qu'une occasion pour planter ses crocs dans celle-là et la disperser dans tout Palm Beach.
J'essayai d'avaler une grande bouffée d'air, j'en avais besoin, mais ma gorge se noua comme si on m'étranglait.
— Comment Thatcher a-t-il permis ça ?
— « En amour comme à la guerre, tout est permis », cita Marjorie. Ici, l'amour et la guerre ne sont qu'une seule et même chose.
Liana tâcha d'analyser objectivement la situation.
— Ils ont une image à défendre devant la communauté, il faut que Thatcher soit la victime. Il paraît qu'on commence à les bombarder d'invitations à dîner, pour entendre leur petit scénario sordide. Bunny Eaton est la plus empressée à le raconter et s'en tire très bien, à ce qu'on dit.
— Je n'aurais pas cru ça d'Asher, vraiment. Il me déçoit.
Manon haussa les épaules.
— Pourquoi ? Il n'a jamais eu beaucoup de caractère, si je ne me trompe. Il est comme tous les autres ou presque : il penche du côté où souffle le vent.
— Et c'est toujours Bunny qui fait souffler le vent !
La pique de Liana fit rire tout le monde, sauf moi. J'avais les yeux fixés sur la porte par où Mère venait de sortir, et je voyais encore sa silhouette frêle que la fatigue accablait.
Je libérai un long soupir.
— Que vais-je faire ? Si ces horreurs parviennent aux oreilles de ma mère…
— Mettez fin une bonne fois pour toutes à ces ragots, me conseilla Manon, et le plus vite possible. Une fois votre divorce réglé, tout sera oublié du jour au lendemain. C'est comme ça que les choses se passent, ici.
Marjorie choisit ce moment pour placer son grain de sel.

— Après ça, bien sûr, trouver un homme acceptable dans cette ville sera pratiquement impossible, je vous en parle par expérience.

— Eh bien, lança Manon, elle en cherchera un ailleurs.

— Peut-être qu'une telle chose n'existe pas, énonça Liana d'une voix rêveuse.

Pendant un moment, toutes la dévisagèrent. Je finis par demander :

— Une chose telle que quoi ?

— Un homme acceptable.

— Il n'y a aucun doute là-dessus, conclut Marjorie.

Leur cynisme me déplut, et je ne m'en cachai pas.

— Mon père était plus qu'un homme acceptable, c'était un homme bien. Je suis certaine que chacune de vous en a connu un qu'elle pourrait citer en exemple.

— Pas mon père en tout cas, riposta Sharon.

— Ni le mien, renchérit Liana.

— Malgré tout, nous ne devons pas généraliser. C'est moi qui suis la plus récente victime, mais croyez-moi : je ne renoncerai pas à mes rêves parce qu'un homme m'a fait vivre un cauchemar. Je ne laisserai pas un homme me faire ça, déclarai-je, le feu aux joues, et aucune de vous ne devrait le permettre non plus. Vous avez le droit d'être heureuses. Nous l'avons toutes, m'obstinai-je.

Pendant quelques instants, elles furent toutes à nouveau les petites filles d'autrefois, les yeux emplis de chimères et d'espoir, même ceux de Marjorie. Puis la bulle magique éclata, elles battirent des paupières, et secouèrent la tête avec de petits rires de dérision.

— Qu'attendiez-vous de la part d'une future psychiatre ? ironisa Manon. Il faut qu'elle soit un peu givrée elle-même pour comprendre ses patients.

De nouveau, les rires fusèrent.

Peu importe ce qui m'arrive, m'entendis-je penser, jamais je ne deviendrai ce qu'elles sont devenues.

Étais-je vraiment stupide ? Je me cabrai devant leur cynisme.

— Riez si vous voulez, mais mon père disait que l'imagination et les rêves sont aussi importants que les vitamines. Si les fleurs ne croyaient pas que les mauvais jours finiront, elles mourraient. L'amertume se nourrit d'elle-même. Elle vous consume, et pour finir on devient précisément ce que l'on hait.

« Cela aussi passera, poursuivis-je en leur souriant. Tout cela finira. Les nuages s'en iront. Comme dans les contes, le soleil percera le feuillage noir de la forêt maléfique et nous serons heureuses. Quoi qu'il arrive, c'est cela qui compte : nous serons heureuses. Cela devrait être la devise du Club d'Amour.

Elles étaient à nouveau pareilles à des petites filles, mais des petites filles qu'on venait de sermonner, raidies sous l'algarade.

— Vous avez peut-être raison, concéda Manon. Je ne peux pas nier que je l'espère.

Sharon hocha la tête.

Marjorie prit le regard absent de quelqu'un qui voudrait se boucher les oreilles, et Liana sourit.

Malgré les terribles et ignobles nouvelles qu'elles m'avaient apportées, je me sentis mieux tout à coup, et plus forte… du moins jusqu'à ce que Jennings apparaisse à l'entrée de la pièce. Je sus tout de suite qu'un malheur était arrivé.

— Jennings ?

— C'est Mme Montgomery, annonça-t-il. Une des bonnes vient juste de m'appeler.

Je me levai d'un bond, si vite que je crus sentir mon cœur se décrocher. Je plaquai les mains sur ma poitrine.

— Que s'est-il passé ?

— Elle s'est évanouie à côté de son lit.

18

Une maison vide

Les paupières de Mère étaient étroitement fermées. Je cherchai son pouls, il était très lent et très faible. Avant même de m'élancer dans l'escalier j'avais demandé à Jennings d'appeler une ambulance. Puisqu'il n'y avait pas d'hôpital à Palm Beach, elle serait transférée au Bon Samaritain, à West Palm Beach.

Le tumulte attira Linden hors de sa chambre. Pétrifié, il regarda les auxiliaires médicaux soulever Mère sur un brancard et la placer dans l'ambulance. Il me suivit d'un pas d'automate jusqu'à ma voiture, et son silence me poussa à bavarder sans arrêt, de tout et de rien. Les membres du Club d'Amour regagnèrent leurs pénates, chacune promettant de me téléphoner. Mais à leurs mines et au ton forcé de leurs voix, je compris qu'elles n'avaient pas réellement envie de m'appeler. Thatcher m'avait parlé de l'horreur qu'éprouvaient les résidants de Palm Beach pour la maladie et la mort. Une horreur telle qu'à l'intérieur de ses limites, hôpitaux et cimetières étaient interdits.

Linden fut aussi muet à l'hôpital qu'il l'avait été à la maison et dans la voiture. Il resta assis sans bouger, raide et crispé, le visage totalement inexpressif ou peu s'en fallait. De temps à autre seulement, un léger tremblement de ses lèvres trahissait son émotion. Quand je lui demandai s'il voulait boire quelque chose, il se contenta de secouer la tête. On aurait dit qu'il dormait les yeux ouverts.

Nous étions là depuis deux heures et demie, ou presque, quand finalement un médecin vint nous parler. C'était un grand brun dont l'allure juvénile étonnait, mais dès ses premiers mots je reconnus sa compétence.

— Je suis le Dr Hersh, se présenta-t-il avec autorité. Nous avons examiné votre mère, et conclu sans le moindre doute à un accident vasculaire cérébral. Nous avons pu déterminer qu'elle avait récemment souffert d'un infarctus du myocarde, qui a provoqué l'obstruction d'un vaisseau.

— Une crise cardiaque, vous voulez dire ? Mais nous nous en serions aperçus !

— Pas forcément. Il n'est pas rare que le patient, une fois la crise passée, supporte les dommages subis sans rien dire à personne. Mais si un caillot se forme dans le cœur et circule dans les artères coronaires, il peut remonter jusqu'au cerveau et provoquer une crise d'apoplexie. C'est beaucoup plus fréquent que vous ne l'imaginez, conclut le Dr Hersh d'un ton décontracté, comme s'il mentionnait un fait presque anodin.

Mon cœur cognait contre mes côtes, à présent, si fort que je me demandai si le médecin pouvait l'entendre.

— Que pouvons-nous espérer, Docteur ?

— Le pronostic n'est pas très favorable, j'en ai peur, répondit-il sans détour. Elle est dans le coma. Elle ne souffre pas.

— Pouvons-nous la voir ?

— Oui. Elle est en soins intensifs, vous n'aurez qu'à suivre les panneaux fléchés marqués U.S.I. Ne soyez pas surprise de la voir reliée à un moniteur cardiaque, avec un tube dans la narine. C'est nécessaire, je suis désolé, ajouta-t-il avec un peu plus de douceur. Mon opinion est qu'il y a eu des signes avant-coureurs et qu'ils ont été ignorés. Beaucoup de patients ne soupçonnent même pas qu'ils ont eu une attaque. Nous devrions procéder à une meilleure information du public.

Pourquoi me racontait-il tout ça ? me demandai-je. Pour faire la conversation ? Ou essayait-il de m'expliquer qu'un être aimé peut vous être enlevé d'un moment à l'autre, et que toute la science, toute la technique, toute l'immense organisation médicale ne pouvait qu'adoucir les derniers instants ?

Je pris le bras de Linden et l'entraînai vers l'unité de soins intensifs. L'infirmière qui nous y reçut semblait glisser sur le sol plus que marcher, et ce fut presque uniquement par gestes qu'elle nous conduisit jusqu'au chevet de Mère. Elle semblait minuscule dans ce grand lit, entourée de toute cette machinerie compliquée. Je m'agrippai au bras de Linden. Il se tenait très droit, regard fixe et mâchoire vissée. On aurait dit un automate.

— Elle n'a pas l'air de souffrir, murmurai-je, faute d'autres mots pour exprimer mon émotion.

Linden relâcha son souffle, chancela l'espace d'un instant, puis se reprit et raidit l'échine. Je pris la main de Mère dans la mienne et je la trouvai froide. Son teint pâlissait déjà, elle paraissait se retirer en elle-même, se refermer lentement comme un coquillage.

Elle ne connaîtrait donc pas sa petite-fille, en fin de compte. Elle ne profiterait pas de l'automne de sa vie, et ce serait en partie ma faute. Toutes les promesses que j'avais faites, tous les espoirs que je lui avais donnés seraient perdus. Je savais qu'elle aurait voulu m'aider et me soutenir, en ces moments difficiles. Peut-être, après toutes les souffrances qu'elle avait endurées, la mienne avait-elle été un poids trop lourd. Si je l'avais laissée tranquille, au lieu de la rechercher et de m'immiscer dans sa vie, peut-être ne serait-elle pas ici en ce moment ?

C'était plus fort que moi, cette pensée me hantait.

Les larmes inondaient mes joues, maintenant. Je respirai à fond et les chassai du bout des doigts. C'est alors que je sentis Linden me pousser du coude.

— Il faut rentrer à la maison, dit-il à voix basse.

— Rentrer ?

— Tu connais Grâce, expliqua-t-il en souriant. Elle ne voudra pas dîner sans nous.

Je crus sentir un glaçon descendre le long de mon dos.

Linden leva la tête, et je m'aperçus qu'il ne regardait pas Mère mais au-delà d'elle. Quelque chose en lui l'empêchait de la voir dans son état présent. Il s'était coupé de la réalité pour se réfugier dans son univers familier, à Joya del Mar. Peut-être était-ce mieux ainsi, finalement. Quel bien cela lui ferait-il, si je le forçais à voir Mère en train de mourir dans ce lit ?

Je me penchai sur elle, l'embrassai sur la joue et chuchotai :

— Je t'aime.

Puis je m'en retournai, guidant Linden vers la sortie comme un aveugle. Nous laissâmes toutes les informations utiles au secrétariat médical, avant de reprendre la route pour rentrer. Dès notre arrivée, Jennings vint aux nouvelles et je lui appris la triste vérité. Il en fut bouleversé, marmonna quelques paroles de réconfort et se retira. Pour moi, il était clair que s'il était resté à Joya del Mar au lieu de suivre les Eaton, c'était uniquement par admiration pour Mère. Sa tristesse en était la preuve, et me rendait tout cela plus triste encore.

Manon m'appela ce soir-là, au nom du club tout entier. Je les imaginai en train de tirer à la courte paille, pour savoir qui téléphonerait. Quand j'eus expliqué à Manon ce qu'il en était, elle m'adressa ses condoléances et, sans grand enthousiasme, me recommanda de l'appeler si j'avais besoin de quoi que ce soit. Sa réaction n'était pas difficile à comprendre. Elle et ses amies, comme bien d'autres personnes que j'avais rencontrées ici, passaient le plus clair de leur temps à chercher les moyens les plus excitants de se distraire. Dans leur cercle de vie, on pouvait se décharger de ses responsabilités sur quelqu'un d'autre, l'argent résolvait tous les problèmes, et l'argent ne manquait pas. L'âge, la pauvreté, le désespoir n'avaient pas droit de cité. On se devait de les ignorer. Ici les gens riches ne mouraient pas, ironisai-je à part moi. Ils cessaient simplement d'être invités aux réceptions, aux bals et aux dîners. Leur vision de la réalité n'allait pas plus loin.

De toute évidence, Linden avait du mal à s'adapter à la situation, qu'il ne pouvait totalement ignorer. Je m'en aperçus au dîner où, changeant totalement d'attitude, il se montra de nouveau communicatif et plein d'entrain. Le plus naturellement du monde, il annonça :

— Mère ne se sent pas assez bien pour manger avec nous, mais elle serait fâchée si cela nous empêchait de dîner.

— Linden, le repris-je avec douceur, Mère est très, très malade.

— Oh, je sais ! Je lui aurai assez dit de s'occuper un peu mieux de sa santé. Sans moi, elle ne ferait même pas un repas correct sur deux. C'est moi qui l'emmène se promener pour qu'elle prenne l'air. Sans cela, elle resterait cloîtrée dans sa chambre. Nous devons veiller davantage sur elle, Willow, je n'arrête pas de te le répéter.

« Si tu insistes aussi, elle t'écoutera, toi. Elle t'écoute plus volontiers que moi, depuis quelque temps.

— Linden…

— Oui ? fit-il en attaquant son repas.

Je l'observai un moment et commençai à manger moi-même, tandis qu'il décrivait ses projets d'amélioration pour Joya del Mar. Tout ce qu'il comptait faire était centré sur le bien-être de Mère, naturellement.

Ce comportement m'alarmait. Il fallait que je fasse quelque chose pour qu'il comprenne ce qui se passait, qu'il affronte la vérité. Je me jetai à l'eau.

— Tu sais qu'elle est à l'hôpital, Linden. Tu sais que nous avons dû l'y faire transporter en ambulance. Ne fais pas semblant de croire que ce n'est pas arrivé, je t'en prie. J'ai besoin que tu sois fort, maintenant.

Il battit des paupières, hocha la tête et sourit.

— Je sais, mais ne t'inquiète pas pour elle. Grace reviendra bientôt à la maison. Elle a horreur des hôpitaux, des cliniques et des médecins, et pour cause. Elle en a eu son compte. Elle ne restera pas là-bas un jour de plus, alors prépare-toi à aller la chercher, Willow.

Il s'interrompit et, après un temps de réflexion, il ajouta :

— Je devrais commencer un nouveau tableau, quelque chose de spécial pour elle, tu ne crois pas ? Quelque chose de joyeux qui lui rende le sourire. J'ai trouvé ! s'exclama-t-il en jetant sa serviette sur la table. Je vais m'y attaquer immédiatement. Je n'aurai jamais travaillé aussi vite.

« Cela te plaira aussi, affirma-t-il en se levant. Mais ne va pas le lui dire et gâcher ma surprise, surtout ! Promis ?

— C'est promis, Linden.

— Parfait. Désolée de te laisser mais il faut que je m'y mette, s'excusa-t-il en s'en allant.

Je gardai les yeux fixés sur la porte par où il était sorti. Et pendant un instant, si rapide fût-il, je souhaitai avoir un moyen d'échapper à tout cela, moi aussi.

*

* *

Mère mourut trois jours plus tard. Je reçus le coup de fil le matin, juste avant de partir pour un cours. J'avais compté me rendre à l'hôpital en quittant l'université. Je n'avais plus emmené Linden au Bon Samaritain, depuis le jour où on y avait transporté Mère. Il avait toujours le plus grand mal à admettre la gravité de son état, et même le fait qu'elle soit à l'hôpital. Bien qu'il en eût accepté l'idée le premier soir, à table, il continuait à prétendre qu'elle se reposait dans sa chambre. Je tentais de renforcer son sens des réalités, en lui décrivant mes visites à Mère. Il m'écoutait, se taisait longuement, puis son visage s'illuminait et il m'exposait son projet du moment.

Assaillie d'appels de mon avocate, accaparée par mon travail et dévorée d'inquiétude pour Mère, je décidai de laisser Linden vivre à sa guise. Mais quand l'hôpital me communiqua la mauvaise nouvelle, il fallut bien mettre un terme au règne des illusions.

À ma propre surprise, je n'éclatai pas en sanglots convulsifs, comme je m'y étais attendue. J'avais bien souvent pleuré tout bas, depuis l'accident de Mère, mais je crois qu'une partie de moi-même réagissait comme Linden. Ce moi-là s'accrochait à ses chimères, rêvait encore de la voir ouvrir les yeux et demander : « Qu'est-il arrivé ? Pourquoi suis-je ici, et quand pourrai-je rentrer à la maison ? » Ce rêve me faisait monter un sourire aux lèvres et m'infusait une nouvelle énergie, du moins pour un moment.

Peut-être avais-je déjà fait mon deuil, me dis-je en recevant cet appel. Ou peut-être prévoyais-je de tels problèmes avec Linden que je ne pouvais pas me permettre de m'effondrer. Quand il faut se montrer fort, que l'on n'a aucune autre alternative, on tire du plus profond de soi-même – sans savoir comment – une force qu'on ignorait posséder.

Toutes les idées noires qui me hantaient depuis la mort de Mère me revinrent en foule, quand je posai mes livres et m'engageai dans l'escalier. Les nouvelles que j'apportais m'accablaient, comme un fardeau trop lourd pour moi. Avant que je fasse intrusion dans leur univers, traînant le passé derrière moi, Mère et Linden menaient une existence retirée, certes, mais relativement satisfaisante. Elle vivait avec ses meilleurs souvenirs, rêvant au retour promis de mon père, et l'art énigmatique de Linden était un refuge pour lui. Était-ce moi qui l'avais rendu mécontent de lui-même, en ouvrant les portes dont il avait oublié l'existence, l'exposant à la lumière aveuglante qui lui rappelait ses échecs ? Avais-je réveillé les mauvais souvenirs de Mère, lui valant d'innombrables nuits de sommeil tourmenté ?

Je m'étais sentie terriblement seule, après la mort de mon père. Mon compagnon, Allan Simpson, était trop égocentrique pour m'apporter un véritable réconfort, et ma tante, ainsi que mes autres parents, n'étaient pas assez proches de moi. Je n'avais pas l'impression d'appartenir à une vraie famille. C'est par désespoir que j'étais partie à la recherche de Mère, pour avoir de nouveau un foyer. Peut-être était-ce moi l'égoïste, dans tout ça. Peut-être aurais-je bien mieux fait de rester toute seule.

C'était le remords à présent qui m'accablait, plus encore que le chagrin. Peut-être l'amour est-il trop compliqué, philosophai-je. Peut-être parons-nous notre existence de couleurs fragiles, destinées à toujours se faner. Nous fabriquons de l'illusion jour après jour, pour ne pas avoir à reconnaître la seule vérité qui soit et avec laquelle nous sommes nés. Celle que j'avais tenté de nier et de vaincre en venant ici et qui tient en trois mots : nous sommes seuls. Quand vient la fin, aucun de nos proches ne désire nous tenir la main et partir avec nous. Ils portent notre deuil aussi longtemps qu'ils le peuvent, mais ils ne nous accompagnent pas au royaume des ombres.

J'allai frapper à la porte de l'atelier de Linden. N'obtenant pas de réponse, j'ouvris et le cherchai des yeux. Il était campé devant la fenêtre qui faisait face à la mer.

— Linden, commençai-je, l'hôpital vient d'appeler.

Il se retourna lentement et fronça les sourcils.

— Elle est encore là-bas, elle ne cessera jamais de l'attendre. Je ne sais pas combien de fois je l'ai vue marcher jusqu'au bout de ce ponton et rester là, quelquefois pendant des heures, à fixer l'horizon en guettant son arrivée.

Il écarta les bras en signe d'impuissance.

— Comment pouvons-nous l'en empêcher ? Comment lui montrer combien sa conduite est insensée ? Cela ne fait que l'attrister davantage, et cela risque d'aggraver son état.

— Elle n'est pas sortie, Linden. Nous l'avons amenée à l'hôpital. Elle a eu une attaque. L'hôpital vient d'appeler pour nous apprendre qu'elle venait de mourir. Ils ne pouvaient plus rien pour elle, Linden. Mère nous a quittés.

Je détestai le son de ma voix : il évoquait la mort en marche. Linden secoua la tête avec énergie.

— Non, je viens de la voir. Elle est bien là, dehors. Regarde toi-même, s'obstina-t-il en pivotant vers la fenêtre.

Je ne bougeai pas. Au bout d'un long moment il se retourna, et cette fois ses joues ruisselaient de larmes.

— Elle y était, soutint-il. Je l'ai vue. Je l'ai vraiment vue.

— Je sais, Linden. Je sais que tu l'as vue, dis-je en m'approchant de lui pour le serrer contre moi.

Il resta quelques instants les bras ballants, puis s'accrocha si étroitement à moi que ses larmes mouillèrent ma joue. Je me dégageai doucement.

— Il faut que j'aille prendre les dispositions nécessaires, Linden. Veux-tu venir avec moi ?

— Non, refusa-t-il. Je ne peux pas. Je dois terminer ce que j'ai commencé pour elle.

Avec mon mouchoir, je lui tapotai les joues pour sécher ses larmes.

— Entendu. Je reviendrai dès que j'en aurai terminé.

Il acquiesça sans mot dire, se retourna vers la fenêtre et je le laissai ainsi, en train de regarder fixement la jetée. J'aurais tant voulu que le monde qu'il voyait fût le monde réel, et celui où je me trouvais une simple illusion !

*

* *

M. Ross, notre comptable, une des premières personnes que j'avais connues à mon arrivée, s'avéra un appui extrêmement précieux. Dès qu'il apprit la mort de Mère, il m'appela pour m'assurer qu'il se chargeait de toutes les questions financières. Les Eaton ne téléphonèrent pas, mais Thatcher le fit. La conversation fut des plus brèves.

— Je suis désolé pour Grace, dit-il. Je l'aimais beaucoup.

— Merci.

— Quand auront lieu les funérailles ?

— Après-demain à onze heures.

— Ah ! Je serai au Tribunal, malheureusement. Tu vas bien ?

— Oui, répondis-je d'un ton bref.

Ce que je pensais, en fait, c'est que même si cela n'avait pas été le cas, il aurait été le dernier à le savoir.

— Tant mieux. Je suis désolé, répéta-t-il avant de me dire au revoir.

Je téléphonai à Tante Agnès pour la prévenir, sachant qu'elle aurait été ulcérée si je ne l'avais pas fait. Je savais aussi qu'cllc n'assisterait pas aux obsèques, ni aucun de mes parents non plus. Puis j'appelai Amou. Et toutes deux, à travers les milliers de kilomètres de distance, nous laissâmes s'épancher notre chagrin. Ses paroles de réconfort étaient exactement le remède qu'il me fallait.

Manon et les autres m'appelèrent pour dire qu'elles viendraient à l'enterrement, et je les en remerciai. Les jumelles Butterworth me rendirent visite, ainsi que quelques autres étudiants, et ceux qui le pouvaient promirent d'assister aux funérailles.

Linden passait presque tout son temps dans son atelier. Si je n'avais pas veillé à ce qu'on lui apporte à manger, je suis certaine qu'il n'aurait pas pris la peine de se nourrir. Tout comme je savais qu'il ne tenait pas à rencontrer le moindre visiteur. Les deux premières nuits, je l'entendis errer dans les couloirs. Je savais qu'il se rendait souvent dans la chambre de Mère. Peut-être était-ce sa façon, finalement, de se convaincre qu'elle nous avait vraiment quittés.

Je me rendis moi-même dans sa chambre, où je me mis à manipuler certains de ses objets personnels. Pour moi, c'était un moyen de me sentir un peu plus proche d'elle, de la retenir encore un peu. Tout en faisant cela, je découvris quelques photographies au fond d'un tiroir. Elles étaient anciennes, et on l'y voyait avec ma grand-mère, Jackie Lee. Il y en avait aussi d'autres avec son beau-père, Winston Montgomery, un très bel homme. Elle semblait très à l'aise avec lui, et même éprouver beaucoup d'affection pour lui.

Je pouvais discerner d'autres ressemblances entre ma mère et moi, au début de notre adolescence. Son visage rayonnait, plein de vie et de joie. C'était avant qu'elle ne soit séduite par Kirby Scott, bien sûr. Elle avait encore cet air innocent, émerveillé, qu'ont toutes les jeunes filles et qu'on se souvient un jour d'avoir eu. C'est le début de notre nostalgie de l'enfance que nous avons laissée derrière nous.

Le surlendemain de la mort de Mère, dans la soirée, le Pr Fuentes vint me voir à la maison. Il était allé à Miami pour le baptême d'un neveu, et venait juste d'apprendre la nouvelle. Ce fut d'un ton mi-sérieux, mi-plaisant qu'il s'excusa :

— Chez nous, toute la famille se regroupe pour les grandes occasions, vous comprenez.

— Je vous envie, répliquai-je avec élan.

Nous nous trouvions dans le salon donnant sur la terrasse du fond, côté plage ; celui où j'avais vu les Eaton pour la première fois, et où Thatcher était apparu à ma stupéfaction, après notre rencontre à l'hôtel des Brisants. J'ignorais totalement, à cette époque, ses liens de parenté avec les gens qui louaient la propriété de ma mère. Entre nous un déclic avait eu lieu, excitant au possible, une véritable décharge électrique. En y réfléchissant, à présent, je me demandais si nous pouvions jamais nous protéger contre nous-mêmes. Avais-je vraiment aimé Thatcher ? Ou la femme que j'étais s'était-elle laissée enflammer par la passion, au point de croire que cela durerait toujours, quoi que ce fût ?

Nous nous arrangeons toujours, on ne sait trop comment, pour croire que l'amour dure toute la vie. C'est pourquoi nous prononçons le vœu « de nous aimer et nous chérir jusqu'à ce que la mort nous sépare », et cela sincèrement.

Le Pr Fuentes n'était venu à Joya del Mar que pour le mariage. Il promena autour de lui un regard attentif et sourit.

— Impressionnante, cette maison... pour une future psychothérapeute, je veux dire.

— Je sais. Je commence à me demander si je ne devrais pas la vendre.

— Ne prenez aucune décision pour l'instant, me conseilla-t-il. À moins, bien sûr, que ce ne soit une question d'argent.

— Non. Si jamais je me décide à vendre, ce ne sera pas pour cette raison.

— Et comment va votre demi-frère, Willow ?

J'eus une moue dubitative.

— Je n'en sais rien. Il a du mal à affronter la réalité. Demain il faudra bien qu'il comprenne que Mère est morte, et ensuite nous verrons bien.

— Où est-il en ce moment ?

— Soit dans sa chambre, soit dans son atelier. La mort de Mère l'a fait régresser dans l'introversion.

Le Pr Fuentes se rembrunit.

— Vous devez envisager au plus vite une assistance médicale, Willow.

— Oui, ce sera sans doute la meilleure solution pour lui. Peut-être vais-je vendre et retourner en Caroline du Sud.

— J'espère que non ! se récria le professeur, laissant percer sa crainte de me voir mettre cette idée à exécution.

— Je ne sais pas vraiment ce que je dis, Professeur, ni ce que je vais faire. Je dois d'abord penser au bébé.

— Naturellement. Vous trouverez la force nécessaire, j'en suis sûr. Je vous en prie, ajouta-t-il en saisissant ma main, appelez-moi si vous avez besoin de quoi que ce soit.

— C'est promis, répondis-je, même si l'ardeur et la sincérité de son offre m'avaient un peu surprise.

Il me donna une petite tape sur la main et se leva.

— Je dois retourner sur le campus, à présent.

— Merci d'être venu, Professeur.

Il attacha sur moi un regard appuyé.

— Je pense que nous nous connaissons assez bien, maintenant, pour que vous m'appeliez Miguel. À moins, bien sûr, que cela ne vous mette mal à l'aise, se hâta-t-il d'ajouter.

— Non, pas du tout. *Gracias*, Miguel.

Il me sourit puis me prit par les épaules, effleurant ma joue de ses lèvres quand il s'écarta de moi. Je le raccompagnai jusqu'au perron.

— Quelle propriété ! s'exclama-t-il du haut des marches.

— Un de ces jours, je vous ferai faire le tour du propriétaire.

— J'en prends note, lança-t-il d'un ton enjoué.

J'attendis que sa voiture ait démarré, puis rentrai pour monter voir Linden. Il n'était pas dans sa chambre et j'allai jusqu'à l'atelier. La porte était fermée, comme d'habitude, mais à clef cette fois-ci. Je frappai, appelai, et comme il ne répondait pas je frappai et appelai plus fort. Finalement, je l'entendis tourner la clef dans la serrure. Il ouvrit lentement la porte.

Il était échevelé, avec la chemise ouverte et de la peinture noire sur le menton. Il tenait un pinceau à la main, mais pas un de ceux dont il se servait pour travailler: une grosse brosse de peintre en bâtiment. Je me risquai à demander:

— Tout va bien, Linden? Je ne t'ai pas vu de la journée.

— Oui, grogna-t-il, sans reculer pour me laisser entrer, comme il le faisait toujours.

Je désignai le pinceau qu'il tenait en main.

— Qu'est-ce que tu fabriques avec ça?

— Je travaille.

— Mais...

— Je ne peux pas te parler maintenant. Je te verrai plus tard, dit-il en refermant la porte.

Je l'entendis tourner précipitamment la clef.

J'étais de plus en plus perplexe. À quelle sorte d'œuvre d'art pouvait-il bien travailler, avec ce matériel? J'y réfléchis quelques instants et regagnai mon appartement, pour prendre un bain et essayer de me détendre. La journée du lendemain serait redoutable, je le savais. Je me rappelais avec tant d'acuité les funérailles de mon père! J'avais vécu auprès de lui beaucoup plus longtemps qu'avec ma mère, bien sûr. Mais le lien qui m'unissait à elle s'était développé si rapidement, si fortement qu'il me semblait avoir existé toute ma vie.

Après mon bain, je m'étendis pour prendre un peu de repos et m'endormis. Je n'avais pas mesuré combien la tension émotionnelle m'avait épuisée. Quand je me réveillai, il était presque sept heures. Je me levai et m'habillai en toute hâte. Si je n'allais pas dîner Linden ne mangerait pas, lui non plus, j'en étais sûre. En descendant, j'entendis Jennings et les deux bonnes discuter dans le hall. Dès qu'ils me virent ils s'interrompirent net, et les deux femmes retournèrent à leurs occupations. Jennings n'avait pas l'air coupable, me sembla-t-il, mais plutôt soucieux.

— Que se passe-t-il, Jennings? Je vois bien que quelque chose ne va pas.

Sa façon de secouer la tête n'eut rien de rassurant.

— Venez avec moi, s'il vous plaît. Vous verrez par vous-même.

À sa suite, je traversai le salon, la terrasse du fond et descendis les marches. Une fois en bas, nous fîmes encore une dizaine de pas, puis il se retourna et pointa le menton vers la maison.

— Eh bien, qu'y a-t-il ?

Je suivis la direction de son regard. Il faisait encore assez clair pour y voir, et je vis. Toutes les fenêtres de l'atelier de Linden, ainsi que celles de sa chambre, avaient été badigeonnées de noir.

Cette vue m'arracha un hoquet de surprise. Je reculai d'un pas, la main plaquée sur le cœur.

— Je l'ai vu aller dans la remise à outils pour y prendre la peinture et les pinceaux, expliqua Jennings. Je lui ai demandé ce qu'il faisait et lui ai proposé mon aide, mais il ne me parle pas beaucoup, madame Eaton. À Mary et à Joan non plus, ce qu'elles trouvent assez effrayant. Il terrorise Mary, et Joan ne resterait pour rien au monde dans la même pièce que lui. Elles tournent les talons quand elles le voient s'approcher, en tout cas c'est ce qu'elles me racontent.

« Et maintenant, ceci ! ajouta-t-il, en désignant à nouveau les fenêtres. Je crains qu'elles ne vous quittent sous peu, madame Eaton. En fait, je sais que le moment est mal choisi pour vous le dire mais…

Il baissa les yeux et reprit comme en s'excusant :

— J'ai moi-même trouvé une nouvelle place, et je prends mon service d'ici quelques semaines. Je suis désolé.

Quand il leva les yeux sur moi, je vis qu'ils s'embuaient de larmes. Il me renouvela ses regrets.

— Avec le décès de votre mère et tout le reste, vos études et le bébé qui vient, je sais que vous vous inquiétez pour les frais. Je suis sûre qu'une nurse en ferait presque autant que moi, madame Eaton. Vous ne recevez pas autant que ne le faisaient les Eaton avant vous, loin de là. Ce serait du gâchis de payer quelqu'un comme moi.

— Je comprends, Jennings. C'est très bien comme ça.

Il parut soulagé, se racla la gorge et enchaîna :

— Ce n'est pas à moi de vous donner des conseils, madame Eaton, mais je ne peux pas partir sans vous soumettre mon point de vue. Ce serait peut-être une bonne chose de vendre tout ça, et de vous trouver une maison plus conforme à vos besoins. Ces endroits-là… sont moins faits pour y vivre que pour se montrer, si vous voyez ce que je veux dire.

— Je vois, Jennings, et je vous remercie. J'y réfléchirai.

— Très bien, madame Eaton. Voulez-vous que je fasse quelque chose pour ça ? offrit-il, avec un geste en direction des fenêtres noircies.

— Pas pour le moment, Jennings. Merci encore.

— Comme vous voudrez, madame Eaton. Dois-je m'occuper du dîner ?

— Je vous en prie, Jennings, merci à vous.

Il repartit vers la maison et je restai un moment les yeux fixés sur les fenêtres, avant de remonter à mon tour le sentier. Linden était toujours enfermé dans son atelier. Je frappai très fort, cette fois, et même à coups de poings. J'entendis la clef tourner mais il ne m'ouvrit pas ; je le fis donc moi-même et entrai.

Il n'avait pas allumé les lampes, et avec les vitres enduites de noir, seule la lumière provenant du couloir me permit de l'apercevoir. Il était assis sur une chaise, à droite de la porte, le plus loin possible des fenêtres.

— Qu'est-ce qu'il t'arrive, Linden ? Pourquoi restes-tu assis dans le noir, et pourquoi avoir occulté toutes tes fenêtres ?

— C'est mieux comme ça, rétorqua-t-il d'une voix morne.

— Et pourquoi ? Comment cela peut-il être mieux d'empêcher le soleil d'entrer chez toi ? Tu n'aimes donc pas regarder l'océan quand tu peins ? Je croyais.

— Je ne veux plus la voir dehors. Chaque fois que je regarde par la fenêtre, elle est là.

— Elle ne peut pas être là, Linden, affirmai-je avec douceur.

— Je sais, mais elle y est !

Même dans cette pénombre je pouvais voir ses yeux saillants, son front crispé. Sa tension était palpable. Demain, pensai-je avec espoir. Demain, au cimetière, tout cela cessera. Voir descendre un cercueil dans la tombe, rien n'est plus définitif que cela.

— Fais ta toilette et descends dîner, Linden, ordonnai-je le plus naturellement possible. Tu auras besoin de toutes tes forces pour demain. Crois-moi, je le sais.

Il parut se détendre.

— D'accord, je vais le faire.

— Très bien, je t'attendrai, dis-je en sortant.

Je refermai la porte derrière moi. Mon cœur cognait frénétiquement dans ma poitrine, à tel point que j'en tremblais. Je me contraignis au calme et, mentalement, je me fis la leçon. « Tu es enceinte, Willow De Beers. Pour l'amour de l'enfant que tu portes, maîtrise-toi. » Finalement, mon cœur s'apaisa. Je pris une longue inspiration et descendis.

Linden fut très calme au dîner. Il mangea de façon machinale, jetant de temps à autre un bref regard vers la porte. Comme s'il s'attendait à tout moment à voir Mère entrer, se tourner vers moi en souriant et déclarer : « Tu vois, ce n'était qu'un affreux cauchemar, finalement. »

J'étais presque tentée de m'insinuer dans sa folie, de m'y lover comme dans une chaude couverture, où je serais à l'abri.

Jennings ne s'était pas trompé. Rien qu'à voir leurs visages, il était clair que Joan et Mary avaient enduré plus qu'elles n'en pouvaient supporter, à Joya del Mar. Quand elles eurent desservi, elles me firent part de leur intention de partir aussitôt après les funérailles.

— Nous resterons pour vous aider à recevoir les gens, mais pas plus, me prévint Mary.

Je les en remerciai, puis montai dans ma chambre avec l'espoir de dormir un peu. Juste comme je me glissais sous les draps, le téléphone sonna. C'était Miguel. Depuis qu'il m'avait demandé de l'appeler par son prénom, je ne pouvais plus penser à lui en tant que Pr Fuentes. Maintenant c'était un ami.

— J'espère que je n'appelle pas trop tard, commença-t-il.

— Mais non. Je ne pense pas dormir beaucoup, cette nuit.

— Peut-être devriez-vous prendre un somnifère ?

— Non. je ne veux pas me sentir vaporeuse demain matin.

— Je vous comprends, approuva-t-il. Vous savez, j'ai beaucoup pensé à vous, toute seule ou presque dans cette grande maison. Moi qui suis habitué à une maisonnée pleine de parents, surtout dans des occasions comme celle-là... Je voulais simplement vous dire que demain, je serai à l'église et qu'ensuite... je serais heureux d'être à vos côtés. Si vous le souhaitez, naturellement.

— Merci. Je le souhaite vivement.

— Alors je serai là, promit-il. Bonne nuit, Willow.

— Bonne nuit, et merci d'avoir pensé à moi, Miguel.

Quel bizarre mélange de sentiments me remuait le cœur, tout à coup, me dis-je en m'adossant aux confortables oreillers. Le coup de fil de Miguel ne m'avait pas seulement réconfortée. Il m'avait apporté l'espoir d'un renouveau, un peu de rêve et de joie, mais cela tombait en un moment si triste... C'était presque comme jeter un bonbon dans du vinaigre. La douceur était la bienvenue, c'est vrai. Mais pour l'instant elle était déplacée, voire inopportune alors que j'étais couchée là, toute seule dans cette chambre immense, où mes pensées elles-mêmes semblaient trouver un écho.

Mère disparue, cette maison semblait déjà vide. Combien de fois, survenant à l'improviste, l'avais-je vue caresser un vase ou une statuette, tomber en arrêt devant un fauteuil ou regarder par la fenêtre, avec ce petit sourire que seul peut faire naître un souvenir très doux. J'étais certaine qu'elle entendait le cliquetis des talons de sa mère sur les dalles, voyait son reflet dans les vitres étincelantes et les miroirs. Les souvenirs nous changent tous en fantômes. Et ceux de Mère devaient susciter tant d'images du passé qu'elle se sentait un peu fantomatique elle-même, créature de brume et de rêve comme eux.

Cette restauration du passé avait eu au moins l'avantage de donner à la maison un certain caractère, une sorte d'identité. À présent elle était partie, et tous les bons souvenirs s'en étaient allés avec elle. Ce que pouvaient être ceux de Linden, je ne tenais pas à le savoir, quant aux miens... mon séjour dans cette maison avait été trop bref pour que je m'y attache. Je n'étais certainement pas d'humeur à y penser comme à mon foyer conjugal.

Pourrai-je un jour m'y sentir chez moi, sans Mère ? Et demain, combien de choses allais-je enterrer avec elle ?

*

* *

Linden mit en œuvre une résistance passive très efficace pour ne pas assister à l'enterrement. Je dus le réveiller moi-même, l'obliger à s'habiller, et je veillai à ce qu'il mette son complet sombre. Il fut si long à se préparer que nous faillîmes arriver en retard. La limousine arrivait et je montai le chercher, ce qui le privait de petit déjeuner. À le voir, je me sentis plus peinée pour lui que pour moi. On aurait dit un petit garçon effrayé.

Quand on pense à un enterrement, on imagine toujours une journée grise, froide et pluvieuse. Il n'en fut rien. Aucun nuage ne traversait le ciel, une petite brise tiède soufflait, tout éclatait de fraîcheur et de vie. La nature niait la décrépitude et la mort. La seule ombre présente en ce jour était en moi, et certainement aussi en Linden.

Il n'y eut guère plus d'une douzaine de personnes, à l'église. À part Manon et les autres je vis M. Ross et sa femme, quelques amis de la faculté, Miguel qui m'attendait à la porte et, ô surprise, les abominables sœurs Carriage, amies de Bunny Eaton. La raison de leur présence était plus qu'évidente. Elles étaient venues faire provision de ragots pour pouvoir tout raconter en détail, qui se trouvait là, que portaient les gens et ce qu'ils avaient dit.

Le service en lui-même fut relativement court, le pasteur n'ayant pas vraiment cherché à y apporter une touche personnelle. On aurait pu croire qu'il avait peur de dire quoi que ce soit de réaliste au sujet de Mère. Il se réfugia dans les hymnes et les citations bibliques. Et pendant tout ce temps, Miguel se tint à mes côtés. Je tenais fermement le bras de Linden. Il avait l'air si raide et si terrifié qu'il dut fournir, à n'en pas douter, une ample moisson de cancans à ces vipères de sœurs Carriage. De quoi remplir les oreilles accueillantes des riches oisifs de Palm Beach.

Vers la fin de la cérémonie, je manquai m'étouffer en réprimant un sanglot. Miguel me prit la main et la serra très fort. Puis on roula le cercueil hors de l'église par une porte latérale, près de laquelle attendait le corbillard. Nous nous retournâmes et, Linden me suivant comme une ombre, nous remontâmes la nef jusqu'à la sortie.

— Je serai juste derrière vous, murmura Miguel, quand je montai avec Linden dans la limousine.

Par la fenêtre, j'aperçus Manon et les autres réunies en groupe serré, la mine lugubre. J'étais sûre que, dès qu'elles le pourraient, elles se précipiteraient dans un bar; et là, qu'elles s'empresseraient de commander du vin ou du champagne, pour chasser de leur esprit les accords funèbres de l'orgue et le parfum des couronnes. À vrai dire, je ne songeais pas à les en blâmer. Je les enviais.

À l'église, je n'avais pas remarqué la présence de Jennings. À part Miguel et nous, il fut la seule personne à venir au cimetière. Il garda la tête baissée pendant toute la durée des dernières prières, puis il s'essuya les yeux et partit avant l'inhumation. J'observai attentivement Linden quand on descendit le cercueil dans la fosse. Pendant les vingt dernières années, Mère avait été la seule personne qui ait partagé sa vie. À présent, chacune des pensées sombres et désespérées qui avaient nourri son art devait lui sembler justifiée. À la façon dont son regard plongeait dans cette tombe, je devinai qu'il souhaitait se jeter sur le cercueil de Mère et être enterré avec elle.

Affaibli par son chagrin, il ne tarda pas à chanceler. Je ne lui tenais plus seulement le bras, je le maintenais debout. Miguel s'en aperçut tout de suite et l'empoigna fermement par l'autre bras.

— Il vaut mieux y aller, chuchota-t-il.

J'acquiesçai d'un signe et, faisant pivoter Linden, nous le conduisîmes jusqu'à la limousine. Une fois à l'intérieur il se laissa glisser sur le côté, s'enfonça dans les coussins et ferma les yeux.

— Je vous suis, annonça Miguel, je pourrai me rendre utile.

Pendant tout le trajet il se maintint juste derrière nous. À Joya del Mar Jennings vint nous offrir son aide et, conjuguant leurs efforts, Miguel et lui parvinrent à hisser Linden jusqu'à sa chambre et à le mettre au lit. Je les attendis en bas, et me versai une bonne dose de whisky. Joan et Mary s'attardèrent au salon, prêtes à recevoir les gens venus présenter leurs condoléances, mais il ne vint personne.

Quand Miguel descendit, il me questionna au sujet des fenêtres noires. Je lui expliquai pourquoi Linden avait fait cela, et son front se barra d'un pli soucieux.

— Maintenant qu'il l'a vu mettre en terre, peut-être que ses visions le quitteront, tentai-je de me convaincre. C'est triste à dire, et même assez ironique, mais d'une certaine façon les funérailles lui auront sans doute fait du bien.

— Peut-être, concéda Miguel, mais je vis bien qu'il était toujours aussi inquiet.

Après avoir mangé un peu, nous allâmes nous asseoir sur la terrasse. Quelques nuages voguaient dans le ciel, à présent, et la brise avait un peu fraîchi. Mais, cela mis à part, le temps demeurait toujours aussi beau.

— Mère aurait adoré cette journée, fis-je observer. Elle l'aurait passée presque tout entière à marcher sur la plage.

— C'est tellement beau ici, Willow. Je crois qu'elle ne s'est jamais vraiment sentie exclue ni reniée, même si la société la tenait à l'écart.

— Vous avez sûrement raison.

— Excusez-moi, madame Eaton...

Je me retournai à la voix de Mary. Les deux bonnes se tenaient prêtes à partir, en tenue de ville et valises en main.

— Puisque personne ne vient, reprit Mary, autant partir tout de suite. Tout a été soigneusement nettoyé et rangé, et Jennings dit qu'il est à votre disposition jusqu'à la fin de la journée.

— C'est très bien, acquiesçai-je.

— Nous laissons à Jennings une adresse où envoyer nos derniers gages, et pour faire suivre le courrier au cas où, ajouta Joan.

— Parfait.

— Nous sommes désolées pour tout ça, madame Eaton, dit encore Mary.

Je leur souris.

— Merci, et bonne chance à vous deux.

Elles me rendirent mon sourire, en plus bref, et s'éclipsèrent.

— Que se passe-t-il au juste ? voulut savoir Miguel.

Je lui expliquai la situation, et il fronça les sourcils.

— Alors vous allez vous retrouver sans aucune aide ? Elles auraient pu avoir la décence de rester encore un peu, quand même !

— Je ne leur en veux pas, et je réglerai cela dans quelques jours. Pour le moment, nous n'avons pas besoin de grand-chose.

— Bon, eh bien... je crois que je vais me retirer, vous devez avoir besoin de repos.

— Pas vraiment, mais je ne veux pas vous empêcher de remplir vos obligations.

Il me dévisagea en souriant.

— N'en faites pas trop quand même. Vous avez déjà assez de choses à porter.

— Je n'en ferai pas trop, je vous le promets.

Il soutint mon regard, puis se pencha et m'embrassa sur le front.

— Prenez bien soin de vous, Willow. Je passerai bientôt pour m'assurer que vous le faites.

— Mais j'espère bien ! répliquai-je.

— Ne vous levez pas, sauf si c'est pour aller vous reposer. Je trouverai le chemin tout seul.

— Je ne me coucherai pas tard. Je vais seulement rester ici un petit moment, le rassurai-je.

Il retint ma main pendant quelques instants, puis retira la sienne et rentra dans la maison.

Je m'attardai à contempler l'océan. Là-haut, derrière ses fenêtres noires, Linden s'était retiré dans les recoins obscurs de son esprit troublé. Je ne disposais pas d'une telle échappatoire, et je n'en souhaitais pas non plus. Si mon bébé survivait, ce serait parce que tous ces ennuis et tous ces chagrins m'auraient rendue plus forte. Quand on n'a que soi-même, comme Linden, on peut se permettre de se retirer du monde. Moi, je ne pouvais pas. La petite Hannah attendait d'être accueillie avec des sourires, de la joie, de l'espoir ; pas avec des larmes, et encore moins avec des idées noires.

Je ne sais pas ce qui me poussa à faire cela, ni où j'en trouvai la force, mais je descendis sur la plage et marchai jusqu'à la jetée. Je la suivis tout du long, jusqu'à l'endroit où Mère s'était tenue si souvent la nuit, guettant le large en attendant mon père, attendant que la promesse faite autrefois soit tenue.

En somme, la trahison de Thatcher m'avait ramenée à la place même qui avait été celle de ma mère. J'allais être seule ici, avec mon enfant. Je serais tenue à l'écart de la même société, derrière les murs de Joya del Mar. Pourquoi était-elle restée ? Pourquoi ne s'était-elle pas enfuie ailleurs, pour commencer une nouvelle vie ? Cela n'aurait-il pas mieux valu, pour tous les deux ?

Cela vaudrait-il mieux pour moi et pour Hannah ?

Je m'interrogeai, en quête de la sagesse paternelle dont j'avais tant besoin.

— Et maintenant, papa, qu'est-ce que je fais ? Je pars ou je reste ?

— Que désires-tu faire ?

— Je ne suis pas très sûre de le savoir.

— Alors pourquoi n'attends-tu pas de l'être ?

— Et si je ne le suis jamais ?

À cette question je ne reçus pas de réponse.

— Papa ? Et si je ne suis jamais sûre ? insistai-je, plus désespérément encore.

Mais mon esprit n'était plus que silence. Un silence qui fit place au bruit de la mer et au sifflement de la brise à mes oreilles.

Demain, peut-être.

Demain, peut-être… je saurais.

19

Seule avec Linden

De nombreux changements survinrent dans notre vie, au cours des semaines qui suivirent la mort de Mère. Jennings ne tarda pas à s'en aller, comme il l'avait annoncé. Je ne m'étais pas donné beaucoup de mal pour trouver du personnel, aussi n'avions-nous toujours pas de bonne. Plutôt que d'engager quelqu'un, je condamnai la plus grande partie possible du corps de logis principal, à savoir l'appartement de Mère, toutes les chambres d'amis et leurs salles de bains. Nous réduisîmes nos quartiers à mes appartements, la pièce qui deviendrait la nursery d'Hannah, la chambre de Linden et son atelier.

À ma grande surprise, Linden accueillit très bien cette réduction de l'espace occupé. Selon lui, cela rendait notre intérieur plus intime, plus en accord avec la façon dont Mère et lui avaient vécu dans la maison de la plage, même si nous utilisions toujours la salle à manger, le grand salon et la terrasse.

Le départ des domestiques, également, eut sur lui un effet positif tout à fait inattendu.

— Grace et moi avons vécu longtemps sans bonne ni maître d'hôtel, déclara-t-il quand je lui annonçai le départ de Jennings. Nous nous en sommes tirés sans eux, et ce sera pareil maintenant.

Je fus enchantée par ce changement d'attitude radical. Il n'était plus le même. Il n'avait plus rien de l'introverti qui s'enfermait dans son atelier, pour y passer des journées entières dans le noir. Il résolut d'assumer la plupart des taches ménagères, et affirma qu'il pourrait tout prendre en charge à la maison, y compris la cuisine et les courses. Tout son comportement subit une métamorphose impressionnante. Il avait l'air d'un étudiant de première année, tout excité d'être indépendant pour la première fois de sa vie, et de n'avoir à compter que sur lui-même. Chaque nouvelle responsabilité augmentait son enthousiasme.

— Tu vas faire la cuisine pour nous ? m'étonnai-je, quand il me fit part de ses intentions.

— Absolument. Il m'est arrivé de la faire pour Grace et moi, et j'ai appris ce qu'une femme enceinte doit manger, en plus. Et aussi ce qu'elle doit faire et ne pas faire, ajouta-t-il en agitant l'index qu'il pointait sur moi.

— Oh ?

— Mais oui. Après tout, déclara-t-il avec autorité, ce n'est plus seulement de nous qu'il faut nous occuper, maintenant. Nous avons notre bébé, notre petite Hannah.

La première fois qu'il dit cela, je n'en pensai rien de particulier. Cela faisait partie de son nouvel enthousiasme envers la vie et notre avenir. Mais quand je l'entendis prononcer « notre bébé » ou « notre Hannah » sur un ton carrément possessif, je commençai à m'inquiéter.

Je me dis que ma réaction était excessive, que je devrais plutôt me réjouir de ces nouvelles démonstrations de joie de vivre. Je n'avais jamais vu Linden s'emballer de cette façon à propos de quoi que ce soit. Et après la mort de Mère, j'avais réellement eu peur de ne plus jamais le voir heureux.

À présent il ne se contentait plus du rôle de chauffeur et de coursier, mais il m'interdisait de porter le moindre fardeau et me surveillait sans cesse, pour m'empêcher de travailler trop à la maison. Et je n'en étais qu'au début de mon cinquième mois de grossesse ! Si je commençais à nettoyer quelque chose, il m'arrachait le chiffon ou le balai-éponge et déclarait qu'il nettoierait lui-même.

— Va plutôt te promener, m'ordonnait-il. Une femme enceinte doit marcher, mais ne pas trop se pencher et ne rien soulever.

— Bien, docteur Montgomery, le taquinais-je, mais cela ne le faisait pas rire.

— Je ne suis pas médecin, mais tu serais étonnée si je te disais tout ce que je sais et qu'ils ne savent pas. Ou dont ils ne se soucient pas, du moins pas autant que moi.

Naturellement je le remerciais pour ses attentions, et j'avais toujours droit au même genre de réponse.

— Et pourquoi ne prendrais-je pas soin de toi ? répliquait-il avec emportement. Tu n'as pas à me remercier pour ça.

Même s'il s'activait avec plus d'énergie qu'avant, s'habillait mieux et s'occupait mieux de lui-même, il restait imprévisible. Il était toujours sujet à des explosions de rage ou de longues périodes de bouderies, si je n'étais pas de son avis ou paraissais le critiquer. J'avais vraiment l'impression de marcher sur de la glace mince, ou de m'avancer dans une pièce remplie de porcelaines fines. J'étais terrifiée à l'idée de heurter quelque chose, et de réduire en miettes un fragile moment de bonheur.

Rien, cependant, ne semblait le contrarier autant que les fréquentes visites de Miguel. J'avais décidé de prendre mon congé sabbatique un peu plus tôt que prévu. Il me semblait que je devais consacrer plus de temps à Linden, même s'il pensait que c'était l'inverse ; et m'occuper aussi, bien sûr, des problèmes consécutifs au décès de Mère, de mon divorce en instance et de ma grossesse.

— Comment se fait-il que ce professeur d'université vienne si souvent ici ? me demanda Linden, après une visite de Miguel. Il n'a donc pas de devoirs à corriger, pas de cours à préparer ?

— Il ne travaille pas vingt-quatre heures sur vingt-quatre, Linden. C'est plutôt gentil de sa part de trouver le temps de passer nous voir pour s'assurer que nous allons bien, non ?

— Il ne vient pas voir si *nous* allons bien, il vient voir si *tu* vas bien. C'est répugnant. Tu es enceinte et tu... tu n'es même pas légalement divorcée d'avec Thatcher ! Il est comme un vautour qui attend de foncer sur sa proie.

— Mais non, rectifiai-je avec autant d'égards que possible. Il n'est pas du tout comme ça, Linden.

Il me fusilla du regard, puis sortit en grommelant pour aller préparer le dîner.

*
* *

Un après-midi, Miguel s'attarda plus longtemps qu'à l'ordinaire. Lui et moi étions assis sur la terrasse et bavardions, de l'université surtout, et de ses cours. Il parlait de ses étudiants et me disait que, même s'il n'enseignait que depuis quelques années, il avait constaté chez eux une baisse des compétences et de l'ardeur au travail.

— Tout le monde veut tout, et tout de suite. Aucun d'eux ne semble attacher de prix à l'effort, à l'étude, au défi à relever. Ils ne voient que le profit, n'ont qu'une idée en tête : « Qu'est-ce que ça peut me rapporter, comment l'obtenir au plus vite ? » Et pour la plupart d'entre eux, j'ajouterais : « Comment l'obtenir sans effort ? »

« Un de ces jours, vitupéra-t-il, on achètera le bonheur dans des distributeurs, et les diplômes universitaires aussi !

Je ris de sa véhémence, et il finit par en rire aussi.

— Et me voilà reparti ! Quand je suis en face de quelqu'un de sincère et de lucide, quelqu'un comme vous, Willow, c'est plus fort que moi. Je me remets à pérorer.

— Je n'appelle pas cela pérorer, Miguel. Et il n'y a rien de mal à s'emballer au sujet des choses qui vous tiennent à cœur.

Il me sourit avec chaleur et posa la main sur la mienne.

— Vous êtes vraiment quelqu'un de merveilleux, Willow. Vous n'avez pas mérité tous ces problèmes.

Nos regards se soudèrent, et pendant quelques longues secondes il retint doucement ma main dans la sienne. Puis un bruit sec, du côté de l'une des portes fenêtres, me fit tourner la tête. Derrière les vitres entrouvertes, Linden nous observait. Je m'empressai de proposer :

— Si tu venais t'asseoir un moment avec nous, Linden ?

Après une brève hésitation, il ouvrit la porte en grand et bougonna :

— J'ai quelque chose sur le feu.

— Et que préparez-vous de bon ? s'enquit aimablement Miguel.

— Des pâtes à la viande rôtie.

— Hmm ! Voilà qui paraît savoureux.

— Pourquoi n'inviterions-nous pas Miguel à dîner ? suggérai-je.

Un instant interloqué, Linden balbutia :

— C'est que... je n'ai pas prévu un plat très copieux.

— Aucun de nous n'est vraiment gros mangeur, Linden.

— Ne vous en faites pas pour ça, intervint Miguel. Je dois m'en aller, je dîne avec mes parents. Peut-être me permettrez-vous de vous inviter au Havana Molena un de ces soirs, tous les deux. Pourquoi pas cette semaine ?

— Ce serait un plaisir pour nous, n'est-ce pas, Linden ?

— Oui, admit-il comme à regret, mais... ça dépend quel soir.

— Eh bien, vous me ferez savoir quel soir vous convient, d'accord ?

Linden hocha la tête et rentra dans la maison, refermant la porte-fenêtre derrière lui. Miguel le suivit des yeux d'un air pensif.

— Je sais que vous le trouvez en progrès, Willow, mais par certains côtés, son état s'aggrave à un point que vous n'imaginez pas.

Je fus bien forcée de le reconnaître.

— Vous avez raison, Miguel, je le sais. Maintenant que les choses se sont un peu tassées, je vais prendre contact avec sa thérapeute afin qu'il reprenne son traitement.

— C'est la sagesse même, approuva-t-il en se levant. Bon, je passe vous prendre demain, si rien ne s'y oppose ?

— Rien ne s'y oppose, soyez-en sûr. Le temps va me sembler long jusque-là.

Ses traits s'illuminèrent. Il se pencha vers moi, m'embrassa sur la joue, et je le retins par les épaules pour l'empêcher de s'éloigner trop vite. Son regard plongea dans le mien, puis il m'embrassa doucement sur les lèvres.

— Pardon, murmura-t-il aussitôt.

— Pardon pour quoi ? Pour avoir donné à une femme enceinte l'impression qu'elle était désirable ? J'espère que ce n'était pas par charité, ajoutai-je en le voyant sourire.

Son sourire se figea, il attacha sur moi un regard plein de gravité. Puis à nouveau, il se pencha, et cette fois ses lèvres s'attardèrent longuement sur les miennes.

— Croyez-moi, chuchota-t-il. La charité n'y est pour rien.

Les yeux brillants – je pouvais sentir qu'ils brillaient plus fort en cet instant –, je le regardai marcher vers la porte, se retourner et me quitter sur un sourire, me laissant toute frémissante de bonheur. Un bonheur que j'avais presque fini par me croire interdit.

Quelques heures plus tard, une bonne occasion de fêter quelque chose nous fut offerte. Mon avocate m'appela, pour m'apprendre que Thatcher avait accepté ses propositions pour un divorce à l'amiable.

— Il se rend compte que cette référence à l'adultère le condamne, et qu'il perdrait. Tout sera beaucoup plus facile que je ne l'avais cru d'abord.

— C'est fantastique ! m'exclamai-je. La perspective d'un conflit interminable avec lui ne m'emballait pas vraiment.

— C'est terminé, maintenant. Ce n'est plus qu'une question de paperasserie. Je n'ai pas l'habitude de féliciter mes clients pour le succès de leur divorce, mais dans votre cas… Toutes mes félicitations, Willow !

Je la remerciai avec chaleur et courus prévenir Linden. Il m'écouta, le visage de marbre, et laissa tomber :

— Parfait. Dès à présent, considérons-le comme mort.

— Inutile d'aller jusque-là, Linden, protestai-je. Après tout, c'est quand même le père d'Hannah.

— De nom, seulement. Quand elle sera là, je l'aiderai à l'oublier.

L'intensité avec laquelle il s'exprima m'effraya.

— Il ne faut pas entretenir de ressentiment, Linden, ni aucune énergie négative. Je ne veux pas élever mon enfant dans une maison pleine de colère.

Il se radoucit.

— Bien sûr que non ! Je ferai toujours passer l'intérêt d'Hannah en premier. Toujours.

— Très bien. Si nous prenions Miguel au mot pour fêter la bonne nouvelle avec lui ?

— Nous pouvons très bien le faire ici, entre nous. Je préparerai un menu spécial.

— Non, objectai-je. Nous devrions sortir et nous amuser un peu, Linden. Nous pourrons avoir un autre dîner de fête plus tard, entre nous. D'accord ?

Il accepta, plutôt à contrecœur je dois dire, et retourna dans la cuisine. Je courus au téléphone pour prévenir Miguel : il fut enchanté.

— C'est merveilleux, Willow ! Tout va s'arranger pour vous, je le sens. Tout va vers le mieux. Je réserve tout de suite pour demain soir. Je passerai vous prendre tous les deux vers sept heures.

— Merci, Miguel.

Pouvais-je le croire ? Tout allait-il vraiment vers le mieux ? D'un pas vif dont j'avais perdu l'habitude, je retournai à la salle à manger où Linden mettait la table et lui fis part de notre projet. Il approuva d'un signe de tête, mais je vis bien qu'il se forçait. J'insistai.

— Tu as envie de fêter ce succès avec moi, n'est-ce pas, Linden ?

— Évidemment ! Nous fêterons ça, je te le promets.

Il repartit vers la cuisine et en ramena notre dîner : un gratin de pâtes succulent. Il était vraiment devenu bon cuisinier, et présentait toujours ses plats avec art. Il ne me permit pas de boire du vin, pas même un verre, contrairement à l'avis de certains médecins. Et il se lança dans un de ses interminables discours sur les soins prénataux. Je le laissai parler, en me disant qu'au moins cette marotte avait du bon, elle l'empêchait de s'enfermer dans son art sinistre. D'une certaine façon, il était sorti de sa coquille, et je me disais que c'était toujours ça.

Je mangeai tandis qu'il parlait, jusqu'au moment où je commençai à me sentir fatiguée. Je ne dormais pas très bien depuis quelque temps. Et même si Linden me surveillait pour m'empêcher d'en faire trop, je veillais à maintenir la maison propre et à lui conserver un aspect décent. Demain, décidai-je, demain j'appellerais une agence de placement et commencerais à recevoir les candidates au poste de femme de charge. Ce que je craignais, c'est que Mary et Joan n'aient bavardé au sujet de Linden et de sa conduite étrange. Cela risquait d'empêcher les meilleurs éléments de présenter leur candidature.

Avant la fin du repas, il me devint de plus en plus difficile de mâcher ma nourriture et de tenir la tête droite. Mes paupières s'alourdissaient, Linden discourait toujours, et son débit monotone agissait sur moi comme une berceuse. Je n'écoutais plus vraiment et ne comprenais plus du tout.

— Je me sens très fatiguée d'un seul coup, Linden, annonçai-je d'une voix lente. Je crois que je vais me passer de dessert.

— Je n'en ai pas fait. Nous devons surveiller ton poids, Willow. Après la naissance, tu me remercieras quand tu auras retrouvé ta ravissante silhouette.

— Très bien, acquiesçai-je, et le simple fait de sourire me coûta un effort inouï.

Quand je me levai je me sentis vaciller. Linden bondit sur ses pieds et contourna vivement la table.

— Je ne sais pas ce qui m'arrive tout d'un coup, je tombe de fatigue. Désolée, m'excusai-je.

— C'est normal que tu sois fatiguée, avec tout ce que tu fais ! Tu as besoin de repos, je vais t'aider à monter, offrit-il en me prenant par le bras.

En arrivant au bas de l'escalier, la seule vue des marches me découragea. J'eus l'impression que j'allais devoir escalader l'Everest. Je poussai un véritable gémissement de désespoir quand nous commençâmes notre ascension. J'avais du mal à respirer, je dus m'arrêter à mi-parcours pour souffler.

— Mais qu'est-ce que j'ai ? me lamentai-je en m'essuyant le front. Je me sens toute moite. Je ferais peut-être mieux d'appeler un médecin.

— C'est juste un peu de fatigue, Willow, je te l'ai dit. Cela n'a rien d'anormal. Après une bonne nuit de repos, tu te sentiras mieux, affirma-t-il d'un ton rassurant.

Il dut presque me porter pour accomplir le reste du chemin. Une fois devant ma porte je dus à nouveau m'arrêter pour reprendre haleine, et il m'aida à gagner mon lit. Je demandai d'une voix éteinte :

— Apporte-moi un gant de toilette humide, s'il te plaît, Linden. Bien frais.

— Tout de suite, s'empressa-t-il.

Je me renversai sur l'oreiller et fermai les yeux. Je ne sus jamais si Linden m'apporta ce gant de toilette : quelques secondes plus tard, je dormais.

*
* *

Je m'éveillai dans une obscurité totale. J'étais sous les couvertures, toute nue. Comment m'y étais-je prise pour me déshabiller et me coucher ? Je n'en gardais pas le moindre souvenir. J'avais la nuque raide et mal partout. Dans la chambre flottait une odeur nouvelle, familière mais tellement inattendue qu'il me fallut quelques secondes pour en prendre conscience. Je tournai la tête pour consulter le cadran lumineux du réveil. Il indiquait sept heures, ce qui ne pouvait signifier que sept heures du matin… et il faisait noir comme dans un four !

Plus désorientée que jamais, je rejetai les couvertures et m'assis, basculai mes jambes hors du lit et levai les yeux vers les fenêtres. Les rideaux n'avaient pas été tirés, mais…

Une vague de pure terreur déferla sur moi telle une douche glacée. Voilà donc d'où provenait cette odeur ! Mes fenêtres avaient été peintes en noir, en couche aussi épaisse que celles de Linden. Pourquoi avait-il fait cela ? Comment ne m'étais-je pas réveillée pendant ce temps-là ? Je me passai la main sur le front, prise de vertige. Cette fatigue soudaine, cet évanouissement… se pouvait-il que Linden ait mis l'un de ses remèdes dans ma nourriture ?

Je tâtonnai pour allumer la lampe de chevet, puis me dirigeai vers la penderie pour y prendre ma robe de chambre. Elle n'était pas accrochée à la porte, là où je l'avais laissée. En fait, à part quelques cintres nus, ma penderie était entièrement vide. Où étaient passés mes vêtements, mes chaussures ? Disparus. Il ne me restait que les mules posées à côté de mon lit. Qu'avait donc fait Linden ? Et pourquoi ?

Pendant quelques instants, je vacillai sur mes jambes. La pièce tournait autour de moi, je dus me retenir à la porte du placard pour ne pas tomber. Ce que Linden m'avait fait absorber continuait à agir. J'avais très soif et je passai dans la salle de bains pour me désaltérer. Je me sentis tout de suite mieux, m'enroulai dans une grande serviette éponge et marchai prudemment jusqu'au téléphone. Cette fois c'était trop, le doute n'était plus permis : je devais faire interner Linden. Miguel avait raison, et j'allais l'appeler.

Quand je soulevai le récepteur, cependant, il n'y eut pas de tonalité. D'abord intriguée, j'eus vite fait de comprendre : le fil reliant l'appareil à la prise murale avait été retiré.

— C'est une histoire de fous ! marmonnai-je en me dirigeant vers la porte.

J'avais soupçonné ce que je découvris, mais cela ne m'empêcha pas d'éprouver un choc. On avait placé un cadenas à l'extérieur. Le battant ne s'écarta que d'un ou deux centimètres, laissant filtrer un maigre rayon de lumière. Je plaquai la bouche contre l'étroite ouverture et criai :

— Linden ! Linden, où es-tu ? Qu'est-ce que tu as fait ? Linden !

Aucun son ne me parvint. J'appelai encore et tendis l'oreille : toujours le même épais silence. Je vociférai de plus belle :

— Linden, je t'en prie ! Je suis malade. Ce n'est pas bon pour le bébé. S'il te plaît, laisse-moi sortir.

Cette fois encore, ce fut le silence. Je me laissai lentement glisser à terre et appuyai la tête contre le mur. Mes paupières étaient si lourdes... Je fermai les yeux et me reposai, ne les ouvrant de temps à autre que pour regarder dans le couloir et hurler le nom de Linden. Subitement, j'entendis le bruit d'un aspirateur. D'après le volume et la direction du son, cela venait de l'escalier, il était inutile d'espérer dominer le vacarme. J'attendis, attendis encore. Le bruit semblait devoir durer sans fin. Quand il cessa, j'appelai encore mais Linden ne répondit pas, et il ne vint pas non plus.

Exténuée, affreusement mal à l'aise, je regagnai mon lit. Un peu de repos supplémentaire me rendrait des forces, décidai-je, et je pourrais démolir cette maudite porte, s'il le fallait. Sur cette pensée réconfortante, je m'endormis.

En m'éveillant, cette fois-ci, je découvris une desserte et un plateau près de mon lit. Le plat d'argent était couvert. Il y avait du jus d'orange, du café, du lait, des toasts et mes vitamines. Sous le couvercle je trouvai deux œufs pochés, encore tout chauds. Linden venait juste de quitter la pièce !

Et s'il avait laissé la porte ouverte, par hasard ? Je me levai pour aller vérifier, mais le cadenas était en place, solidement maintenu dans ses arceaux métalliques.

— Linden ! m'époumonai-je.

D'où j'étais, je ne voyais qu'une petite partie du couloir, mais je m'aperçus que là aussi, la pénombre régnait. En me déplaçant un peu et en inclinant la tête, je parvins à jeter un regard à l'une des fenêtres. Elle était peinte en noir.

— Linden ! appelai-je encore. Linden !

Quelques accords musicaux me parvinrent, et je reconnus l'un des concertos de Mozart que préférait Linden. Puis le son s'enfla, tout le hall en vibra. À quoi bon crier ? Ma voix n'avait aucune chance de se faire entendre.

Je commençais à avoir faim, et je retournai près du lit pour examiner le plateau. Les toasts ne pouvaient pas être dangereux, les œufs non plus, mais je n'aurais pas osé boire le jus d'orange ni le café. Leur goût pouvait masquer celui d'un sédatif. Je me contentai de boire un peu d'eau du robinet. Revigorée par mon repas, je me mis en quête d'un objet pouvant me servir à forcer la porte. Au début, rien ne me parut faire l'affaire, puis une idée me vint. Si je parvenais à libérer une des tringles métalliques de la penderie, elle pourrait faire office de levier.

C'était plus facile à dire qu'à faire. À chacune de ses extrémités, une fixation maintenait solidement la tige de fer à la planche supérieure du placard. Comment la détacher de là ? Dans mon nécessaire à ongles, je dénichai un accessoire pouvant servir de tournevis et m'attaquai aux fixations. Je réussis, non sans mal, à détacher les vis, et m'acharnai sur la tringle pour la déloger de ses supports. J'étais épuisée quand j'y parvins ; j'avais dû absorber une forte dose de sédatifs. Maintenant, la rage m'aiguillonnait autant que la terreur, et il n'était plus question pour moi de tolérance. La vie de mon enfant était en jeu.

Je retournai à la porte, passai la tringle dans l'interstice et la glissai dans la partie fixe de la fermeture, là où s'insérait le moraillon du cadenas. Puis, procédant par à-coups, j'entrepris de détacher petit à petit le support métallique du chambranle. Je commençais à obtenir un résultat quand, brusquement, la tringle me fut arrachée des mains. Ce fut si rapide et inattendu que je reculai, étouffant un hoquet de surprise.

— Arrête ça ! ordonna Linden d'une voix rauque, étrangement assourdie.

— Linden ! Linden ! Qu'est-ce que tu es en train de me faire ? Laisse-moi sortir d'ici.

— Je dois t'aider et veiller sur toi, protéger ta tranquillité. Notre Hannah va bientôt naître. Nous ne devons laisser personne s'immiscer entre nous.

— Linden, qu'as-tu fait de mes vêtements ? Tu ne peux pas me garder enfermée ici. Laisse-moi sortir, maintenant. Tu vas nous attirer des ennuis, et surtout à toi. Ouvre cette porte, insistai-je.

Il n'en fit rien, naturellement, et reprit son discours protecteur.

— Tu comprendras un jour, et tu me remercieras pour tout. J'ai une nouvelle idée, je vais peindre quelque chose là-dessus. Je te demande juste un peu de patience.

Je l'entendis s'éloigner.

— Linden ! appelai-je encore. Ne fais pas ça.

La musique joua plus fort encore. J'allai m'asseoir sur mon lit, sanglotai, hurlai ma colère et sanglotai encore.

— Il finira par prendre conscience de ce qu'il fait, dis-je au reflet que me renvoyait le miroir.

C'est à peine si je me reconnaissais. J'avais les cheveux en bataille, les joues barbouillées de larmes, les yeux hagards. J'étais à faire peur.

Du calme, Willow, me sermonnai-je. Ce n'est pas le moment de piquer une crise de nerfs, cela ne te fera aucun bien. Miguel va sûrement appeler bientôt, et même s'il ne le fait pas, il sera là vers sept heures. Tu n'en as plus pour longtemps.

Mais les heures s'éternisaient. Je dormis, me réveillai, me rendormis. J'avais peur d'être assoupie quand Linden ouvrirait la porte pour m'apporter une autre collation. Il ne m'apporta rien du tout, pour autant que je m'en souviens. Il devait être à nouveau plongé dans son univers, si profondément qu'il ne faisait plus la différence entre le réel et l'irréel. J'étais prisonnière d'un fou. Il vivait dans un autre monde, sans logique ni lois, en tout cas pas les mêmes que les miennes. Il pouvait même – j'en pris brutalement conscience – avoir déjà oublié qu'il m'avait enfermée ici.

Vers le milieu de l'après midi, plus pour garder le moral que pour toute autre raison, je décidai de prendre une douche. Je me sentais crasseuse, de toute façon, et j'avais besoin de faire quelque chose pour me ragaillardir.

Linden m'avait-il épiée en guettant le moment favorable ? Ou était-il arrivé par hasard au moment où je prenais ma douche ? En tout cas, quand je sortis de la salle de bains, je trouvai un nouveau plateau de nourriture près de mon lit.

— Oh, non ! hurlai-je en me ruant vers la porte que je secouai et criblai de coups de pied, sans aucun résultat. Linden, laisse-moi sortir ou je te jure que…

Je m'interrompis, cherchant un argument sans réplique.

— Mère serait très fâchée contre toi si elle savait ça, Linden !

— Non, souffla-t-il tout contre la porte, c'est elle qui m'a dit de le faire.

— Arrête ça tout de suite ! vociférai-je. Mère est morte. Elle ne peut pas t'avoir dit une chose pareille. Laisse-moi sortir, Linden. Je suis malade, je vais perdre le bébé.

— Mais non, répliqua-t-il avec assurance. Tu le perdrais si tu épousais Miguel, ça oui. Je suis sûr qu'il te demanderait d'avorter. Pourquoi voudrait-il de notre bébé ? Il en voudrait un à lui.

— Hannah n'est pas *notre* bébé, Linden, c'est *mon* bébé. Le mien.

— Tu n'as plus besoin de raconter ça, Willow, dit-il avec un calme qui m'épouvanta. Tout est rentré dans l'ordre, maintenant. Tout le monde peut savoir la vérité sur nous, ça n'a plus d'importance.

— Mais de quoi parles-tu, Linden ? Le bébé ne peut pas être à toi aussi. Nous sommes frère et sœur.

Il eut un petit rire étouffé.

— Non, nous ne le sommes pas, Willow. C'est juste une histoire que vous avez inventée, Grace et toi. Elle me l'a dit. Après mon accident en mer, elle m'a tout raconté pour que je ne sois plus malheureux. C'est pour ça que je savais qu'entre Thatcher et toi, ça ne durerait pas. Alors tu vois, tout arrive comme cela devait arriver. Tranquillise-toi. Nous allons à nouveau être heureux, tous ensemble.

J'étais tellement consternée de l'entendre tenir de tels propos que, pendant un long moment, je fus incapable de répondre. Puis je réagis.

— Mère ne t'aurait jamais parlé comme ça, Linden. Tu as imaginé cette conversation. Je te le prouverai dès que tu m'auras laissé sortir.

— Non, Willow, s'obstina-t-il. C'est toi qui mélanges tout et c'est moi qui te le prouverai. Je demanderai à Grace de te le dire.

— Mère est morte, Linden. Elle est morte. Tu étais à l'hôpital. Tu l'as vue. Penses-y et souviens-t'en.

— Non, répéta-t-il de cette voix rauque et sifflante qui m'effrayait. Nous avons monté cette comédie uniquement pour éloigner de nous toutes ces mouches du coche, et ça a marché. Personne n'est venu ici. Et personne n'y viendra non plus, ajouta-t-il avec un rire qui me fit froid dans le dos. Ton professeur a appelé pour confirmer la date du dîner, et je lui ai dit que tu étais partie. Que tu avais décidé d'aller rendre visite à des parents à toi. Et que nous allions déménager, en fin de compte. Il a été très déçu, mais il ne nous ennuiera plus. Il n'y aura plus que toi et moi, Willow, juste comme je l'avais toujours prévu. Et aussi Hannah, bien sûr. Notre Hannah. Repose-toi, maintenant.

— Linden !

Il s'en allait déjà. Je l'entendis descendre l'escalier, et un silence de mort s'abattit sur la grande maison.

Je n'étais pas seulement enfermée dans ma chambre. J'étais prisonnière de l'esprit dérangé de Linden.

*
* *

Peu après sept heures, quand il s'avéra que Miguel ne venait pas, je commençai à croire que Linden n'avait pas menti au sujet de ce coup de fil. Miguel l'avait-il cru, lui ? Si c'était le cas, je pouvais attendre des jours, voire des semaines avant que quelqu'un ne comprenne ce qui se passait. Dans sa démence, Linden pouvait paraître logique et sensé à toute personne qui téléphonait et demandait à me parler, y compris mon avocate. Manon et les autres ne se risqueraient pas à le contredire. J'en arrivais à souhaiter que Thatcher passe à Joya del Mar pour une raison quelconque, si égoïste fût-il.

Que faire, à part ruminer mes idées noires et ma rage impuissante ? Je me mis à arpenter la pièce. Frustrée au point de vouloir fracasser les meubles et faire des trous dans les murs, je levai les yeux sur le tableau que Linden nous avait offert pour notre mariage. Comme ce présent avait déplu à Thatcher, me rappelai-je avec un pincement de regret. Je n'aurais jamais dû accepter que ce portrait soit placé au-dessus de notre lit. Dans un sursaut de colère, je l'arrachai de ses crochets et le jetai sur le sol. Pendant quelques instants je le fixai d'un air furibond, puis mon regard revint vers le mur où Linden l'avait accroché lui-même. Subitement, j'eus l'impression que l'air s'échappait de mes poumons. Là, dans le mur, il y avait un trou parfaitement visible.

Je grimpai sur le lit et y collai mon œil. Je pouvais voir clairement dans la chambre qu'avait occupée Linden, avant de la libérer pour qu'elle devienne la nursery de Hannah. J'étais perplexe. À quoi pouvait bien servir un trou dans ce mur, si un portrait encadré le cachait ?

Je descendis pour examiner le tableau. Et là, très nettement, à la place exacte où se situait le trou au-dessus du lit, je distinguai un endroit où la peinture était si mince qu'on voyait clair au travers. Grâce à l'inclination donnée au tableau en l'accrochant, Linden pouvait très facilement nous voir. Et maintenant, il devait me surveiller régulièrement par ce moyen.

Voilà donc comment il savait quand entrer dans la chambre pour y déposer ses plateaux… Cette pensée me glaça. Comme l'intelligence et la logique pouvaient devenir bizarres et terrifiantes, dans l'esprit d'un dément !

À grand-peine, je raccrochai le portrait à sa place. Linden allait sûrement revenir m'épier. La meilleure chose à faire, à présent, était le convaincre que je dormais. Alors, il ouvrirait cette porte. Je me glissai sous les couvertures, fermai les yeux et attendis. Je faillis m'endormir pour de bon, à force d'attendre. Finalement, peu avant sept heures et demie, je perçus un bruit de pas étouffé dans le couloir. J'entendis Linden manipuler le cadenas, le plus délicatement possible. Les yeux à peine entrouverts, je vis le battant s'écarter, Linden avancer la tête et m'observer. Je serrai étroitement les paupières et retins mon souffle.

Presque sur la pointe des pieds, il traversa la chambre avec un nouveau plateau. Il le posa par terre, ôta le vieux plateau de la desserte, se pencha pour s'en débarrasser afin de le remplacer par l'autre. C'était le moment. Je le poussai en avant et le contenu du plateau s'éparpilla sur le sol. Je n'attendis pas. Enroulée dans le drap du dessus, je sautai du lit et courus vers la porte.

— Willow, non ! hurla-t-il derrière moi.

Sans un instant d'hésitation, je m'élançai dans le couloir. Mais parvenue en haut des marches, la surprise me cloua sur place. Toutes les fenêtres du hall avaient été peintes en noir. J'en eus le souffle coupé. J'aurais pu jurer que pas une seule fenêtre de la grande maison n'avait échappé au badigeon noir. Dans sa folie, Linden se coupait du monde réel, il nous enfermait dans son petit univers personnel. Les grilles et les hauts murs qui entouraient la propriété n'étaient pas suffisants pour satisfaire sa paranoïa.

Je l'entendis accourir derrière moi, tandis que je me ruais dans l'escalier. Mais dans ma hâte, je marchai sur un pan du drap que j'avais rapidement noué autour de moi et perdis l'équilibre. Je basculai en avant, essayant désespérément de freiner ma chute en étendant les bras, mais je me rejetai trop loin sur la droite. Ma tête heurta la rampe, je roulai vers le bas des marches. Ma dernière pensée consciente fut que j'allais atterrir en pièces détachées.

*
* *

Je m'éveillai dans les bras de Linden : il remontait l'escalier d'un pas mécanique, les yeux fixés droit devant lui. Je laissai échapper un gémissement. J'avais mal aux reins, je sentais la meurtrissure de mon front enfler, se transformer en bosse. La gorge me brûlait d'avoir tant appelé et crié. Quand je parlai, ma voix râpeuse s'entendit à peine.

— Laisse-moi partir, implorai-je.

Il ne répondit pas. Je tentai de me libérer, mais il me tenait d'une poigne de fer. Je n'étais pas en meilleure posture qu'un poisson rouge dans un sac en plastique. Nous remontions tout droit vers ma chambre, où il allait à nouveau m'enfermer. Je poussai un long soupir plaintif.

— Non…

— Tu n'aurais pas dû agir ainsi, Willow. Tu aurais pu faire mal à notre bébé. Il faut que tu m'écoutes, je sais ce qui est le mieux pour nous, maintenant, débita-t-il d'un ton monocorde.

Il parlait comme en dormant, et me rappelait dans quel état il se trouvait à mon retour à Palm Beach, quand je l'avais trouvé sur la plage en pleine crise de somnambulisme. Il n'entendait rien de ce que je lui disais. Il était perdu dans son propre rêve.

Juste comme nous arrivions sur le palier, j'entendis le bruit d'une vitre qui se brise. Lui aussi l'entendit, et il s'arrêta. Le bruit se renouvela, puis je perçus le son le plus merveilleux qui soit. Miguel appela mon nom.

— Miguel, aidez-moi ! criai-je à pleine voix.

En quelques secondes, il fut au pied des marches.
— Linden, ordonna-t-il, lâchez-la ! Remettez-la debout immédiatement.
Linden se retourna et baissa les yeux sur lui.
— Allez-vous-en. C'est chez nous, ici. Vous n'avez rien à y faire. Allez-vous-en !
Miguel s'engagea lentement dans l'escalier.
— Remettez-la debout, Linden, sinon vous risquez de lui faire mal. Allons, déposez-la doucement. Tout ira bien si vous ne la brusquez pas, Linden. Allons, faites ce que je vous dis.
Linden secoua la tête.
— Ne montez pas ! glapit-il. Vous n'êtes pas chez vous, ici. Personne n'a rien à faire ici, sauf nous. C'est notre maison, pas la vôtre. Allez-vous-en !
Il fit un pas sur sa gauche en me tenant juste au-dessus de la balustrade. Miguel étendit le bras droit. Linden me souleva un peu plus haut et un peu plus à gauche, comme s'il voulait me laisser tomber dans le hall.
— Faites attention à elle ! gronda Miguel.
— Allez-vous-en, hurla Linden en réponse, la voix chargée de menaces.
Il me haussa encore au-dessus de la balustrade et un cri m'échappa.
Miguel ne bougea plus, visiblement terrifié. Sa crainte raviva les miennes et mon cœur entama une sarabande effrénée. Je crus que j'allais m'évanouir, et que je ne saurais jamais si j'étais tombée du palier ou pas.
— Très bien, proféra calmement Miguel après une pause interminable. Je m'en vais, Linden. Remettez-la sur ses pieds.
Il recula marche après marche, pour bien prouver qu'il s'en allait. Linden ne fit pas un geste.
— Je m'en vais, répéta Miguel, mais vous devez faire très attention à elle. N'oubliez pas qu'elle est enceinte, Linden.
— Je sais qu'elle est enceinte ! J'ai été le premier à le savoir. Ne venez pas me dire *à moi* qu'elle est enceinte !
Miguel eut un sourire apaisant.
— Bien sûr que vous le savez. Je suis désolé, je n'ai pas voulu dire que vous ne le saviez pas.
— C'est notre Hannah qu'elle porte. *Notre* Hannah !
— Oh, je sais. J'étais juste passé pour vous féliciter. Je ne demande qu'à être votre ami, je suis là pour vous aider.

Linden resta sur ses positions.

— Nous n'avons pas besoin de votre aide et nous n'avons pas besoin d'amis, en tout cas pas des gens d'ici. Laissez-nous tranquilles et dites à tout le monde d'en faire autant.

— Entendu, si c'est ce qui vous convient.

— Exactement, c'est ce qui nous convient.

— Très bien, acquiesça Miguel qui descendait toujours. Alors je m'en vais.

— C'est ça, partez. Bonne idée !

Miguel et moi échangeâmes un regard. J'inclinai brièvement la tête pour lui faire comprendre que j'allais bien, et qu'il pouvait continuer à calmer Linden. Il était arrivé au bas de l'escalier, maintenant.

— Appelez-moi si vous avez besoin de quoi que ce soit, dit-il en s'éloignant vers la porte.

Linden le suivit d'un regard soupçonneux. Il se retourna vers nous, agita la main, déverrouilla la porte. Puis il sortit en la refermant derrière lui.

— Parfait, commenta Linden avec satisfaction. Tu vois ? Ils nous laisseront tranquilles, à présent.

Puis il me ramena dans ma chambre et me déposa sur mon lit.

— Je t'avais monté un bon dîner, dit-il sur un ton de reproche, mais tu me l'as fait renverser par terre. Tu vas devoir attendre que j'en prépare un autre.

— D'accord, Linden.

Il attacha sur moi un regard scrutateur.

— Tu sais que je fais tout ça pour nous, au moins ? Tu sais que j'ai raison et que j'agis pour le mieux ?

— Oui, Linden.

Il ramassa les assiettes avec leur contenu et les rangea sur le plateau.

— Je n'en ai pas pour longtemps. Peut-être vais-je rester un moment ici et manger avec toi.

— Cela me ferait plaisir, Linden.

— À la bonne heure ! dit-il en s'en allant.

Il referma la porte, et j'entendis le moraillon du cadenas racler le métal. Un bruit presque semblable se fit entendre quelques minutes plus tard. C'était Miguel qui s'attaquait aux vis de fixation du support. Il sauta du chambranle avec un bruit sec et la porte s'ouvrit en coup de vent.

— Willow ! cria Miguel en courant jusqu'à moi.
Je lui jetai les bras autour du cou et fondis en larmes. Il me rassura en quelques mots.
— J'ai demandé de l'aide. La Police et une ambulance ne vont pas tarder à arriver.
— Je ne veux pas qu'on le mette en prison, Miguel.
— Je sais. Je veillerai à ce qu'il soit placé en clinique psychiatrique.
— Que fait-il, en ce moment ?
— Il est dans la cuisine, et il parle comme si…
Miguel hésita.
— Comme si quoi ?
— Comme si votre mère était auprès de lui.
— Pauvre Linden. C'est si triste !
— Mais cela aurait pu être si dangereux et si terrible pour vous, me rappela-t-il. Quand j'ai téléphoné, et qu'il m'a raconté cette histoire à propos de votre départ, j'ai su qu'il se passait quelque chose de grave. J'ai appelé la Police, en fait, mais ils ont répondu que rien ne justifiait leur intervention. Ils ont appelé ici, et Linden leur a parlé de façon tout à fait raisonnable.
« Je suis venu aussi vite que possible, et j'ai dû escalader le mur pour entrer. Dès que j'ai vu toutes ces fenêtres noires, ça m'a fait vraiment peur et j'ai cassé une vitre du salon pour entrer.
J'eus un nouvel accès de larmes, et il me réconforta tendrement.
— Tout va bien, Willow. C'est fini. Je suis là, maintenant. Je serai toujours là pour vous.
Aux sons qui me parvenaient d'en bas, je savais que Linden continuait à errer entre le réel et ses rêves, peuplés de ces mêmes fantômes qui le tourmentaient depuis si longtemps.
Il était temps de les chasser, pour toujours, et je savais que je ne pouvais pas le faire seule. Mais je savais aussi, sans aucun doute possible, que je ne serais plus jamais aussi seule que je l'avais été si souvent, même après mon arrivée ici.
Moi aussi, comme Linden, j'allais devoir chasser mes fantômes.

Épilogue

La petite Hannah s'avéra aussi résistante que je l'avais espéré. Ni ma chute dans l'escalier, ni mes angoisses, ni mes problèmes ne portèrent préjudice à ma grossesse. Presque à la date exacte prévue pour la naissance, ma petite fille décida de faire son entrée dans ce monde. Miguel me conduisit à toute allure à l'hôpital, et elle naquit à sept heures du matin, bébé superbe de plus de trois kilos et demi.

Le jugement de divorce accordait un droit de visite à Thatcher, mais je doutais qu'il le mette à profit. En fait, quand il apprit par téléphone la naissance d'Hannah, il ne se montra pas à l'hôpital avant le lendemain, et seulement en se rendant au tribunal. Bunny et Asher, encore sous l'emprise des ignobles calomnies de Whitney, sans doute, ne prirent même pas la peine de venir voir leur petite-fille.

Les cheveux d'Hannah étaient légèrement plus blonds que les miens, d'une nuance plus proche de ceux de Mère, en fait, et j'en étais ravie. Mais cela, j'en étais sûre, ne pourrait qu'accréditer les immondes calomnies que répandaient les Eaton, afin de justifier l'adultère de Thatcher.

J'étais bien trop occupée pour m'en soucier, désormais. Malgré mon projet de reprendre mes études, je renonçai à engager une nurse. J'avais décidé de rester avec Hannah jusqu'à ce qu'elle ait au moins dix-huit mois. J'engageai une nouvelle bonne, qui de plus était un véritable cordon-bleu. Elle s'appelait Davis, Mme Betty Davis plus précisément. Ce qui était d'autant plus drôle qu'elle se présentait comme « la vraie Betty Davis »... et ne ressemblait aucunement à l'actrice Bette Davis, ni de près ni de loin.

Ma Betty Davis mesurait près d'un mètre quatre-vingts et arborait une carrure de grenadier. Elle avait des cheveux blonds grisonnants, des joues rebondies tachetées de son et avouait cinquante-cinq ans. Elle m'apprit que son mari, mort depuis quinze ans, l'avait laissée sans le sou. Ils n'avaient pas eu d'enfant. Après avoir exercé divers petits emplois, habité quelque temps avec une sœur – chez qui elle s'était vite sentie indésirable –, elle avait décidé de se placer. Son dernier employeur était mort, mais elle avait d'excellentes recommandations. Ce qui comptait le plus pour moi, toutefois, c'est qu'elle s'occupait parfaitement bien d'Hannah. Tellement bien, même, qu'il m'était difficile de croire qu'elle n'avait jamais été mère.

Miguel insista pour que je ne me coupe pas complètement de l'université. Il m'inscrivit pour un programme d'études spécial qui me permettrait, si je rédigeais un mémoire, d'obtenir quelques UV. Peu de temps après la naissance d'Hannah, nous nous rencontrâmes plus régulièrement, nos relations prirent peu à peu un tour plus tendre. Le jour du premier anniversaire d'Hannah, il me demanda d'être sa femme et je dis oui.

Mon second mariage fut beaucoup plus simple que le premier, malgré le nombre fabuleux de parents de Miguel qui y assistèrent. Il y en eut même tellement que je le menaçai de choisir Joya del Mar pour la cérémonie, au lieu d'une église. Pour finir, nous nous décidâmes quand même à y donner une réception. Personne ne savait que nous avions déjà été mariés civilement par un juge de paix, au cours d'un week-end en amoureux. Ma petite Hannah dans les bras, j'avais prononcé les vœux du mariage. Inutile de dire que le juge, sa femme et le greffier qui servait de témoin ouvraient des yeux ronds comme des billes. La façon dont ils s'étaient regardés, tous les trois, nous donnait encore des fous rires rétrospectifs.

Au cours de l'année, je rendis régulièrement visite à Linden, dans la clinique spécialisée que nous avions trouvée pour lui. Elle ne me paraissait pas aussi remarquable que celle de papa, mais je soupçonnais que mes préjugés influençaient mon opinion. Je ne pouvais pas être vraiment impartiale. Qui pouvait faire mieux que ce qu'avait fait mon père, en particulier dans le domaine des maladies mentales ?

On avait placé Linden sous traitement médicamenteux. Mais vers la fin de la première année, il n'y fut plus astreint, et il s'installa dans une existence qui paraissait paisible. Il n'avait pas cessé de pratiquer son art, et on l'y encourageait vivement. Je soupçonnais même qu'une partie de ses œuvres lui étaient volées. Sa peinture était toujours intéressante et d'une technique parfaite, même si elle semblait étrange et mystérieuse à la plupart des gens.

Il ne parlait plus de Mère, mais ne cessa jamais de parler d'Hannah. Finalement, avec la bénédiction de Miguel, je la lui amenai un jour de visite. Je crois que je n'oublierai jamais la façon dont il la regarda. Thatcher, avec toutes ses déclarations d'amour paternel et d'intérêt pour elle, ne pourrait jamais exprimer une telle adoration ni une telle joie. Nous en discutâmes ensuite entre nous, Miguel et moi. Et nous fûmes d'accord pour admettre que, même si les sentiments de Miguel envers Hannah se confondaient avec ses fantasmes, ils n'en étaient pas moins authentiques et sincères.

— C'est un peu comme la douleur psychosomatique, m'expliqua-t-il. Le patient la ressent vraiment même si elle n'a aucune raison d'être, ni aucune cause physique. C'est une véritable maladie.

Mes visites à Linden, et mes réflexions sur tout cela, stimulèrent mon désir de retourner à l'université pour préparer mes examens. Dès que je me sentis prête, je me mis en quête d'une nurse, même si Mme Davis soutenait qu'elle pouvait se débrouiller seule avec Hannah. Mais je me souvenais de mon enfance avec Amou, et j'insistai.

— Un enfant de cet âge peut être parfois si difficile, madame Davis. Vous n'aurez plus assez de temps pour remplir vos autres obligations dans la maison. En fait, mon mari et moi songeons à ouvrir davantage de pièces, et à engager du personnel supplémentaire.

Elle accepta mon explication, mais je savais qu'elle serait toujours en compétition avec n'importe quelle nurse, pour garder l'amour d'Hannah. Je me préparai aux inévitables critiques contre la personne que j'engagerais, ce qui ne manqua pas de se produire. Chaque fois que je rentrais de l'université, ou de n'importe quel petit voyage avec Miguel, Mme Davis m'attendait avec une liste de récriminations longues comme le bras.

J'avais trouvé quelqu'un d'assez solide pour lui tenir tête, pourtant. Et avec le temps, malgré les inévitables jalousies, toutes les deux finirent par devenir très bonnes amies. Donna Castilla venait de Cuba, c'était la mère de Miguel qui l'avait trouvée pour nous. Par bien des côtés elle me rappelait Amou, qui fit une nouvelle fois le voyage – en compagnie de sa sœur –, pour voir Hannah.

Il me fut très doux de la revoir, et Hannah la prit tout de suite en affection. Tous mes bons souvenirs d'enfance me revenaient en foule dès que je voyais Amou, ou que j'entendais sa voix. Elle vint avec moi se recueillir sur la tombe de Mère et ce soir-là, nous bavardâmes sur la terrasse jusqu'à une heure avancée de la nuit. En fait, je la laissai presque tout le temps parler. Elle avait tant de choses à me dire sur mon père ! Des choses que je n'avais jamais sues, sur cet aspect de lui-même que j'aurais tant voulu connaître en ce temps-là, et partager avec lui.

Lui dire au revoir fut comme dire adieu à papa une seconde fois.

Mais jamais je ne dirais adieu à papa. Maintenant encore, après tout ce qui s'était passé, sa voix et ses pensées restaient présentes en moi, dans mon esprit et dans mon cœur.

Un soir, après qu'Hannah eut été mise au lit et que Miguel fut parti à l'université, pour une réunion, je descendis sur la jetée. Je m'arrêtai à l'endroit même où Mère s'était tenue si souvent la nuit, scrutant l'océan dans l'espoir de voir le fanal d'un bateau grandir et s'aviver, s'approcher de la côte, et mon père lui faire de grands signes de la main. Elle avait dû voir ce bateau bien des fois, j'en étais sûre, tout comme j'entendais si souvent papa me parler. Cette fois encore, je m'adressai à lui en pensée.

— Quand cesseras-tu d'être seul, papa ?

Comme toujours, sa réponse fut une question.

— Es-tu toujours seule, toi ?

— J'ai un enfant et un mari qui m'aime, mais cela ne met pas fin à la solitude. Pas définitivement. Il y a toujours des nuits comme celle-ci, des nuits où on ne peut pas s'empêcher de se sentir solitaire et de regretter ce qui est perdu à jamais. Tu as dû être terriblement seul, papa, pendant si longtemps.

— Cette solitude-là n'est peut-être pas si terrible que ça, Willow. Peut-être est-ce un bienfait que de se souvenir, de regretter les choses qui nous ont profondément touchés, que nous avons tant aimées. Peut-être cela t'aidera-t-il à offrir ces mêmes choses à ceux que tu aimes en ce moment.

— Vraiment ?

— Vraiment ? me renvoya-t-il en écho.

Je souris.

— Tu réponds à une question par une question. Tu ne seras jamais qu'un psychiatre, papa.

— Et toi, fut sa réponse silencieuse, tu seras toujours la fille de ton père.

6922

Composition Chesteroc Ltd
Achevé d'imprimer en France (Manchecourt)
par Maury-Eurolivres le 30 juin 2004.
Dépôt légal juin 2004. ISBN 2-290-33029-9
1er dépôt légal dans la collection : mars 2004
Éditions J'ai lu
84, rue de Grenelle, 75007 Paris
Diffusion France et étranger : Flammarion